我把一切告诉你 2

挑战不可能完成的任务

万里依然 著

中信出版集团 | 北京

图书在版编目（CIP）数据

我把一切告诉你②／万里依然著. —北京：中信出版社，2012.5（2025.1重印）
ISBN 978-7-5086-3174-5

I. 我… II. 万… III. 长篇小说－中国－当代 IV. I247.5

中国版本图书馆 CIP 数据核字（2011）第 263791 号

我把一切告诉你②
WO BA YIQIE GAOSU NI ②

著　　者：万里依然
策划推广：中信出版社（China CITIC Press）
出版发行：中信出版集团股份有限公司（北京市朝阳区东三环北路27号嘉铭中心　邮编 100020）
（CITIC Publishing Group）
承 印 者：北京盛通印刷股份有限公司
开　　本：787mm × 1092mm　1/16　**印　　张**：18.75　**字　　数**：300千字
版　　次：2012年5月第1版　**印　　次**：2025年1月第43次印刷
书　　号：ISBN 978-7-5086-3174-5/I · 270
定　　价：35.00 元

网　　站：http://www.publish.citic.com　服务热线：010-84849555
投稿邮箱：author@citicpub.com　服务传真：010-84849000

目录

第五篇

挑战不可能完成的任务

不能对新人动武，但得有招儿降服刺儿头

2001年过完春节，再次回到A集团。我在C市企划部工作挺顺，不到3周，H市和F市企划部便已成立。小黄和贺平捷报传来："老大，人员都招齐了，都按照你的招聘方式出的招，个个顶呱呱。"

"好，玩命干，有机会我去培训他们。记住企划部新人进门的规矩啊，妈的，坏了规矩，我拿你们是问！听见没？"

"知道了，老大！"小黄大声喊道。

啥规矩？新人进企划部头3个月，请忘记休息，没有周六周日一说，除了工作还是工作。为何制定这等损人规矩？因为这是长期带队经验所得，有实战意义。

说句不好听的话，国人主动工作的积极性有待提高，所以进门的首要任务是遵守规矩——到企划部工作就得卖命干活，接受不了，请自动走人。习惯成自然嘛，等众人习惯后，谁加班时还能说半个"不"字？哈，老子劈了他！都已经养成天天加班的习惯了，自然没啥可抱怨的。但如果进来就享受轻松工作，等真要加班突击时，他们还不得造反："喂，雨总，天天加班可以，但怎么也要申请点儿加班费吧?!要不今后给点调休机会？"

给新人下马威的含义就在于此。《水浒》里说武松被发配到孟州，即使

是那么大的一个打虎英雄，没犯事也要照吃一百杀威棒，为什么？典狱长告诉他们，在这里，是龙得卧着，是虎得趴着，就是要打掉所有人的威风和锐气。

记得早些年，A集团刚在成都设立办事处时，所有员工一律实行6天工作日，结果遭到新人们集体抱怨。因为成都是座休闲城市，那里的工作节奏相对缓慢，成都人对悠闲的生活方式也习以为常。新进员工抱怨归抱怨，抵触归抵触，可3个月后再也没人感觉不自在了。因为在快销商品领域，大部分公司都是6天工作日，大环境如此嘛。环境能改变人，即使悠闲惯了的人在紧张工作的环境下照样能适应，没啥好奇怪的。而没有这种经历的人自然很不理解。成都当地曾经有一个财务经理经常加班，气得她老公大骂："你是嫁给A集团了吧，妈的，怎么天天上班呢？"一时传为笑谈。

咱不能对新人动武，但得有招儿降服刺儿头。新人们来自天南海北，都是带着不同公司的文化和背景而来，难保良莠不齐。如何管束好他们？好办。利用企划部已经建立起来的文化熏陶他们，通过长达3个月的"716"特训，许多坏习气自然能给掰过来，正所谓环境改变人嘛。

喜欢传闲话？对不起，忙得天天一挨枕头就闭眼，没空多说半句。想偷奸耍滑？对不起，所有任务责任落实到人，试用期干不好就得滚蛋。擅长调皮捣蛋？对不起，所有人都忙忙碌碌，没人有时间配合表演。

一句话概括，咱这一百杀威棒就是猛干3个月！新人们哪里经受过这等耐力长跑啊，到最后个个累得嘴歪眼斜，更有甚者，一看见新任务又铺天盖地布置下来，嘴巴立刻咧成了瓢。但他们通过强化培训，不仅能学到真本事，迅速成长起来，而且也磨炼了意志力。看到光明前途，他们大都能咬牙不当逃兵。

作为大集团的部门管理者，通过实施一百杀威棒的超强手段，能得到五大好处：

第一，面试不一定能看准一个人的全部，但经过高强度试用期，还看不清楚？说白了，就是用极端做法看出一个人的工作态度和性格本质，逼到极端见真章，真金才不怕火炼嘛。

第二，最大程度地利益均沾。还是那话，员工和咱是“我为人人，人人为我”的关系，他们干得越多越好，领导者篮筐里的收成就越丰厚。咖啡、面包、红酒、沙拉、烤鱼、肉汤全都有。

第三，锻炼了团队业务。团队要通过艰苦磨砺才形成战斗力，天下没有掉黄金叶的奇迹。华为集团为啥发展如此迅速？一个重要原因就是他们加班成风，深夜下班是常态，据说最近又推出一个“年轻人奋斗计划”，即取消陪产假等若干福利政策。只有吃苦在前，才有享受在后的故事发生。

第四，培养加班习惯。当前快销品行业竞争异常激烈，干1小时的活儿比不上10个小时的努力。新人们不付出超常努力就想市场获胜？不加班就想在集团脱颖而出？算了，洗洗睡吧。

第五，增进团队凝聚力。大家从早到晚都在玩命干活，互相配合协作，感情就是在这一点一滴中形成的。讲其他的？没用。

当然，采用这类杀威棒法，要建立在大公司基础上才行得通。那小公司呢？只能因人而异，因地制宜，切莫霸王硬上弓，生搬硬套。一句话，大公司管理是威大于恩，小公司则相反。

我在杂志社带团队时，已经立下这破规矩，成效斐然。到了A集团自然照搬成功经验，要把企划部打造成一支能冲锋陷阵的虎狼之师。嗯，目的达到了。集团里包括老板在内的无数高管对我刮目相看，不仅因为我打赢了包装设计赛，更是看到企划部与众不同的干活方式和积极进取的工作态度。谁不动容？只有老板才会如此玩命地干活，但我当时只是一个分公司企划部的小部长。

高管们发现了我的长处和工作态度，谁不喜欢不要钱却自愿长期加班干活的人？自然也是青睐有加。后来成为我老婆的小珺也是从这点发现了我，开始对我“感冒”起来。呵呵，后话暂且不提。

在紧张忙碌中又过了几个月，新招聘的10个人基本都已转正。我又给贺平和小黄分别调去两人，充实他们的策划师队伍。而贺平、小黄二人也算争气，没丢企划部的金字招牌，两大分公司的主管领导对他们的工作很满意。为此汤总还让张总转达了他对企划部工作的赞赏意见。

小黄报喜电话打来："老大，人力资源总部已经上调我和贺平的工资啦，从原来你给开的3 000元涨到每月6 500元，这月开始执行，呵呵，多谢老大提携，这可真是嗑瓜子嗑出虾米来——遇上了好仁哦。"

"靠，我早说了，大家跟着我干，最后人人工资翻两番。只要肯付出，你拿万元月薪根本不是梦！"

"是的，廖总也是这么画馅饼的。他还许诺叫我好好干，年底给企划部申请团队一等奖。"

"妈的，你是部门四大金刚，6 500就高兴成这样？你丫真没出息！现在高兴得想跟小朋友去抢滑梯玩吧？"

"是啊，我发现贺平这兔崽子在滑梯上正玩得好呢，哈哈。"

"对了，别贫了，上次跟你说企划部人员对调的事，怎么还没动静？你丫脑子整天都想啥呢？这块费用申请报告张总批了，他们来回的差旅费从我部门报，你叫他们赶紧来吧。"

"老大，前两天我们忙接待任务。好，明天安排。"

企划部人员对调的策划，是我春节时琢磨出来的新招儿。我把C市分公司培训好的人员派到H市与F市分公司去实习，而H市与F市分公司的新聘人员到C市分公司来工作。目的有三：第一，用事实告诉出去的人，干得好跟贺平、小黄二人一样，前程似锦；第二，自己做表率，影响对调过来的人，顺道再培养些私交感情，方便今后统一指挥调动；第三，异地互调能让新进员工体验到A集团的实力和庞大，彻底震撼住他们。A集团流行一句话："到了A集团才知道中国有多大！"

在A集团工作，听到了太多的另类故事，再加上高管食堂文化的强力熏陶，我格外注意对细节的把控。唉，人无远虑，必有近忧，集团里人事斗争暗流涌动，老子时刻要扎好自己一亩三分地的篱笆墙，防患于未然。

一个月后的一天，张总忽然找我："今年H市分公司二期厂房已经投产，产能排集团各基地之首，所以老板去年把H市分公司升级为A集团总厂，今后集团经销商年度大会和集团表彰大会都在H市分公司召开。他们最近新竣工两栋宿舍楼，老板想把其中一栋宿舍楼搞成精装修的迎宾酒店，专门接待到集团办事的经销商或来开会的员工。雨经理，现在大家都知道你在设计上有一手，所以老板亲自点将，请你主持酒店设计及装修工作。”

“啊？张总，不会吧，我不会室内设计啊！再说，我要去H市分公司搞装修，企划部交给谁打理呢?!现在企划部接的活是汤总亲自交代下来的重要任务，走不开啊。要不，张总，您还是再帮忙说几句好话吧，另请高明得了。”

“哼，晚了！这是老板和廖总的意见，谁求情也没用。你小子少偷奸耍滑，你以前做过产品包装设计吗？没有吧，不也赢了吗？捎带手还把广告部打得稀里哗啦。还有，评审会上，你把产品死命粘在货架上，什么意思？不想叫广告部沾光，于是编造几句谎话去糊弄人？别人不晓得你的歪点子，我可清楚！包装设计你能做，室内设计你就不能做吗？”张总见我不甩他，似乎有点儿生气，说话连珠炮般打了过来。

见自己招数被张老大戳破，我只好嘿嘿干笑一声，但我还在顽强抵抗着：“唉，张总，张总，您先消消火，这可是两个概念啊。包装设计毕竟只是在家里动手动脑而已，可室内设计是在现场见真章的啊，这不是赶鸭子上架吗？”

“别废话了，企划部要是你兼顾不过来，好办。我回头请示老板，喊逸总过来帮你管，他反正也没几个人，正好利用企划部充实一下队伍，哈哈。”

“呵呵，老大，算您狠！成，您说吧，这事怎么干？”唉，张总真会找人痛点，一抓一个准，抓准了跟臭虫咬人一般，死命不撒嘴！还能说什么？只能答应下来。

听张总讲完，我才知道廖总原先是让工程部全权负责办理这事，他们搞了一个装修公司竞标会，但据说效果不理想。老板、汤总和廖总既不喜欢那些破设计，又嫌酒店整体装修费用高，所以暂停竞标活动。后来老板点名喊我过去督办酒店装修事宜，H市分公司的采购部和工程部协办。

送走张总，我回到办公室，一人傻呆呆坐了半晌。我之所以不情愿去接酒店装修，自有我的道理。如果在A集团搞工程、作装修，岂不又回到老路去了？靠，还不如自己开公司赚钱呢，整天又和地盘工搅和在一起，多没劲的买卖，不乐意！所以我在A集团对所有高管从来不讲有装修特长，只是和手下人闲聊时，轻描淡写提过几句罢了。但张总连威胁带暗示，还抬出老板压人，人家嘴大，咱嘴小，唉，我是不得已而为之。

但我心里清楚，一旦作了酒店装修，必然暴露自己另外一本行，今后肯定少不了要和工程部打交道，那企划这摊子又该怎么办？难道辛辛苦苦带起来的企划部最后真的要拱手让人？还有，咱还雄心勃勃地惦记逸总的广告总部呢。但老板亲自点将，不可不去，不仅要去，而且去了还要干好，几个月内自己根本没时间照应企划部，又该如何管理？外面可还有人在盯着咱呢，烦！唉，全是扎手问题。

白天没精打采，晚上辗转难眠到半夜才昏昏沉沉睡去，打进A集团这是头一次失眠。直到第二天下午，我才谋定对策，赶紧拨通张总电话："老大，后天我动身，不过为了不耽误您这边的事，我想请您帮个忙。"

"知道你要来讨价还价，呵呵，习惯性出牌，说吧，又咋啦？"

"呵呵，还是张总了解我呀。那就直说了。去做酒店没问题，保证完成任务，但企划部工作也不能丢，所以有三个小小请求。第一，把小黄调回C市暂时接替我，小黄您自然熟啦，公司交代的事他有能力办好；第二，我想调赵一笑去H市分公司做企划部副部长，暂时接替小黄，小赵跟您也打过交道，能力不错，还请您跟人力资源部打声招呼，帮忙保荐一下；第三，再麻烦您跟廖总知会一声，我去H市分公司，除了做工程外，还能兼管企划部，所以暂时调回小黄。"

"呵呵，小雨啊，怎么公司每次找你办事，你都是先提要求后做事呢？这毛病都在北京学来的吧？这是给我下任务呢，还是在提请求？"

"张总，您可是排集团十大高管之列，我哪儿敢跟您下任务啊，这不，解决不了的问题才求到您门上吗？再说了，我在A集团只跟您这位大领导熟，不找您帮忙找谁啊？"

"嘴巴抹蜜，好，就这些破事吧，再没其他事了？"

"没，真没了！呵呵，谢谢您。"放下电话，我长出一口气。小黄能力强，叫他回来临时顶替我统管企划部，是个万全之策。再借机帮赵一笑谋到副部长职位，也算安抚他最近的烦躁情绪，一举两得。唉，带个部门，人多想法多，操心！

这次去H市分公司，我决定带上阿伟。一是他想跟我学点儿东西；二是多个帮手，给我好打个下手。可谁知我这一去，竟然是在A集团工作5年当中所度过的最累的5个月，整个人足足瘦掉10斤肉，身上还留下了铜钱大小的伤疤，至今仍在小腿处。

如何面对不可能完成的任务

H市分公司位于××工业开发区，占地400多亩，经过几年开发，已建成5座现代化大型厂房，1座物流中心，1座动力车间，3栋员工宿舍楼，1栋综合办公楼，1栋科研楼。整个厂区花团锦簇，绿树成荫，假山瀑布，小桥流水，很有花园工厂的味道，可以说厂区环境比C市分公司强的不是一个档次。难怪老板要把H市分公司升级为生产研发总部呢。头一次来到H市分公司，感觉厂区好大。放眼望去，身边提货、送货的货柜车来来往往不断，穿着工作制服的员工们在厂区里左右穿梭，好一派兴旺发达的生产景象。我是越走自豪感越强，越走越佩服老板的才干，真为自己能在A集团打工学习而感到无比骄傲。

在总经理办公司，见到了廖总，廖总对我很客气："呵呵，雨经理来了啊，辛苦，来，坐，坐。"

大会上虽然和廖总见过两次面，但在工作上还没打过交道。50多岁的他，肩宽体阔，双眼倍儿亮，面色红润，气势威严，乌黑浓密的头发永远都梳理得整整齐齐，好一副老板派头。老板给廖总安排的座驾是奔驰S级，在集团内部只有4人能享受如此待遇，而张总座驾也只不过是别克，可见廖总在集团地位不一般。

我半个屁股坐在沙发上，身子前倾，一边认真听廖总介绍情况，一边速记谈话要点：经销商一进H市分公司厂大门，就要开始被洗脑，所有接待工作目标只有一个，让经销商充分信任A集团，信任集团未来的持续发展力，信任产品畅销，从而提高经销商忠诚度，以便叫他们多打货款。但因为厂区到市中心还有20公里远，经销商到厂子办事来回跑不方便，有些经销商因为着急赶回去，所以还没来得及参观工厂和流水生产线，就不得不办完事赶紧拔腿走人，无形中浪费了宝贵的宣传资源。

为了更好地服务经销商和供应商队伍，销售总部给集团建议，把新建的一栋宿舍楼改建成四星级迎宾酒店，用于接待宾客和合作伙伴，好处有六大项：

第一，酒店能创收。每天来自全国各地到厂子办事的经销商和供应商络绎不绝，客流量有保证，而住宿费可从经销商和供应商的账上扣除。

第二，方便办事，省去来回跑的时间和麻烦，提供了便利条件。

第三，强化熏陶经销商思想。站在窗户前使劲看吧，厂子里从早忙到晚，每天要接待多少辆提货车？深夜工人们还在加班抢活儿干，多红火的生意，好一派繁荣的生产忙碌景象。你不想做？有的是人想接替你！

第四，方便经销商们交流。住在一起就有机会互相探讨当地市场的发展状况，交流销售心得。有对比才有刺激，有刺激才有动力，有动力才有销量。销售总部熟谙经销商心里所思所想，就是要提供一个能刺激大家玩命干活的平台。以为在自己一亩三分地称王称霸就很不了起了？天外有天，大家去比试吧。

第五，节约集团行政开支。集团年度员工表彰大会，各省市销售代表都要住在外面的酒店里，现在大部分人能住进迎宾酒店，可节约大量行政成本。

第六，渲染集团实力。一栋迎宾酒店能证明A集团销售网络的发达和经销商、供应商数量的庞大。这些人也都是成功商人，他们自然心知肚明。

廖总还告诉我，规划装修这栋酒店是集团领导集体讨论通过的，需要立刻动工，工期只有5个月时间。原宿舍楼建筑面积5 800平方米，框架结构，是一栋不带电梯的4层板楼，主体和外墙已经竣工，但内部空间隔断都还没打，等着装修图纸审核后再施工。工程部上次招标请了8家装修公司参与竞标，它们完成了室内平面规划、标间效果图和初步报价等工作，但老板、汤总和廖总集体否定了。否定原因很多，关键在于包干价，装修公司的报价从

1 800万到2 300万不等，主流报价大概在2 000万上下。

等报告打上去，老板对工程总部吼道："一栋小酒店装修需要2 300万?!疯了吧，哪里要那么多钱？我看顶多800万就能拿下！"

当我听到老板的意见时，不禁大吃一惊，脱口而出："只有800万装修费，就要做四星级标准的酒店？"

"对，按老板意思执行！"廖总态度坚决。

"啊，廖总，800万装5 800平方米酒店，折合下来每平方米装修费不到1 400元，连三星级都还不够，三星酒店每平方米还要2 000多元呢，这……这，就这点投资？咱不能用嘴巴去装啊。廖总，这话是老板随口一说的意思吧？"

廖总听完，并不急于反驳，甚至开始拿我打趣："呵呵，雨经理，没想到你对酒店装修门清啊，说起来头头是道，以前干过？"

听到只有区区不到千万投资，我没心情跟廖总开玩笑，真急眼了，简直是掉地上的头发都能根根竖立起来，我连忙申诉请示："廖总，您说笑了，我只是出门前在网上搜了些信息，没干过，真是一间酒店客房都没装过。张总跟我说的只是酒店设计这块儿领导们不满意，可没说还有资金的事儿啊。就这点儿投资怎么装修？有点儿够呛，廖总，您看看能否再通融通融？"

"在A集团工作，就是要不断创造奇迹，为集团创造超额价值和利润，否则老板请我们干什么？如果投资充足，只要工程部几个人管理一下不就得了？还用兴师动众请你过来吗？还用张总亲自打电话帮你安排企划部的事儿？"廖总果然名不虚传，说话斩钉截铁，吐口唾沫是颗钉，容不得半点商量，一顿雷烟火炮把我给拍回去了。

尽管被拍回来，但我不死心，还是耐着性子慢慢解释："廖总，我说的都是实情，四星级酒店有四星级的装修标准，对大理石、地毯、卫生间、智能化管理等方面都有相关规定，这些是要用钱铺装的啊。"

见我真的愁眉不展，完全失去了刚进门那会儿的意气风发，廖总缓和了一下语气，笑着说："呵呵，雨经理，看来你还不了解老板的做事风格，装修效果达到四星标准，并不代表材料都是按四星标准采购啊。"

"廖总，您能再说细致点儿吗？我确实还不了解老板思路，要不您先教教我吧。”好像被打了一剂醒脑针，脑子有些开窍。

“我又不懂装修，没法再细说啦，这个也是我个人理解。好了，你尽快熟悉装修业务，先到工程部找庞经理，他会给你相关资料。你有4个任务：负责设计和把控工程预算；以你为主，负责招标施工单位；全面负责施工进度和质量；负责后期酒店所有采购项目。采购部和工程部都会配合你工作，老板已经授权，你可以随时调动他们。”

说完，廖总把老板批示推到我面前，这是一份工程部的请示报告，老板在请示报告上直接批示：“1. 请廖总全权督办酒店装修事宜；2. 请企划部雨经理协助廖总，负责主持全面具体工作；3. 工程部、采购部、财务部全力配合；4. 装修费控制在800万左右；5. 酒店年底前完工，春节前投入使用。”

看完批示，我心里哇凉哇凉的。见我没表态，廖总站起来，走到跟前随意拍了拍我肩膀，笑着说：“呵呵，老板喜欢用外行领导内行做事，这是集团文化。我原来做销售出身，没管过生产，现在不照样管得好好的？我不也没做过装修，老板照样让我做总负责人。雨经理，你也别太着急，我们相信你有这个实力，能圆满完成任务。”

还能说什么？只能勉强答应下来。临出门时，廖总又笑着说：“全集团所有员工，只要是在厂子里上班的，有一个算一个，全都统一着装，除老板以外，你算第二人。呵呵，听说张总为这个还罚了你不下3次的款，可你是屡罚屡犯。这次喊你来，呵呵，要怪就怪你这身打扮吧。”

“啊，这是为什么？”廖总的话完全出乎我意料，我疑惑不解。

说了半天话，头一次见廖总爽朗大笑：“有人发现你穿衣戴帽有个性，搞得跟艺术家似的，哈哈，于是就把你推荐给老板了。”

“啊，谁‘好心’推荐呀，往严重里说，这不是害人吗？穿衣服戴帽跟室内设计没啥关联啊？”要不是碍于廖总面子，我差点爆粗口。

“呵呵，以后有机会你就知道了。闲话少说，赶紧去熟悉情况，有问题找我。小王，你过来一下。”

廖总喊来他的秘书，叫秘书到后勤部替我安排一间单人宿舍，顺便再介绍一下H市分公司的情况。即使是一个漂亮女孩在我面前晃悠，我也根本没啥感觉了。我眼神恍惚，反应迟钝，蔫头耷脑，浑身乏力，仿佛背着三座大山，步履蹒跚地走出了总办。

打上班第一天开始，我就没被培养出一个好的穿衣习惯，所以后来自由惯了，也就无所谓了。A集团规定，在厂员工须穿着工装，但我不在乎。刚开始因为人不熟，胆子小，所以还穿了几天工装应应景，但发现穿工装浑身不自在，不到3周，便“自觉”回到常态。好嘛，一到夏天，我是上身套件花衬衫，要有多花就有多花，下面筒条大号沙滩裤，也是颜色浓烈，纯白袜配淡咖啡色休闲皮鞋，背后背个亮黑色电脑包，在人群中望去跟蝴蝶相仿。张总用实际行动为我的着装作了评价，但罚到后来大家都觉得没啥意思，于是睁一眼闭一眼也就拉倒了。所以我在集团的着装，嗯，是个性身份的标志。

当然，穿得花对于谈判装傻，帮助莫大。那时我模样像青年学生，很多客户第一眼见我，大都挺吃惊，不为别的，年轻又敢穿，脑后留小辫，还坐在部长位置上，估计有背景，至于是否精通业务，未必。好，演出开始，我在谈判时常装傻，先说刚来不久，业务不通，还请前辈多多提携。很多人见我“真傻”，于是开始海吹，把广告项目说得天花乱坠。我呢，啧啧称赞个不停，等进入实质谈判，老子把脸一抹，露出本来面目……结果不多说了，反正心术不正之人，在这轮考核中率先被淘汰出局。我没做过甲方业主，刚上位时没经验，啥都实话实说，但架不住平时总琢磨啊，所以，中招者无数。当然，现在的我，沉稳许多，已没年少时那般招摇，头发极短，穿着相对朴素。

但就因为穿着太打眼而被人喊过来接烫手山芋，唉，脑子缺氧，该夸还是该骂？好郁闷呀。可郁闷归郁闷，干活归干活，到宿舍放下行李，我就迫不及待跑进H市分公司企划部。有认识的，也有不认识的。但看见小黄的顶头上司来了，大家自然是热情迎接。因为平时几个部门互动频繁，所以我对他们的工作情况和进展了如指掌。现在有赵一笑照应着，还不必太担心。

我需要的是安静思考，眼前的事情太棘手。包装设计比稿算什么？那好比是幼儿园里小朋友在做游戏。现在是什么？要用800万投入换来2 300万的效果，这不是叫我到市场上去抢钱吗？自己从来没做过酒店装修，时间紧，任务急，经验缺，资金少，靠，一眼望去，没啥优点，全是劣势，这活还干个屁啊！洗洗睡吧。我越想越憋屈，不由得怒火中烧，真急眼了。当时心里就一个抱怨："老板和廖总是说大话、使小钱的人！"

闷棍还没打完。下午，我去拜工程部码头。只见庞总板着面孔，皮笑肉不笑地说道："欢迎雨总大驾光临，呵呵，你一来，我们的活就轻松多了啊。"

这话听起来别扭古怪，什么意思？哦，明白了。你们本来想表现一把，结果不曾想在舞台上演砸了。好嘛，怒气撒到我身上了？话里话外阳三刀阴三刀地招呼人？靠，我还不想来蹚浑水呢。

我不卑不亢回了一句："庞总，您说笑了。我也是被张总诓来的，这么点儿钱要做四星级酒店？我都快被逗乐了。"

庞总听完嘿嘿干笑一声。两人坐下咸一句淡一句地聊了起来，等说到关键点时，庞总晃着肥嘟嘟的大脑袋，双手一摊："对不起，雨总，建筑院说酒店CAD图还要修改，过两天才能把完整版发过来，要不您再等等？"

我就知道工程部肯定不配合，他们演砸了，叫我来帮忙收拾残局，还特热心在背后支持，哇，"庞雷锋"？可能吗？酒店做好了功劳归我，他们顶多是聚光灯下的一帮配角，在老板眼里也就跑跑龙套。而如果我干砸了，所有责任全我背，而且成为工程部上位的踏脚石。瞧他们那副幸灾乐祸的神情，全画到脸上了。不是不想愤怒，我也想拍桌子踹板凳，可在人家一亩三分地上，容不得咱撒野，我只好耐着性子继续问："庞总，上次工程部招标文件和装修相关资料，您这边能给我一份看看吗？"

"唉，上次招标不是被领导否定了吗？看那玩意儿有啥用？老哥给你一个建议，千万别叫我们不成熟的想法扰乱了你的思路，一切按照你的思路来设计，你说是不？再说，现在谁不知道雨总的设计水准？连逸总都不是对手，一个小酒店又算什么？呵呵，我们工程部对你主抓酒店装修，有信心哦！哈哈。"

靠，这家伙貌似有理的一句话便把门堵严了，话里话外尽带讽刺意味，有点儿受辱滋味。好嘛，谈到最后，连一片破纸也没拿到，只得悻悻而归。

走出办公大楼，迎面拂来一阵风，顿时把我的傲气吹了起来，靠，越被人蔑视，老子越要整点儿动静出来。前面逸总和我的比稿赛就是一大例证。逸总够意思吧，老板红人，集团牛人，统管广告总部，呼风唤雨，不照样被咱打得丢盔卸甲，落荒而逃?!现在对手换成工程部，本想和你同舟共济渡难关，可同室操戈，你丫相煎何急？既然你不仁，哼，咱接招就是。谁挡我发展道路，算丫不走运，倒霉催的！老庞这厮想给我使绊子，下暗扣，玩阴招，这等下三路的招数就能挡我？歇菜吧！老子在A集团就是小强，撵不走，踩不着，干不掉，生命力旺盛着呢！等心气上来了，我决定变被动为主动，与其干不好遭人唾骂，还不如争取干得出色出位！

当我兴冲冲跑到宿舍楼跟前时，感觉胸口又被结结实实打了一闷棍。这栋楼是按宿舍楼规划的，窗户间距4.2米，房间进深9米。每层左右两排房，门对门，中间2.5米宽的过道。等看完廊柱和窗户分布结构，哇，这就是传说中的酒店？傻瓜都看得出是工厂宿舍楼嘛。大堂？宿舍还需要大堂？靠，层高不足3米。电梯？太奢侈了，只有左右两座楼梯伺候。酒店常见的大落地窗？对不起，窗户离地高80厘米。阳台？工厂为了整体外观和谐，不许外面晾衣服，所以阳台“被消失”。建筑上没任何特色，这是酒店坯子吗？还只给准三星装修费，就敢要求四星效果？全是既要马儿跑，又不给马儿吃草的逻辑，都歇菜吧……

越看越感觉憋屈，完了，完了，我的心气顿时散帘子了，望着粗陋无比的宿舍楼，我都快哭了！最后爬到顶楼，照着一根承重柱使劲踢了起来，边踢边痛骂：“谁他妈的那么缺德，喊老子过来做酒店？这酒店谁能做下来？就这点儿钱，顶多装修两层，还想要四星效果？去他大爷的……姥姥！”

唉，咱不是机器人，也不是电脑，咱有血、有肉、有感情，这活是人干的吗？感觉压力似千斤，只能找个没人的地方拼命发泄……希望自己把柱子踢折。酒店塌了就不用搞装修了？靠，真是本能反应。

足足折腾了几十分钟，等出了一身臭汗，也实在踢不动柱子了，我瘫坐在地上，呆呆望着窗外，脑海里翻江倒海一般。工作还得继续，梦想还得追求，我是走是留？如果真干不动这活，还不如提前跟廖总求饶，放咱一马回企划部算了……随意捡起身边的小石子，边想边无助地向柱子扔去，不知过了多久，忽然心念一动：“对啊，是爷们就该像那棵柱子一样，内心坚强无比，外面有棱有角，身上有担当，扛上千斤压力也不惧，暗箭中伤更是毫发无损，而且它还无怨无悔，一言不发……”

等想明白了，我站起身来，走到柱子跟前，意味深长地用手使劲拍拍，深感一身轻松。回头再看看窗外，太阳正缓缓向西山沉去，华灯初上，工厂实行的是三班倒，依然是一片热火朝天的生产氛围，够劲。嗯，自己天生乐观的情绪如迷途羔羊正缓缓返回家园，好吧，苦也诉了，怨也发了，脾气也泄了，开始工作吧。自己给自己鼓励，往往是最大的鼓励！现在，我脑子又正常运转开来：“对工程部而言，我是鸠占鹊巢，所以他们处处刁难。如果我在项目上翻了船，那就从侧面证明不是他们不能干，而是老板要求太离谱，方便工程部洗脱工作无能的罪名。如此看来，今后双方合作不是顺利与否的问题，而是如何掣肘与反制的问题。但没有工程部配合，施工如何管理？验收如何监督？靠，两难境地！我该如何走出困境呢？”

时间不大会儿，横向思维发挥了作用，既然带不起工程部，那就得挖企划部潜能！对呀，装修从设计到施工再到采购，里面所有工序和猫腻咱全通，只要叫企划部的人跟我现学现卖，个把月的突击，每人只精通一到两个工程项目的施工工艺，也不是啥难事。想到这里，思路豁然开朗起来。一个大胆、冒险、出奇、玩命的计划出笼了！

对，调动企划部所有资源，把企划部拉到装修一线上来再说。第一，完成搜图工作。还是那套吸星大法规则，借鉴高明设计为我所用；第二，实地考察酒店，多看，多问，多想；第三，和装修公司多聊，看看他们对酒店装修有什么好想法；第四，我负责前期所有平面规划和总预算，不能交给装修公司完成，命运要掌控在自己手上，万一在规定时间没设计好，岂不被动？看来，流程可分成考察学习、创意设计及预算、招标、采购、施工5个阶段。好，我们就先集中精力完成第一和第二阶段任务。

回到企划部，马上拨通C市企划部小辉座机：“哥们儿，还在加班啊，好，辛苦了。现在拿笔记录。”

“好的，老大，你说吧。”

“第一，放下手头所有的活儿，给你一个紧急任务，帮我搜集整理酒店室内图，按照搜牛奶包装图的思路；第二，喊上新来的晓峰和子明一起干，你负责整理；第三，文件包分成：大堂、餐厅、咖啡厅、双人标间、商务套房、总统套房、走廊和楼梯8个部分，每个文件夹再按风格细分为宫廷奢侈、纯欧、简欧、现代和混搭5个小文件夹；第四，尽量搜国外酒店室内图，国内部分不能超过图片库的20%；第五，只要大图，头3天交第一批图，5天交齐；第六，没有8 000张你就去跳楼吧。都明白了吗？”

“老大，放心，保证完成任务。”

安排完任务，我又拨通小黄座机：“哥们儿，我遇到点儿麻烦。跟你说个事儿，打明天起，你尽量给晓峰和子明少安排点儿工作。”

“啥事啊，他们两个大学毕业不久，去年10月才进企划部，业务还不咋的，给你能帮上什么忙？”

“唉，H市分公司工程部刚被老板好一顿修理，又见我被老板和廖总点将，跑到他们槽里来抢食儿，这帮兔崽子根本不配合。靠，老子哪能被他们拍住？屁！等装修开工后，叫他们滚到边上凉快去，我调咱们的人过来管理现场，负责监工。”

“啊，老大，恕我直言，你想法不错，可咱们人懂哪门子装修啊？他们监工，嘿嘿，那还不是黑瞎子按键盘——乱弹琴吗？”

“去，瞎说什么呢！我做过不靠谱的事吗？呵呵，你丫是第一天到企划部上班吧。行了，废话以后再说，我想让晓峰和子明这段时间把主要精力放到装修上，你负责协调。现在你叫他们听电话。”

不用想，C市企划部的人肯定全都在加班。果然时间不大会儿，晓峰接过话筒问道：“老大，什么事？”

“拿笔记录。我要调你和子明这几个月忙装修的事情。”

“啊？老大，我们从来没干过，不会吧。”

“啊，啊什么啊！靠，不会？不会可以学啊。有那么可怕吗？你不知道我做广告也是自学吗？别废话了，听好。第一，从网上下载有关装修施工工艺和检测的文章。第二，常跑工程部，请教他们相关的装修实战知识。第三，星期六和星期天去新开楼盘，冒充小区住户，到装修现场跟地盘工学本事。第四，你主攻水电路改造和木工，子明负责瓦工和油工。不用学设计，只要搞懂施工工艺和检验方法就成。第五，给你们俩月时间，必须出师。”我发火了，没工夫跟他们磨牙。

“老大，你先别急啊，多问一句，学到什么程度才算行？”

“问题问得好！现在给你们举俩例子。比如，如何检查墙壁抹灰刮腻子是否平整？简单方法是，你闭眼用手慢慢在墙上从左到右轻轻抚摸一遍，通过手掌触摸能感觉墙是否平整，你要学的内容就是这个。再比如，如果发现瓦工贴墙砖时，瓷砖没放到水盆里浸泡，那要提醒必须立刻整改，因为瓷砖有吸水性，在水里不浸泡几小时，贴在墙上不牢靠，时间久了会掉。还有……”

耐着性子，我又把事情的来龙去脉粗略讲述了一遍。还得自夸咱的演讲水平，他们被说服了，也许是出于对我的信任，也许是惧怕我的威严，二人信心满满地答应下来，满口是保证完成任务的话。最后大家约定，一个月后到H市分公司报到。

阿伟坐在一旁，满脸疑惑：“老大，你常说在公司做事不要意气用事，咱们真要跟工程部闹掰了？企划部的人临时抱佛脚，当监工能行吗？万一出点儿纰漏就有麻烦啊，要不您再去跟廖总说说，请廖总出面协调两部门的关系？”

见阿伟有些着急，我拍拍他的肩膀笑着说：“哥们儿，天不是还没塌下来吗？呵呵，先别急，听我分析。他们都是公司老人，排斥职业经理人是本性，请他们帮我？哼，恐怕是水火不相容。但他们以为我离开工程部肯定玩不转，呵呵，那就成笑话了。阿伟，你还不了解我做装修的神通吧。说实话，装修可是咱吃饭的本行，水平只在广告之上不在广告之下……没点儿真家伙，《时尚先生》能有我专访？别逗了。”我把过去装修的经历简要讲述了一遍。

“靠，早说啊，我只知道你懂点装修，没想到是高手啊！哈哈，你说得对，整死那帮兔崽子！”

“还有，这是一个以强示弱的大好机会。先麻痹他们，等在酒店项目建功立业后，哼，叫姓庞那小子，把脸给老子丢到姥姥家去，还在集团混个屁啊！咱们要有虎口拔牙的勇气和干劲，等年底集团颁发项目奖励时，企划部大功独揽，连肉带汤包圆，一根鸡毛也不给丫留下！哈哈。”

阿伟听得心旷神怡，脸上颇有跃跃欲试之意。嗯，咱鼓励和煽动手下人玩命干活的本事还有那么点儿意思，看，这次又派上用场了。

说完话，我把赵一笑喊来：“酒店装修的事，我今后打算不理工程部了，先把这帮兔崽子晾起来再说，有什么事你负责跑跑。明天你先去找廖总秘书，请她帮忙带你去工程部，拿到上次参加竞标的装修公司名单、竞标书和投标设计效果图。他们要拒绝，你只管求廖总秘书就成，她有办法帮你摆平。对了，明天找她时别空手，拎点儿C市土特产去，记得嘴巴甜一点儿啊。”

“收到！我马上就去办。”一笑痛快答应道。

“还有，H市分公司所签合同，综合办公室在盖章时一定有存底，你明天到综合办公室复印一套宿舍楼设计院合同，我要先拜访设计院，要回平面CAD图。一周后，你约齐投标公司，上午一家，下午两家，晚上一家，我想分别和他们谈点儿事。一会儿，你再帮我给廖总打个申请报告，装修期间我要申请一辆专车，随时能跟我跑，要把情况说得苦一些，严重一些啊。”

“好，明白。”

多年以后回忆起来，在A集团取得最大的欣慰不是自己捞了多少个总监头衔，不是管理过几大事业总部的经历，就算最后拿着副总裁级的待遇离开又如何？我个人认为最大的成就是带出了一支能征善战的企划部团队，凭借“716”极限训练，换岗学习的丰富培训，广纳人才的积极扩军备战，抓住机会提拔骨干的长远谋略，这支虎狼之师已被打造成梦幻团队，关键时刻指哪儿打哪儿，能替我冲锋陷阵，成为攻城拔寨的中坚力量。

真不记得已经有多少次了，正当我为难之际，都是带着这支嫡系部队杀出重围，重现生机的。这是一支无往不胜的坚强团队，从这支团队里先后走出了两位老总，3位总监，9位部长，百八十人的门生故吏更是遍布A集团各大分公司，正是因为有团队帮衬，到了后来，连汤总和廖总对我也礼让三分。

老板不需要你斗勇逞强

第二天，司机阿健来办公室找我："雨总，我叫阿健，办公室安排我这几个月负责给您开车。"

"好，现在就出发，去省城酒店转转去。"

出门一看，门口停了辆红色夏利，唉，有车就成，比C公司采购部的破面包车强。我想从考察三星、四星和五星级酒店入手，先跟同行学习，摸清设计酒店的门道，然后再动手做迎宾酒店。路上我已想好说辞："为了签约合作酒店，A集团委托我负责考察贵酒店协议价、设施和服务。"

所谓外行看热闹，内行看门道，三天考察下来，斩获颇丰。刚回到企划部办公室，我又忙着张罗起来："一笑，廖总说以后所有经销商和供应商到集团办理对账和上账手续，都要集中到H市分公司来办，你先找贺平和小黄，大家分头联系所有分公司的销售部和供应部，了解每天到他们部门办事的经销商和供应商平均有多少人，高峰期又有多少。记得，从登记表上查啊，多统计几天数据出来。我要根据人数来敲定房间数和床位数。明白了吗？"一笑点头称是。

"对，刚想起来，还有一件重要的事。你、贺平和小黄都去问问经销商，如果他们到H市办事，公司给他们安排和其他经销商同住在一个套房里，接受程度有多大？你们三人调查总数要在150位左右。好，尽快返回数据。"

接着我又喊来佟刚："佟刚，看你干活就是一个不惜力的家伙，你到企划部有3个月了吧，那也算部门老人了哦。"

"是啊，雨总，感觉好像干了半年。听黄总说起您，神通广大呀，呵呵，以后还要跟您多学本事啊。"

"想学？那还不好办，现在就叫你学样新本事。哈哈。"于是，我又抄起鼓动人心的那套家伙什儿，在他耳边跟电吹风似的，最后，佟刚听明白了，先放下手头工作，投身装修行当，熟悉施工工艺和监测手段，到时在现场做施工管理员。看样子，他有些犯晕，没关系，晚上我给他心气上再添把火。

之所以在H市分公司企划部继续喊人加入到现场施工管理行列，我有考虑。老板喜欢搞双轨制竞争，好，咱有样学样。C市企划部的子明、晓峰和H市企划部的佟刚都是施工现场负责人，两拨人马来自一个系统的俩部门，都做同样的事，这里面就有互相监督和竞争，嘿，我期待竞争！

事情一环扣一环，等我实地考察完酒店，小辉搜集的第一批图也如期而至。嚯，望着几千张经典图片，如获至宝，我如饥似渴地学了起来。闲言少叙，学习方法跟当初学设计和做包装一样，还是苦干加巧干，又是画又是写，简直是不分昼夜地学习。也就不到10天工夫，咱出师了。这有何难，只是装修的一个分支而已，设计套路被咱摸得门清。

好，下一步，我亲自设计酒店布局，检验学习成果。我内心充满了渴望之情，准备甩开膀子大干一场。第一步是规划房间种类和数量。先从根儿往上推，老板和总裁在集团高高在上，统管全局，那得有两套总统套房随时伺候着。酒店主要是为接待经销商和供应商，双人标间要占大头，所以商务套房数量得控制。20套？ 15套？ 10套？

“靠，一笑，一笑，你们的经销商统计数据出来没？”我急了，又开始抓人了。

很快，统计数据汇总过来，居然有高达40%以上的经销商对拼住表示同意或无所谓。刚开始还挺吃惊，等明白了恍然大悟。之所以有经销商同意拼住，道理很简单。第一，跟同行互学。经销商老板愿意和熟人同住，旅途不孤单不寂寞。第二，省钱。不是每个经销商都腰缠万贯，手下人来办事能省则省，有省钱的拼房标间，何必要去多破费？何况又不是自己去住拼房。第三，安全有保证。我们客流与A集团密切关联，有纽带联系，目标都是到集团办事，拼住一起无论从感情、安全和费用上说，都没啥问题。到了年底对账高峰期，办事要紧，谁还有那么多讲究？相信拼住率还会大幅提高。

经过反复调整和比较后，我决定将酒店划分为：82间双人标间，每间38平方米；10套商务套房，每套76平方米；2套小总统套房，每套200平方米；原来大堂面积偏小，应把大堂左右和前后再扩充一些面积出来，最后大堂220平方米，单从面积上讲，与市区三星级酒店大堂面积相仿；一层再增设240平方米咖啡酒吧区，方便客人交流。

现在，我认为规划方案基本能满足功能需求。根据销售部和供应部的反馈信息，每天到集团各分公司办理对账和上账的人平均累加有90人，高峰时近300人。目前规划布局不仅能满足平时需求，而且还能解决高峰期65%的客人入住问题，所以我坚决取消了单人标间布局。商务套房也不设一张大床，而是两张单人床，为的是能提供更多床位。公司两位高管入住同一酒店房间，这是A集团节约差旅费的常态做法。

好，我得出了三个弹性接待数据：

第一，正常客流状态：82间双人标间+10套商务套房=92批次人员，完全能满足日常接待任务，不需要拼住。

第二，超常客流状态：82间双人标间×40%（拼住率）×2人+82间双人房×60%（二人同来办事或一人单住）+10套商务套房×1批次（可能是两人）=124批次人员。

第三，客流爆满情况：82间双人标间×100%（拼住率）×2人+10套商务套房×2人=184人。

平时入住的经销商和供应商客流已基本保证酒店爆满，而且酒店可以打时间差，经销商和供应商一般是周一到周五入住率高，而周六、周日入住的以公司员工居多。比如集团或H市分公司周末举行会议时，很多从外地赶回来的高管和部门负责人就不必住在其他酒店，如此一来，酒店更能为集团节约大量行政办公费。

必须考虑酒店今后的运营成本，不能单纯为增加客房而增加客房，酒店接待能力也不必牺牲掉咖啡区，而刻意摸高。我判断酒店经营业绩会挂靠H市分公司，规划时既不能搞出太多空房率，也不能接待能力脆弱，恰当保留15%余量为最好。至于酒店今后接待能力是否够，只能说不够就再建呗，多简单。现在的关键点是，保证装修投入在可控范围内！靠，现在爆满总比冷场要好得多，近一年在A集团打工的经验告诉咱，到哪座山头就得唱哪儿的山歌。我能把目前这段工作做好，就足够好了。

工程部图省事而照搬社会酒店布局，结果规划成：大堂+单人标间+双人标间+商务套房+总统套，不仅没有咖啡区，而且因为商务套房数量过多，占用面积过大，导致总房间数比我的方案少12间，接待能力降低20%之多。

事后了解，工程部有个命题没想明白：两位素不相识的经销商，能同时入住一间双人标间吗？他们不懂广告策划，不懂市场调研的重要性，结果想当然了。如果仔细分析目标客户群，就会发现经销商或供应商来办事，有时是老板亲自来，有时只是手下财务或销售来，老板肯定要求他们尽量节省差旅费，无所谓拼住不拼住。结果他们以为这是社会酒店，因客流杂乱，住宿目标不一致，没有拼住可能。呵呵，非也非也，咱是企业迎宾酒店，目标客户群面貌整齐划一，拼住为啥没可能？平时还好说，到了办事高峰，必然有大把拼住客人。

唉，没有调研数据作支持的规划，那是纸上谈兵，领导们能听他们凭空吆喝？既然人家那么大方给咱机会，哪有不受之理？事后证明，企划部的数据分析被老板和廖总接受，方案顺利通过。

酒店装修是我在广告策划指导下，做的一次大胆尝试，走的是一条跟其他设计师不同的设计道路。不论是室内设计师还是工程部甲方代表，他们的知识面大都局限在专业领域，也许是太专注专业了，而没看到全局变化。功夫在诗外。

我跟他们大不同，做装修项目是先按广告思路来思考问题，把酒店项目看成一款能盈利的产品。好，既然是产品，那就按广告思路来分析产品定位。酒店定位是既能满足接待经销商和供应商的住宿需求，又能满足集团使用的迎宾酒店。这跟社会酒店定位形成差异化——不对外公开营业。正因为有了清晰的产品定位，我才能不拘常规，规划出符合定位的布局方案，才有去找市场调研数据的想法。

一句话概括，不是因为咱有多聪明，而是因为职业选择的阴差阳错，“被迫”将广告和室内设计捏合在一起，没想到真有奇效。是上天对我敬业的褒奖？还是咱运气好？还是对我因破产遭罪而补偿给我吃饭的家伙？唉，既然有吃饭家伙，还管那么多干吗，赶紧吃下这座酒店再说吧！

很快，进入第二个环节，创意设计方案和预算把控。该环节是本次酒店装修上的一颗明珠。如能摘下这颗明珠，那前面就是一马平川的大草原，可以随性子纵马驰骋啦。我依旧信心满满，心里暗自思忖："凭咱本事还拿不下一个小小的标间设计？别逗了。"

铺开一张A3白纸，我先按常规列出双人房的装修费：

1. 砌墙抹灰：35平方米×100元/平方米=3 500元。肯定少不了。

2. 水电路改造：3 000元。包括吊顶上的筒灯、床头壁灯、电子中控台、电视、电话及网线、上下水改造，估摸要这个数。

3. 艺术吊顶：38平方米×100元/平方米=3 800元。楼层矮，吊顶不好处理，只能吊一个现代内缩式叠顶，但不管怎么省钱，没3 800拿不下。

4. 顶角线：25米×40元/米=1 000元。三星级以上酒店都有石膏顶角线勾边。

5. 包窗套：8平方米×40元/平方米=320元。必需项目，啥也别说。

6. 铺设地毯：32平方米×120元/平方米=3 900元。好酒店的地毯就从来没掉过档次，比铺地板显得更温馨。

7. 铺贴壁纸：60平方米×30元/平方米=1 800元。地毯和壁纸是酒店装修两大必杀器，选用中档壁纸必不可少。

8. 房门、电子锁及门套：3 000元。进门前第一印象很关键，手感要好，免漆实木门外加电子锁，没有3 000元想都别想。

9. 卫生间整体：12 000元。面积不大，却是最耗钱的大户：新砌隔断墙；做1.8米高墙壁防水和地面防水；贴墙面砖、地面砖和腰线；铝扣板吊顶；坐便器；大理石洗手台面、水龙头、台盆和洗漱镜；浴缸、喷淋系统；电热水器；卫生间门及门套。哇，全是烧钱的玩意儿，忍住使用高档建材的冲动吧，加起来控制在12 000元以内。

10. 大衣柜：3平方米×600元/平方米=1 800元。就这点钱现场定做，产品谈不上出色，得，凑合用吧。

11. 小酒柜：1 000元。挨着大衣柜边上做小酒柜，上面摆上A集团的酒店奶、瓶装水和果汁，再放点烟酒糖茶，即使随便做，都得要1 000块。

12. 桌椅：2 000元。买套稍微能看上眼的，哼，2 000只是起步价。

13. 两张单座小沙发及茶几：1 800元。靠，微末小钱买打折产品算了。

14. 两套床、床上用品及床头柜：12 000元。忘记纯四星标准吧，唉，估计也就是个中低档货色。

15. 窗帘：1 000元。也就将将能采购齐纱帘、遮光布、窗帘及配件。

16. 灯具、装饰品及挂画：1 000元。房间需要两盏壁灯，一盏落地灯、一盏台灯、一盏卫生间吸顶灯和一盏卫生间镜前灯、6盏筒灯，再加上床头装饰画和桌上摆件，说1 000都算客气。

17. 电视、空调：估摸6 000元能拿下来。人穷志短，忘记品牌，捡打折货买。

18. 电话、吹风筒、杯子、烟灰缸、拖鞋、浴巾、纸筒篓、洗漱用品，林林总总加起来，即使没1 000，也得有800。

好嘛，别看房间不大，可把18个项目罗列完，感觉跟背煤气罐爬楼梯一般。很快，单套双人标间装修费统计出来，每间大约合6万元上下。好，再乘以82间房。按完计算器，总数5 000 000一亮相，5后面跟的零多了点，看得晕。我忙使劲擦擦显示屏，生怕数错，连数三遍，不多不少，整整6个零！

哇，500万！一个具有震撼力的天文数字横空出世！更叫人绝望的是，酒店大堂、商务套间、小总统房和公共空间还没预估呢。这还是省了又省的预算方案，根本就没敢往豪华上靠，勉强够个准四星标准的边儿。

完全泄气，霜打的茄子是啥样，我就是啥样。光是双人标间就花去一多半投资，靠，酒店还做个屁啊，脑子太累，洗洗睡吧。

第二天早上刚睁眼，“6个零”便排队跑来骚扰！我一直计算和调整到傍晚，只在500万身上扒拉下几十万的渣滓，杯水车薪。唉，提不起半点兴趣。把一笑喊进办公室：“哥们儿，明天都跟装修公司约好了没？”

“约好了，按你意思，上午一家，下午两家，晚上一家，一共8家，连约两天。”

“好，但这还不够。你马上再找4家有实力的装修公司过来，我还想多接触同行。记得一点，网上先搜业绩，必须有酒店设计和装修经历的啊。这三天咱们不干别的，只跟他们聊天，你有空也要参与。”

“老大，都过去两周多了，我看你这边还没动静，是不是遇见难题了？你想通过跟他们聊天，发现节约成本的好法子？”

“唉，老板给了一个不可能完成的任务。我现在的偶像是汤姆·克鲁斯！”

话音刚落，电话来了，廖总找俺有事。刚推开门看到廖总，心头便一惊，就见廖总铁青着面孔问道：“雨经理，半个月过去了，你这边怎么还没点儿动静？你是来做酒店项目的吗？”

见廖总气色不对，似乎话里有话，我没敢坐下去，乖乖站在大班台前，赔笑回道：“廖总，不瞒您说，酒店只有区区800万，我正犯愁如何花出去，老板和您才会满意呢。这事有难度。廖总，要不您再宽限几天，容我再通盘仔细想想？”

“我还以为你到H市分公司是来度假的呢，哦，误会，误会。呵呵，原来你还没忘酒店这档子事，还在背后忙？不过，忙也要忙得有结果啊，你现在能保证年底前酒店正常投入使用吗？我们先把丑话放在前头，你要觉得真有挑战，勉为其难了，没关系，早点儿提出来好，公司走马换将就是。本来装修设计和施工也不是你的本行，干不了就别霸王硬上弓啦。老板不需要你来斗勇逞强，耽误公司正事谁也不好交代！你明白里面的道道吗？”廖总话里夹枪，气势甚是咄咄逼人。

谈话气氛陡然紧张起来，见廖总有些急眼，不害怕是假话。唉，也是话赶话，实在控制不住被羞辱的感受，情急之下我脱口而出，立下了军令状：“廖总，廖总，我绝不是那意思。我完全有信心按时保质完成任务！前几天，我忙着作市场调研，因为我觉得酒店布局和设计也要根据市场调研数据来做，现在就等解决几个问题后，便能开始招标。还请廖总放心，只要再给15天时间，我保证集团领导能看到装修公司二次投标设计稿和新报价，费用控制在800万左右，并且保证一次性通过审批。如果招标没干好，用不着您下令，我自己开路，立刻滚蛋走人！”

“好，雨经理，这话可没人逼你说，是你自己说出口的啊。好，再给你15天，到时候我们验货。”

望着廖总两眼冒出来的寒光，我是连气带惊，后背凉气直冒，小腿肚子一个劲地哆嗦，头一次在A集团被吓唬住了——不仅是因为上级的威严和恫吓，还因为感到了在大集团做事的紧迫感，项目大、压力猛、时间紧、任务急、责任重，非常人所能忍受。刚出门，我感觉自己快疯了。这不是拿跑百米速度跑马拉松吗？有这么要求玩命干活的吗？疯了！全疯了！我边骂边狠狠吐了口吐沫。

我漫无目的地走出厂子，有当初债主将菜刀剁到桌上的感觉，都是面临不可能完成的任务，都是退一步即万丈深渊，都是完成不了就要被灭掉！靠，我工作年限不长，但为什么总是碰见刀架脖子的买卖呢？唉，这回算死透了，沦为案板上的鱼，任工程部那帮鸟人随便宰吧，任意剁吧。15天不仅要想到解决之道，而且还要请装修公司做完效果图，可能吗？急得抓耳挠腮算个屁，我恨不得飞到灵隐寺去磕10 000个响头，央请大罗神仙现金身……

平时灵光闪闪的脑子早已锈得掉渣了，所有正常思维早已凝固了，所有常规套路全被封闭了，所有策划招数全用尽了，可结果是如此残酷！现在就一念头，这不是把人往绝路上逼吗，对，居然还是自告奋勇立的军令状！真是越想越气急败坏……回想当初，那时虽然苦，至少还有小王在无私帮我，可现在是单炼我一人！

一下子想起小王来了，百感纠结，我马上拨通他电话：“哥们儿，干啥呢？”

“嗨，老大啊，我不正在家里伺候你侄子嘛，听，小宝贝正在笑呢，哈哈。”

“靠，你丫真幸福，老哥我遇见大麻烦了。”

“咋了？你不是在A集团打工吗，又不是创业，呵呵，能有什么麻烦？”

等我把事情啰里啰唆讲完，小王笑了：“呵呵，哥们儿，这对你也叫事？你气我呢吧！装修是老本行，你多能折腾啊。想当初你到山西给煤老板装别墅，往上干，你是在别墅天顶上修游泳池，往下干，又挖出一个负二层做卡拉OK房，就差再修个地道通到别人家，真没有你不能干的，别墅能折腾，碰到酒店就蔫了？老板没给足装修费，也不是一件大事啊，那时哪个客户不是要求咱又要省钱又要保证效果，这点儿麻烦也算麻烦？我看你是在A集团干呆干傻了吧，呵呵……”

小王的话给力百倍，这家伙很信任我的能力，好像800万兑换2 300万根本不算啥困难，一番话说得我似乎有点心气了。可不是吗，现在是因为着了大急才会六神无主，难道过去还债不比这事困难百倍？4年前遇见的困难好似一座山，现在这点儿麻烦顶多算丘陵。我是怎么了？怎么越活越出溜，越干越没出息？一座破丘陵都爬不上去，今后还想爬山创业？屁！困难都是纸老虎，一把火足矣！

我在马路牙子上一直坐到天黑，算是忙里偷闲地散心情。一边抽着烟，一边眯着眼睛看街面上来往的汽车，奔驰、宝马跑过去了，路虎、凯迪拉克也跑过去了，老子的座驾在哪儿？靠，冷静下来，好好干活吧，不然今后连拖拉机都开不上！嗯，边看边想，心情活了，思想通了，不服输的斗性也上来帮忙了。好，站起身来，玩命跺跺脚，抖擞精神，今晚就是最后决战！

敞开心扉

美国西点军校一贯以〝魔鬼训练营〞著称。学校规定：毕业生要经过一项测验：在空旷地带挖个深洞，里面安置一个高4米、直径为两米的金属圆桶，内壁光滑。傍晚时受训人被放进圆桶，一夜之间不能爬出圆桶，不仅测试零分，而且还将受罚，被人从上面抛泥土盖顶，埋至半腰深。自项目设置以来，没有毕业生如愿以偿。当道格拉斯·麦克阿瑟像别人一样跳进桶内时，他就在想：〝难题肯定能打破，否则项目设立毫无意义。〞

可是面对没有任何着力点的金属桶，人高马大的他同样也没办法超越生理极限，根本不能空手爬出来。第二天，主考官见他还在桶里，就让士兵向桶里抛撒泥土。这时，麦克阿瑟没傻等，而是左闪右躲，并迅速把泥土踏在脚下。不一会儿，好戏开场了，抛下来的泥土在他的精心堆积下，竟堆成一座越来越高的土堆。最后，他站在土堆上一跃而出！那一年，麦克阿瑟以98.14分的成绩毕业于西点军校，创西点军校毕业学员分数奇迹，后来他成为美国五星上将。

人生中难免会遇到类似困境，唯有坚持信念，不断主动寻找突破口，不断变化思路，今天的困境才有可能成为明天成功的垫脚石。对，咱像"商业小强"一样，撵不走，踩不着，干不掉，有着旺盛的生命力！

横向思维与移花接木

回到办公室，看见一笑马上布置工作："哥们儿，没时间啦，赶紧通知那帮装修公司，今天能来的马上开谈。"

谁有本事能在当场回答我的问题？没人！投入800万等于2 300万的效果，所有人听完只有一个反应，摇头，而且还是一个劲儿摇头。更有甚者，叫我别再费力不讨好地胡思乱想了，省省力气吧，他做了20多年装修，如果天底下还有这般巧妙的省钱法子，那2 000万装修费不是能干5 000万的事情吗？干吗还要生投5 000万进去？可能吗？什么东西都是一分钱一分货，建材也不例外。现在建材价格、工人工钱和装修利润，人人皆知，想在这方面打主意，门都没有！

是啊，投2 000万就能换得相当于5 000万的装修效果，谁不想干？听他滔滔不绝讲完推理，感觉被这丫洗了脑。痛苦。这番至理名言要是能被廖总亲耳听见，那该是多美好的一件事情呀，能喜到上天去！

综合他们意见：第一，猛砍装修项目；第二，全部用低档建材，酒店标准按准三星级做。靠，还用他们动手砍项目、降档次？老子早就知道这条路了，可这是一条绝路啊，万万走不得！唉，见了无数设计师和项目负责人，还是一无所获！掰着手指头算，招标要两天，装修公司做平面布局图、效果图和预算报价要10天，现在又整整过去了两天，我只剩下一天时间，必须完成所有创意思路，可能吗？也许从这一秒钟起，已经开始给老子倒计时了……快绝望了！

实在想不出来破解办法，我就跑到办公楼外面，边踱步边思索难题。忽然脑海里一翻个，想起一个故事来。

美国U-2高空战略侦察机升限2万米以上，苏制米格飞机根本打不着，所以U-2在苏联上空飞得很招摇。要从2万米打下一架飞机，常规战法是导弹、火炮和飞机拦截，可苏军当时没这实力，只好望空兴叹。但克格勃打破常规，决定“以计当战一当万”！精心谋划后，他们在阿富汗物色了一个叫嘉兹的人，他悄悄潜到巴基斯坦的白沙瓦，找到老朋友尼伊，通过尼伊介绍，他得知U-2停靠的机场有一名清洁工因病请假，嘉兹就冒名顶替混入机场。尼伊金钱开路，摸清了U-2飞行中队的情报，嘉兹趁机场晚上警卫换班之际，猫腰跑进停机坪，摸进飞机驾驶室，把克格勃研制的超强磁性螺丝钉给拧到高度仪上，结果飞机刚升到8 000米时，指针就指示出2万米高度。于是U-2一进苏联领空，就被米格飞机揍了下来，震惊了全世界。

当想起U-2故事时，我的心头不禁一亮：一颗磁性螺丝钉就叫美国大兵鲍尔士直接飞到苏联监狱里去了。花费少，见效快，效果实在惊人。克格勃是以正合、以奇胜，不同于常规思维。我前两天按“提出问题、分析问题、解决问题”的思维模式搞过两次，思路混乱，而且忘记加入横向思维等方法了，还是在走常规道路。好，今天晚上就是最后决战，成败在此一举！

我决定第三次再使用该模式，重写，重想。拜托，思维模式给点儿薄面吧，千万别在关键时刻掉链子啊。晚上，办公室里，沏好茶，点上烟，决战开始了。我通过反复比较和提炼，最后认定现在面临的最重要的问题是如何最大可能地让客人入住更舒服、更体面。酒店的核心归根结底是为客人提供住宿服务，是客人一个“临时的家”。住宿问题没想明白，谈其他没用！所以，只有解决好“住”的问题，其他问题才会迎刃而解。

首先，提出问题：如何最大可能地让客人入住更舒服？更体面？

分析：客人入住后，三方面感受最为重要。

第一，睡觉舒服。保证睡觉舒服的前提是床垫要上品，床品要纯棉，贴身舒适。好，那是否可以认定伺候睡觉的那张床垫最为关键，其他各部分的重要性排序为：床垫＞床品＞床架？进一步推论，睡觉睡的是床垫和床品，而不是睡床架。结论：睡觉与床架关联不大。

第二，洗澡痛快。保证洗澡痛快的前提是热水供应量要足，水压、水温和水量要好。经销商和供应商队伍中有80%以上都是男性，他们会用浴缸洗澡？到集团办事，心里都揣着事吧，应该不讲究。靠，这又不是到了度假村。对，水量足＞淋浴＞浴缸。结论：洗澡痛快与浴缸没啥关联。

第三，保证房间安静。保证安静依托5点：1.新修隔断墙里塞隔音棉；2.窗户选双层中空隔音玻璃，但现在没办法改变单玻现实，那就得在窗帘上下工夫，厚窗帘加遮光布，至于纱帘？嗨，窗户外面的工厂景象多好看啊，还要纱帘半遮半掩干吗？靠，直接取消；3.房间铺地毯，进一步吸音。4.这里又没小姐，整不出大动静；5.电视音量限控，不扰民。结论：安静有保证。

对呀，想起来毕加索曾说过的一句话：创造之前必须先破坏。破坏什么？传统观念，传统规则！咱们只要保证睡眠、洗澡和安静，则入住舒适度就能得到有效保证，根本基础有了，那其他装修设施算是画龙点睛，还是锦上添花？不添或少添成不？对呀，主次不可混淆……嚯，思路瞬间开阔！

床架和床腿拿高密度板现场做，床底排骨架只购买最便宜的，床头包软布靠在墙上，但床垫选软硬适中的五星级货色，床品不用酒店常备的化纤产品，改用纯棉制品。单单这项而言，整体费用略微下降，但睡眠舒适度却反而提高了一个层次。纯棉床单+漂亮枕头+五星级床垫+便宜床架+简易排骨架（4 500元/套）=全套中档床具+床品（6 000元/套，五星标准）。

思路完全打开！为什么所有东西要统一成一个标准？谁说床垫是五星级，床架就一定要配套成五星级？床垫放到床架上，床单又盖在上面，睡的是床垫又不是床架，只要入睡安稳，床不塌不摇、不咯吱吱作响，还有哪个傻瓜客人非要掀开床垫看个究竟？因为床架跟床垫档次不符，就要投诉酒店？靠，疯了吧。

只要关键部位保证高星级标准，其余能省则省，混搭一起又能怎样？什么事情不都有详有略，有疏有密，有高有低，有繁有简的嘛。哈哈，终于，终于，在无限压力下，通过横向思维，仔细研究，我仿佛听到了“芝麻开门”的声音……

卫生间如何装修才能保证客人洗漱时，享受最大舒适度？既然前面有推论，水的质量＞淋浴＞浴缸，那还保留个屁浴缸！叫工程部添加增压设备，把出水量调大，不就结了？

10 000元能买一尊马桶，1 000元也行，当然500元也没问题。屁股不关心马桶是否漂亮，只在乎干净和手纸的档次。好，就买最便宜的马桶，要是便秘可别怪地球没吸引力！但卫生纸不能有半点马虎，擦在屁股上绝对要柔软舒适，普通手纸就歇了吧，这点要向五星级卫生间看齐。

卫生间墙壁还贴一圈腰线不？靠，还贴个鬼啊。道理很简单，贴了腰线就是四星标准，没腰线便是三星？既然腰线是个可有可无的装饰添头，那就赶紧开路吧！

原先设计洗手台面和台盆采用的是大理石，唉，客人洗的是脸，又不是洗大理石，还要那玩意儿干吗？换成钢化玻璃的洗手台面和台盆，省一半钱，虽然是经济型配置，但只要洗漱用品采用五星级标准，比如采购品牌牙膏——酒店用小支黑妹牙膏，客人还有抱怨吗？还嫌弃酒店档次低吗？还有，钢化玻璃台面虽然不上档次，但台面上所摆纸巾盒和纸巾却是上品，简直是超五星级点缀！纸巾盒和纸巾再贵也就多个几十块钱罢了，但能实打实地为客人提供舒适优雅的服务。一句话，客人关心牙膏和纸巾质量，而不管什么大理石不大理石的。

对了，工厂的动力厂房肯定有大锅炉吧，有废弃热水吧，利用剩余热量加热酒店供水系统，不就能省下电热水器？酒店增铺供水管应算进工程费里，跟装修无关。如此处理，酒店得到三个好处：第一，卫生间水量有保证；第二，工程造价大幅下调；第三，运营成本直线下降。很好，简直是妙招迭出。

成本是下来了，可卫生间如何在设计上出彩？好，解决新问题：卫生间如何在设计上出彩？

分析：装饰任何空间，归根结底都是颜色和比例问题，卫生间也不例外。对啊，用颜色搭配来显示酒店卫生间的与众不同。C市高星级酒店卫生间的墙壁流行淡米黄瓷砖或大理石，地面是深黄色大理石。这样做虽然显得高档大气，但有一个潜在通病，因为房间颜色缺乏变化，客人容易把注意力放到瓷砖或大理石品质上面去。靠，这是咱的短板，避之！

如果做成纯白空间，虽然显得卫生间干净，但酒店工程验收是在冬天，客人冬季喜欢暖色调，纯白色会不会叫客户一进门就开始打冷战？嗯，要是夏天验收，纯白该是上上之选。但纯暖色又容易“被突出”材质优劣。干脆，把卫生间做成红白配！红色为暖色，白色为冷色，既保证冬夏两季颜色皆能悦目，又显格调大方醒目。红白配之所以经典，是因红与白天生是对比色，对比烘托，其效果是红越红，白越白，搭配醒目。咱们不去力拼材料档次，而要用装修技巧转移客人视线，自然没人再去考察材质好坏。嗯，转移是个好方法。地砖和墙砖选最便宜的，地面红白色拼接，淋浴区主题墙是一面纯红色瓷砖墙，金色马赛克勾10厘米粗边，似乎像一幅画，四周为白墙，衬托红墙效果。再配米白色铝扣板吊顶，纯白马桶，透明玻璃台面，房间整体色调是既打眼又协调，现代派风格。妥了，效果有了，价格降了。

可卫生间装修费最后算来算去，结论还是一个字：高！还有哪儿是省钱的地方呢？晕。没有办法的办法，往往叫笨办法，而笨办法往往又是最好的办法。事情就这么怪，做什么事情都想投机取巧，最后往往是偷鸡不成反蚀把米。于是，我老老实实又把卫生间装修项目从头到尾拉了一个清单，希望从中发现点儿新希望。客人在卫生间，只要能伺候好洗澡和排泄两件事就成，还有更省钱的法子吗？想啊，写啊，算啊，一会儿站起来，一会儿坐下去，实在想不出来了，赌气随意写了一句：“除非做开放式卫生间！取消墙壁和门！全敞开算了。”气话归气话，可刚一落笔，思路豁然开朗！

对啊，开放式卫生间显然过于大胆前卫，隐私和水蒸气不好处理，没法拼住。要不……不用墙遮羞，改用浴帘？珠帘？纱帘？唉，都不实际。要不用木头？用玻璃？当写到玻璃时，我狠狠拍了一下大腿！靠，新砌墙换成局部磨砂的钢化玻璃，装修费不就OK了?!

哈，赶紧算费用。采用非常规做法：80元/平方米（12厘钢化玻璃）× 11平方米 + 300元（钢化玻璃推拉门+五金件，无门套）=1 200元。哇，法子太妙，墙壁不必再做防水，里面取消铺瓷砖，外面省去铺贴壁纸，然后顶角线、踢脚线和塑钢门全滚蛋。哇，内心有小激动。

而如果采用常规做法：[100元（砌墙）+50元（防水处理）+60元（瓷砖和施工费）+30（墙外铺贴壁纸）]/平方米 × 11平方米 +[40元/米（顶角石膏线）+10元/米（踢脚线）] × 5米 + 800元/樘（一套卫生间塑钢门）= 3 700元。

巨大胜利！一个小举措就为每间双人标间生生节约2 500元，82间房累计节省20万！社会上现在有大量经济型酒店，但在当时还不普及，这些经济型酒店的卫生间大都采用钢化玻璃做墙，也是出于节省成本的考虑。但在当时，我没在酒店图片里找到类似参考对象，纯属自己通过分析而想出来的歪招。

剩下的问题解决起来，可谓势如破竹。我想到了节约资金又保证效果的几种办法。原方案铺贴壁纸采用中档壁纸，要价每平方米30元，现在咱采用便宜筐箩货，每平方米10元即可拿下，但我在床头挂上一幅漂亮的大油画，客人视线自然被油画所吸引，谁还关心壁纸质量的优劣？道理很简单，大家都在欣赏油画，只有傻瓜才去踅摸壁纸。一句话，最廉价壁纸（10元/平方米）+ 漂亮大幅油画的综合效果 > 中档壁纸 + 小幅油画（60元/平方米，五星标准）> 中档壁纸。壁纸铺贴面积很大，每平方米省20元，所有双人标间一共可节约：60平方米 × 20元/平方米 × 82间=10万，这还不算商务套房和公共区域的铺贴。

对，这招就叫“移花接木”，是横向思维的产物。通过转移客人视线，强化客人所关注的地方，从而达到接近或齐平四星级装修艺术效果，同时忽略材料档次的目的。

分析到这层关系，我信心倍增。好，再接再厉。酒店写字桌怎么做才能又省钱又好看？

分析：传统做法要么现场实木定做，要么购买成品，但价格都居高不下。有啥法子能解决好看与便宜的矛盾？照着新思路分析。桌子抽屉还要不？对，没用的摆设。客人就怕在酒店丢三落四，怎么会把东西放进抽屉里呢？一般都会摆在面上嘛。好，抽屉滚开！

桌子就剩桌面。一块2.44米长、1.22米宽高密度板，按1.8米长、0.6米宽的桌面计算，能做两张。但没抽屉的桌子款式似乎丑了点，怎么办？咱眉头一皱，计上心来。继续写：定做蚕豆状钢化玻璃桌面配不锈钢桌腿，想法好，用钢化玻璃替代木质桌面，现代感十足。桌子有了，椅子呢？

椅子不能现场加工，只能购买。纯实木欧式单椅，一把少说800元，看得起买不起。算了，为了能和玻璃桌相配，就放上一把现代不锈钢腿单椅吧，价格控制在200元以内。椅背和坐垫即使是人造革都成，这不是重点。

完成桌椅设计，进而转头研究大衣柜。原方案是3平方米×600元/平方米=1 800元。想了半天，发现大衣柜没得打主意。柜门+柜体+层板，就三样构造，节省个屁！晕。不甘心，继续发挥横向思维能力，继续深想。既然实在减不动，那大衣柜能为双人房作点儿啥贡献呢？装饰？美化？点缀？对，装饰成房间一大亮点啊。所有装修项目、家具和摆设都得给美化房间作贡献。但如何贡献美感力量呢？百思不得其解。最后决定先放下次要问题，也许从海量参考图中能得到启发。

对了，客房还有一对小沙发和茶几怎么采购？看上眼的都在一两千元左右，而且还没啥特色，都是大路货，客人更不觉得是高档沙发，不会留下啥印象。问题来了，怎么突破瓶颈？沙发又要有特色，又要便宜，坐起来还要舒适。

靠，今晚上不干别的，就干移花接木去了，与花匠为伍。可上哪儿去找那么多花来啊！估摸一个大花园都不够搬的！想了半晌，无果。最后决定先放下次要难题，还是按老规矩办，从参考图片上再找找灵感吧。

好，继续往前冲。地毯如何能既便宜又漂亮？

分析：这是装修大头！原方案是采用每平方米120元的中低档地毯，真要那么贵吗？如何破解价格魔咒？还是先分解地毯结构再说。铺地毯是先铺一层化纤防潮层打底，然后中间铺地垫或地胶增强脚感，最上面再铺花色地毯。纯羊毛地毯和手工地毯无论质感还是花色，都是上等货，而且它们本身够厚实，脚感舒适。机织地毯虽便宜，花色也接近手工地毯，但本身质感薄而轻，脚感不佳。嗯，看来解决脚感问题成为首要关键。

写到这里，应了"柳暗花明又一村"之景。咱现在不玩货真价实的游戏，改玩移花接木啦。客人不懂地毯工艺，判断优质地毯的第一印象肯定是脚感，其次是花色。踩在地毯上如果脚感软而柔，似乎地毯就是高档货。嘿嘿，既然客人喜好这口，那咱就迎合喜好。

我们就在地垫上做足文章！机织地毯不如羊毛或剪羊毛地毯厚实，脚感不尽如人意，看来一层地垫还不够柔软。好，那就在机织地毯下面搞两层地垫叠加铺装，反正地垫每平方米不到10元钱，尽管敞开来铺！真急眼了，老子就铺三层！结论出来了，最便宜地毯+双层地垫（脚感更出色，50元/平方米）= 好地毯 + 普通地垫（150元/平方米，五星标准）。

满足了脚感，剩下颜色和图案问题。好办，化纤地毯、簇绒地毯、威尔顿地毯和阿克明地毯花色都不错，先叫人海量搜图寻找漂亮图案，完后借鉴定做。

地毯铺贴面积大，每平方米省70元，所有双人标间可节约：32平方米 × 70元/平方米 × 82间=20万，这还不算商务套房和公共区域的铺贴。

好，照"移花接木"思路办，地毯既然便宜了，那可不能亏待拖鞋，软布拖鞋替代一次性纸拖鞋，与五星级酒店看齐。一句话，凡是提供给客户贴身使用的产品，从纸巾到洗漱用品再到拖鞋，都要最好的。客人用得舒服，谁还管咱装修档次高低呢？傻瓜才会吹毛求疵。他们到集团办事，注意力都放在地毯上？别逗了。当然，这就增加了酒店日常经营成本，唉，咱真管不了那么多了。这点儿小小的付出总比一次性增加几百万甚至上千万的硬件装修投入要好得多吧，至少客人得到了真正的享受和额外实惠，不然又是那句老话，又叫马儿跑，又不给马儿吃草，可能吗？

再说，因为客人入住舒服，口碑传播必不可少，酒店不用作广告就能天天爆满，这点儿日常用品权当广告推广费得了。嗯，自我安慰。

继续分析：吊顶如何既省钱又出彩？

分析：2.7米层高，吊顶能给房间添加什么特别的艺术气息？效果肯定有，但不是决定性效果。既然不是决定性的项目，坚决砍掉！水电路改造和筒灯也一并抹掉，一举两得。但吊顶没了，就得靠顶角线来弥补装修效果。咱有经验，但凡装修要出彩，采用夸张装饰手法是一大捷径。想起来了，为美国布艺店装修曾用过一招，20厘米宽大芯板打底，石膏板饰面，平板上下檐口再勾3厘米宽石膏线，比板子高1.5厘米，然后再在石膏板上铺贴壁纸……唉，为了省钱到家，用不起18厘的大芯板，改用12厘板算了。客人欣赏的是顶角线整体效果，不关心厚度。嗯，想法有特色！我不禁暗自得意起来。

想到这里，顺其自然开始布局客房整体色调。如何通过颜色搭配，尽显大牌客房？

分析：纯暖色调和纯冷色调布置都不可取，因为虽然个性突出，但不适合大众口味，应该采用咖啡色和白色搭配方案。首先，咖啡配白是经典搭配方案，稳重而又大气；其次是中性色调，大众皆宜。国外很多大牌酒店都采用该搭配模式，大气庄重。虽然堪舆书上说咖啡色房间不适合男性居住，但要辩证地看问题，客人又不会天天住，有什么好怕？再说，我不说谜面谁能点破谜底？

好，整体风格是现代派，点缀简欧装饰手法，墙壁贴淡米黄壁纸，地面铺咖啡色地毯，纯白色房顶，欧式花纹金黄色顶角线，浅咖啡提花窗帘，纯白色暗纹床单和枕头，床头采用正色咖啡布软包，深咖啡色小沙发与茶几，床头上方挂颜色靓丽的抽象派大幅油画，起到活跃空间作用。

当写完这部分，我似乎已经看到胜利曙光。房间颜色布置简洁明快，又不失庄重大气，只要再把大衣柜、酒柜和沙发搞定，客房效果一定是流光溢彩。

房间颜色搭配完毕，接下来是灯光布置：客房如何利用灯光出彩，同时最省钱？

分析：客房又不办公，局面点光源即可。顺思路想，省钱应该省到骨子里，床头台灯挺好，油画上方加两盏射灯，光线专门打油画，照亮油画就是照亮房间亮点。床头壁灯就先靠边站会吧，落地灯该保留，要不客人坐在沙发上就摸黑了。还有，写字桌上该放盏台灯，卫生间中间有吸顶灯，洗手台上面镜前灯要不？算了吧，洗手台又不是大理石，照那么亮干吗？这不自己揭短吗？对，酒柜要装盏射灯，应玩命打亮咱的产品。

说到酒柜，这个要有。增设酒柜的目的有二：第一，A集团有大批酒店产品，需要一个平台展示给经销商看，顺带把集团宣传画册摆放上去；第二，四星酒店有酒柜配置，咱们不是在做伪四星吗，装样装像一点。做得简单实用是关键，挨在大衣柜旁边，开放式，五层明玻层板，22厘米半圆弧……

靠，越写越没感觉，卑陋粗俗的设计思路，这是咱创意水平？这么看酒柜设计就像70年代作品。一气之下，把酒柜分析篇撕个稀巴烂！

早已夜深人静，经过几个小时连续奋战，现在是人困马乏，头晕眼花，外带肚子饿。阿伟和一笑还一直在外屋加班，喊过二人："到厂子外面搞点夜宵回来，煎炒烹炸都来点儿，今天晚上我通宵。"说完，拍出200元，叫他们速去速回。

三人边吃夜宵边聊，阿伟好奇地问道："老大，听说你的爱好很多，像素描、摄影、游泳、足球、桥牌、飞盘、滑板、钓鱼等等，怎么一年多没见你玩过啊？整体除了工作就是吃饭睡觉，你不觉得这日子过得没劲吗？"

"阿伟，你连续吃一个月，每天三顿阳春白雪面，顶多每周再赏个鸡蛋吃，然后30天连轴高强度工作，你有过这种经历吗？"

阿伟摇摇头。我放下筷子，喝了一口啤酒，接着说："你说得不错，我爱好挺多，但玩爱好是要基础的啊。当你和窘境为伍时，谁还有心思搞爱好？所有爱好自动全戒！那时候在北京，我无论在报社还是在杂志社做事，年薪30万甚至更多，但装修还债整整耽误三年赚钱时光，也就是相当于我自己欠自己100万！哥们儿，光阴丢了，找不回来也就算了，可拿啥来弥补光阴损失费呢？呵呵，只好拿钱来填补啦，不然心里不平衡！这不是倒欠自己1万，是后面添俩零，说啥都要找补回来的。可怎么找补？唯有在A集团拼命干活，年年拿项目大奖才可能实现。至于兴趣爱好嘛，好办，一旦年底酒店顺利竣工，想学桥牌的，我手把手教，喜欢玩滑板、飞盘或钓鱼的，我负责买器具犒劳大家，一笑，这样行不？”

“呵呵，这样太行了！老大，听说你是桥牌高手，还拿过北京桥牌比赛什么奖呢。”一笑回道。

“嗯，玩跟工作一样，要玩也要玩出点儿门道来，别说桥牌了，就是大众都会的游泳，我也不光在江河湖海游过，咱参加的是什刹海冬泳队，那时候天寒地冻，湖面上一边是冰，一边是水，我也不说自己多有毅力，别人一脚把我踹下去，我就使劲游……”嗯，少有的好心情，我开始摆上龙门了。

吃完夜宵，他们回去休息，我继续挑灯夜战。现在可以重新罗列双人标间装修清单了：

1. 砌墙抹灰：35平方米 ×100元/平方米=3 500元。

2. 水电路改造：1 500元。取消电子中控台，砍掉繁复的智能电路控制系统。要想关灯，对不起，客人自己光脚下地吧，感受一下松软舒适的地毯，挺好。要不自己提前关好灯？我保证两盏台灯开关一定在床头，伸手可得！

3. 顶角线：20米 ×40元/米=800元。大牌设计，国内罕见，房间装饰一大亮点。

4. 铺设地毯：32平方米 ×50元/平方米=1 600元，脚感比中档货强得多，逼近五星酒店感受。

5. 铺贴壁纸：60平方米 ×10元/平方米=600元。客人眼光都被房间整体色调和油画吸引过去了，谁还会盯着壁纸质量看个究竟？有病吧。

6. 门、锁及门套：2 000元。开门用钥匙？忒寒碜，伪四星立刻被人戳穿。如果价格实在控不住，电子锁必不可少，那实心门干脆改成空心门算了，没准门把手的款式和质量还能再来个青蛙跳呢，客人一握门把手，高品质感觉会从掌心直传心里去的哦。反正酒店里又没小姐伺候，俩爷们能整出啥动静？再说了，楼道里还铺着地毯呢，都是静音保证。

7. 包窗套：8平方米 ×40元/平方米=320元，白色混油，典雅气质。

8. 卫生间整体：5 500元。所有洁具、铝扣板、瓷砖只买便宜打折货或库存尾货。取消洗手台上的防雾镜，只装普通水银镜。还有，10厘钢化玻璃能否取代12厘玻璃？真要急眼了，老子就上8厘钢化！唉，无伤大雅时，节省每个铜板吧。

9. 衣柜：3平方米×600元/平方米=1 800元，设计创意待定。

10. 桌椅和酒柜：1 600元，继续完善设计。

11. 一对小沙发及茶几：1 000元，创意待定，价格不能超。

12. 两套床、床品及床头柜：9 200元，严格按解决方案执行。

13. 窗帘：700元，以整体颜色取胜，不靠单件产品出彩。

14. 灯具：300元，采购有难度。

15. 装饰画：600元，找艺术院校学生作画，比市场便宜，然后自己买画框安装。A集团不是还有两大明星担任形象代言人吗，把他们硬广海报装帧起来，挂到过道当装饰画，放到桌子上当装饰品，又省装修费，又宣传集团形象。好事，老板一准喜欢，一举三得。

16. 电视、空调：5 000元。批量采购，有望勒住预算的马缰。

17. 电话、吹风筒、靠枕、卫生间里外两块地垫、浴帘、衣架、拖鞋、浴巾、纸筒篓、洗漱用品：600元。唉，这批物件别要求再印公司LOGO了。卫生间虽然装修材料不上档次，但咱提供吹风筒啊，客人喜欢不？采购茶杯和签字笔？别乱花钱，用A集团促销品吧。

最后统计，每套房大概3.6万元全包，82间房子共计290万。这可是货真价实的准三星标准，超四星效果！在凌晨3点时分，我长出一口气，把笔一扔：老子攻克了最难一关，翻越喜马拉雅，OK！嘿嘿，廖总，您现在在山顶不？

再接再厉，继续想第二类大问题：酒店装修标准定到几星？五星？奢了。四星？钱不够。三星？效果差，廖总要拿砍刀剁人！靠，晕。

思前想后，决定重拾广告策略分析理论。用广告来分析定位和装修问题，这是咱的看家本事啊，在北京装修圈里就是仰仗广告特长起家的，此时不用，更待何时？当想起广告特长时，我浑身跟打了鸡血一般，思维立刻从装修思路切换到广告思路上，脚下猛踩油门，开始勇闯天涯的创意活动。

分析：酒店首先要定位星级标准，因为产品定位极为重要。每款产品根据自身定位，就有了目标销售市场。朴血口服液强调快速补血，而它的竞品血尔口服液，原来也是相同定位。血尔通过一年的市场实践，发现销量平平。后来他们重新挖掘卖点，提炼出持久补血这一崭新概念！根据生活常识，快速也许不能持久，快速补血后也许就该持久补血，于是血尔销售很快坐上补血品市场的二把交椅。

经典的实战案例，就没点儿借鉴意义？我们迎宾酒店的定位……定位……定位……正在猛想狠写中，忽然想起佳洁士牙膏广告，心头不禁点亮一盏马灯。因为佳洁士凭借所推“做好妈妈”的准确价值定位，所以市场销售取得了极大成功，成为儿童牙膏市场的领导品牌。在这个链条中，氟化物是产品属性，防止蛀牙和使孩子健康是产品利益，“做好妈妈”是产品价值。

佳洁士三维定位（手段——目的链）：

氟化物	防止蛀牙	健康孩子	做好妈妈
（产品属性）	（产品利益）	（产品利益，物质）	（个人价值，精神）

对呀，价值定位是建立在利益定位基础上的，属于情感定位范畴。产品定位之树包括属性定位之根、利益定位之干和价值定位之叶，三者密切相关，一个都不能少。好，就按照价值定位来分析迎宾酒店，用广告定位手法来剖析酒店的装修思路。打定主意，赶紧换张白纸，开始奋笔疾书起来。

再进一步分析：产品内在属性是内部接待酒店，但经销商为什么要入住迎宾酒店？显然，提高办事效率位列第一，酒店给客人的产品利益就是方便，而安静、整洁、舒适和便宜也是产品利益之一。但更重要的是，酒店还能为客人在精神上带去什么个人价值？通俗讲，住什么样的星级酒店，就代表客人有什么样的身家，因为普客不去五星酒店破费，而豪客也不愿意屈尊三星。

迎宾酒店如果想满足客人的自尊心，满足客人精神上的享乐和外在的面子，就一定要在酒店气派上下足功夫。继续广告兵棋推演：酒店气派从何体现？建筑外观是第一印象，但事已至此，木已成舟，不在考虑范畴。其次是酒店大堂，对，老子干脆把大堂做成五星级，公共空间四星级！一亮相就震撼所有人！

通过深入细致的广告策略分析，装修思路逐渐明朗起来，很快，我真正进入到解决问题的佳境。一句话概括：五星级酒店大堂奢侈华丽，那是给客人面子，而经济型酒店标间简洁明快，安静舒适，这是给集团里子，实惠落兜里才是关键。

好，再次明确装修思路：该奢侈的场所就奢侈到顶级，该节俭的地方就节俭到骨子里。A集团酒店完全打破常规酒店设计套路：迎宾酒店 = 五星级大堂 + 四星级咖啡厅 + 经济型酒店标间 + 四星级商务套房 + 顶级总统套房。原先玩命节省下来的经济型标间装修费，正好用在刀刃上，一个大子都没浪费。

酒店大堂相当于人的脸面，客户心里在乎，而五星级大堂富丽堂皇，是把面子留给客人，抬高住宿的心理价值感和愉悦感。同时，酒店拥有五星级大堂，更彰显A集团实力，是打出无形广告给经销商看的。四星级酒店套房是为了满足不同层次的商务需求，与经济型标间拉开消费档次，能匹配不同消费能力的客户群。而顶级总统套房与大堂是配套工程，是为老板、总裁、政府官员、顶级合作伙伴等高端消费群而特别准备的。

其实，早在分析经济型标间时，为了降低装修成本而采用偷梁换柱或移花接木等装饰手法，都是该思路的延伸。都是面子与里子、奢侈与节俭的对立与统一，都是为酒店给客人在精神上带来超额价值而服务的。唉，兜个圈子又回来了。

好，分解结论如下：A集团迎宾酒店三维定位（手段——目的链）：

内部接待 （产品内在属性）	表面五星，内在准三星 （产品抽象属性）

方便安静、整洁舒适、便宜　　　　　　气派面子

（产品利益）　　　　　　　　　（个人价值）

综上所述：迎宾酒店的核心价值就是三星价格，五星享受，方便办事。

写到这里，我不仅妙思泉涌，落笔如花，恨不得双手同时龙飞凤舞。靠，预算分配即将达成，难道是老板预感的神奇？半夜里，我充分体会到思维成就所带来的工作快感，热血贲张。眨眼间，脑海里又崩出不少新鲜玩意儿来。进一步研究，采用混搭装修思路，更可得到五大好处：

第一，我们准三星级酒店装修标准，即可拥有五星级酒店大堂、顶级总统套房、四星级商务套房，满足所有中高端人群需求，其他经济型酒店在档次上无法企及我们的高度。

第二，我们酒店拥有经济型酒店的全部优点：干净整洁、安静舒适、收费低廉。酒店超低造价决定经营价格极具竞争力，能满足众多中低层客户需求。一句话，豪客住套房，普客住标间，谁都倍儿有面子。

第三，经济型标间没有繁复电路控制系统，没有任何可以称为“贵”的装修材料，只是通过强调个性化设计，四两拨千斤，以弥补装修档次差的缺失感。如此一来，大幅降低一次性固定投入成本，日后维护费和运营成本将大幅缩减。

第四，价格弹性完全掌控。酒店业淡旺季明显，五星级酒店受身份影响，即使价格再降，也不会标出三星标准。我们酒店的身份是准三星、四星和五星的混搭配置，身段甚为灵活。淡季标三星价，完全可以匹敌市区内所有经济型酒店，谁不知收费贵则留不住回头客，自断财路？但到了年底则另当别论，那时经销商和供应商成群结队到A集团办事，酒店价格标出四星价，应该听不到抱怨声吧，因为市区的四、五星级酒店与我们性价比综合较量，屁优势也没有。

第五，接待能力是同等造价酒店的1.5倍。接待能力越强，则回款越多，创造价值越丰厚。中餐？可以到工厂食堂去吃嘛。康体娱乐设施？白天晚上到处转转，看看工厂里火热的生产场景，再找相关部门的管理层聊聊天，不

比洗脚按摩强？精神按摩总比肉体按摩更带劲吧。

彻底打破酒店常规设计方案，不搞整齐划一的装修标准，采用混搭设计，不是自己在巨大压力下的疯狂想法，而是由集团迎宾酒店定位和定向消费群面貌所决定的，是在老板明确装修总额的前提下，经得起广告策略推敲，并且在市场调研认可的基础上，所做的一个大胆策划，有点儿破天荒的味道。我的精神偶像——当今足球教练界年薪第一人，10年获得17冠的足坛名帅穆里尼奥——曾有句名言："谁只了解足球，谁就不了解足球。"装修设计何尝不是这种情况？

单纯的室内设计师，受制于思维的局限性，不一定敢如此大胆尝试。但我敢，不是因为咱胆大，无知者无畏，或者说猛人勇气可嘉，而是基于把酒店看成一个产品，通过广告系统分析得出结论。正因为有广告策略研究，装修思路才逐渐清晰起来，我想，老板和汤总肯定也是广告高人，相信他们会被崭新创意所吸引，不怕汇报被否决。而纯室内设计师一般讲不出这些道理，如何汇报？

很快，各单项预算出笼了：

1. 总统套房：五星级标准，200平方米/套×5 000元/平方米×2套=200万。实效超五星。

2. 商务套房：三星级标准，76平方米/套×2 000元/平方米×10套=150万，实效四星。

3. 经济标间：3.6万/间×82间=295万。

4. 大堂：五星级标准，220平方米×4 500元/平方米=100万。

5. 一层咖啡酒吧区：四星级标准，180平方米×3 500元/平方米=63万。

6. 走廊、楼梯等公共区域，准四星级标准：500元/平方米×1 100平方米=55万。

美国通用汽车公司管理顾问吉德林曾说："把难题清清楚楚地写出来，便已经解决了一半。"嗯，这话说得忒精辟！现在，五大项总计大约在860万左右。当看到最终初估数字时，我玩命大喊一声：“他妈的，老子露脸的时刻到了！军令状？去死吧！靠，咱又活过来啦！”

第二天早晨，一笑拎着早点第一个跑进办公室，推门劈头就问：“哇，老大，设计方案都想妥帖了吧？呵呵，看你悠然自得的样子，估计靠谱。”

“唉，人的潜力真是无穷无尽，要没廖老大苦苦相逼，估计还是没戏！昨天晚上实在熬人，真着了大急啊！回忆起来，只有那段还债经历能跟这次媲美了，都是凶险之极的过程，花好月圆的结局。靠，幸好老子广告、装修两界都还有两把刷子，不然，呵呵，哥们儿啊，后果不堪设想，不堪设想哟。到现在我还冷汗直淌呢。对了，烟没了，去，叫人买包烟去！”

长出一口气，随意吃了点小笼包和豆浆，赶紧开会。

“一笑，这是装修公司名单，前后参与过和没参与过的装修公司一共有12家，我选定8家，你负责通知它们明天下午3点到公司开招标会，由我主持。还有，你一会儿通知工程部庞总和供应部肖总，请他们明天下午到公司大会议室开招标会。对了，别电话通知，要亲自去一趟，客气一些。”

“好，收到。”

“小江，你现在把这几张纸打出来，打完我校稿。”昨天后半夜，在思路基本清晰后，我赶忙抓紧时间写了一份详细的酒店招标书。秘书小江忙接过稿纸。

“阿伟，你的任务是这几天负责在网上搜集信息。第一，找卫生洁具厂家或经销商，这些销售机构有尾货，且正在甩货，数量要在几十套以上。搜完信息，你要和他们联系，搞到尾货图片。你再印一套采购部名片，冒充采购部跟他们初谈报价。第二，再找壁纸和不锈钢腿单椅的生产厂家，也是这套模式，给你一周时间，最后把调查材料汇总出来报给我。”

“老大，有个问题。你说酒店用的坐便器有五六个牌子，行吗？”

“这问题问得好，那我也问你一句，你现在能马上说出任何一家酒店用的都是什么牌子的坐便器？”

一句话憋得阿伟张口结舌。我笑道：“客人不会关心牌子，只关心马桶干净不干净，好不好用，擦屁股纸软不软，明白了吗？”

“OK！”

“佟刚，这几天交代你的事情都有进展吗？”

“老大，有难度，还在努力学。”

“到工地上去实习过吗？”

“还没有，打算过几天去。”

“啊？还没去工地？你丫整天闭门造车呢吧，都学什么了？一点儿破事被你搞得拖泥带水，到底还想不想干？不想干就别干，我另找人干！”听完佟刚的汇报，当时我就急了眼，也许是自身压力过大，无处发泄，反正是内心的一把火猛然被他拱了出来。

工作中我是暴君，只要下面人干得不合意，张嘴便骂，毫不留情。正所谓慈不掌兵，情不立事，义不理财，善不为官，对他们严厉一些，其实对大家都有好处。佟刚只是听说过我的嚣张，但从来没见识过。今天见我翻脸不认人，估计有些害怕，脑袋一低，没敢再吭气了。

等骂够了，语气缓和下来，我才又开始分派任务：“今天没工夫考你，再给你加派个任务，你把地毯和家纺用品两个行业熟悉熟悉，研究一下它们的工艺和价格，随后我们再细聊。”

“知道了。”佟刚小声答道。

“好，先花20分钟时间，把我装修酒店的整体思路和应对策略给大家粗略讲一遍，听完后你们就知道自己手头的工作性质和任务了。我只讲最核心部分，提醒一点，对工程部和采购部前期保密。”

开完会，我嘱咐秘书小江，帮我挡住闲杂人等，我还要再突击完成剩下的设计任务。酒店大堂是整栋酒店设计成功的关键，我以前从来没涉及过。情绪焦急？不，内心充满了期待。还是那套绝活：借鉴 + 改造 + 独特创意 = 我的作品。先翻阅两遍所有酒店大堂的参考图，找出自己喜欢的或者有借鉴意义的图片，合成一个文件夹。好，就在这个经典文件夹里想思路，搞创意。

眼下，《植物大战僵尸》是一款火暴的老少皆宜的游戏，它是华裔游戏设计师乔治 · 范的代表作，他的创作玩的也是吸星大法。他从《魔兽争霸3：

塔防地图》获得灵感：如果将防御塔外围的绿色草地种上植物来防御入侵，是否别有一番情趣？从而他开始创意该游戏。他从杰克逊舞蹈获得启发：推翻游戏原创核心设计，取消所有昆虫类怪兽，改而模仿杰克逊经典MV《战栗》形象的跳舞僵尸，进而改成迪斯科僵尸，一举奠定了该游戏的一大特色。

他从小游戏《酒吧招待》中获得启发：酒吧招待要使用几条传送带为不同客人送啤酒，这比原先设计的僵尸进攻路径只有一条，似乎更复杂有趣，于是他把僵尸进攻的路径改为5条。他从《怪怪水族箱》借鉴了资源收集方式，玩家每升一级都可获得一个宝物，该宝物在下一级会变成帮助玩家的道具，于是在《植物大战僵尸》里，宝物被转化为辅助玩家对抗僵尸的新植物卡片。他从迪士尼电影《海角一乐园》获得灵感：电影里有海盗过桥、陷阱倒塌、海盗碰到路障弹到空中、丢石头等情节，这些情节成为游戏内各种陷阱及植物功能的灵感来源……

乔治·范喜欢借鉴改造，我也一贯有此爱好，对，就叫“设计版的吸星大法”！他能把人家创意和设计捏合在一起，我就不成？好嘛，无论是酒店前台、主题背景墙、吊顶、地面铺装，还是酒店大门、四周墙壁和中心花台等设计项目，我没时间搞原创作品，全是东借西拿，从温莎城堡到希尔顿酒店大堂，从法兰西艺术展厅到喜来登酒店套房，凭借上千张图片的辅佐，将林林总总各色设计拼接到迎宾酒店大堂里面去了。说句自夸的话，咱确实拥有拼接捏合的顶级水准，是天赋和勤奋“结婚”，下了这么一个彩蛋。

但光是找到参考图进行拼接，离成功还有一截路要走，还得揉捏成统一风格，进行删改和再创意，这也是改造的关键步骤。但我真没时间再细想下去，靠，太多事情还晒在桌上等着做呢。就先请装修公司代劳吧。

傍晚，秘书小江告知廖老大已回。我抄起标书赶紧去廖总办公室汇报工作。刚进门，便发现办公室里坐着两男两女，当我眼睛扫到其中一位姑娘时，仿佛瞬间被电流击中一般，颤抖不止，感觉严重缺氧……

她头上包一块锦绣丝巾，上身穿黑色紧身T恤，外罩一件大红丝质团花褛风，配黑色型格超短裙，脚下蹬高筒皮靴，好一派摩登女郎打扮。再往脸上看，30岁模样，长发披肩，五官精致，一副吉人福相，弯弯细眉下，一双妙目颇显神采飞扬之色。我进门时，她看都没看过来，只是端坐在沙发上倾听众人谈话。

等浑身上下通完电，我的心仍狂跳不止：哇，天仙妹妹下凡了……还容不得再想下去，那边廖总发话了："雨经理，有事儿吗？"

"有，有，我已经通知8家装修公司明天下午开会，我想跟您汇报一下酒店创意和布局情况，您看，现在行吗？"

"哦，终于等到我们雨经理出手了，好，现在说吧。"

本来我没打算把整体构思全盘说出，但不知道为什么，当着那位美女的面，我的表现欲陡然达到极致，很快我就把酒店创意和具体实施策略详细汇报一遍。不夸张地说，原本房间里还在说笑的几个人，瞬间被我的思路吸引，大家都安静地听我侃侃而谈。

15分钟过后，廖总脸色浮现出一丝笑意："好，思路清晰，创意独特，完全可以按计划执行。雨经理，瞧刚才的架势，你好像精通装修？以前干过？"

"呵呵，廖总，我是靠广告吃饭，酒店装修我真没做过，被您给逼上梁山后，只好硬着头皮用广告思路去分析酒店装修，没想到歪打误撞，居然还能发现一条实现老板想法的路径，只能说廖总严令管用，纯属运气使然。"

"哈哈，雨经理，你就别谦虚了，难怪你们张总老是夸你，转正报告给你打满分，今天听完汇报，确实耳目一新，出乎意料，很好！要不等酒店装完，你干脆到H市分公司负责企划部算了。哈哈。"

第二次看到廖总爽朗大笑，有些受宠若惊，见廖总又是夸赞，又是拉我入伙，不免脸上一红："廖总，谢谢您的抬爱，能在工作中服务好您和张总，我已很知足，不敢再有啥奢望啦，呵呵，廖总，要不等酒店搞完，我们再议？"

我没敢马上答应下来，谁知道这是廖总真心话还是客套话，万一只是廖总的鼓励或者是客套话，我跳槽未果，岂不得罪两位老大？后果不堪设想。嗯，酒店算见面礼，如果廖老大真想挖人，自然事后还会再提。到H市分公司做企划部负责人，当然是件好事，毕竟这里是总厂，管理其他企划部也名正言顺些。

看来，酒店眨眼间成了自己晋升的台阶了。唉，阴差阳错居然在A集团搞起了酒店装修，靠，是紫气东来，还是地雷陷阱？

趁着从廖总办公室出来之际，我又转头瞄了眼美女，可人家真不给面儿，竟然没看我！气馁。

在回办公室路上，脑子有些不听使唤，一会儿揣摩廖总的话，一会儿又回味刚才所见那位美女，这可是打自己混进A集团后，还从来没有过的事。我心里明白，咱算被这位美女彻底迷倒了！看她穿衣打扮，蝴蝶一般，风格与我类似，像个艺术家，但眼神里又透露出高级白领才有的精干敏锐的才情。说她拥有倾城倾国的天使容貌，那还谈不上，顶多算一般漂亮，但她拥有端庄优雅的气质，举手投足间表露出一股自信、大牌、睿智神态，好有魔力。对，还有一点吸引我，她身材太火辣，想着想着，似乎自己都有生理反应了。靠，没出息！

她是单身？她在哪行发财？她为什么到A集团来？真想认识这位美女！可怎么才能泡上她呢？晕。

一路上尽在胡思乱想，等走进办公室，才回过味儿来：唉，还是赶紧把酒店装修搞定吧，空想其他的，尽扯淡！就这位美女，追她的人肯定如过江之鲫，还轮到我打她的主意？歇菜吧。直到这时，我才算知道要找的仙女是啥样，恍然间如梦境一般！唉，还是理想放两边，现实摆中间吧，她浑身名牌，身边LV手包，相貌端庄，身材火辣，放眼一望，简直“财貌”双全。再瞧瞧咱自身条件，存款不过10万，无房无车无背景，流浪漂泊到异地，现在只是区区一个分公司的小部长，月薪不过一万五，跟人家比，太不般配！算了，也就眼馋而已。

思绪泄气了，欲望也跟着熄火。再望望办公室里人头攒动，算了，咱还是干正事要紧。通过上次和12家装修公司洽谈，我对H市装修公司设计水平和施工报价有了初步印象，现在要思考如何和装修公司交底，说深了有点儿泄露自己底牌，说浅了，怕他们不明其理，乱作设计效果图和预算。想了半晌，有主意了，我决定采取五个措施：

第一，选定60张重要参考图，其中30张为酒店大堂服务，10张伺候经济型标间，10张给咖啡厅指明设计方向，10张为商务套房提供参考。想法很简单，装修公司别天马行空搞设计，只能在我圈定的圈子里转，这样既有范围，又有方向。不是说张张图都要借鉴，但可以尽其所需地采用嘛。

第二，我一个人参看这些参考图，有可能学不到位，或考虑不周，效果不一定最佳。不如喊上8家装修公司一起来想，借鉴他们的高明设计，即使从每家公司只学到一招，综合起来也是8招。现在不要各公司再费劲重新构思，它们就是新思路执行者，我再给图片出文字说明，最终效果图实效不会跑偏到哪儿去。

第三，把报价分成两部分：一是装修报价，由装修公司负责；二是采购报价，由采购部和我负责。我跟装修公司只谈装修工程部分，既能保守思路奥秘，又是它们实际报价，一举两得。

第四，中标标准以设计稿和报价两方面综合考虑，当然，这是官话。具体执行时，谁报价低谁就中标；谁设计好，就用谁的设计。

第五，A集团工程付款方式比较苛刻，据说是汤总亲自划定的付款红线，越过红线还要打报告、等批示，算了，别给咱添堵了。在招标阶段先不谈付款，一谈准崩。选定最后入围的五家装修公司，等洗完脑后，再跟中标机构慢慢磨。

晚上，继续研究酒店图片集。今天晚上要重点攻克三大难题。首先，选定60张参考图片。其次，大衣柜如何做得精彩？最后，经济型标间里的小沙发，可有良策应对？借鉴国外设计作品，后两项工作有进展。

脑袋疼，起身到外面转转。从昨天算起，已经一个通宵了，今天晚上估计脑袋还是挨不到枕头。过去，在我第一次创业时，也是废寝忘食常干通宵。没想到，在A集团打工，工作强度居然比自己创业还要多辛苦两分。靠，有这么卖命的打工者吗？自己如此敬业到底图什么？表扬？奖金？晋级？还是实践机会？想着想着，心里不免愤愤不平起来。

转了一圈，脑子逐渐清醒起来，也许我不会因为自己身份转变成打工仔，就有偷懒的借口，也不会因为可能完成不了任务而因故惜力。所以，我仍像以前一样，低头干活，不说废话，干完活只拿成果说事。这是一个工作习惯问题，成功时是啥表现，平时就是啥表现。无论什么阶段，无论在做什么，始终表现一致。

招标背后的秘密

走在回办公室的路上，忽然想起一件事来。那年我带团队承包赵总报纸，是8个版的《家具专刊》。第一次出报前，所有版面都排好了，就等一个半版广告，这是我广告圈一个朋友承诺拉来的广告，他说厂家在密云，已经答应投放半版广告，他现在去签合同拿广告费，去之前还把胸脯拍得啪啪作响。

我们从傍晚开始等起，整整等到夜里10点多，他还是踪迹不见。刚开始还能打通手机，后来因信号问题打不通，再后来干脆关机。我们几个人坐在办公室里一个劲儿瞎猜："手机没电？来回路途5个多小时，路上被耽误了？客户临时变卦，广告没拉回来，不好意思跟我们打招呼？"

11点刚过，绝望情绪滋生出来。显然，我轻信人言，被人寥寥几句话给涮了。什么也别说，赶紧找文章补广告版吧，千万别在报纸上开天窗！赵总要黑起他那张大脸蛋子，吓人，一副吃人相！

对，这事有启发性！害人之心不可有，但防人之心不可无。第一次工程部招标，工程全包，高达2 000万的标的金额，谁不眼红心跳？第二次我来招标，不仅总造价只有800多万，而且部分酒店用品由采购部购买，最后落到装修公司兜里不过400来万，前后对比反差太大！尤其是招标会已经搞成夹生饭，装修公司会不会丧失竞标积极性？弃标和搪塞敷衍不是没可能，至少酒店工程的重要性会从装修公司一等重点工程直降到二等地位，既然二等，其设计和报价就不会享受一等待遇，到时我该如何面对？发出8份标书，最后只来两家公司竞标，这要传出去，还不被工程部那帮老爷们笑掉大牙？

想着想着，冷汗直冒。千万别傻等装修公司实心实意作设计，不能把自己命运叫他们捏在手里，得想办法占据主动。一回办公室，我又祭起提出问题、分析问题、解决问题的思考模式，一番思考和盘算后，到了下半夜，解决方法有了：

第一，借助权威，廖总要出面发言。上次招标会据说只是H市分公司的一个副总代表公司讲了几句话，这次得把接待规格提高，请廖总代表集团发言，把酒店工程的意义拔高。对，我请廖总时，没准还能在他办公室里再看到那位美女呢……唉，都到紧要关节了，还惦记人家？没点儿出息！

第二，先洗脑，后发标书。必须琢磨出“关于装修A集团酒店的现实意义”，把给装修公司带来几大好处讲透彻说明白，否则泛泛而谈，效果不佳。

第三，巡视检查。上次和12家公司交流后，有三四家公司还不错。好，咱打破常规，在设计阶段就开始密切接触，到重点考察的公司去巡视设计作品，现场提修改意见，增加信任感。我重视他们，他们自然会重视工程，也许能因为我的巡检而变相提高他们的重视程度。还有，私下对重点装修公司适当透露一下我的本事，震撼住同行，才能受到他们内心的尊重，而不是外在恭维。对于不去拜访的装修公司，要电话巡视，催促它们抓紧干活。

第四，必须弱化工程部作用。通过赵一笑的了解，上次响应标书的8家装修公司确实是本区域实力最强的装修公司，但谁知这些公司跟工程部有没有猫腻？淡化工程部作用，防微杜渐，叫他们老老实实跟廖总和我走，别三心二意脚踏两只船。只要它们真心做事儿，就不怕工程部公报私仇。

第五，包装自己。先推出廖总，把廖总打造成工程一把手，总签字人。其次包装我个人形象，我是唯一项目负责人，三个签字人之一，工程部和采购部只是配合我工作，有集团下达的文件为证。对，再请出H市分公司财务部部长，如此，三大签字人均已到场，会议规格够隆重吧。好，遮去老板关于装修费的批示，再把任命文件复印几份，叫一笑找机会私下给他们瞧瞧，增加咱的权威性。

等把这些问题想明白了，这才撂下笔，唉，全是脑力活啊，真累人！我把腿往桌子上一搭，准备稍微眯瞪一会儿。可刚把脚放上去，身子还没往后靠，新问题又冒出来了：哎哟，8家装修公司听到标的额大幅下降，招标人和设计稿全都更换，和上次招标情况完全不同，他们会在招标会上提什么问题？我又该如何回答？想到这里，不禁破口大骂起来。可还没等我骂几句，忽然想起：这些都是诱惑或者叫软约束，没有硬性约束怎么能行？必须叫他们出血，交点竞标保证金我才能安心睡觉！交多少合适？退还时间？唉，明天请示廖老大，他来决定吧。还是抓紧时间想装修公司可能提出的问题吧。妈的，全都是事！

很快，我开始罗列装修公司可能提出的问题：

一、贵公司上次招标是一个想法，这次招标又是一个想法，会不会还有第三次招标？会不会还有新想法？

回答：这次招标与上次性质完全不同。本次酒店重新调整设计思路，是因预算调整等客观原因存在。现预算已通过集团领导审核，这就决定基本框架已确定，而上次只确定了星级标准，没确定投入总额。本次招标是在明确预算和设计思路的前提下，重新作设计。

请注意，正所谓由俭入奢易，由奢入俭难。由于预算需要下调，所以必须重新把控设计，大家都是行家里手，自然明白其中的道理。本预算是酒店最低预算标准，如果今后预算再有提高，也不会影响到本次招标内容。道理很简单，我们创意思路、整体布局和设计方案不变，只是将装修材料档次提高即可。举个例子，现在买的是500元的坐便器，每平方米30元的瓷砖，一旦预算有提高，更换坐便器和瓷砖档次便是，并不影响卫生间布局，也不影响卫生间水电路改造图。

夜深人静，我一边喝咖啡提神，一边奋笔疾书，有点越写越兴奋的味道。

二、如果这次招标会开完，贵公司不满意我们设计稿和预算，您这边有什么成熟想法来应对？

回答：为了开一个成功的招标会，我们将提供三份文件：第一，不必再调整的全貌构思；第二，详细创意设计说明书，保证有的放矢地设计和预算；第三，详尽参考图，为装修公司节约设计时间和成本。大家是在这些文件指导下作设计，如果A集团还不满意，您说是我们的责任，还是您的水平？要么是没吃透招标文件，要么就是个性发挥过大，不合要求。

三、贵公司评选中标的标准是什么？

回答：以设计水准和报价合理性为准。我们有评选委员会，采用打分制评选。但在设计方面以我的意见为主，报价方面以廖总的意见为主。最后中标机构由廖总拍板决定。

嗯，妙答。之所以在大会上隆重推出廖总，包括他有一票否决权，都是为淡化工程部的影响，方便我工作推进而说的话。廖总不可能事必躬亲，最后执行还靠我，等迎宾酒店做完后，好也我，差也我，老子带企划部吃独食！

四、贵公司付款方式如何？

回答：可以先谈您这边的付款方式，我们采用协商方式来商讨。按照一般商务谈判原则，首先谈的是报价，报价谈妥后，然后才谈付款方式。我想大家也认可这条原则吧。

现在就想打听老子的付款方式？洗洗睡吧。

五、贵公司在工程验收方面如何操作？

回答：按国家相关标准，由我和工程部相关人员共同验收。

六、我们重新报价跟上次有什么主要区别？

回答：首次招标是H市分公司委托装修公司全包干，现在采用部分包干制。装修公司负责采购水泥、沙子、红砖、防水涂料、大芯板、九厘板、三合板、石膏板、木龙骨、实木线条、石膏线、铝扣板、钢化玻璃、电线、铝塑管、筒灯、腻子、墙面涂料、底漆、面漆、辅料等基础装修材料，标书已指明上述材料的品牌，这样有利于保证报价公平。其余包括瓷砖、地毯、壁纸、家电和灯具等主材由H市分公司购买。装修公司报价由两部分组成：部分包干的施工和安装工程。

之所以没采用包清工方式，有三个原因。第一，不利于管理施工材料。材料不是乙方购买，他们会珍惜？浪费和偷盗现象根本无法杜绝，这点在北京装修圈里早有耳闻，比如某些施工队故意报复业主，偷盗业主买来的油漆。第二，适当保证工程造价总额，有利于调动乙方积极性。一般而言，大装修公司对包清工没啥兴趣，因为利润太低。第三，我没有人手去采购那么多建材，万一供货不及时，罪过就来了，别没事找事。工程部自己不懂酒店装修，又怕采购麻烦，所以委托装修公司全包。但正因为他们不懂，我才有机会，拿回部分采购权，既能节约采购成本，又能保证装修效果，还不太得罪乙方，一举三得的妙招。

想完，写完，天光大亮。不是仅仅写完提问，而是把宣讲稿也写完了。上午去了趟廖总办公室。看见了美女？唉，见证奇迹的时刻没到。等汇报完又跟一笑简单交代几句后，我步履蹒跚回到寝室，倒头便睡。人不能和生理规律相抗衡，20岁时随便熬夜无休止，35岁之前可以熬夜无感觉，35岁之后不能熬夜无体能。等我从A集团辞职后，感觉身体比原先差了许多，都是拜压力、奔波、冲刺、加班、熬夜所赐。靠，2010年南非世界杯决赛，俺看的是重播。

下午两点刚过，就被赵一笑无情地从床上揪起来，差点摔到地上去。洗漱完毕，囫囵吃了一盒方便面，赶紧往会议室跑。陆陆续续提前来了几批装修公司的老总或设计师。这是我和他们第二次见面，自然比头次见面显熟络一些。很快，廖总、财务部肖总都来了，工程部庞总因故没来，只是派了个手下列席会议。

见工程部失礼在前，我心里也坦然了：“庞总，你心眼忒小，本来可以把这次招标会看成两部门的和解会，没曾想你不开面儿。嘿，既然你丫喜欢装大爷，好，你洗干净脖子等着吧，老逸就是榜样！”

第二次迎宾酒店装修工程招标会议正式开始。首先是廖总代表集团发言。廖总说话铿锵有力，大气磅礴，会场上鸦雀无声，大家都静静地听着。当廖总15分钟主题发言结束后，轮到了我的表演时间。

虽然没时间再做PPT文件，但我事先叫企划部三位部长各自到工程部搜集数据和案例，极大地丰富了宣讲内容，全是画龙点睛之笔，很快，我拿着讲稿信心满满地走上了宣讲台。

“今天，很荣幸请到在座诸位老总和设计同仁，下面我代表公司，首先就《走进A集团，就是一家人》的专题，向大家作汇报……多年来，集团在销售、供应和基建等领域，有过很多超过10年的合作伙伴，很多公司伴随A集团成长而快速壮大。长期跟随我们的基建队伍中，项目经理从驾驶面包车到开进口吉普车在工地上跑不是新闻；基建公司承接基建项目，因工作出色而获得甲方奖励50万元，也不是新闻；初次与集团合作100万元以下项目，两年内累计新承包1 000万以上工程，更不是新闻。1999年底，江西长×公司签订H市分公司5号厂房钢结构合同，按时保质完成任务，获得甲方肯定。从当初合作不足千万的承包商，现在已经发展成为集团指定钢结构合作机构，累计签订3 500多万元合同。”

……

“装修公司如承接迎宾酒店，将是‘名利6收’！三重‘名’收获：第一，A集团是中国著名大型企业，品牌知名度高；第二，承建的都是大型建筑，甲方设计经典，建筑本身知名度高；第三，当地政府各级领导主要考察的工地基地，其影响力在当地首屈一指。所以，承接A集团工程，就相当于站在A集团肩膀上宣传自己公司的业绩，社会反响必然大过普通项目……三重‘利’收获：第一，项目本身经济上有斩获；第二，未来有可能收获A集团更多、更大型的项目——甲方在基建项目上拥有庞大规模，待建工程项目高达20万平方米，只要站进队伍，还怕没活做？第三，未来可在当地承包其他公司工程。A集团响应扶贫号召首家入驻×××××工业园，种下梧桐树，引来金凤凰，当地政府利用A集团金字招牌，很快又引进××可乐、三鹿、汇×等大型企业前来投资，承包A集团工程的一些基建和装修公司有机会顺势承包其他公司工程。一句话概括，由于A集团拥有众多分公司，谈下A集团，好比谈下5家公司，贵公司是既省事又省力，还有名利多重收获……但是，A集团准入门槛高，我们只与信誉好、实力强、技术精的装修公司合作。下面我们就谈谈这方面事宜……”

当我还在嚼啵嚼啵宣讲时，廖总因为有重要客户拜访，提前告退。好嘛，整个偌大的会场就看我一个人在表演。但经历过上次集团包装评审会，咱也算见过世面、开过眼的人啦，这场面应付不下来？怎么会，我有的是信心。

“好，第一部分讲解了合作优势和特点，下面进入到第二部分内容：如何做好A集团迎宾酒店。我们首先提出俩问题：第一，如何在最少资金情况下，显得酒店档次更高，更好地彰显A集团实力？第二，装修经济型标间，如何花费准三星费用，效果却能达到四星？下面，我来做酒店设计概念阐述。酒店分类大体为：星级酒店、经济型酒店和度假酒店三大类。星级酒店是当前主流酒店类型，但存在一大通病：装修档次统一，不能同时满足各层次消费群需求。经济型酒店是当前市场上出现的新型酒店，面对人群广泛，安静和价格低廉是其两大特点，但档次不高。我们是否能对两者的纯粹风格重新定义，创造出新型的内部迎宾酒店风格，将规划与装修档次进行混搭？”

……

“前几天，我和很多装修公司老总谈起装修费用，大家的意见普遍是装修五星酒店每平方米要6 500元，含每平方米5 000元装修成本。装修四星酒店要每平方米3 500元，装修三星酒店要每平方米2 500元，那么装修我们的酒店需要投入多少资金？有没有什么巧妙方法，面子给客户，里子给集团……酒店大堂设计，我再多啰唆一句，接待前台的后面是主题背景墙，这堵墙一定要做成实墙，风水上说‘背后有靠方为上’。还有，一层公共区域卫生间的门不能对着大堂，不能对着房门……还有……”

等我讲完，会场上寂静无声。估摸很多人被我80分钟的“高谈阔论”喷晕过去了。见到自己期待的景象出现，还不赶紧抓住机会再接再厉？

“下面是自由提问时间，在座诸位领导和同行，有问题可以当面提。”

“雨总，我有一个问题。这次招标会开完，假设我们完全按照A集团新标书作设计和报价，但如果贵公司仍不满意投标结果，您将采取什么举措来应对这种局面？不会还要继续再开招标会吧？”

见对方居然提这问题，我心里不免偷乐。不必现场抓耳临场发挥，咱脑子反应慢，有时还有短路。我赶忙从讲稿底下翻出标准答案。照本宣科？嗯，吾意如此。

会议开得很成功，该说的都说了，对方该问的也都问了，他们满意而归！靠，能不满意吗？有完整布局构思，有详尽设计标书，有海量参考图，他们还用再动啥脑子？预算可以套用公司价格体系标准，只是最后整体打折便成，三天即可完成。而设计任务简单到不用设计总监亲自大干10天，只需消化吸收后，随便勾勒几笔，再喊效果图高手操刀就能完成前期设计任务。

之前从一家装修公司那里，我看到了工程部的标书，两页纸，粗略简陋。再看看咱的标书，功夫下得深！扪心问问，四处去打听打听，哪个甲方能把标书做到这程度？饭都喂到嘴巴边上了，还嫌费劲够不着？

财务部肖总走过来，握着我的手笑道："哥们儿，大才啊！不错，讲得不错！酒店装修布局合理，构思巧妙，作品落成值得我们期待哦，哈哈。"

"呵呵，见笑，见笑，肖总，未来4个多月还要请您多多支持采购啊，到时大家一起来分享成果！"从大会上看，装修公司反响热烈，基本没受上次招标会影响，我的一颗心算落地了。

做企划不可错过的细节

精神一旦松懈下来，困意马上袭来，当天晚上是我加盟A集团后，头次没加班，吃过饭便蒙头大睡到第二天上午，嗯，还是珍贵的自然醒……起床后，心情大好，哼着小曲晃悠悠到了办公室。企划部这帮家伙都干得如何？今天有空，得过问过问。

除了紧急文件外，七八天没管理企划部工作，桌上堆起一摞企划部文件，赶紧从头看起吧。头一份是H市分公司企划部撰写的《关于定制A集团产品旋转模型的报告》：

尊敬的廖总：

为拉动A集团市场销售业绩，提升促销效果的企宣物料必不可少。企划经搜索与对比，发现"A集团产品旋转模型"是集团宣传品的一个上佳选择。

一、模型特性：

1. 实物模型，体量扩大数倍，外形比例与实物无异，醒目可爱。

2. 能360度自由旋转。

3. 内置彩色灯光，室外展台可作灯具使用。

4. 内置音乐芯片，可播放流行歌曲和企业歌曲。

二、模型用途：

1. 强化宣传成效，比户外遮阳伞、马甲服装等企宣品效果更好。

2. 促销期间，将模型放在产品堆头上，凭借模型具有的发光、旋转和音乐播放功能，能更迅速抓住消费者眼球。

3. 大号模型在促销、庆典等活动中能起到很好的宣传效果。

4. 小号模型可作为礼品赠送，能直接拉动销售。

三、模型规格：

大号：瓶高1 284毫米、直径460毫米；中号：瓶高680毫米；小号：瓶高180毫米。具体大小还可以根据需要重新制定。

四、模型费用：

通过企划部和制造商多轮谈判，现已达成供货协议：大号：50个起订，560元/个；中号：500个起订，298元/个；小号：1 000个起订，188元/个。备注：当订货量达到起订量10倍以上时，单品价格还可8折优惠。

特此报告，敬请审批！

H市分公司企划部 赵一笑

看完报告，我想了想，把赵一笑喊进来问道："一笑，你觉得廖总会批准采购旋转模型吗？"

"目前市场上还没发现竞品使用旋转模型，这是厂家新推出来的促销品，声、光、电齐备，有特色，我觉得符合企宣物料要求，价格适中，廖总很有可能喜欢。"

"但报告里只有两张3D模型效果图，没实物展示，如何说服廖总？而且报告里没提销售部意见和市场反馈信息，廖总如何判断其实用性？我们是为销售部服务的部门，自己作个策划，居然没销售意见，更没市场测试数据作支持，合适吗？显然，策划还不完整，功夫还没下到家。唉，幸好你没给廖总看，说不定要被好好修理一顿。呵呵，一笑，看来你工作上还要再加把劲！"

赵一笑脸一红，忙补充道："对了，老大，厂家其实可以先做个大号手模出来，但要价1 800元一个，我嫌贵，所以没订。"

"哦，你怎么不早说手模的事儿？呵呵，哥们儿，机会来了。你没说我们起订量很大，叫他先白送几个手模作市场测试吗？"

"唉，老大，你那套词全搬出去了，没用！这姓凌的经理是个死脑筋，非要见订金才肯下单，还说是他们公司的硬性规定，他也没办法。"

"靠，这家伙还不会做生意吧。你下午把他喊来，哦，对，再把他们管事的头儿一道喊来，我来给他们洗刷刷！"

"你要打他们主意，免费搞一个手模过来？老大，你可不知道，那个姓凌的，不是一般倔，任凭我好话说绝，岿然不动！咱们能行吗？"

"唉，你不行并不代表我不行啊，别废话了，看我修理他们的榆木脑袋吧。"

"大戏开始喽，好，我马上通知他们。哦，对了，老大，刚才高×广告公司的谢总为了感谢咱们，走的时候悄悄留下两条中华，喏，桌上这条就是他送的。"

我用手点着赵一笑，假装生气地数落他："我就说了，桌上怎么多出一条好烟来？哼，就知道一定是你小子受贿，不好意思独吞，想拿烟堵我嘴巴？注意，拿人手短，别犯事给企划部抹黑，到时绝不轻饶！"

"呵呵，放心吧，老大，咱部门没吃回扣的习惯。"说完，一笑出门办事去了。

客户为了感谢企划部，送点烟酒糖茶什么的，常事，对于小恩小惠的感谢，我拿在手上心安理得，所以也没深究。

点上一根烟，再喝两口咖啡，嗯，浑身舒坦。翻出第二份报告，哦，是小黄前两天发过来的传真：《A集团出马，谁与争锋？——江苏大区冬季联合促销活动方案》。

一、策划背景：为进一步提升A集团在江苏大区的销量，拓展和巩固主战市场，企划部根据目前乳业市场情况制定如下促销方案，供C市分公司领导参阅。

二、促销意义：为配合A集团在全国举行有奖整箱购买促销活动，同时为抗衡竞品在江苏市场的大举进攻，赢得竞争主动，帮助经销商让“货流带动现金流”，特拟在江苏12个地级市和经销商联手举办地面推广促销活动，可迅速扩大市场规模、增强消费者认知度，为江苏开展全面招商打下坚实基础。

江苏市场是集团六大中坚市场之一，不容有失。A集团公司投入了大量促销费，一方面确保完成今年销售任务，另一方面是为明年完成销售目标打下坚实基础，同时力争成为市场典范案例。

三、活动内容：

1. 目标城市：苏州、无锡、徐州、南通、扬州、常州、连云港、盐城、常熟、宜兴、镇江、淮安。上述城市为销售部确认推广目标。

2. 活动时间：国庆到元旦，历时3个月。

3. 招聘促销员：从每个地级市所属院校招聘100名兼职学生，每组由两名学生组成，每市由50个小组组成宣传阵线。公司驻地业务代表负责与学校团委或学生会联系（勤工俭学名义）。培训促销员由企划部完成，内容包括活动意义、岗位责任、沟通技巧、产品知识、注意事项等。同时还可培养一批忠实消费者，影响周围人群。

4. 促销形式：周六、周日两天，两人促销小组通过有奖问答、现场抽奖、免费派送等活动向市民讲解A集团纯牛奶、高钙奶、果汁乳饮料等产品的饮用好处，便于品牌与消费者零距离接触、沟通和互动，增强亲民形象。该促销活动易被消费群接受和喜爱。

5. 促销装配：统一给小组配备促销桌、桌布、展板、马甲、宣传横幅，宣传单、品尝杯、免费尝品、气球、福字、卡通笔、牛奶杯等，并由经销商提供两人中午简餐等。

6. 促销地点：当地人口密集小区、商场超市、医院、公园门口等繁华地段。以儿童和消费群密集地点为主，特别加强小区推广派送工作。

7. 促销效果预估：以平均每个促销小组每天直接影响200位潜在消

费者计算，每市：50组×200位潜在消费者/天×30天（3个月，每月8天休息日+国庆长假）=30万人/3个月。

8. 单座城市促销费用：

1）人员工资：120元/组/天×50组×30天=180 000元。

2）彩色气球：0.06元/个×50万个（印有公司名称、广告口号）=30 000元。

3）福字：0.8元/张×10万张（印有公司名称）=24 000元。

4）卡通笔：1.5元/支×1万支（印有公司名称、广告口号）=15 000元。

5）牛奶杯：3元/个×3 000个=9 000元。

6）宣传单页：0.1元/张×50万张=50 000元。

7）楼道海报：0.4元/张×1万张=4 000元。

8）促销桌椅、桌布、展板、马甲、打气筒、宣传横幅、一次性品尝杯和免费尝品由当地经销商一并提供。

9）以上各项支出费用，A集团承担60%，当地经销商承担40%，所有促销品由集团采购总部负责采购发货。

10）A集团费用合计：19万元/城市。

9. 江苏地区媒体组合：

1）因集团在央视投放广告，故本次活动只选择《扬子晚报》、《环球时报·江苏版》、当地晚报等平面媒体。

2）版面选择：半版硬广、栏花、促销软文；广告内容：整箱购买促销活动提醒式广告。

3）公共汽车车身广告，每座城市选定三条主要公交线路。

4）所有地级市广告费总额控制在350万元内，A集团承担60%，当地经销商承担40%。A集团广告费用合计：210万元。

四、本次组合促销活动三大特点：

1. 规模宏大。无论在楼道里、小区超市、商业繁华街区还是游乐场所，A集团身影随处可见。

2. 整合促销规模空前。整箱有奖促销+50组促销队伍+4种促销品+

免费品尝+广告宣传单+促销广告推广+经销商配合+小区推广=销量跃升。其他乳制品有相似促销活动，但大都蜻蜓点水，平均规模不到本次活动的1/2，影响力有限。

3. 效费比好。一座城市只花费19万元就能直接影响到30万潜在消费者，间接影响到60万以上人次。

五、总体费用：19万元/城市 ×12座城市 + 210万元（广告费） = 440万元。

六、活动监控：C市企划部成立项目指挥小组，负责本次活动方案的制定与监控，同时配合销售部完成具体执行任务，确保活动顺利开展。

A集团C市分公司企划部

黄涛

看完报告，感觉策划有问题。表面上似乎该说的都说了，但真到实际操作上面，不是那么一回事。想明白后，我给小黄挂了个电话："哥们儿，你的江苏促销方案我看了，写得全面，但还有几个问题，我们来说道说道，你拿笔记录。"

"老大，你还管不管企划部啊，找你找不着，报告批示不回，没你指挥，我们是八卦阵里骑马——闯不出路子啊！"

"行了，别废话了，老子烦着呢，先听我说报告，其他事回头再说。"

"好，领导，您说。俺虔诚聆听教诲，哈。"小黄抓机会就要贫嘴。

"第一，做预算切忌搞一刀切。12个地级市的人口、经济规模、繁荣度和市场容量不尽相同。19万投到苏州，靠，连小水花都看不到。19万给淮安，准能乐死当地经销商。我们可以把地级市分三类。A类是重点攻取城市，比如苏州、无锡、扬州和徐州。这类城市经济发达，竞品云集，每座城市至少要投50万，将促销小组数量翻倍，密集度加大。不仅因为它们市场容量大，容易提升销量，而且它们有市场示范效应，能影响周边三级市场。B类城市采取有守有攻策略，比如南通、连云港和镇江，投放15万到20万，也许就能确保集团销量三甲地位不变。C类是常州、盐城、常熟、宜兴和淮安。给个5万预算就不错，因为咱们主战场不在这里。我对江苏地级市不熟，你多问问销售部，也许要多增加一点预算，只要你把道理讲明白，费用也许好通融。”

“明白了，这是你常说的，不要往大海里撒盐。分清楚事情的轻重缓急，重点区域重点投放，玩命砸晕竞品再说。”

“第二，地面推广是促销重点环节，我发现你笼统一笔带过，基本算没写，这是为什么？”

“哦，老大，解释一下，报告是前几天赶出来的，这两天我又补充了一些，比如你刚说的地面推广，我把你过去做冰红茶的路演策划搬了进来。”

“这想法好！促销小组兵分两路，一路在人头攒动的大商场门口做大型路演，8个小组联手按照冰红茶路演套路搞活动，能提升品牌知名度和销售业绩。安排剩下的42个小组作为另一路人马，全扑到小区里去，就在小区里或门口作促销。我们这是竹竿子里两头堵，能保证消费群的覆盖率。至于医院、小超市和公园门口，都被竞品给做烂了，你再去蹚浑水，还有啥效果可言？”

“好，明白。”

“再补充一点，选准小区是关键。用60%的力量专做高档小区的有奖促销活动，周末堵在小区门口摆摊设点，坚持3个月，市场能不被轰开？然后你再用剩下的40%人马做中档小区，完全放弃普通小区。明白啥意思吧？”

“呵呵，老大，这点想到一块去了。只不过我没你那么纯粹，是按4∶4∶2比例来分配的。”

“不好。曾国藩攻取天京时，是顺江而下，先取安庆再下天京，但清军绿营却是逆江而上，所以被太平天国击破大营，统帅和春自刎。我们反复强调过，做品牌一定要高屋建瓴。你只要能打动中高档小区里的住户，他们购买我们产品带来的是：第一，主力消费群，购买力旺盛；第二，能引领市场消费潮流。你集中兵力，重点突破，甚至可以集中70%的力量去突破高端客户群，他们可是市场上的意见领袖，这帮人振臂一呼，自然是从者云集啊。”

“好，知道喽。”

“第三，广告计划还要修改。我来说几点。第一，《扬子晚报》确实是江苏地区第一大报，全省覆盖率最好，但该报有一半发行量集中在南京，而咱们销售进攻区域并不包括南京，这不浪费了一半广告费？《环球时报·江苏版》也有同样的问题，我认为报纸广告应主要投放在当地晚报上。第二，不要作半版广告，费用有限，3个月只投几期，无连贯，基本属无效广告。你该主做软性广告，比如开辟牛奶知识讲座等专栏，传播时效长，费用低，广告性不强的软文更能吸引读者目光，解除他们的戒备心理。第三，公交广告是个好想法，但不要连续做3个月，只做俩月，同等费用能投放更多路线和车辆，增加广告密集度，虽然增加了一点喷绘钱，但都是小钱，能忍受。第四，节约出来的广告费，是否考虑做点特殊形式的广告？”

“好，有道理。”

“我琢磨出俩特殊广告。一是大型充气模型。今天刚接触一个新促销品，有启发。你找气球厂定做大型充气‘瓶模型’，样子跟产品一样，至少10米高以上，摆放到商场门口路演台旁，瓶模上的宣传广告肯定扎眼，相当于擎天柱广告！二是热气球。你可以跟当地礼仪公司联系，它们手里可能有热气球，当热气球广告漂浮在城市半空时，路上行人谁不想看点儿热闹？我们利用热气球做宣传载体，也许是个出奇制胜的策略。”

“老大，充气瓶模是亮点，但热气球……”

“国外早就有大把做法，现在国内还不多见，独特，视觉冲击强，我看好这招。但咱们不了解这块儿的运作费，你呢，先别否定，赶紧去打听打听，如果费用合算，你再找张总和销售部勾兑勾兑，我想效果总比在报上打硬广要强。”

“唉，被老大你这么一说，俺报告写得真是千疮百孔！”

“尽废话，别急，还有。第四，现场抽奖促销力度小了点，最好的奖品只是牛奶杯，干吗不搞点明星签名海报？”

“呵呵，老大啊，你半年没参与我们工作了吧。据传咱们明星代言人只签了1 000张海报，早就被人哄抢一空。唉，就算搞几十张签名海报都不可能！”

“笨！你丫自己签啊，谁会认识这些明星签名？你从设计部电脑里调出他们签名的扫描电子版，找人模仿直接签到海报上。对了，要注意保密！新来的人不成，叫小辉私下里干这活。把明星签名海报设为头奖，吸引力肯定比破杯子大十几倍！”

“老大，看出来了，为了做好市场，你是蚂蚁搬泰山——下了狠心啦！哈哈。”这类招数特别符合小黄胃口，很快，电话里传来爽朗笑声。

“第五，你招聘促销员，最好只招有农村背景的学生。道理很简单，我们促销是在秋冬季开始，如果周末遇见天气不好，冷风灌脖领子，想在大街上定定站一天，没吃苦劲头很难坚持。促销队伍不稳定，就要不断培训新人，累死你！还有，人员工资这块，一天60元，对农村学生有吸引力，但你应该把工资拆分开，40元是基本工资，10元是车补，10元是保暖费，但总数保持不变！明白了吗？”

“明白！故意拆分开，人家夏天有防暑降温费，你就给他们搞个保暖费，显得公司温暖人心！老大，你是不是常用这招使唤我们啊？嘿嘿。”

我没理会小黄的插科打诨，继续说：“第六，你说到楼道里去张贴海报？够呛。我记得上大学时，接到了楼道贴康师傅海报的活儿，贴一张海报一元钱，那时小区挺开放，敞开来随便贴。但现在各个小区门卫站岗，你如何随便贴？还有，你上面只有海报印刷费，没写贴海报费用，10年前已经是一元一张，现在还不得5元一张？钱花出去了，效果还不一定有，实施起来很困难，不如取消算了。”

也许小黄被说疼了，电话那头似乎没啥应答，但管不了那么多，我继续说：“第七，一座城市需要印刷50万张宣传单页，但只凭借50个小组散发，肯定发不完，你是怎么考虑这块的？”

“这是销售部和当地经销商一起商量的结果，我只是照搬数据。我猜测多印的宣传页，是经销商想占公司便宜，因为60%费用我们出。如果这次没发完，他们选出纯介绍产品的宣传单，留着以后自己再用。”

“你说得对！这帮经销商是有便宜就搞，绝不手软！靠，我们能帮他们落实如意算盘吗？别逗了。但咱们又不能不给销售部和经销商面子，生硬驳回，那是要得罪人的。我想了个办法，你下市场后，找当地晚报社谈宣传单夹报合作，也就是把宣传单夹放进报纸里，一份报纸配一张宣传单，随报一起发行。据我所知，夹报推广费便宜。头一个月利用夹报推广，大约能送出25万张单页，先轰一轰市场再说，剩下单页用促销手段再慢慢送。记住一点，报社通报的发行量，都是极品假话！你派人到印厂，监督发报工作，别叫报社糟蹋了我们企划宣传物料，把单页全卖了废品。”

“那是，即使卖废品也是我去卖啊。”小黄又开始没正形了。

“行了，再多说一句，把小组集中在几个小区搞促销，还有一大好处，方便监督他们干活！要是散到全城，你如何监督？跑断腿也没戏！经销商忙着铺货，指望不上他们。但没有建立有效监督机制，就会有人偷懒，这点你要和销售部多打配合。还有，12个城市同时搞促销，C市企划部人手肯定不够，那我再从H和F市企划部抽人，支援你的工作，但你要把晓峰和子明给我留下。这次大行动算三个企划部联合行动，你是一线总指挥，只许打赢，不许失败，都清楚了吗？”

“好，电灯照雪——明明白白！”

“这次促销活动规模很大，是我们企划部第一次全面配合销售部开展的省级市场企划，提醒你两点：第一，注意协调好人际关系，对待张总、销售部、供应部、经销商和分销商的关系，说简单就简单，说复杂就复杂，你要多想困难，别叫他们联手把你轰跑了，呵呵；第二，写策划时，要学会借外力，把那些外围广告公司都动员起来，想挣咱们的钱，提前先出点儿力不过分吧。还有F市分公司的贺平，你能叫他闲着……这几天我还稍微有点空，你赶紧修改吧。”

“老大，还修改个屁啊，重写喽！”

“呵呵，你真聪明，这么高难度的问题你一眼就看明白了？看来你重写动力满足的嘛。”

“在你手下做事，不聪明行吗，不玩命更不行，唉，挂着腊肉吃斋——难熬啊！”

“哟，俏皮话满多，有本事再说一个？”

“在你手下做事，那是猴嘴里掏枣——难办！”电话那头，小黄沉稳地说道。

“滚！”明知小黄俏皮话一箩筐，瞧我这话问的，纯粹自找。

放下电话，忽然回想起当年，我在报社也没少干代明星签名的事儿。一天，我看到一篇足球报道，荷兰最伟大的足球明星克鲁伊夫，有一次收到一封少女情书，这类礼物克鲁伊夫收到手麻，当时也没在意。但包裹里还放着一个精美笔记本，当他翻看完这个笔记本，被感动坏了。原来100页的笔记本上，每页都有自己一个亲笔签名，而且页面上还备注了签名的时间、地点、场合和天气，足见这位少女的虔诚。克鲁伊夫颇受感动，忙仔细阅读书信，书信告诉他，如果白马王子不想约会，请把笔记本还回去。一个月后，克鲁伊夫见到了那位美丽少女，二人两情相悦，故事自然以喜结良缘而告终。

看完故事，我不禁动开了歪脑筋。哇，明星签名威力横扫四方啊，报社文体部有大把资源能搞到明星签名，从娱乐明星到体育明星一网打尽。靠，浪费资源多可惜？不行，肥水不流外人田，咱得加以利用。很快，我就通过跑娱乐口的采编，搞来一批明星签名，私底下勤模仿、常练习，后来还真有三分神似呢。

咱了解每个客户喜好，包括其所喜欢的明星，登记本上都有记录。然后，我有的放矢，在一本精美笔记本上，大胆地替某明星代签其签名，然后双手奉送，美其名曰：“哥们儿，这可是从编辑部里费了老鼻子劲儿才搞来的！”把客户们哄得满心欢喜，有的甚至激动得差点儿拥抱我。当然，女生矜持些。我有素描功底，但写字却是“蟹爬体”，就因为常练明星签名，结果惠及自己签名，那也是龙飞凤舞，煞有气势。哈哈，唬人假象。

现在回想起过去无法无天的所作所为，在这件事上，咱不够厚道。唉，悔意颇深。但从另一角度思考，我全身心投入广告销售中，无论看到什么，都往销售上想，要么借鉴，要么模仿，要么启发，要么提示，总之，我是处在一种“魔”的状态，不论好坏，灵思妙想层出不穷。不论是谁，如果想创业成功，必然处于这种“癫狂”状态，还是那句话，要成功先成疯，头脑简单往前冲！

一个变六个

下午，办公室进来一高一矮俩人。赵一笑介绍道："这位是集团企划总监，雨总。""这位是高总，这位是凌经理。"我忙起身迎接。

大家刚寒暄完，凌经理便拿出画册，摊到桌上，一边翻画册，一边讲解。耐着性子听完他们公司和旋转模型介绍后，我时间精贵，说话全是开门见山："高总，不瞒您说，我对贵公司的旋转模型挺欣赏，只不过我们合作还存在几个小小障碍。要不，我就当面直说了？"

高总和小凌连忙点头。"高总，咱们先不谈产品特性和价格，要是我能促成此事，或者您为了促成合作今天请企划部相关同事一起去吃一餐，然后再嗨一回，前后要您破费3 000多元，您该不会心疼这钱吧？"

"雨总啊，您说这话，那可算见外了哦，呵呵。不用您开口，今天我们就有这打算，即使生意没做成，能请到雨总赏光，大家交个朋友，那也是件非常荣幸的事情啊！"高总满脸堆笑。

"好，既然您有此美意，那我和企划部心领就是。餐免了，您把这顿饭钱转变成两套手模开版费，您会心疼吗？"

"这，这……"高总舌头有点打拌。

"呵呵，高总，关于贵公司未来发展和双方合作的事，我有一些不成熟见解，想与高总和凌经理一起探讨探讨，但凡说得不好，还请您二位多担待，多指正啊。"

"客气，客气啦。"高总和凌经理忙回道。

"我有4点看法。第一，虽然您是首创旋转模型的厂家，但卖的是创意，而非高科技产品。我相信过不了多久，会有很多同行模仿跟进。现在价格没对比，但今后必然陷入价格战，但目前没竞品出现，您就该抓住所有能抓住的机会，多开发客户；第二，这次我们因某个原因没合作成功，但不代表以后没有您的同行与我们合作；第三，A集团不会因为没做模型企宣品，就导致销售不畅，但您会因为没和A集团合作成功，而遭受潜在损失；第四，谁符合A集团合作要求，谁就有可能成为集团供应商。和大集团合作首要条件是要排队站队，您成为集团供应商后，其他促销品是否也有可能搭上顺风船？至少可以说有希望大增吧！但如果您到现在还没来排队，纵然您有千款产品，跟A集团又有何关系？企划部又能帮到您什么忙？”

“雨总，谢谢您提醒，您说吧，我们和A集团合作，有什么条件？”

“A集团有众多分公司，我手上有三个企划部，如果您想把旋转模型打入我们销售系统，光有3D效果图还远远不够，各分公司老大们看完图后，没感觉，没认知，没实践，如何采购？所以，我建议您公司一次性提供6件大号旋转手模给企划部，我安排部门先推到市场上去做实效测试，效果好的话，呵呵，高总，还用再描述订单数量吗？”

高总神色惊异，我继续侃侃而谈：“在促销活动中，我认为旋转模型是个好帮手，但需要市场检验，需要销售部和经销商了解认可，需要各大公司老总对此肯定。我先介绍一下这边的采购情况，既然高总您觉得自己产品好，不妨对这块业务量作个匡算。第一，分公司众多。集团有众多直营市场，需要大量企宣物料支援销售。第二，渠道众多。集团每年为几千名经销商提供很多促销样品，经销商看中后，会到集团采购促销品，我们也顺道赚点差价。第三，C市分公司企划部刚承接江苏市场的地面推广业务，模型马上就能派上用场，一旦市场认可，呵呵，也许3个分公司都会跟风认可，那就相当于您做成了三单生意。”

……

话是敲门砖，真把事情讲透了，很多事情也就好办了。果然，高总吐口了：“雨总，大家合作前景当然很好啦，这点我深信不疑。但我们公司确实有相关规定，不见订金不开手模。不过雨总所说也确实有道理，再加上雨总的面子肯定要给，不如先提供3件样品，成吗？”

“高总，呵呵，咱不是在过家家玩游戏，我们谈论的是10个亿的销售市场。每个分公司企划部拿两件样品，要分别拜访经销商，在不同地域市场促销活动中去尝试效果，就这我还嫌少呢。高总，您宁愿请企划部吃3 000多元钱的饭，也不愿意花费同样多的钱去做手模？和我谈一次生意，就相当和三家公司在谈生意，上哪里找这等美事？”

“道理我懂，只不过——只不过企划部测试效果万一不好，我不太好向公司交差，呵呵，还望雨总体会我的难处啊。”

“即使最后因为效果原因而没有合作成，您没获利，但我保证您能得到‘名’！我可以叫手下人把活动现场照片拍下来，照片内容有促销场景、印有A集团LOGO的模型和产品堆头。您拿这些照片再去拜访其他客户，凭A集团响亮的牌子，哪家快销品公司不想跟风随流？说句不好听的，您就相当于花了几千元钱，给自己公司作了一个大广告，贵吗？更大的可能是，您名利双收啊！哈哈。”其实我心里明白，按对方报价，6个手模大概有1万多元，但实际不值这数，自然少说点投入，对方听起来舒服一些。

还没等高总反应过来，我继续扮演强势角色：“对了，实话说，要是您公司舍不得出钱，只愿送3件手模，那咱们干脆免谈。企划部下市场，手模要没带足，会影响推广效果，那多一事还不如少一事呢。再说了，部门事情又多又杂，我们非亲非故，何必要玩命推您家产品？”

高总眼睛看着画册，好像还在盘算。见他心思似乎还在犹豫，我的火气不免有点儿上冒，这家伙确实和凌经理是一路人，我又解释描述，又帮忙出谋划策，他们居然仍在思前想后，裹足不前，还想不想做生意了？老子没时间陪你们玩，干脆以退为进，再说句狠话逐客算了：“高总，要是您还想再考虑考虑，没关系，慎重一点也好。呵呵，对不住，我手头还有点儿事，就先不陪你们了。一笑啊，你现在负责陪两位老大再说会儿话。”说完，我冲一笑丢了一个眼色。

“好，既然雨总愿意帮我们推手模的事情，那我就一定按照雨总意思办。不过手模制作难度比较高，可能要10天左右的时间，您看这边……”

“10天？呵呵，高总啊，10天就算了吧，企划部两支队伍最近就要开始下市场，等不及喽，最多给7天时间。好，就先这样吧，您回去多想想办法，10天我真等不起。”我这大牌装的，明明心里已经痒痒得不行了，但还在提要求，唉，演戏就要演到位嘛。

“对了，雨总，还有件事情可能得麻烦您一下，要不要我们先签订个协议？我好回去跟公司有个交代。”

“呵呵，高总，您觉得签个协议您的权益一定就能得到保证？采购数量、单价和付款方式还没谈，如何签协议？”

“雨总，您误会我的意思了。我只是觉得有个书面文字的东西，至少能表示A集团和企划部的诚意，我回去安排工厂做手模动力更大呀，至于合同具体内容我们还可以友好协商嘛。”一番话说完，我感觉高总是个谨慎之人。

我才不想签订任何形式的协议呢，纯属添乱。我马上接口道：“高总，您是初次和A集团合作吧，可能还不了解我们的流程。协议起草后，要经过律师审、财务看、审计核、老总批，过了五关后办公室才能盖章。实话说，我们现在还处在考察阶段，没必要走那么长的流程，去搞个用处不大的协议吧。旋转模型好，自然合作顺畅；模型价值不大，就是签订了正式合同，又有谁会去认真执行呢？还是那话，高总如果相信企划部，那我们就从测试开始往下一路走下去。如果不信任企划部，没关系，您现在停手还来得及，我只当交个朋友，再看以后是否有机会合作，您说是吧？”

……

送走高总和凌经理，我拍着赵一笑肩膀说：“你打的报告，一则没实物展示，二则没市场反馈意见，你叫廖总如何批？如果换作是你，既然不好发表意见，你还会批吗？不骂人就算不错了！还有，定购任何一款模型，都要一两万元钱，钱虽小，但面子事大啊！万一市场效果反馈不佳，靠，我们企划部以后还怎么混？今后廖总还能相信企划部眼光和推荐吗？好事不出门，坏事传千里，这事万一传到老逸耳朵里，他丫的还不知道如何添油加醋造咱们谣呢！”

“好，我清楚谈话思路了。简而言之，你在谈判中，对高总不断威逼利诱，一切以公司和企划部的利益为重。”一笑信服地望着我。

“你只说出了一半，还有呢？”

在A集团做了一年多甲方，我对甲方游说乙方的套路，已颇有心得。因为我是从做乙方起家的，非常了解乙方的心态和欲望，由此对症下药，更是一打一个准！此外，我曾以广告公司身份承包报社版面，上服务广告客户，下面对报社，哈，咱还懂丙方心态呢。好嘛，现在我又新晋拥有了甲方心态，横跨甲方、乙方和丙方心态，对付高总这类一般性的客户，不用费多大劲，谈判游刃有余。

当然，凭借A集团超然的实力，谈判时也有大牌心态作祟，有点儿高高在上的味道，也算咱的一大谈判优势。在企划部我尽量抓住机会，让大家学到真本领，这时不仅能增进大家的感情，更能提高业务水平。就像上次接待孟总那样，每次事后的点评非常关键。当然，我也在不断反思中取得实际进步。这些案例都是刚刚发生的事件，都是大家亲身经历过的，众人谈起来更有感觉。见赵一笑的总结已经上路，我笑道："一笑，对于这场谈判，你真明白我思路了？呵呵，你来总结总结，说道说道吧。"

"我确实没想到你狮子大张口，居然要6件手模，给3件还不要！这大牌装的，够份儿！三个企划部各带两件手模下市场，实战效果好的话，就是三大分公司销售部集体采购，然后其他分公司再跟风，似乎是个天量大单。呵呵，老大，商业故事编得逻辑通顺，充满诱惑，算是成功把高总洗脑了。但你不愿意和他们签个协议，就不担心跑单？"

"你该知道我做事的风格，一出手就希望把老板和廖总给彻底震撼！我不喜欢中途反复汇报，等出结果时，全是水到渠成的事，各位大佬还会有惊喜？靠，洗洗睡吧。我看好旋转模型，市场反馈好，带上实物和市场调研报告，往廖总面前一摆，那是啥效果？当然，蒙头做事有利有弊，要么给大佬留下深刻印象，要么一出发就可能跑偏，白费力气。但具体到手模上，企划部不必投入人、财、物，值得冒险。至于跑单嘛，我吃准高总了，人只要有欲望，就不怕他跑单。更何况即使合作失败，他所获得的油水还少吗？他会掂量的。

"还有，谈判时，我作了四点准备。第一，你越想得到的，越要表现出不在乎的意思。我不在乎模型，叫他们过来干什么？但在谈判时，切忌不能大说特说，以免被人要挟。第二，你原来打算只要一件手模送给廖总看，唉，可见馅饼画得不够大，他们能相信你说的话？免费做一件模型也是做，做6件也是做，索性敞开来谈，反正背靠集团这棵大树，随便画，不用担心圆不了场！第三，我常用排队站队理论引诱客户，这点是他们期待已久的，你就顺着他们想听的说呗，嘿嘿，以利诱之嘛。第四，替客户着想，高总最担心浪费投入而没有效果，我用两招化解他的心魔，一是吃饭公关理论，二是照片理论。靠，说到最后，我都觉得几千元替他打了一个大广告，我们吃亏了呢，哈哈。”

“行！老大，全明白啦，下回知道如何欺负乙方了，呵呵！”一笑笑道。

“再给你提个醒，甲方随意说句话，乙方听起来都感觉像圣旨。所以今后谈判时，你要多描绘前景，少作承诺，不失信于乙方，你就能把乙方玩得团团转！看来你只学了点儿皮毛，还要继续努力。还有一点，业余时间多读点儿书，时不时就能从书里借鉴一些知识。”

“哇，听老大这话里有话啊，呵呵，不会是又到了要讲故事的时间吧？”

“1918年，驻扎在中东的英军奉命进攻杰里科。师部收到指示，要先拿下密奇曼希村，为进攻杰里科作准备。师长派某旅去攻占密奇曼希村所在险要山峰。指挥官感到任务艰巨，很棘手。这时，一位叫吉乐的少校忽然想起《圣经》里提到过密奇曼希：敌军腓力斯人在密奇曼希扎营。某日，头领乔纳森负责侦查腓力斯人的排兵布阵。他在山间小径上不断搜索，寻找通往敌军驻地后方的山道……后来，乔纳森带队突然从敌军身后杀出，瞬间打垮了敌军。吉乐根据《圣经》记载，建议旅长仿效乔纳森。旅长派人经过侦察，发现确有一条羊肠小道如《圣经》中所描述的那样，在山后通往顶峰。于是他马上改为正面佯攻，再派一个连队突袭土耳其人后方，奇袭大获成功。谁也没料到，时隔数千年后，英国部队重演《圣经》中乔纳森故伎，竟然再次取得成功，世人皆谓之奇迹。讲这故事，我是要告诉你，我在A集团的很多做法都是过去经验的积累，而过去的很多做法都是从书里学来的。”

“老大，要不明天我去买本《圣经》读读？”

“哼，跟小黄学耍贫嘴，赶紧去买吧，滚！”

重手裁人与暗地招人

晚上，我把佟刚喊进办公司：“小佟，这两天准备得怎么样了？都学会了点啥？说来听听。”

“老大，我，我……”佟刚似乎有点欲言又止。

“一个大老爷们磨叽个啥，说。”

“老大，我对装修真没感觉，也按照你的意思看了很多文章，可看完就忘，虽然强迫自己去学习，但我真的被装修工艺搞得晕乎乎的，现在脑袋还发蒙。老大，要不你换人来搞吧，我怕没学会，耽误酒店工程，那罪过可就大了。”

耐着性子听完佟刚发的牢骚，我的火气腾地拱了出来，简直是在心中烈焰飞腾，我动了“杀机”。

“好了，你先去忙。”打发完佟刚，我立刻拨通小黄电话，语气还算平缓：“佟刚是你招的吧，这人到底能不能做事？”

“小伙子不错啊，做事挺细，怎么了？”

见小黄还在夸佟刚，我忍不住开骂了：“靠，瞧你丫都招了些什么人?!我给他布置学装修的任务，可过了10来天，丫连个毛都说不上来，今天居然还反客为主，叫我临场换将，靠，他以为他是谁？”

“老大，你先别急，不是谁都像你一样，有超强的自学能力，说学什么立刻就能上手，你得给人家一点儿时间嘛，怎么也要有个磨合的过程，要不我给佟刚去个电话，再劝劝他？”

“还磨合个屁！谁还有时间陪他玩？我跟廖总已经立下军令状，工程部那帮闲鸟还在后面等着看笑话，现在企划部又不给自己人长脸提气，你叫我怎么玩？这几天观察，我发现佟刚固执，脑子反应慢，学习能力差，留着他以后在部门也起不到多大作用，靠，非常时期要有非常手段，我打算叫佟刚开路走人！”

“啊，老大，不会吧，真要下狠手？”

“开掉佟刚，不用你动手，我叫一笑去做恶人。再提醒一句，你丫以后招聘多留个心眼，把眼睛放亮点，别把歪瓜裂枣全喊进企划部！”训斥完小黄，气稍微顺了些。在企划部我一言九鼎，真要发起火来，就算他们敢顶撞也不会顶。

接着我又把赵一笑叫进办公室："我打算把佟刚开了，你负责通知他。"

"啊，佟刚？我觉得他还成啊。再说，开除人还轮不到我，怎么也是小黄出面吧。老大，你还是跟他打声招呼，免得我落个越俎代庖的嫌疑。"

"我跟小黄提了，正部长被借调到其他部门工作，你现在是H市企划部副部长，相当于代理正部长，怎么没这权利？还有，你刚到部门不久，正好利用开掉佟刚的机会立威！明白吗？"

一句话点醒梦中人，一笑马上点头应允。

我管理企划部概括成八个字：菩萨心肠，霹雳手段。我平时对弟兄们不错，与手足相仿，但有个前提，能玩命干活，还得有业绩。记得小辉刚进部门时，晚上在宿舍睡觉，发现他没有毛巾被，只是身上盖件单衣，当时还感觉C市人有意思，怕热都怕到只盖单衣。后来我留个心眼，打听后才知晓，小辉家境困难，工资都寄回去给父亲治病了。受感动了，自己马上帮他买了一套被褥和洗漱用品，第一个月5 000元试用工资刚发下来，又悄悄拿出2 000元硬塞给他……

但我也不是什么好好先生，对于"懒散、倔犟、奸猾"等三类人，没啥情面可讲，举刀就砍人。集团在发展，部门在发展，跟不上形势的人，只能被淘汰，几年下来，被我开除的人也不在少数。

唉，谁叫我们是在快销品行业，每家公司都玩命求发展，随着蒙牛集团在乳制品市场的快速崛起，大家都处在不进则退的大环境中。整个乳制品和果汁市场正在被行业十大巨头重新洗牌和瓜分，市场压力转嫁到老板身上，老板又把压力分摊到高管身上，高管再把压力分摊到部门经理头上。好嘛，压力就像击鼓传花，一人传一人，谁又能置身事外？谁不在这根链条上疯狂跳舞？

我承认要求佟刚迅速掌握装修知识，确有强人所难之嫌。但老板指名道姓喊我来做酒店装修，我能拒绝吗？我敢拒绝吗？我向谁诉苦去？A集团每个人都是一颗螺丝钉，让拧到哪里就得拧到哪里，根本没讨价还价的余地。佟刚在特殊情况下，不能适应部门工作安排，不能及时应变，物竞天择，只能被淘汰，想到这层关系，我也释然些。

我接着安排工作：“一笑，你明天一早给人力资源部打个报告：第一，开掉佟刚，再招一个策划师顶替他；第二，现在正赶上大学生毕业找工作，再申请招聘两个实习大学生名额。记住，只招有农村背景的大学生，盯施工工地是个苦差事，城里孩子皮娇肉嫩，大冬天里盯工地够呛。你要仔细看他们，皮肤黑和手粗之人优先录取，呵呵，明白了吗？”

“明白，农村孩子不怕风吹日晒，没城里孩子娇贵，听话又肯吃苦。”

“好！还有，拎点儿C市土特产去人力资源部。”

“老大，不好意思，你带来的土特产都被那帮家伙给瓜分完了，嘿嘿。”

我随口骂了句：“靠，这帮馋嘴的兔崽子！来，给你，去之前买箱和路雪冰激凌，就说是客户送的。”说完，把100元拍到桌上。

处理完手头上的杂事，唉，又是玩命忙活的一天。后背往椅子上一靠，脚搭在桌上，感觉脑子发木，浑身酸软，真想甩下工作，喊几个人去泡吧。想到泡吧，不知道为啥有些激动，马上猛喊赵一笑：“一笑，一笑，一笑！”

“老大，又出了什么事情？”一笑一晚上不知道要跑来多少趟。

“这段时间太忙，我过来还没和大家一起聚聚，你去安排，明晚8点半提前下班，我请大家酒吧HIGH去！”

“哈哈，好好，不用我去安排，相信会有无数人主动跳出来挑大梁的，你就瞧好吧。对了，据说芝华士12年、马爹利蓝带味道都挺不错呢，我们能敞开喝吗？……”

“妈的，每人一瓶猫尿就不错，滚！”

说笑完，敲定第二天好吃好玩的娱乐项目，感觉日子过得真不错，想着在酒吧里抽着雪茄，喝着小酒，听着摇滚，哇，精神不觉为之一振！

好，打起精神继续工作。接着看没处理完的企划部报告。嗯，贺平写来的《确保2001年辽宁销售大区1.5亿销量的促销方案》还没看，抓紧时间审审吧。

尊敬的葛总：

辽宁大区是集团未来销售重点区域市场，但现在市场上还存在大量销售盲点，渠道建设不力严重制约了销量提升。为了百分之百确保2001年辽宁市场1.5亿销量，力争达到2.2亿销量，辽宁大区和企划部拟采取六大措施来实现既定任务。

一、2001年10月全省铺货大行动

1. 按照铺货计划，2001年在各地级市场、县级市场、乡镇市场全面铺货，铺完一地区再铺下一地区。

2. 一车跟随公司4名业务代表和经销商两名业务代表，大区统一管理。

3. 集中现有5台车辆，集中使用，集中铺货。

4. 公司铺货，经销商维护，经销商保证85%的终端维护率，双方签订铺货维护协议书，约定惩罚条款。

5. 坚持执行集团关于“深入农村市场，深度分销战略”的政策。

二、2001年全年全省招1 000名分销商

为实现公司关于“哪里有人烟，哪里就有A集团产品”的战略决策，我们将坚持市场深度分销策略。根据推算，辽宁大约还可招聘3 000名分销商，2001年下半年计划先招聘1 000名分销商；当地经销商负责组建销售网络，并与公司签订责任状。

三、层层签订军令状

根据公司政策，辽宁大区计划和32名市级业务代表以及全部县级业务代表签订销售目标合同，对业务代表给予重奖或重罚。

A. 个人奖励：

1. 对于完成1 000万元以下，并确保完成任务的市级业务代表，一次性奖励1万元；

2. 对于完成1 000万~2 000万元，并确保完成任务的市级业务代表，一次性奖励2万元；

3. 对于完成2 500万元以上，并确保完成任务的市级业务代表，一次性奖励3万元；

B.个人处罚：

采用按季度销量考核责任人制度，季度不合格者视情况给予降薪使用，半年不合格者给予辞退。

四、全年大力开展培训工作

狮子领着绵羊不如狮子领着狮子去战斗，因此大力培训全体业务员业务素质是提高销量之关键所在。企划人员将常年下市场，坚持小范围业务员培训，每月培训两次，同时建立培训考核机制。

五、企划部将做下列工作

开辟学生销售市场，平面广告向中小学杂志倾斜；建立学校周边样板店、监督跑店系统；大力改革终端形象，建立并生动化终端陈列；建立市场费用监督机制；帮助经销商策划销售方案等。

六、下半年召开两次订货会

10月份以后，辽宁将召开两次大规模订货会，企划部负责全案策划，销售部负责组织各地经销商和分销商，用活策划实用方案并用活市场费。

附《经销商、分销商回报与优惠政策》

一、抽奖分组

1. 公司将根据经销商打款金额划分两个等级，地级市每个等级必须有200万元以上货款进账，县级市每个等级必须有100万元以上货款进账，方可进行奖项设置，否则以取消或降等处理。

A. 打款10万元以上为第一组，每打5万元货款可获得一张奖票，最后将同类奖票放于玻璃抽奖箱，统一由现场临时选出经销商代表上台抽取获奖名单。

奖项设置：一等奖一名，奖励5 000元180ml纯牛奶产品；二等奖五名，奖励2 000元180ml纯牛奶产品；鼓励奖10名，奖励800元180ml纯牛奶产品。

B. 打款2万~10万元为第二组，每打2万货款可获得一张奖票，最后将同类奖票放于玻璃抽奖箱，统一由现场临时选出经销商代表上台抽取获奖名单。

奖项设置：一等奖一名，奖励2 000元180ml纯牛奶产品；二等奖5名，奖励1 000元180ml纯牛奶产品；鼓励奖10名，奖励500元180ml纯牛奶产品。

二、参与抽奖须知

A. 所有经销商进入会场之前，要将自己名片交给工作人员，工作人员根据经销商打款金额，将名片（等同于奖票数量）进行分类投放。

B. 经销商随行人员可将名片交由工作人员另外处理，参与礼品抽奖。

三、现场组织

1. 企划部和市级业务代表提前选择会议场所，进行场所布置。公司领导及其他参与人员提前一天到达。

2. 经销商可以提前到达，也可以当天到达，但以不影响会议为前提。

3. 会议时间：上午9：50~12：30。

四、会议人员安排

1. 接待人员5名（企划部和业务代表），负责收集名片、核对身份、发送资料、安排座位、赠送一般性礼品。

2. 企划部贺平负责现场主持和时间控制。

3. 膳食管理2人（总经销和市级业务代表），负责开餐时间安排和酒水管理。

4. 礼品管理1人，当地业务代表负责管理公司礼品。

五、会议流程

1. 主持人开场白	2分钟
2. 企划部作市场分析和前景预测	10分钟
3. A集团生产工艺介绍	30分钟（新拍电视专题片）
4. 中场休息	10分钟
5. 市级业务代表讲话	5分钟
6. 公司领导宣布新销售政策	10分钟
7. 抽第一组奖项	10分钟

8. 经销商代表讲话	5分钟（事先做充分沟通，树立榜样）
9. 抽嘉宾礼品	10分钟
10. 抽第二、三组奖项	15分钟
11. 销售部公布今年优秀经销商评选方法、奖励标准以及年底终端促销计划	10分钟
12. 主持人致闭幕词，进入就餐环节	2分钟

备注：

1. 本政策不直接给经销商，由市级业务代表掌握。

2. 辽宁所有地级市和县级市都要召开两次订货会。

看完贺平发过来的报告，我暗自点头。小黄所处的江苏市场是成熟市场，建好的销售渠道能保证铺货率，所以采用大规模赠饮等促销政策，进一步深耕细作市场。贺平所处的辽宁市场是新进市场，销售网络很不健全，所以要赶在春节前率先完成渠道建设，迎接集团春节促销活动，以便搭上顺风船快速拉升业绩。他们二人能根据市场特点不同，选取不同进攻套路，有老市场寸土不让、新市场寸土必争的味道。嗯，看来大家策划水平进步都蛮大的。

抓起电话，给贺平拨过去："哥们儿，还在办公室加班呀。"

"呵呵，头儿，你还在班上，我们敢不加吗，回头找不到人，还不被骂死！"

"好，废话不说了，我看了你写的策划方案，提几个建议。拿笔记录。"

"好，说吧。"

"对于完成1 000万元以下，并确保完成任务的市级业务代表，一次性奖励1万元？不妥。销售人员流动性大，他们为了完成任务，年底前拼命向经销商压货，今年任务OK，但经销商却好悬没被噎死，而业务员又领完钱拍屁股走人，市场怎么办？经销商一旦现金流周转不灵，就可能搞恶意窜货、低价倾销等小动作，到头来损失的还不是我们？所以你要把奖金分为三次发放，首发30%，半年后再发30%，等明年年底再发剩余40%，这样既能保证市场可持续发展，又能保证队伍稳定，明白？”

“收到，OK！”

“企划部撰写的市场分析和前景报告是重头戏，但你没写清楚。报告可以分5部分写。第一，大力宣传一个理念：世界每年人均饮奶量达100公斤，发达国家超过260公斤，而中国人均消费不到9公斤，巨大差距为我国乳业发展提供了很好的契机，市场潜力无穷。第二，展示最近5年A集团销量增长曲线表，让经销商看到集团销量年年翻番，如果经销商自己做不到翻番，那就是落后全国销售平均水平，值得警醒。第三，统计一张A集团今年投入的广告费和促销费的表格，体现集团支持市场的力度。第四，分享3个企划部总结的实用促销套路，但现场不要搞提问回答环节，容易偏离主题。第五，鼓舞经销商跟着大企业一起发展的决心，他们没有决心如何能打款？”

“不是，不是，头儿，我写的是草案，你看要是合适，我再补充市场分析文案。”贺平连忙解释。

“好，就按刚才说的5条写。还有，奖项设置值得推敲，二等奖奖金高不成低不就，你不如下调二等奖奖金，扩大鼓励奖名额，让更多经销商、分销商拿点实惠回去，利益均沾嘛。而且，更重要的铺货问题你这次并说清楚。现在手头上有5辆车，每车带6个业务员，你虽然说要集中使用，但没说集中到啥程度。我建议5辆车同时扫荡一个地级市，等铺货率达到85%以后，再把搭建好的销售渠道连同资料一并移交给当地经销商管理。这样每辆车所跑路程最短，一条街道放下俩人，马路两边各自拜访小卖店，一个上午能扫完A区，然后货车跟进送货上门，等扫完A区后业务员跟车，再扫B区。万一扫街效果不好，那就多扫几遍。集中力量至少还有三大优势。第一，一线领导便于统一监督管理，利于鼓舞士气，白天跑街，晚上总结，发现问题及时解决，避免犯同样错误。第二，方便一线领导和当地经销商沟通，更密切配合完成任务。乙方如果想偷懒少出力，但看见甲方全线出击，动用全省促销力量帮自己做销售，说啥也要主动做些市场表率出来，这样能最大限度调动乙方积极性。第三，铺货时，车、人都能少跑路，有效提高铺货效率。”

“头儿，晓得了，我把这几条都加上去。”

“好，修改后再发过来，我们讨论完再跟销售部商议，争取7天之内敲定方案。还有，你打算怎么安排部门下市场？”

“我跟小黄商量过了，留一个设计师，其余都跟着下市场，大干3个月再说。”

“很好！集中力量打歼灭战！一年你能做好一件大事，公司就会认定你是一个能干活之人。蒙牛有句口号说得好：‘如果你有智慧，请你拿出来；如果你缺少智慧，请你流汗；如果你既缺少智慧，又不愿意流汗，请你离开！’哥们儿，舍得身上三斤肉，换来个人好前程……”

“好，头儿，什么时候到沈阳来考察啊，这边冬天的滑雪场还不错哦。”

“滑雪场有咱们产品卖吗？”靠，瞧这句话说的，打工都快打晕了吧，怎么啥都跟工作挂上边了？嗯，放下电话，长出一口气，今天确实晕，好，收摊走人！

第二天上午。一笑很快回来了：“老大，人力资源部说新招策划师没问题，但现在招聘实习生需要打报告请示廖总。”

“啊，为什么？”

一笑鼻子一哼，有些愤愤不平道：“白使唤人多爽啊，各部门都觉得你的招数好使管用，全都学去了，现在人多粥少，名额紧俏呗。”

“好，你把申请报告拿来，我去找趟廖总。对了，一会儿你再给高总去个电话，问问旋转手模进展情况，这几天要多关心一下，送点温暖过去啊。”

“好的，我看老大不光是叫我去送温暖，还有施压在里面吧，嘿嘿。”

“哈哈，说得对，说得对，本质是施压，送温暖是外壳包装。”

一想到去廖总办公室，马上条件反射般又浮现出那位漂亮姑娘的倩影，我使劲咽了口唾沫，打马飞奔出门。廖总给面子，问都没问，非常爽快地批了申请报告，可咱的关键目的没实现，姑娘没出现啊！不是一般地大失所望！

屁股刚坐稳，小黄电话追来了：“老大，报告下午修改后，马上传给你。

还有一件事，你看企划部留谁看家？我打算设计和策划各留一人。”

“很好！现在集团上下正集中力量要突击完成全年销售任务，这是一等一的大事，关系到很多人的切身利益。靠，你丫终于学会我这套抓大放小的思路了。牛！你把江苏市场的促销彻底做扎实，做透，取得预期效果，大功一件！至于别的事嘛，简单应付即可。还有，我给你派俩实习生，他们负责市场监督工作，这样企划部老人就能腾出时间去帮经销商做事，我们物尽其用，人尽其才，你要统管好他们，别给老子捅什么娄子出来！”

“好，放心吧，老大。”

刚挂上电话，一笑又窜了进来。我忙招呼他：“一笑，廖总批了，同意我们招俩实习生。你跟人力资源部打声招呼，网上赶紧发布招聘信息。对了，你先初步面试，然后我再来。”

“好，这就去办。不就是招俩实习生吗，简单。”

“不，我要招4个实习生。”

“啊，不对啊，廖总批示不是只同意招两人吗？”

“靠，一口气招4个家伙，目标太大，廖总能爽快同意？小黄那里人手不够，我这边留两人作装修，再派俩实习生支援他，负责监督大学生促销。我判断集团下半年要全体行动，H市企划部也不会闲着看热闹，现在如果把人都派给小黄使唤，到时谁给我顶上去？人无远虑，必有近忧，未雨绸缪有好处啊。”

“哦，明白了，老大在玩明修栈道，暗度陈仓！哈哈。”

“嘘，小点儿声，保密！”

忽然，赵一笑眉头紧蹙，若有所思地问了句：“老大，你想法挺好，但他们差旅费用如何报销？”

“废话，给小黄干活，当然在小黄部门报销啊。”

“支援小黄部门的俩实习生在人力资源部没有备案，不成公司黑户了？他们出差的差旅费怎么报销？”

见赵一笑真是一个实在家伙，心眼都实到家了，我忍不住笑出声来。一笑看我发笑，知道自己又在犯傻，忙喊着要解释，我打断他：

“集团规定，部门下市场可先领取备用金。小黄打个申请报告，只说下市场的人数、天数和总金额，又没报出差的人名，张总批示应该没啥问题吧。小黄拿批示到出纳室把钱领出来，再分别发到各人手上，这块没人管吧。”

“对，然后呢？”

“发工资需要人力资源部签字，但差旅费报销，只要张总、C市销售部肖总、财务部马总、审计部林总和小黄5人签字即可报销。这里面有一个流程诀窍，是小黄先签字吧，接着他再找肖总签字，肖总是现场一把手，在市场上能认识企划部员工吧，自然他可以签字作证，证明这批人确实在市场上跑，发生了差旅费，难道肖总看见从H市企划部调人过来帮他干活，还要核实他们身份？会犯这个傻吗？屁！然后小黄再找张总签字，我这边调人帮张总干活，张总整天忙得要死，难道也要致电H市分公司，核查他们是否是集团员工？他会吗？再说还有小黄和肖总作证，张总还有怀疑？财务部见有张总签字，还有俩部门负责人随签，当然也是一路绿灯。审计部只负责核查报销金额是否符合公司级别报销规定，不管其他。5位领导都签完字，出纳室还能横生枝节？”

“哦，明白了。对，对，这不是在发工资，需要人力资源部先造表，领导后签字确认。呵呵，你算把实习生这套游戏给彻底玩熟了，去年是不跟集团打招呼，私下就招实习生。今年集团有了规定，你就绕过规定，整黑户出来帮忙干活，老大啊，你也忒能折腾了！”

“靠，集团不按常规出牌，把我诓到这里作酒店装修，那我何必要按常规接招？咱又不是天才，拍拍脑袋就使劲往外崩想法。你跟了我一年多，还没发现我干活就这么几招吗？翻来覆去地用，只不过用得出其不意，娴熟罢了。”

“好嘞，我这就去办！”

有危机就得公关

办公室里刚消停会儿，快到中午时，廖总电话又来了：“雨经理，A集团急聘营销及管理人员，老板指定要在省城的M和K报上刊登半版广告，明天见报。北京广告总部打过去电话，两家媒体却说登广告可以，但要先把以前广告费结清，然后排队，明天不能见报，因为版面排满了。办公室接连给两家报社打电话，也没搞定。你赶紧和M及K报社联系一下，务必完成老板指示。”

私营企业，老板的话就是圣旨！手头上所有的活都要靠边站，完成老板交代的任务是第一重任，我听完也有些急眼了，连忙问廖总：“廖总，我尽力去办！多问一句，咱们还差报社多少广告费？”

“我不清楚，你去问逸总。现在赶紧去报社处理问题。”

“好，马上动身。”

放下电话，气就不打一处来。我是从报社发家，能不知道报社这点儿破事？老逸故意拖欠一些媒体广告费，不就是为了向集团邀功，好表现自己清白？现在他感觉到问题的严重性，屁股又擦不干净，还不好直接给我下命令，就打着老板旗号，委托廖总给我下命令，真滑头！

我的第一反应是：不可走流程。A集团财务报账流程漫长，我要先起草好合同，报廖总签字，然后转给老板签字，接着再转到财务总部签字，最后回到H市分公司财务部，一趟流程跑下来，就算加急也要一天时间。现在的问题：第一，到报社不知道找谁；第二，价格没谈；第三，过去老账没说；第四，版面没有；第五，赶到省城要耽误俩小时；第六，日报截稿大概在银行关门后不久，提前打款已然来不及。唉，看来今天只能签订合同，新账老账以后再算。靠，一句话，狗掀门帘——全仗嘴！

要说不着急，假话。要说特着急，也不真。毕竟咱报社出身，了解报社那套游戏规则，对拿下谈判还有点儿信心。我稳稳心神，先拨通小黄座机，小辉接的电话：“老大，小黄去厂部了，不在办公室。哦，我又给你搜了一批图片，明天整理后再发给一笑，到时你管他要就成。”

再拨小黄手机，耳朵里传来娇美声音：“您好，您所拨打的号码已关机，请稍候再拨。”靠，这兔崽子关键时刻跑哪儿潇洒去了？小黄找不到，就不知道报社具体的联系人，也找不到H市有实力的广告公司，怎么办？算了，路上再联系吧。

我一边收拾书包，一边叫来一笑："你有M和K报社的联系方式吗？"

"有，小黄和我交接时，把资料都给我了。"

"靠，这是今天唯一一个好消息，赶紧的，快拿来！还有，赶紧给我找一份M和K报纸。对了，再帮我拿6箱奶。"带上一堆东西，喊上阿健，赶紧飞奔出门。

路上我开始盘算如何游说报社。想了一会儿，决定先给老逸去个电话。平时我们二人是老死不相往来，这是我头一次主动给他打电话，可连播两次，居然没人接听?!找老逸无非是想探探对方情况，好为谈判作准备，谁知他不接电话。很久以后我才知道这是老逸的一大特色：陌生手机一概不接，公司电话选择性接听，老板和总裁的电话立刻接听！嗯，够绝。

刚一出门，事情便不顺。我有点儿暗气暗憋。为什么A集团的活儿全要玩命冲刺？都是必须限时保量完成？靠，今天又是一个玩命的活！我使劲一拍大腿，算了，抱怨归抱怨，还是干活要紧。想了一会儿说辞，我拨通M报社广告部王总手机："王总您好，我是A集团企划部雨经理。想找您聊点广告方面的事，您现在在报社不？"

"哦，是A集团雨总啊，您好。我在报社。"

"呵呵，有这样一个事，老板叫我和您联络，想加急发布一个黑白半版的招聘广告，现在我正上高速，一会儿想去拜访您，不知道您是否有空？"

"哦，是刊登广告的事情，好呀，欢迎领导前来报社考察。"

"但我听说集团过去和您这边还有一些老账没结清，今天广告版面又结完版了，所以，我还有一个不情之请啊，想请您想想办法，帮集团发布完这次广告。"

"报社当然希望客户投放广告，但有些事情雨总您可能还不清楚。我们报社一直和A集团广告总部的逸总合作，以前因为信任贵集团和逸总，所以采取先发广告后结款的政策。逸总发布时承诺蛮好，但过后我们去结款时，他却推三阻四，很不爽快，现在连去年款项还有20多万没结完，您叫我们如何继续合作？雨总想必也是同行，自然知道报社有相关规定，我也不好办啊，您说是不？"

“哦，明白了，王总。嗯，要不这样，下午大概1点半左右，我们在报社再面谈，您看如何？”

“好，欢迎雨总大驾光临！”

挂掉电话，心里明白了几件事情：“第一，听王总口气，他只是对老逸心生怨言；第二，他似乎并不仇视A集团，也没到恨的程度；第三，A集团去年拖欠M报社20多万广告费；第四，愿意和我继续谈广告，估计是希望通过我的努力，尽快结清去年款项，同时落实今天的广告发布。”

现在我遇见了几个难题？我该如何说服王总？想到这里，习惯性地从书包里掏出本子和水笔，又开始写上问题了。

问题一：我如何取得他的信任？如何告诉他咱与老逸非一路人？

分析：谈广告业务最关键在于人与人之间的信任，这点我在报社深有体会。那我采用啥招数能迅速取得客户信任？第一，我把报社经历跟王总简要提提，好，大家既然是同道中人，就能拉近我们之间的距离。第二，利用我的专长，帮他分析M报纸优缺点，再次拉近他对我的亲近感。嘿嘿，带他们报纸出门，想的是研究报纸，看刊登在什么版面最合适，现在正好一勺烩，等下就来研究。但这两招似乎都是外围功夫，是否还有其他高招？提A集团新成立了企划部，以后广告发布归我管？唉，不现实，人家不是傻子，不信咱一面之词。那不相信我一面之词，那他会信谁的？

妈的，小黄怎么还没来电话？一想起小黄，气就不打一处来，马上给小辉打了个电话：“小黄那兔崽子联系上了吗？”

“老大，我还在联系。”

“说什么呢，你也够笨的！你赶紧喊企划部的人都去厂子里找他啊！原地干等人有屁用！”

“好，好，我马上通知他们。”小辉见我发火，大气也不敢出，赶忙撂下电话就开干。

靠，还有什么招数能叫王总相信我与逸总不是一路货色呢？唉，王总要是认识C市分公司张总就好了，张总了解咱啊，知道我与老逸绝非同类，可惜呀，可惜……既然王总不认识张总，那就找个王总认识的人，而这个人又能帮我说上话！靠，我真够笨的，这还用分析？咱在北京报社圈里说什么也是老人了，认识的做平面媒体的人各个神通广大，纸媒圈里的人保荐一下不就结了？写到这里，我狠狠抽了自己一个小嘴巴！

我马上给自己死党，北京××光明广告公司马总挂电话："嗨，哥们儿，是我。你认识M报广告部的王一峰王总吗？"

"不认识，怎么了？"

"唉，别提了，兄弟今天奉命去办件难事，给个傻帽擦屁股去……"

"哦，没关系，我去问问媒体部，看他们是否认识你说的那个王一峰。"

"这样办，要是媒体部认识，你就站在同事面前盯着他们打电话，千万别偷懒，多替我美言几句啊。等我回北京，请你泡吧去！"

"靠，上次承诺还没兑现，你现在玩承诺批发？哈哈。"

"滚！赶紧办事，千万别告诉我没办成啊。对了，办完后来个电话吱一声。"

挂上电话，觉得还不靠谱。于是又赶紧给麦×广告公司邱总去电话："嗨，哥们儿，是我。你认识M报广告部的王一峰王总吗？"

"不认识，我只认识他们报社一个副总编。怎么了，你要给他们投广告？"

"恩人，恩人啊！故事是这样……记住，一定要说明我是我，老逸是老逸，我们不是一路货！"

"好吧，我跟他们谢总编还比较熟，这就给他去电话。对了，你光照顾其他人的生意去了，什么时候也分我们点儿广告啊，现在公司上下都嗷嗷待哺着呢！就缺你这一口！"

"别急，等咱在A集团站稳脚跟，保证你有吃有喝！要不，你现在先嗷嗷待哺着？呵呵。"

一连打去5个电话，等搭上3条关系后，这才感觉踏实些。可刚把手机揣进口袋里，忽然想起来了："哇，K报还没联系上呢！瞧这记性长的，撂爪就忘！"幸好K报社广告部姜总态度也还算客气，说辞跟王总大同小异。接着找关系搭桥吧。好嘛，又是一通忙活。

好，继续分析问题。

问题二：如何说服报社按我们条件办？

解决这问题是咱强项，跟左手摸右手一般，没感觉，直接得结论。第一，如果我们继续合作，双赢。甲方按期发布广告，达到招人目的，大家借机交个朋友；乙方得到广告款，虽然钱暂时还没收回，但至少有一个讨钱目标，总比没目标强吧。

第二，如果我们关上谈判大门，双败。甲方没达到目的，招聘不到理想人才，会迁怒乙方，今后不合作或少合作；乙方失去一个重要广告客户，不仅今年有损失，未来还有更大损失，是乙方使劲把客户往竞争对手身上推，既便宜网络招聘公司，自己又没到啥好处，这能叫聪明做法？

第三，H市分公司现在已经升格为集团生产总部，今后投放的广告量只多不少。更何况A集团旗下还拥有若干跨行业品牌，失去一个A集团，就意味着失去若干品牌客户，这笔损失谁能承担？王总你能负得起这个责任？

第四，甲方是大品牌集团，在乙方报纸上刊登广告，相当于对乙方区域强势媒体身份投下赞成票，乙方既获得大品牌认可的好名声，又获得长期稳定利润，可谓名利双收。难道就因为一点儿钱没收回来，就不愿意再名利双收了？显然，处理任何事情都应在原则与灵活之间找到平衡，切莫相互斗气。因小失大的事儿自己别做，要做，也要叫竞品报社去做。

第五，A集团是大集团，总厂在当地赫赫有名，报社不必担心收不回广告款。甲方会为这点儿小钱就毁掉自己名声？甲方故意拖欠少许广告费，这点儿钱对甲方而言，既不能发财，也不能致富，那为何拖欠？道理很简单。站在甲方立场，如果王总是集团总裁，发生广告部吃回扣，损害集团利益的现象，您痛恨不？那如何杜绝吃回扣的事情发生？嗯，适当拖欠一点乙方广告费不失为一个好法子。拖欠久了，乙方或告或闹或检举，广告部拿人手短，如何收场？要么退钱消灾，要么事情败露，等待集团仲裁。所以说，公司拖欠M报社广告费，不是针对报社，而是做给广告部看的！叫广告部老实做人，别做损害集团利益的事情。所以出现这个结果就需要双方理解和信任。

第六，前面王总拒绝广告部和办公室的发布要求，拒绝得好！也算给甲方一个小小惩戒，提醒了甲方要尊重乙方。但做事大凡都有一个度，过度了就成过错，双败结局。逸总不愿帮您催款，他也是在作秀，是做给老板看的把戏，既然从逸总这头要钱没门，那不如把面子卖给我，这笔陈年广告费，我能单独打报告给老板，请老板批示尽快支付。该合同我并没有参与谈判，谁都知道咱在其中没猫腻，向集团催款理直气壮。但前提条件是报社得开面儿，好叫我向集团交差。这是三赢策略。

写到这里，我很满意。感谢报社经历，感谢A集团履历，嘿嘿，老逸，你还不知道我跟媒体打交道如鱼得水吧，你等着，看我如何拿下两家报社！好，问题三：价格问题。

分析：广告必须降价！第一，我不认可老逸和你们签订的价格。他是他，我是我，只有我拿到更低的折扣，才能在A集团企划部站稳脚跟，今后与M报合作，老板才会叫我继续跟你们联系。我不能承诺每笔广告费都尽快结清，但我能承诺投放量至少与去年持平。

刚写到这里，小黄电话来了："对不起，老大，我手机今天摔坏了，没听到你电话。"

"靠，你关键时刻掉链子，叫我说你什么好？算了，不提这事，问你一事，M报社王总和K报社姜总，熟吗？"

"不熟，跟他们见过一次面，都是来催讨去年广告费的。我把他们全推到老逸那块去了，叫他们去咬那厮，顺便还点了老逸一炮。"

"他们说过报纸发行量吗？"

"说了，大概都是五六十万份吧。"

"嗯？五六十万？靠，真能海吹，有那么多吗？哦，对了，你认识H市传媒圈里比较厉害的广告公司吗？最好是跟两家报社都熟的广告公司。"

"有一个，量子传媒公司的何总。她经常来企划部，希望代理我们广告。这姑娘长得挺水灵，本来我想下手来着，后来知道她已婚了，呵呵，没敢动手。"

"瞧你没出息的样儿，老子问你有没有公司，你却拽起姑娘来了，拽得还挺带劲，靠，你脑子整天都想什么呢？"

“呵呵，老大勿急啊。听何总说量子传媒公司在圈里呼风唤雨，能量大，好像他们老板颇有神通。”

“妥了，你马上跟何总介绍一下我，我找她帮忙去说服M和K报社。你给她打完电话再给我发个短信。”

“好，明白！一笑都跟我说了。现在我知道你拉上何总去游说报社，能增加报社对你的信任感，哈哈，好主意！”

为什么我要强烈怀疑他们报纸的发行量？报社有个顶级秘密，对，就是实际发行量！媒体的推介书印有公开发行量，但这是哄人数据，客户大可上来就除以2，甚至除以4也不为过！报纸发行越多，广告效果越好，但印刷成本也随之倍增，所以报社有个成本盈亏点，在达到某一发行量时，既能保证广告效果，又能控制成本。发行量和利润平衡点是报社两大核心秘密。而报社一般要虚报一些发行量，哄客户开心而已。

挂上电话，我冷笑一声。M报也是都市类报纸，与北京《购物指南》报市场定位一样，好，我就用《购物指南》报匡算M报发行量。北京人口1 000万，《购物指南》实际发行量大概有30万份左右，读报人比率就是33∶1，H市人口大概有600万，按北京的读报人比率计算，也就18万，M报虽然是全省发行，但省会城市发行占大头，估计省城外地区发行占到总发行量40%，那M报总发行量是30万，但H市文化氛围肯定赶不上北京，读报比率还要打八折，嗯，M报发行量顶多24万。他们对外宣称50多万份发行量，正好是打对折，符合报社对外宣传口径。唉，根据我的实操经验，M报顶天也就20万发行量。好嘛，就凭这点发行量，广告费还不给咱再使劲降降？否则我就戳穿他们的把戏。

等想明白了，继续分析价格问题。老板不关心能否正常发布，他更关心价格。给A集团降价，不是给我面子，老板才是广告部真正的拍板人，往根儿上说，是给老板面子。此外，这次降价是表示报社对A集团的合作诚意，今后都按该折扣执行。但实际是因为老逸不懂报纸发行，听信你们宣传，所以广告价虚高，现在要回归到发行本质上来，价格自然要有所体现。再有，别欺负行内人士，报社每年广告报价都要上调10%以上，这次我们要求下调折扣，相当于报社仍维持去年广告价格，并不吃亏，相反还占了便宜。因为我们是长期客户，还没向报社要累计发布量的返点呢。对，不降折扣就得给两年发布量的累计返点，反正咱不能空手回去交差。

价格谈判死命想了半天，我谈的合同价一定得比老逸低，要不怎么显本事呢？老逸的忙不能白帮，丫挨宰的事，我是要上报老板的。对了，老板会不会举一反三，叫咱通查一遍这厮所有的广告价？哈哈，真要是有那么一天……算了，赶紧想下一个问题吧。

问题四：版面问题。

版面没有了？有可能。但咱不听那套，只要客户有需求，广告部去和编辑部协调，调整版面即可。这也是问题？歇菜。

问题五：除了降价，还有什么油水可捞？刚写到这里，电话响了：“喂，请问是A集团企划部的雨总吗？我是量子传媒的小何呀。”

手机里传来一个娇滴滴的声音，肉麻。很快，在电话里我讲到与报社要谈的事情以及我的观点和看法，通过交流，知道了何总公司的背景，确实是个厉害角色。最后沟通结果是何总感觉我句句在理，马上同意在M报社门口等我。现在不仅有了隔空电话的推荐，还有何总这类重磅人物陪同，有他们给我背书，嘿嘿，王总和姜总还不信任我？

好，继续想问题五：除了降价，还有什么油水可捞？

分析：报社以实际行动支持企业，一般是从广告折扣和赠送新闻稿两方面想办法。以前我在乙方，天天想着如何从报社拿到更多资源，如何更好地伺候甲方，现在咱摇身一变成甲方，又要想从乙方如何榨出更多油水，嘿，很有甲方快感。好，现在解决软性新闻的配送。第一，送一篇有关H市分公司廖总的重磅人物专访，同时配发工厂照片。这要求没啥过分，情理之中的事。第二……靠，真够笨的，一时半会儿，真想不出更好的招数。急！急！急！……

“老大，快进城了，再有30分钟估计能到报社。”

阿健一句话喊醒我了，油水是没时间捞了，先赶紧研究M和K报纸吧，一会儿还要给他们提点建议。唉，求你了，时间走慢点儿成不……

判断一份报纸是否是主流大报，首先看文章。如果报纸文章写得水，缺乏独家重磅新闻，说明报社请不起顶级采编或主编，报社经济存有疑问。其次看广告质量。报社广告有两大支柱行业，房地产和医疗广告。如果是大报，会谨慎对待医疗广告，甚至控制其刊载量，因为报社要顾及品牌形象，谁想在自家报上整天发布“包皮环切手术”的广告呢？如果某家报社以医疗广告为主，那说明大部分客户不认该报，发行量小，读者群层次低。

翻翻两份报，嗯，确实是区域性大报，好，现在再看看它们都有啥问题。真考功夫，不到20分钟，我对两份报纸有想法了……

我与何总在报社门口碰面，大家相互寒暄几句，便赶紧拜访M报社王总，接着再去K报社见姜总，等从K报社出来，天色已晚，谢绝了何总请客的美意，我急匆匆跳上车就往回赶。

见我气色很不好，阿健小心翼翼地问道：“老大，我们是在市里吃还是回去吃？”

“算了，回去吃吧，你给小食堂老戴去个电话，叫他给我们留饭。”

“呵呵，那个何总你觉得漂亮不？”

“靠，都是化妆出来的！哥们儿你好好开车，我要写点儿东西。”说完，我打开电脑，给老板写了一份内参。

《不是朋友但一定不要成为敌人——关于A集团在新闻媒体形象问题讨论》

仅供董事长阅示

董事长：

您好！

企划部成立一年多时间，遵照您的指示，接触了一批报社和广告公司。工作都在顺利执行中，但从中也发现A集团广告运作还存在某些问题，特向您简要汇报。

一、处理加急招聘广告

广告总部因某些历史遗留问题，无法和M及K报社顺畅合作，今天企划部奉命协调刊登事宜。我们第一时间赶到两家报社，当时M和K报广告版确实已满，但凭借已建立起的良好关系，由报社副总编和当地强势广告公司担保，报社广告部同意：1. 先登广告后付款，并把某经销商的半版广告撤换掉；2. 今后集团在上述两家报社广告投放价格将比原合作价再优惠10%；3. 附赠一篇重磅专访。

从这次与M和K报社合作来看，A集团在与媒体合作中有若干问题。企划部观点是："不是朋友没关系，但一定不要成为敌人。"与新闻媒体合作是把双刃剑，合作愉快，则为企业带来滚滚财源；合作磕磕绊绊，则企业发展危险系数大增。曾火透大江南北的秦池酒厂，被一篇新闻稿重创而最后倒闭便是明证，与"水能载舟，亦能覆舟"的道理相同。

二、企划部做法

企划部骨干大都有多年新闻从业经验与背景，深刻了解乙方心态和媒体运作规律。部门规定接听媒体电话要说"您好"、"谢谢"、"希望合作愉快"。杜绝蛮横举动或话语。A集团不可能向所有媒体投放广告，故企划部主动放下身段，让没有合作成功的媒体心存幻想，还能一直把A集团看成客户，我们有礼貌，但坚持原则；我们有专业手段，但不滥用，所以双方相处较融洽。这次紧急公关乙方，圆满完成集团交予的任务，便是过去建立友好关系的体现。

三、新闻记者常用8招

曾经被曝光公司都将防记者与防火防盗一起谈论，有"防火防盗防记者"之说，足见新闻力量的威力。企划部多人曾参与新闻报道工作，熟知新闻记者常用手段：

1."闯三关" 。闯门卫关、接待关、秘书关。

2.采用偷拍。《××财经》记者曾经利用偷拍工具，报道了《长×集团偷梁换柱》，导致上市公司长×集团险些倒闭。

3.冒名电话采访。

4. 冒充工作人员深入厂区，暗地采访偷拍。

5. 通过金融系统查询公司财务，聘请证券专家分析公司财务。

6. 串通公司内部员工，盗取公司机密。

7. 采用无中生有等方式报道公司新闻，主观分析公司。

8. 竞争对手通过记者花钱购买企业情报。2002年，蒙×集团曾试图通过记者渠道，花钱购买娃××集团财务报表。

四、A集团预防措施

鉴于社会上有一小撮无孔不入的记者，他们或许揣着别有用心的想法，无端跑来采访或拍照，建议集团采取以下措施防患于未然：

1. 各分公司建立严格门卫制度，员工统一佩戴工作标志牌，来访人员必须有公司员工出门接待方能进出工厂。同时严格审查记者真实目的和身份。

2. 所有采访事宜必须统一宣传口径，建议增设集团新闻官一职。今后由新闻官发言，其他任何人不得对新闻界发表任何评论。

3. 对在厂区内遇见不熟悉人员，保安队要仔细盘查，发现可疑人员应立即通知相关部门处理。

4. 各子公司应建立严格保密制度，高管谈话要注意场合。各子公司员工不得随意打听、传言其他公司情况。同时建立起电话监听、网络监控等系统。

5. 建立紧急公关部（预警系统），同时和有实力的公关公司建立合作伙伴关系，防患于未然。例如，青岛海×集团针对突发事件，规定电话反馈时间为30分钟，24小时内现场解决问题。

集团C市企划部 蓝小雨

花费一个多小时，写完报告后，我大大呼出一口长气。打这份报告有俩目的。第一，真心为A集团好。自己在报社多年，目睹多少牛气哄哄的大集团倒在媒体炮火下，不得不引以为鉴。第二，为企划部好。我不能白给老逸善后，他图一时爽快遍尝甲方快感，然后叫我当堂倌，去给媒体赔礼道歉？别逗了。这次公关事件企划部建功立业，得叫老板心里清楚，俩部门在处理媒体关系上，谁更能干。想叫我做默默无闻的广告奉献者？靠，门都没有！

当然，话又说回来，现在敲诈企业的无良记者，罕见，但在那时，还是有几个跳蚤在乱蹦瞎跳的。后来，报告打上去没几天，集团便下发了《关于加强厂区保卫的紧急通知》，但同时任命老逸为A集团新闻发言官，嗯，不是我。超郁闷。

有情调，有气势，才叫消费者体验

车子还在路上飞奔。我写完报告，大战告捷，刚才压抑的情绪一扫而空。阿健看我气色还不错，忙递过一根烟，笑道："老大，那个何总，长得满水灵的，我看她对你好热情，一直盯着你看，要不干脆找机会你把她给办了得了。嘿嘿。"

"人家已婚啦，办她容易，但办完后呢？靠，她该办我了吧。广告圈里做业务的一些漂亮女人喜欢玩点暧昧，当不得真。唉，你以为她们真喜欢你，屁！是喜欢你手里能给她们广告费的权利。你看，我才到A集团企划部一年多，就认识了全国各地几百号广告人，他们天天对我嘘寒问暖，为什么我就那么值得他们关爱？想明白了，你就知道全是表面功夫。"

话音刚落，小黄电话打来了："老大，听说你事情办得不错啊。"

"还成吧。行家一出手，便知有没有，呵呵。对了，你信息满灵通嘛，是小何告诉你的？"

"何总可把你夸得上天入地的，说你业务熟，观点牛，嘿嘿，她对你印象颇好哦。"

"别说她了，咱老板还对我印象好呢，她尽说客气话，信不得。对了，今天她在报社以他们公司信誉帮我担保，确实出了一把力气，你感谢人家了吗？"

“当然谢了，我叫她有时间多去拜访你，结果她顺话题接茬说，打算今后常驻企划部，天天贴身跟你学习！哦，不好，还忘记提醒她一句，我们这位老大那是母鸡飞上树——不是好鸟！哈哈。”

“滚！”小黄这家伙，只要认定是自家人，他就能肆无忌惮开玩笑。

“哦，还有件事要请示。这次为了做好促销策划，我有样学样，喊了几家外面活跃的行销策略公司帮忙，今天有家公司送来提案，建议做一个流动车载奶吧。计划改装一辆二手大巴，能提供四大服务：第一，客车停到哪里，从车上搬下桌椅板凳和遮阳伞，围个圈子就是户外体验式饮料吧，车内可以热牛奶，提供果汁和其他零食，是一个流动性促销阵地；第二，跑在路上，车身广告又是宣传阵地；第三，这次进攻12个地级市，流动奶吧能快速反应，几天跑一个城市，用起来方便；第四，车子装货多，摆上一排促销台，支几个POP海报，放台电视还能播放集团广告专题片，停在小区门口，既漂亮又有气势，有利于刺激消费群免费品尝和购买，是支援买赠活动的一大利器……老大，你觉得这策划成不？”

“流动奶吧？做策划的那哥们儿肯定是刚看了成龙的《警察故事》吧，成龙就开了个车载流动饮料吧。呵呵，想法不错哦。”

“我也觉得不错，那我就写进去了？”

“策划没问题，但你要先做个调查，买辆二手大吧和改装费大概要多少钱，明白吗？”

“俺清楚。”

……挂上电话，脑子还在想流动奶吧的事情，想着想着，回过味儿来了。马上给小黄挂电话：“靠，今天忙得脑子犯晕，差点被你蒙过去了。小黄，对于奶吧策划，我提三个问题，你来琢磨琢磨。第一，我们促销在冬季，冷风呼啸，在天寒地冻的户外，你觉得消费者会哆哆嗦嗦坐着喝果奶？这还是情调吗？遭罪不？你会拉着女友一起喝吗？小心你被人家爆头！第二，摆摊设点不去城管部门备案，想被罚款还是想被轰跑？这块多出来的运营费用谁出？经销商愿意掏钱包吗？第三，小区门口有摆摊空地吗？找不到小广场，马路上就着灰尘喝果汁，谁喝得下去？”

“谁的地盘谁做，干脆叫经销商自己去做。”小黄听明白了，他反应也真快，马上想起经销商来了。

“对，流动奶吧想法不错，但实际效果不好说。可以喊几个有实力的经销商先吃螃蟹。很多地级市经销商所辖市场还包括周边乡镇，出动洋气的奶吧车搞促销，不仅来回方便，小乡镇空地任意找，而且还没城管，天高任鸟飞，随他们乱搞。但从节约角度出发，也别什么大吧了，先改装二手中吧就不错。你最好说服周边几个经销商，每家先做一辆奶吧车，互相支援造声势，停放一辆流动奶吧车没感觉，但要是有三四辆奶吧合围联手做氛围，几十把遮阳伞排开来，撑起了场面，大家伞下围坐一团，看电影啦，喝热牛奶啦，吃零食啦，嗯，对城镇年轻人来讲，有吸引力，有情调，有气势，值得消费者体验。”

“呵呵，老大，就怕那帮经销商把流动奶吧改成流动烧烤车，以卖夜宵烧烤为主，顺带再卖点儿啤酒、果奶和冷饮什么的。”

“你说得对！我们想到一块去了。奶吧情调高雅，是舶来品，烧烤贴近生活，本土化特色，但不管是流动奶吧还是流动烧烤，都叫经销商先去尝试，咱们先不投钱进去。效果好，我们再向公司建议也不迟。”

“好，这回我明白了。老大，今天我好像有些感冒，就先回去睡觉了哦。”

“成，早点休息，记得多喝开水。”

小黄见我心情不错，又动起了歪脑筋：“对了，还有一件事，这次下市场，能叫公司给我配台笔记本电脑不？”

“靠，没申请理由啊。去年下市场是因为部门没笔记本电脑，今年已经有了三台，我还怎么跟张总开口？你先拿设计部本子得了。”

“唉，老大，笔记本电脑不够用啊，你带走一台去了H市分公司，贺平那小子去F市分公司时，又顺手拎走一台，我手边只有一台，下市场要是给设计部，那我不就没得用了嘛。呵呵，老大，知道你老人家是缺牙啃西瓜——道道多！要不你再帮我想想办法？”

都什么比喻啊，行，你不是挤对我吗，好，全给你端回去：“小黄，别急。这事好办，靠，把我这台给你，皆大欢喜不？”

“呵呵，老大真会说笑，唉，算了吧。”小黄干笑两声。

“哥们儿，这次下市场你好好表现，干活别惜力，只要有业绩，我会帮你跟张总申请，别说一台破笔记本电脑了，工资还想加不？”对手下人要一打一拉，再给人家一些想象空间，所谓文武之道，一张一弛，自然有道理。嗯，小黄挂电话时，兴高采烈。

阿健听我打完电话，轻轻叹口气：“雨老大，你们工作干好了，工资有得涨，职位也有得升，叫人羡慕啊。而我们司机活不少干，你也看到了，我跟着你也经常是披星戴月在外面跑，但连加班费都捞不到一分，唉，真没你们这福气呀！”

说者无意，听者有心，他这话有启发性！我忽然灵机一动，侧头对阿健说：“这段时间，你不如干脆跟着我们部门做事，我不用车时你别回车队，直接到企划部实习，学点儿本事多好。你说得很对，当司机有啥奔头？一个月就干巴巴1 100元，还不够几顿饭钱呢。你要是能从企划部学得一身本事，今后转头再做销售，当个地级或县级业务代表，前途不就握紧了吗？”

“唉，好倒是好，不过我脑子笨，上学时读书也不好，跟你们学？不知道我能干什么啊，能行吗？”

“简单，我们按项目来学。呵呵，包会！比如我现在给你一个小项目，在最短时间内，你成为地毯和壁纸这两大类行业专家。入门该不是很难吧，都是你看得见，摸得着的学习项目。”

听说是学壁纸和地毯项目，阿健轻松呼出了一口气：“哦，不是学专业广告啊，呵呵，那咱就放心了。”

“呵呵，哥们儿，瞧把你吓的，我们先从简单项目入手，循序渐进地学。其实，广告也不神秘，掌握基本方法和思路，再来点灵活运用，一年就能出徒。只要你想学，以后部门有人慢慢教你。”

“好，老大，你说怎么学这俩项目？”

“我们举个地毯的例子。第一步，你要熟悉地毯分类，每类别的特性、价格和工艺，比如纯羊毛地毯和剪羊毛地毯有啥显著区别。第二步，熟悉地毯的铺装工艺和辅料。第三步，在网上搜地毯厂，在H市找地毯厂的直销网点或大经销商，跟他们聊价格。总之，酒店装修，只要涉及到地毯部分，你作为专家，负责给我提供专业咨询服务。”

“哦，明白了，但你能再说的细点吗？”

“你明天先去找赵一笑，他会告诉你如何利用网络来学地毯知识。”

见我是开诚布公地谈，阿健好开心：“好，明白！呵呵，能跟着你和企划部同事学知识，呵呵，那今后挣钱有指望啦。”

我把司机喊进企划部学习，助我一臂之力，其思路与招黑户实习生如出一辙，都是不按常规出牌的表现。咱铆足劲儿团结大家，众人拾柴火焰高，手下人干好了，集团、部门和我，三赢。只要是能帮我做事的人，不论出身，只看实效，使出非常手段又有何不可呢？嗯，务实思路。思路决定出路，有了好思路，帮我在A集团趟出一条新路，受益无穷。当然，受益人还有阿健，他跟企划部苦学一年多后，申请公司内部转岗，凭本事去了东北销售大区，做了一个县级业务代表，从而开创了自己的新生活。

“雨总，你和企划部干活干吗总那么玩命啊？”

“哥们儿，我们不讲啥大道理，说点儿实际的，你今后结婚了，不希望老婆跟你过生活天天算小钱，仨月吃不到肉吧？”

“是啊。”

“行了，回答完毕。这年代靠人人倒，靠山山倒，唯独靠自己。家有隔夜粮，心里不发慌，你不到外面多挣点儿粮食，甘受清贫，那就算了，但干吗还拉老婆跟着一道受罪呢？那也忒不爷们了吧。我又不是喊你去赚大钱，咱们不搞富贵险中求的事，只要求你比现在多赚点儿钱而已。”

“嗯，说得在理。多干活，年底就有项目奖得。”

“哥们儿，给你个小建议。咱们人生目标订的太多没啥意思，你不用跟别人比，只跟自己比，一年一个进步，一年一个收获足矣。我只希望你今后讨老婆时，底气足点儿，有了宝贝后不愁奶粉钱，然后踏踏实实跟老婆孩子过日子。”

“明白。哦，对了，老大，听企划部说，你都30出头了，为什么还不着急找媳妇啊？在我们这边，这岁数的男人，娃子都满地乱跑了，你就那么能沉得住气？真不急？”

“呵呵，咱先讲个小故事，听完你自然明白。古希腊大哲学家苏格拉底博学多才，育人无数。一天，有三个弟子问他：‘我们如何才能找到心爱伴侣？’苏格拉底没说话，直接把他们领到一片麦田旁说：‘你们穿过这片麦田，看谁能找到最大的麦穗，但不许走回头路。’第一位学生性子冲，还没走过麦田的1/3便急于动手，结果发现后面还有更大的麦穗，后悔不迭。第二位学生性子慢，快走完麦田时才急忙动手，结果错过了大麦穗，郁闷。只有第三位学生，穿过1/3麦田时，先观察麦穗大小，做到心里有数后，接着在穿越2/3麦田时，很从容地找到了一个最大的麦穗。最后苏格拉总结道：‘找人生伴侣如同麦田摘麦穗，只能往前走而不能倒退，太早出手或太晚动手，要么轻率莽撞，要么错过时机，皆不可取。只有先观察体验，心里有了标准，然后再抓住机会动手，才可能找到最佳伴侣。’呵呵，明白了吧，咱不急，还在穿越2/3麦田的路上呢。”

“唉，雨总，早认识你就好了。我就是那第一个学生！还没明白爱情是啥玩意儿呢，下个月就要喝订婚酒了。看着一望无际金灿灿的麦田，我是再也没机会摘麦穗了哦，单身生活就此结束。算了，都留给你细细选，慢慢摘吧。”阿健听完故事，有些愤愤不平起来，拼命按汽车喇叭，逗得我哈哈大笑。

汽车还在高速路上跑着，望着黑黢黢的窗外，我忽然想起点儿什么：“阿健，你以后每天直接到企划部上班，不用再回车队，考勤由企划部负责。但咱们丑话说在前面，事先有个约法三章哦。”

“成，听你的三章就是。”

“第一，上班不许QQ闲聊，尤其不许私人电话煲粥。抓到一次罚50！部门电话费每月固定核报，超出部分从我薪水里扣，大家互相给点面子啊。第二，认真学习，不是一般认真，而是天天晚上加班突击学，一切工作都要听从部门安排，三天打鱼、两天晒网就别来混日子。第三，不许在部门内部泡妞。”

“呵呵，OK！尤其是第三条，兄弟保证不泡！说句实话，嘿嘿，就你招的那俩丫头，一个赛一个，也真难为你了，都是从人堆里怎么给发掘出来的？

老大啊，干吗不招几个养眼的？”

“靠！能养我的眼，自然也能养某些高管的眼。回头漂亮女生一不留神，再被啥高管给包了，他们一旦背靠大山，你说，是我管她还是她管我？咱能自己找小鞋穿吗？”

……

晚上，回到办公室，喊来一笑：“哥们儿，有几件事。第一，M和K报社都被咱办妥了，一会儿你拷个文件，叫小江打印好明天给老板秘书传过去。对了，还有一个付款申请报告，也一并传过去。第二，我昨天抽空写了一个为酒店添置增压泵的申请报告，廖总好像还没批下来，你负责落实，同时盯着工程部赶紧采办施工。第三，你马上打份报告，再申请三台电脑，包括一台笔记本电脑。第四，阿健明天到企划部上班，他负责地毯和壁纸俩项目，电脑不够，你从网上搜批资料打印出来先让他学。现在越到年底越忙，部门人手少，你负责好好教阿健，多鼓励、少打击，明白吗？”

“好，老大放心吧。呵呵，多问一句，申请本子给谁用啊？还有，用什么理由申请？”

“部门扩充，电脑奇缺，请公司尽快解决。呵呵，廖总正在用人之际，应该不会驳面子，那就先搞点油水出来。记住一点，抓住机会就给老子添人添枪，壮大企划部队伍，对谁都有好处。最近听说H市销售部下个月也要有大动作，估计咱们部门要配合下市场，你没本子怎么去？”

“哈，多谢老大关心！”说完，赵一笑高高兴兴打报告去了。

啥叫总统套：思前想后，文化入手

等把这些破事处理完，关上门，继续想酒店设计。

大衣柜的设计如何更出彩？

分析：大衣柜出彩部分集中在柜门。工厂定做？款式多，但价格贵，算了。现场做？大芯板打底+饰面板饰面+清漆罩面，没特点，价格也不便宜。想不下去了，还得再用老套路。

马上电话联络小辉："哥们儿，下期企业报编辑进展如何？"

"现在正忙着编辑，组稿工作差不多了，按你意思，这期是《蒙牛近期市场表现及策略》的专题。"

"好，你喊4个人一起动手，马上帮我搜一批大衣柜和小沙发图片，不用整理，3个小时交活。记住，只要国外设计稿。"

放下电话，继续想。总统套房如何傲里夺尊？

一想起这等难题，心情顿时跟中国足球队冲击世界杯出线权一般，绝望。五星级酒店总统套房面积动辄600平方米起，多的高达上千平方米。而我们只有区区200平方米，怎么做也不敢妄称总统套房啊。再翻看小辉搜集来的五星酒店资料，越看越泄气。看来，拼硬件那是叫花子和龙王比宝，没得比。继续移花接木？可并非关键。另辟蹊径？横向思维？谁能救兄弟我于水火？心内不免大急。

冷静下来，决定还是先借鉴后创造，或许灵感就藏于其中也未可知。于是我开始又一遍仔细翻阅起资料来……五星级威尔逊总统酒店坐落在日内瓦湖湖畔，其"皇帝套房"拥有4间卧室，室内既有仿古欧式名贵木制家具，也有典型东方国家卧具，每间房风格迥异，以博得拥有不同爱好的客人的喜欢；6间浴室可供住客任意挑选，尽情享受按摩浴缸或蒸汽浴，疏松筋骨，消除疲劳；大会客室能容纳40多人开会；外面是30人同时就餐的自助餐厅；而私人鸡尾酒吧可以容纳40人聚会。客人在Steinway大钢琴旁边，以阿尔卑斯山和日内瓦湖为背景幕布，尽情享受温馨浪漫之夜……

当看完"皇帝套房"后，忽然顿悟一个道理。任何总统套都有自己鲜明的特色，不完全是在拼奢侈。对呀，纯拼奢侈我怎么能拼得过人家呢？咱要啥没啥。应该站在老板立场上思考问题，他遍游世界，什么奢侈地方没去过？他住进这套房里情感上最希望获得什么？尤其跟H市里的总统套有何不同？嗯，想明白这问题，就是我们套房的最大特色。

想着想着，有了新观点。威尔逊酒店有阿尔卑斯山和日内瓦湖为背景幕布，咱们迎宾酒店没湖光山色，只有工厂鸟瞰实景。但反过来想，威尔逊酒店也没工厂实景啊！靠，别人没有的咱有，那不是特色是什么？世界上雄伟壮阔的自然景观一抓一大把，但花园式工厂景观没几家有吧，这就是咱酒店最大特色！老板住进迎宾酒店，最想看到的绝对是自己心血凝结成的工厂实景！外面酒店景色即使再美，也不归个人所有，全是一片浮华的过眼烟云，只有自己的工厂才代表个人成就、社会地位和值得品味的美好回忆。一座现代化工厂就代表了老板内心走过的心路历程和奋斗岁月，根本不用拔高，其意义就已不言而喻！

可酒店没阳台，如何欣赏？唉，没阳台可以改造嘛！活人还能被尿憋死？干脆打通两个标间，剔掉建筑外墙，重新做一个9.6米宽×5米进深的超级观景阳台，50平方米的大阳台，够生猛！老板坐在阳台上，放眼望去，工厂一片繁忙景象，这不比自然山水看得带劲？那种特别的自豪感肯定油然而生！对，超级阳台就是咱特点。不过要动外墙，要事先请示一下廖总，但不会是啥难事。

好，里面房间有150平方米，可以设计成一大一小两间客房，一间书房，一间大客厅，取消会议室和厨房。在自己工厂里想开会，用得着众人乱哄哄地跑到总统套里来吗？即使有高管找老板汇报工作，在客厅汇报也成啊。

布局OK，接下来的问题是：总统套房的装修特色是什么？

分析：老板住进套房，他的期望排序应该是观景＞睡眠＞写作＞沐浴＞会客＞电视。

1. 主卧。顶多30平方米，无论是房间面积还是奢侈程度都比拼不过超级主卧，我该下大力气打理主卧吗？

2. 书房。老板是超级工作狂，尽管事业成功，但据说他每天晚上仍不改加班习惯。书房写作是个重头，但面积给不了多大，最多30平方米，这间房要如何做特色？

3. 小客房。带独立卫生间的小客房，面积30平方米够用吗？

4. 大客厅。一进门要有总统套的宽敞气派样儿，没50平方米啥也别谈！

5. 其他。剩下走廊等公共空间。

等布置完，我皱皱眉头，唉，这样规划，每间房都不咋的，根本伸不开拳脚！什么都想突出，结果什么都没被突出。重点呢？特色呢？舒适度呢？

全没体现！这种规划代表了咱的水平？屁！不行，得尽快换思路。不管是利用广告策略指导布局，还是采用横向思维，反正不能走常规路子……

从头再来。原来两套总统房布局成每套200平方米，靠，为什么要平均？一搞平均把特色给均掉了。干脆，老板住的套房间给到280平方米，汤老大的总裁套房只好委屈成120平方米。做事就要有股狠劲，在不能叫人人都满意的情况下，只要老板满意，谁还能再多放个屁出来？

既然要满足老板最大愿望，那就不用再按期望值排序，把重点依次放到主卧和书房上。好，再换个思路考虑问题：哪间房更容易出彩？嗯，只有真正出彩的房间才能给老板留下印象，那么是主卧、卫生间、书房、客厅，还是客房？

房间平庸就代表我平庸。靠，咱平庸？嘿嘿，别逗了。想了半天，我决定突出卫生间！大胆构思！出人意料？不，合情合理。设计一座40平方米超级卫生间，里面包括一座超大冲水式按摩浴缸，一座大型多功能淋浴房，一座迷你小桑拿房，好嘛，有泡有冲还有蒸，绝对五星级配置。解释也合理，老板在厂里忙活一天，身心疲惫，回到总统套洗个舒舒服服的热水澡，放松心境是件多惬意的事呀，呵呵，值得期待。如果老板能喜欢这既奢华又实用的卫生间，痛快洗完澡后，华灯初上，站在阳台上俯身欣赏工厂夜景，还用我再跑来表功？多余。

我决定，装修完卫生间，咱第一个冲进去，名曰："替老板实地体验。"现在有了超大阳台和超级卫生间两大必杀器，下一个出彩的房间是哪个？是客厅的奢华重要，还是卧室的宽绰重要？还是书房的气派重要？最后我决定做一个带书房的超级卧室，面积达75平方米，同时，取消单独书房布局。好处太多：第一，打通书房与主卧，取消一樘书房门和一堵墙，降低成本；第二，两大空间都要安静氛围，前面客厅热闹喧哗，后面房间安静宽敞；第三，书房紧邻阳台，奋笔疾书时，一侧头工厂美景便会映入眼帘，还有比这个更带劲的景色吗？

好，赶紧列个清单：

1. 客厅：70平方米。分成电视区和谈话区。

2. 卧室+书房：75平方米。

3. 卫生间：40平方米，与主卧紧邻。

4. 客房：25平方米（带独立卫生间）。

5. 阳台：50平方米，包括咖啡区：一张圆桌配8把椅子；看书区：两组沙发。

6. 公共空间：20平方米（带公共卫生间）。

7. 合计：280平方米。

大功告成！脑袋往椅背上一靠，顿感身心疲惫，唉，今天忙得直想哭，从早到晚，片刻不停。现在好想去捏个脚，多么心旷神怡的事情啊……算了，还是自己捏吧。明天再想房间风水问题，不规划了，洗洗睡吧。

睡前忽然心里不平衡起来，就凭自己的设计水平，三年时光，怎么在北京装修圈才赚100多万？靠，还不是被债主们搞的，挣点儿钱就得赶紧还钱，根本存不下半分积蓄，公司天天像草创阶段，事业能壮大吗？

看来，我跟装修行业有缘，我吃的是草，给债主挤的是奶。眼下在A集团，别的不说，光这套设计就值多少银子？为集团直接节约千万投入都少说了！唉，我就是吃草挤奶的命啊！不想了，晕，睡吧。

一大早再次被赵一笑从床上拽起来："老大，廖总找你，打你电话找不到人，你赶紧去趟吧。"想偷懒？如果在公司心存远大理想，就别想偷懒，总有无穷无尽的事情跑来。我以为廖老大发善心，打算从中为媒，把那位美眉介绍给我认识呢，非也。不是女孩要过来，而是老板下周末要过来，他喊我督促装修公司加快设计进度，赶在老板来的时候好汇报。唉，咱有先知先觉，知道在A集团干活只有提前，没有推后之说，嗯，时间还来得及。

装修公司设计内容包括装修报价和酒店大堂、餐厅、双人标间三张效果图，现在再加一张总统套房效果图那就完美啦。好，今天我把总统套房布局完，晚上带上构思去省城找装修公司去。

回到办公室，赶紧干活。昨晚布局调整完，今天再看一遍，合理。下一个问题：总统套房有什么装饰特色？关于酒店设计项目，咱没干过，确实需要重新学习，没二话可言。但接力棒真传到装修房间的环节上，毋庸置疑，那是我强项。还用再翻看图片？不必，都在脑海里存着呢。我又开始在纸上刷刷点点写开了。

分析：取缔常规思路，换新思路考虑问题。总统套房想达到面面俱到的奢侈，钱不够！不如突出重点，在关键点上痛下狠手，强化出能与真正五星总统套房掰掰手腕的5大特色！俗话说，金窝银窝不如自己的窝，外面五星酒店再好，那也是人家的，可迎宾酒店是老板自己的家，他住自己酒店，本身感受就大不同，如果再出人意料体验到全新享受，咱更是获加分无数，他还记不住俺？别逗了。好，剩下装修项目一般奢侈即可，总体思路照此执行。

1. 装修三大件——吊顶、墙壁和地面。壁纸再好看，比不过窗外美景；吊顶不管如何构思和破费，受限于层高，英雄无用武之地。好，那就在地面下足工夫。还能有啥法子，能让双脚踩在地毯上与踩在面包上相仿？……干脆，奢侈到底，用复合木地板先打底，上面铺装两层地垫，最上层再铺纯羊毛地毯，弹性如何？木地板弹性外加两层地垫的弹性，还不够？嘿嘿，脚感超爽。

2. 看过很多五星总统房的门套和窗套，无非是奢侈大理石或尊贵木材饰面，有啥特点？老子玩个绝活：每个门套先用胡桃木打底，接着门套左右两侧的侧壁各嵌进120厘米高×25厘米宽的釉上彩陶瓷板画，与胡桃木饰面齐平，放眼一望，风雅而浪漫，高贵而罕见，人见人爱。这是扫完全世界图片都没发现过的创意，保证独此一家，别无分号。老板会不会眼睛一亮？

3. 一打开房门就见老板客厅？太没神秘感了吧，老板换下皮鞋扔在客厅鞋柜前，太没档次了吧。干脆，一不做二不休，扳不倒葫芦洒不了油！砍掉一间标间，然后一分为二，开放式前厅，营造进门前的尊贵气氛。从前厅进，打开套房正门换鞋进入后厅，接着再从后厅推开二道门进入大客厅。如此布局，第一，屏住外气直冲正房，风水上有很好的考量；第二，增加套房尊贵感和神秘感。

门厅面积小，就算往最奢侈方向做，又能多花几个子？干脆把土耳其奥斯曼宫殿的奢华搬过来，凭借顶级奢侈空间，第一眼就把老板彻底震翻！第一印象不同凡响，自然能抬高老板期望值。

4. 伺候老板眼睛有超大阳台，伺候皮肤有超级卫生间，伺候脚板有超厚地毯，伺候耳朵呢？对，客厅、卧室各放一套高档音响+立体声环绕系统，听音乐也能放松心境啊，别家的总统套能有两套高档音响？别逗了，有一套就不错。还有，几千到几万一台的电视相对便宜，那客厅、主卧、客卧、卫生间和阳台统统都装上一台，武装到牙齿。

5. 没条件伺候嘴巴，那就伺候全身。再玩个狠巴巴的，不如花几万块添一台全功能进口按摩椅，老板边看电视边按摩，嗯，超爽吧，会念叨我的细心吧，其他五星总统套少见这类设备吧。即使有，那也是人人都用过的二手货，不稀罕，与完全归自己的新货没得比。万一真把老板按摩得精神放松下来，在按摩椅上稍微打个盹……一举双得的好买卖坚决干！

写到这里放下笔，长出一口气，任务完成了。可身子刚往椅背一靠，忽然想起阳台来了。昨晚布置阳台，面积够大，但没装饰特点，糟蹋了超大面积。还能上什么玩意？1.台球桌？没听说老板有此爱好。2.吧台？老板在厂子里，又不是在度假村休闲娱乐，该没这等闲情逸致。3.花花草草？摆几盆绿植点缀阳台，是个人拍屁股都能想到，没啥特色。4.鱼缸？也不好。鱼缸宜放凶方，风水有“拨水入零堂”之说法，把水引入失运方位，可转祸为祥，逢凶化吉，阳台上可没凶位。5.吊椅？轻浮，不严肃。

思前想后，决定从文化入手。嘿嘿，在阳台吊顶上做一张大星空图如何？星象资料所写：春季星空迷人，银河从南出发，蜿蜒流向北方，中部略向西弯。星空中引人注目的是北斗七星当空高悬，几乎靠近天顶，斗柄指向东方，古有“斗柄东指，天下皆春”的说法。哇，文化寓意够深刻。坐在星空图下，不远处厂区里闪烁着的灯火好似点点星光，与天空星河灿烂遥相呼应，浪漫？不，心潮澎湃！老板好似A集团的北斗星，指引我们团结起来共同奋斗。

为装修项目赋予特定文化特征，这可是咱的强项。给老板解释北斗星的概念，他能不喜欢？呵呵，赞美也是一门艺术呢。好，现在我来为老板勾勒一幅图景，春天夜晚的星空。实现工艺也简单，灰蓝色平顶，LED蓝光小灯珠按春季星空图排列，吊顶只显露一半小灯珠，闪烁频率可控，表现出大熊星座、狮子座等几个主要星座即可。

写到这里，感觉超满意。来，总结一下。迎宾酒店总统套房特点：阳台超五星、门厅超五星、地毯超五星、门窗套超五星、音响系统超五星、客厅纯五星、卧室纯五星、卫生间纯五星。

别看咱微型总统套房面积属麻雀级，但咱贴近老板需求，一对一的针对性服务超过任何一套五星总统套房。更何况咱还有5大特色蓄势以待呢。

乙方就像蹲在地上的青蛙

下午，我喊上阿健，急匆匆直奔省城而去。路上我给小黄挂了个电话："中午吃饭时，流动奶吧车启发我了，为什么我们不做一个人模流动奶吧呢？比如，定做一套卡通吉祥服，手里举着奶瓶模型，那该多招摇，多拉风？然后你再让3个促销小组联手，在小区门口摆促销台，人模流动奶吧充当吉祥物，不仅能快速吸引儿童注意力，还能渲染促销气氛，聚集人气，关键是投入少，见效快，简直是一箭三雕。"

"好，我把这想法写进去。"

"再给你讲一件事。我上大学时做过康师傅兼职促销。有一天，我发现一个老太太总是站在我们促销台不远处，一直看我们小组忙上忙下，看她神态不像顾客，感觉怪。过了好一会儿，督导跑来巡场，她看见老太太马上过去喊老总，我这才知道人家是公司高管，正在调研。后来督导告诉我，老太太来自台湾，管理手段跟大陆不同，比较严厉。但刚才她发现我是这批促销员里干活最卖命、吆喝最勤快的一个人，希望我毕业后能加盟康师傅。我听完热血沸腾，后来干活动力更足。小黄，你听明白了吗"

"知道，多鼓励，多描绘，多给大家想象空间！"

"嗯，明白就好。还有两件事，三个小组要加配小喇叭，人多时方便喊话，钱嘛，叫经销商出。促销摆台时，叫经销商多拍照片，年底我有用。"

挂上电话，我又问起阿健的活进展如何，阿健吞吞吐吐半天，也没说出个所以然。好在是第一次问他，我还算有些耐心，又细心教了点儿学习方法。

忽然又想起一件急事来，马上再给小黄去电话："哥们儿，A集团制定的工程付款条件有点儿苛刻，不仅进度款付得慢，而且还要部分垫款一年时间，估计说服乙方接受有难度。我对工程付款这块还不熟，你现在马上去趟C公司工程部，帮我问问他们是如何说服客户的。"

"好，我马上去。"

时间不大会儿，小黄电话来了："请乙方垫款，他们一般作两点解释。第一，为了真刀实枪考察乙方实力，不听乙方吹嘘，只看有没有本事垫款，是甲方防备乙方浑水摸鱼的一个策略。第二，监督乙方认真干活，督促乙方按时保质完工，是个约束机制。"

哦，明白，但力度似乎不够。我要再琢磨琢磨，光说两条解释好像说服力还差点儿意思。思前想后，发现一个大问题。谈判中要顺利摆平甲方乙方对立矛盾，很难！乙方碍于甲方权威，一般表面同意，但口不应心。如果内心不赞同，谈判还是暗流涌动。不行，应该换个思路想问题。

现在问题实质是甲方不管如何游说，归根结底都是为了检验和约束乙方，本来乙方地位就像二等公民，要是甲方再抛出苛刻付款条件，好比在他们身上再拴几圈铁链子，被甲方捆了一个结结实实，谁心里开心？对啊，如果能叫乙方开心，逆流自然变顺流。能叫乙方开心就得修改付款条件，那甲方可又不开心了。靠，问题似乎无解，兜一圈又兜回来了。

继续深入想。谈判时，我不能叫乙方烦心，可也没本事让乙方开心，但乙方从烦心阶段走到开心阶段，是客户心态从一个极端向上走到另外一个极端，那路过中间阶段，就该是平心静气阶段吧。对呀，如果能叫乙方平静地接受现实，谈判或许有希望。

好，新问题：如何能叫乙方平静地接受现实？

现在是乙方觉得自己被"付款绳索"捆绑着，动弹不得，造成心理失衡，但要是他们看到甲方也同样被"绳索"捆绑着，是不是就感到公平了？心里是不是好受多了？对啊，从人性角度出发，只要事情处理得公平，大家就没意见。原始社会就是人人平等，所以没有反抗。在我感觉分析有门时，忽然灵光一闪：靠，自己真是个小笨蛋，这么简单的问题，居然还要想半天！看来跨行跨业地来回跨，真快跨劈叉了……

在直奔省城的路上，我和阿健一路无话。我们先到了赖总的公司。通过两次接触，我发觉赖总这人不简单，为人实在可靠，设计水平高，领悟客户思路的能力超强，很值得一交。果然，一见到赖总设计作品，我就打内心欢喜，嗯，正是想要的佳作。大师级？像。

赖总对我的设计思路也是赞不绝口，我们是好汉惜好汉，很快在工作中结下了友谊。他对我关于总统套房的设计挺推崇，但他送我出门时，随口说了句："雨总，酒店好像还没电梯，呵呵，请老板爬四楼合适不？"一句话问得我张口结舌。

晚上10点多从省城回来，心情极不爽。"雨总，酒店好像还没电梯"，赖总的话一直萦绕心头，简直点醒梦中人。我做装修多年，自认为是高手，可居然没考虑酒店的电梯。还高手呢，屁！说庸手和俗手还差不多。差劲！

算了，没时间自责，赶紧动手想电梯吧。在酒店里新做电梯井，不仅技术上有难度，而且工期也耽误不起，看来只能在建筑外面加了。请示完廖总，廖总这边OK。简直是牵一发而动全身，新增电梯涉及到工程问题，还得找设计院沟通，请他们尽快修改平面CAD图，然后再书面通知各大装修公司修改平面布局方案，唉，想得头大。

时间过得刷刷的，我是忙得脚不沾地，头不挨枕。每天都备受企划和装修俩项目折磨，想腾出完整时间专门处理企划部的事，或者单独忙酒店的活儿，想都别想。一天的工作被切割成若干个时间段，工作性质不是穿插而是混搭。以前没有过这种经历，太受锻炼。我必须在最短时间内，从广告思维这棵树上，像猴子蹿跃大树一般蹦到酒店那棵树上，对，一会儿还要再蹦回去。当然，锻炼的收获超值，苦不能白吃啊。到了后来，我不是在两棵树上蹦跳，而是在梅花桩上跳舞！梅花桩下面？哦，想起来了，是老逸那厮跟鳄鱼一般苦苦等候着。妈的，还真叫他等着一回，幸好我有高人相助，不然……

这一天，老板飞到H市分公司检查工作，听取汇报。在董事长办公室，老板握着我的手笑道："雨经理，听廖总说你工作推进挺快的嘛，明天汇报都准备好了吗？"

"请老板放心，都准备好了。我跟廖总立下了军令状，保证按时按量完成公司交代的任务！"每次见到老板，我内心既激动又紧张，不论跟他相处多久都是如此，呵呵，也许这就叫人格魅力吧。

老板身材高大魁梧，站在那里有三山得配之风，很有气派。他看着我笑道："很好！集团打江山是一批人，到了坐江山的时候，前面那批人已经没什么动力再冲锋了，现在就需要一大批像你这样能打硬仗的中层干部。你有冲劲，又想在公司做事，那我们就给这个平台。很好，很好。走，我们到酒店转转去。"老板一见面便着实夸我一番，不禁让我心情澎湃。他说的话其实挺普通，但听起来就跟战士听见冲锋号一般，总是叫人热血沸腾。当然，这次也不例外。

老板一声令下，H市分公司高层闻风而动，前呼后拥陪同老板视察工地。在老板视察酒店时，我把市场调研数据，移花接木的设计思路，面子里子的装修策略，向他简明扼要作了汇报，还没等话说完，老板便开始抚掌大笑："很好！这回酒店装修我算放心了。明天看完装修公司效果图和报价，你们就放手去干吧。哈哈。"

俗话说，宁跟内行人吵架，不和外行人说话，此言极是。老板虽不懂装修，但他能明白我用广告策略指导作装修的思路，听起来自然轻松。工程部庞总紧随其后，看老板一个劲儿夸我，他脸色开始有些不正常，阴阴的。唉，咱也不是啥光明磊落之人，心里跟着起哄：庞总，现在就想哭了？呵呵，别急，好戏还在后面，现在还没到你哭的时候呢，急啥？

庞总对我的眼神分明是眼红外加嫉妒，这很好理解。本来他天天想看笑话，见我半个多月没动静，还被廖总痛斥，心里早就乐晕了。可万万没想到最后看自己笑话了，更痛心的是，还要继续陪我看他的笑话。嗯，这等鸟气确实有点窝火。

老板视察酒店后，大家陆续跟出来，看着外面的天空，我是长出一口气，好，勇闯第一关！后面商务谈判是第二关，嗯，还要再接再厉！

不巧，头天刚下过雨，工地一片泥泞，所以众人只得再次深一脚浅一脚地迈过泥泞地。等上了柏油路，大家都在使劲跺脚，我低头一看，汇报前心思根本没在烂泥地上，现在鞋面粘了不少泥点子，靠，刚擦过的鞋，心疼，又左右瞧瞧周围人，个个如此。但我无意中扫到老板那双北京布鞋，上面居然没一个泥点子！哇，心里立刻翻了一个个儿，不免有些心惊：平时只是感觉老板走路四平八稳，脚下生风，没想到老板迈的竟是“虎步”！难怪只有他鞋面一尘不染。风水有言，男行虎步，吉相。看来，咱真是跟对老板了。

中午，老板在小食堂吃饭，点名叫我作陪。这是我第一次陪老板吃饭，紧张。H市分公司所有高层齐聚，大家边吃边谈工作，没有闲聊，只有汇报和指示。老板对我的嘱托是：“雨经理，你现在负责酒店工程，前期设计工作有成绩，但不要骄傲，有空多看看国外设计作品，看多了才知道酒店装修能排在哪个层面上……我希望年底大家开完会，都能住进你设计的酒店……立下大功一件！”

多睿智的总结啊，老板日理万机，但随意聊了一会儿，便能直指设计核心，太有震撼力啦！这顿饭感受深刻。老板不愧超级工作狂，他把生活变成了工作，反过来工作又融进了生活，所有乐趣也许都从工作中来，然后又回到工作中去，这种超常状态，非寻常人所能理解想象。老板知道我想要得到什么，他就说什么，呵呵，虽然寥寥几句，我就又被煽动得干劲十足。但叫人奇怪的是，他说的话都是大白话，怎么会威力如此巨大？到了后来，当自身修为提升时，我才体会到其中奥秘。

饭后，我得到会议通知，酒店评标在第二天下午2点准时召开，老板只参与审核效果图，不参与价格谈判。同时，有内线告知，老板行程是第二天上午去省城，傍晚前有事必须走。哦，老板不参与，工程部那帮鸟儿会有什么动静？他们出头帮我谈？歇菜吧！估计是廖总主持，我协助。但……这是一个显身手的机会不？酒店设计是我的思路，招标是我做的，今后监工也是我的人马，采购还是以我为主，现在就缺与装修公司谈判一环，要是能把谈判再拿下，那就是清一色一条龙，彻底甩开工程部！

对，包括廖总在内，谁也别想染指酒店项目！打定主意，我决定为这次谈判布一个局，嘿嘿，挖下深坑等虎豹，洒下香饵钓金鳌，H市分公司的老少爷们，你们瞧好吧！没办法，那时我年轻气盛，干起活来有股气死小辣椒，不让独头蒜的劲头。说好也好，进取心强，事业心重；说不好也不好，为后来工程部在背后搞鬼留下隐患。

中午没休息一分钟，心里盘算着如何对乙方痛下杀手：工程部和采购部的谈判策略，用屁股想都知道是怎么回事。不就是一家家喊进来，谁报价低就跟谁签合同。在这中间乙方也可以反客为主，参与围标，而且甲方没给乙方施加足够的压力——没有泰山压顶般的压力，乙方会轻易就范？歇菜吧。

常规做法，咱从来不感冒。我的习惯是一伸手，就是出人意料的套路。好，继续想：在报社混迹多年，我深知乙方心态。说得难听点，乙方就像蹲在地上的青蛙，甲方捅它后背一棍子，青蛙不得已向前蹦一下；再捅一棍子，就再蹦一下。不捅？坚决不蹦！问题是，甲方拿什么武器当捅乙方的棍子？而且捅完后乙方吃痛，不得不作出必要让步，但又不引起他们反感，还有兴趣继续跟甲方玩游戏？靠，高难度……

下午，在廖总办公室，我给廖总献了一策："装修公司报价一般分为利润项目和平价项目，掺杂在一起，高价项目有鱼目混珠嫌疑。我们针对装修公司报价，可以采取摘樱桃谈判策略，把它们所有报价中最便宜的单项分别摘出来，再重新组合成一份新报价。然后我们就围绕这份新报价展开谈判。"

"雨经理，你想法挺好，但利润全被剔除，它们会干吗？"

"廖总，当然只用摘樱桃策略，还不能叫装修公司就范，今天陪老板吃午餐时，受老板谈话启发，我想为乙方布一个局，呵呵，没准能让咱们利益最大化！"

"哦，说来听听。"廖总见我说得如此肯定，饶是来了兴趣。

等我把名为“见面有礼，刺刀见红”的谈判构思讲完，廖总微微一笑：“呵呵，小雨，你的弯弯绕真不少啊。难怪老板当面背后都夸你呢。想法很好！”廖总是个识货之人，他听出些味道来，头一次亲切喊我“小雨”。

真是莫大的鼓励，我忙顺杆往上爬：“廖总，我还有一个不成熟的想法，您要是信得过我，不如这场交锋由我来负责具体谈判，请庞总和肖总协助。等谈判完后，我们向您作总结汇报，最后再由您亲自拍板中标机构，您看成不？”

“呵呵，前段时间陪老板出差到C市分公司，碰到老板的朋友孟总，他着实夸你谈判有一手，称得上后生可畏。好，这次就看你本事吧。但你不是说自己不懂工程吗？你能谈……”

我马上打断廖总话头：“老大，您曾说过，A集团文化是外行领导内行嘛，我虽然没做过酒店，但咱们迎宾酒店的整体构思布局，老板不也挺满意的吗？”

“呵呵，小雨，有你小子的！好，快去准备吧。”

我迈着轻盈的步伐走出廖总办公室，唯一失落的是仍然没见到想见的姑娘。喂，那位长发飘逸的美眉，你跑到哪儿去了？太后悔上次匆匆一瞥后，怎么没有讨要一张名片或者找个搭讪的借口，最不济也要出了门，找个结识机会或想个办法啊。只要拿到她的电话……唉，我还能有缘再见到她吗……算了，该是我的就是我的，瞎想无意义，都怪自己笨！

傍晚，赵一笑打电话依次通知装修公司：“迎宾酒店开标会将在明天下午2点，H市分公司大会议室召开。A集团老板亲自出席，廖总和雨总主持，请贵公司现场能拍板的领导带队，务必带上施工报价、效果图和甲方提供的工程合同，一式四份的工程合同要加盖贵公司公章。现在我们把合同电子版传过去。”

A集团工程合同采用国家标准合同，只不过根据实际情况，稍作补充而已，没有值得保密的地方。但我在合同上又新增一条：“本合同乙方签字盖章后，乙方不论任何自身理由或借口，均不可推翻、逆转或毁约本合同。否则，乙方必须支付本同总金额的20%，作为赔偿给甲方的毁约金，并且甲方不退还乙方竞标保证金。”单独加上霸王条款，我自有考虑。

第二天上午，我又分别给每家装修公司致电，再次作最后确认。工作要做扎实些，电话里告诉他们：第一，介绍自己公司要简练，流于表面的推介别开口，用数据说话，最好直说知名五星级酒店案例；第二，方案介绍也要少而精，强调特点即可，说多了谁也记不住；第三，场下多练习几遍，说话要顺畅，条理要清晰；第四，提前想好老板可能要问的问题。几条意见说完，众公司似乎感到我与众不同，连连称谢。更重要的是，告诉他们加盖好公章，是根据我多年乙方经验所得。钓鱼关键在于诱饵是否香甜，推而广之，乙方最怕甲方抛出什么样的诱饵？对，带致命诱惑的香饵！我只在电话里轻描淡写说了一句：“我个人看好您们公司，请在来之前，在合同上提前加盖公章，签合同都是赶早不赶晚的事儿……”

当然，加盖公章还意味着什么？潜台词是随时都有可能和甲方签订合同哟！嘿嘿，我故意引诱乙方的贪欲，乙方定是满怀信心而来，充满期待之情：“哇，今天就有可能敲定合同，得抓住机会好好表现一把！”好，老子要的就是勾起乙方的无尽欲望，然后再出其不意迎头痛击！彻底灭掉他们贪欲，然后再……

我打电话除了为他们好以外，也是为了老板审核起来相对轻松。细节，成败在于细节。酒店设计本来不错，但如果介绍不到位，失分，太不值。本次招标大会既是集团考核筛选装修公司的大会，也是老板和廖总在考核我实施项目的能力，可万万来不得半点马虎。

8年前，我没机会近距离了解顶级老板，不知道他们所思所想，不清楚他们思考问题的方式和习惯，不懂得他们做事的喜好与忌讳，结果误以为跟顶级老板汇报也需要一本材料作支持，其实大可不必，任何问题一张A4纸即可。那么大的一个老板，经验极丰富，什么没见过？什么没想过？什么没经历过？嗯，老板希望汇报都是开门见山，3分钟能了解事件本质，然后拍板解决问题。明朝洪武九年，主事茹太素上书汇报工作，朱元璋读了6 000多字，还未入主题，皇帝时间多精贵啊，不禁勃然大怒，马上叫人庭杖伺候，把这哥们儿打个半死。唉，古今中外老大们的时间都格外精贵，容不得手下人随意浪费。

所以，这次酒店汇报设计，设计公司要提前操练好，精简内容，提高汇报成效。一句话，老板绝世高手，汇报只用说上半句。下半句？赶紧咽回嗓子里去。这是咱吃过汇报的亏，改过来的新习惯。

下午1点30分，大会议室里已经坐满各路人马，没人走动，也没有交流，一个个正襟危坐，神情严肃，会场气氛略显压抑。看得出，这些公司久经沙场，把自己喷绘好的作品全用牛皮纸包裹得严严实实，密不透风，靠，全是我的思路还怕同行抄袭？哼，螳螂捕蝉，黄雀在后，你们就不怕我来抄袭吗？

当着众多投标公司的面，我高声宣布了竞标规则："第一环节，设计洽谈。请每家装修公司按顺序，带上自己作品和报价到董事会办公室洽谈，单独向老板和廖总汇报设计应标事宜。包括介绍公司和设计作品在内，每家公司限定15分钟之内陈述完毕。第二环节，8进5谈判。选定5家入围公司，进入到价格谈判阶段。第三环节，双方签订合同……"

等宣布完竞标规则，会场上一片寂静。筹备近一个月的酒店招评标大会正式开始了，等待我的招标结局究竟如何？

老板绝顶聪慧，听15分钟还不了解每家公司实力和设计思路？笑话。果然，不到两小时，酒店竞标会的汇报阶段已完成，我的幕后工作结出了累累硕果，招标汇报会大获成功！前来汇报的8家装修公司不仅全部由高层带队，而且效果图基本按设计任务书执行，OK！几十张效果图摆满办公室，甚有气势。老板背手在一排效果图前溜达两圈，圈定四家设计作品："廖总你带队，全权负责谈判，雨经理和庞经理协助。"说完，老板赶飞机走了，真是来也匆忙去也急促。

老板头一天已听取我的汇报，大致了解酒店设计思路，现在又看到效果图，满意。其实，汇报还是感觉有些仓促，讲解也不够细致，虽然我心有不甘，但没办法。老板超级忙，能腾出两小时听取汇报，已经很给咱面子啦。望着老板急步远去的背影，忽生同情之意："老板自由吗？表面自由而已，实际上他的时间都被人家安排得满满登登。"

这次设计入围的四家装修公司包括赖总公司，除标间和餐厅设计被另外两家公司夺走外，赖总设计的酒店大堂和总统套房最被老板称道，嗯，意料中的事儿。本想私下多跟赖总交代几句，提前透露点谈判信息，但转念一想，不妥。第一，赖总只是他们公司设计总监，并非老板，由他代表公司谈工程合同，合适吗？第二，现在局面纷乱，先露了底牌，岂不自找麻烦？第三,万一他们公司与工程部有千丝万缕的联系，怎么办？千万别因为个人欣赏而坏了全盘大计。

第一轮谈判，施压

送走老板，庞总率先发言："老板和廖总挺满意招标会，真没想到雨总一鸣惊人啊，呵呵。今天罕见你一身西服，就知道你在谈判上志在必得，而我能力有限，不如我们看看雨总有何高招，肖总你说呢？"

庞总刚推荐完，我马上明白了这厮"美意"：这厮认为我只会纸上谈兵，没谈过几百万的工程项目，又想等着瞧咱笑话。一旦价格谈高或谈崩，他就好趁机造我的反！靠，天下有这等好事？看来他又犯老毛病了，还是吃了没调查的亏。我让赵一笑打听过庞老大，他的过去、出身、来头和能力被我摸个清清楚楚，也就那么一回事。可他不了解咱的跌宕经历吧。别说谈个区区几百万的项目了，我还劲赚过几百万，还参与过4 000万的超级合同谈判呢。既见过猪跑，又吃过猪肉，对了，别说家猪跑，就算野猪跑咱也瞧过，还想看老子笑话？尽扯淡！

正在暗自庆幸时，肖总开口了："呵呵，早闻雨总大名啊。上次产品设计比稿会反响不错，现在H市分公司的产品包装已经采用企划部设计，市场反响不错。庞总建议好，我也赞成。"

对肖总的附和，我有些哭笑不得："你说话不过脑啊，屁股到底想坐哪头？怎么也跟在后面起哄？幸好我是主动请战，提前有准备，不然仓促上阵，非被乙方削趴下不可。"

有一次跟廖总闲聊，廖总说采购部肖总在公司创业初期就干采购，可是元老来的，当时他的能力够应付小规模采购任务，但他为人固执，业务水平始终没提高，所以近几年未获重用，一直窝在H市分公司做部长。但我对肖总印象不错，他没庞总滑头，为人还算实在，只是没啥上进心而已。包括这次谈判和后期采购，我都要倚重肖总，所以对他挺客气。

廖总见庞总和肖总都推荐我做主谈判人，他满怀深意地瞅我一眼，跟着发下话来："好，就由雨经理负责谈判，庞经理和肖经理协助，我在办公室等你们汇报，争取今天搞完合同。"

看见廖总往外走，我三步并作两步赶上廖总，忙请示："老大，要不请秘书小王作个谈判记录吧，万一老板有空想了解谈判过程，好歹有个文字材料准备。"

"好。"廖总点头同意。

为什么要喊上廖总秘书？唉，把小王看成廖总代表，给廖总作秀呗，别说谈判完有人秋后算账，背后再搞个俺有吃回扣嫌疑。这罪名够生猛，咱背不起！

送走廖总，我站在门口，对身旁赵一笑低声音问道："不出所料，哥们儿，廖总点了我的将，你赶紧叫人再看看现场清了没！"

"好嘞，一会儿就请君入瓮！"

见赵一笑既高兴又紧张的样子，我不免又再三嘱咐："一切按昨晚商量的办，千万别大意。一会儿，等我带他们去会议室，你叫人把这些标书赶紧整理出来，动作麻利点！"

刚说完话，远远看见廖总的秘书小王迈着小碎步，婀娜多姿走来了。这丫头长得够水灵，号称集团6朵金花之一。算了，现在不是欣赏美女的时候，收心要紧。等小王进屋跟我们笑眯眯打过招呼后，我跟小王说："小王，今天要辛苦你一下啦，呵呵，帮我们作好谈判记录。还有，你通知办公室今晚留人值班，晚上要加急盖一份重要合同。"

"好。"小王痛快回道。

我转头又吩咐阿伟："阿伟，你马上把8家装修公司标书分成两套，一套先放到这里，你带上另外一套跟我们走。"

现在老板走了，廖总也不陪着玩了，办公室里三人谈判组我为头，望着庞总事不关己，高高挂起的眼神，我心里暗自叫着：关键时刻到了，小雨，小雨，加油干吧！咱就是撵不走的小强，打出一片新天地来给自己瞧瞧！

等心里暗自鼓足气后，我首先发言：“肖总，庞总，既然廖总点将，庞总推荐，那兄弟我就不客气啦，干得不好，还要诸位老大多多帮衬提醒啊。呵呵，好，现在咱们就出发，看我们锵锵三行人如何收拾那帮装修公司！”

肖总见我信心满满，有点疑惑：“雨总，怎么个收拾法？”

“老板和廖总已经同意我的构思，考虑到设计环节的竞标，暂时先淘汰两三家公司，我们主谈入围的5家，最后中标公司借鉴所有老板圈定的设计稿，一统酒店最终设计。”

“雨总，都说完了？”庞总不紧不慢地问道。他以为我谈判跟他一样呢。屁！

“我初步估算8家公司报价平均毛利有30%，这回可要好好杀杀价，不过低利润对装修工程来说，管理稍微松懈一下，就存在赔钱问题，所以它们会强烈抵抗我们杀价。但这并非关键，关键在于A集团付款条件苛刻，两座大山都要乙方一肩挑，有些强人所难。我们不能逼迫它们挑山赶路，只能是它们自己主动挑山赶路。嘿嘿，所以我谋划了一个化被动为主动的法子，谈判里布了一个局！”说完，我得意地笑了起来。

“现在市场报价已经很透明了，你凭什么估算30%的毛利？哼，装修公司毛利有那么高吗？那不成人人乐了吗？”庞总一脸不屑。

肖总也是久经历练之人，但听到布局二字时，也不免感觉有些好奇：“哦，布局？呵呵，好，我们拭目以待，看看雨总如何布这个局！”

我没工夫理会庞总，只对肖总笑道：“呵呵，我为布局起了一个‘见面有礼，刺刀见红’的名字，实质是请君入瓮后再来个瓮中捉鳖！”说完，我做出深手向下抓东西的动作，把肖总逗得哈哈大笑起来。

庞总又不怀好意地凑上来打趣：“好，我们跟你到瓮里打猎去，哈哈。”

见庞总步步紧逼，我心里暗自冷笑：你丫暗藏祸心，不想接烫山芋，正合吾意，好，马上教你一个乖……但表面我只淡淡说道：“好，抓紧时间干活吧。”

开标流程已经走到5家入围公司谈判阶段，姑且把入围公司分别称为U、V、X、Y、Z。现在8家装修公司还眼巴巴坐在大会议室等消息，我稳稳心神，迈步走进会议室，大声说道：“请U、V、X、Y、Z这5家公司先跟谈判组过来。还没被通知的公司老总，对不起，请多包涵，请先在会议室坐一会儿。”

说完，谈判组带着5家公司鱼贯而出，下楼左转，这边走廊一排有6间会客室，而赵一笑、企划部秘书小江带着俩新来的实习生早就站在楼道口，恭候装修公司的到来。我回过头对众人说道：“请各公司分别进一间会客室。”

楼道里众人不明白我葫芦里是什么药，驻足观望，有些犹豫。我又高声喊了一遍：“请各公司老总分别进一间会客室，我们要单独和每家公司进行商务谈判。”

很快，企划部的人行动起来，带领各公司老总分别走进会客室。等5家公司进去后，俩实习生立刻把所有会客室门关上。我冲一笑使了一个眼神，一笑马上明白，他走进第一间会客室，冲U公司钱总笑道：“钱总，一会儿由谈判组和您谈合同，请您这边作好准备。”说完出来再进第二间会客室，还是那套词：“V公司王总，一会儿由H市分公司谈判组和您谈合同，请您这边作好准备。”说完再出来，再进第三间会客室……

我这边开始跟肖总交底：“肖总，现在5家公司已被分割，我们依次跟他们谈报价，谈完一轮接着再谈第二轮，直到最低报价出现为止。第一个环节只谈报价，不谈付款方式，那是第二个环节的事情。我打算叫他们互相杀价，我们置身事外，不参与杀价，只负责传递信息，就像在罗马斗兽场看表演一样，等他们刀枪并举火并完，公司利益最大化的目的也达到啦。”

“呵呵，雨总，高！实在是高！我一看见你摆的这套阵势，就猜个八九不离十。这帮公司同时感受两层压力，一层是甲方加的，另一层是同行给的，同行杀同行的价儿，比甲方单杀乙方更狠！够他们喝一壶！哈哈，算你狠！哦，对了，你说我们只负责传递信息？嘿嘿，就怕这信息被加工得真假难辨，虚实难猜吧。哈哈。”肖总拍着我肩膀笑道。

“肖总，不愧是采购部顶级高手！眼睛一搭就知道咱演的哪出戏呀。所谓见面有礼，就是说谈判组随时都可以和乙方签订合同，但需要刺刀见红拼杀，乙方报价必须是所有公司里的最低价，才能见面有礼。第一轮我们摸摸对手报价、诚意度和谈判风格，定下每家的谈判对策，为后面杀价打下基础。等到了谈判桌上，我唱黑脸，狠话说绝，您来唱红脸，打圆场。庞总，您帮着活活稀泥。”话音刚落，肖总和我均嘿嘿笑出声来，只有庞总一脸默然。出乎肖总和庞总意料？对，还出乎廖总意料呢。

我又冲正在巡场的小江招招手，小江快步走到跟前，我压低声音说：“再跟你重复一遍，你和新来的俩同事今天辛苦些，搬几把椅子坐在楼道里，盯紧客户，不许他们开门、串门、四处打听和随意走动，别看他们都是公司老总，但到了咱地盘上，头衔全不好使唤，你是甲方代表，有人敢违反投标纪律，你要立刻制止！如果还不听话，马上给我打电话！对了，给每间会客室送4瓶矿泉水和2个利乐包牛奶，都明白了吗？”

小江点头称是。6间会客室，每间20平方米，统一布置，一张咖啡色现代谈判桌，配10把灰色办公转椅，移动式水洗黑板立在墙边，两盆散尾葵点缀房间，进门正面的墙上悬挂着中央领导人、省市主要领导到厂区考察的大幅照片，对面墙上则挂着企业获奖荣誉证书和奖章的翻洗照片。房间大玻璃窗正对厂区喷泉广场，景色挺好。我明白会客室之所以如此布置，那是秀给客户看的：“看见没，A集团实力毋庸置疑！”

我们一起步入1号会议室，U公司钱总马上站起来笑脸相迎：“呵呵，上次听完您讲的酒店设计报告，我发现雨总年轻有为啊，简直可以说是顶级高手的思路，我在H市就没见过像您这样高水平的设计大师，更没想到A集团能延揽到如此杰出的行业精英啊，佩服，佩服！哈哈。”说完钱总挑起了大拇哥。

钱总长得瘦小枯干，约摸50岁的年纪，一副精明相全挂到脸上了，尤其是他的一双眼睛，简直是越老越亮，一看就知道不是一个善主儿。知道客户当面夸赞，全是没价值的虚话，根本不用答理。我一边翻看U公司报价，一边平静地说道：“钱总客气啦，这些都是集体智慧，非我一人所为。好，不扯闲篇了，咱们说说工程报价。您这次报了390万，呵呵，实话说，U公司报价在竞标中可算夺了花魁！钱总，别的不说，花魁价您叫谈判组怎么上报？公司肯定不乐意，如果您真想跟A集团合作，那可要表现一些诚意出来哦。”唉，甲方的话也是假话、真话、套话、大话和谎话穿插其中，我也不例外。

见我开门什么都不谈，上来便要求降价，钱总有些吃惊，满脸诧异地盯着我说：“390万还是最高价？哎呀，雨总，您这玩笑可开不得啊。我们报价已经反复核查过，都是成本价呢，呵呵，还要再降价？难，真没法再降了哦。”

我脸上挂笑，摆出无所谓的姿态：“钱总，您先别下结论，现在别家报价都比U公司低，您说，在设计一样，施工质量相差无几的情况下，报价是否是竞标的决定因素？我们会舍低就高？可能吗？钱总，您站在我们角度考虑这问题，也该是感同身受吧。呵呵，要不您再重新考虑一下报价？只要U公司报价有竞争力，谈判组还是看重贵公司实力的，您说是不？”

“雨总，我来介绍一下，这位是我们公司管理水平最高的项目经理，穆经理。他管理一支专门做酒店业务的施工队，技术实力很强，如果这次中标，我们打算把这支队伍拉上来，一定给A集团做个优质工程出来瞧瞧。”

穆经理马上接过话题：“雨总，肖总，庞总，初次见面，我姓穆，呵呵，以后还请诸位老总多多关照。今天我们早来了一会儿，我去看了看现场，实话说，酒店建筑质量还不太尽如人意，这为今后装修带来些许麻烦，比如地面没找平就收工了。如果甲方请一支没做过酒店的施工队负责项目，我怕会……”

实在没法听下去，话题谈岔了。本来我是来给他们洗脑的，还没等甲方开口，乙方反倒开始给我们上起课了？别逗了。我立刻打断穆经理话头。“呵呵，穆总，对不起，我们先不谈细节，等散会后我再单独向您请教啊。现在我们先谈论如何确保U公司中标的问题吧。钱总，您手头没这支精干队伍，A集团敢请您来吗？即使请您来了，您还敢接吗？所以，施工不是问题，花魁价才是障碍。”轻描淡写几句话，便把话题重新拉到了正确轨道上来。

“A集团号召力够厉害，呵呵，难得各路精英齐聚于此啊，瞧今天这阵势，所有公司都虎视眈眈。雨总，这可叫我们如何报价？U公司报价真是已经低得不能再低了啊。”钱总一边说，一边不自觉地又摸了摸后脖子。

“A集团竞争对手是娃哈哈、蒙牛和三鹿这些赫赫有名的企业，如果承接迎宾酒店，贵公司能获三重名、三重利，这点我上次开会已经讲过了。钱总，看您戴着劳力士金表，就知道您是有身份的人，眼光差不了。您可以仔细权衡利弊，当然，这次商务谈判，甲方不会强迫乙方一定降价，只会跟报价最合适的公司合作。现在不是您和我一对一谈合作，而是多对一谈合作，如果您真想承接项目，总应该有些实际动作，证明自己在所有竞标者中是最有诚意的，否则谈判组如何向公司推荐？这不是难为我们哥几个吗？您说呢？”

肖总在旁圆起了场：“雨总说得是。钱总，这一轮我们还在征求各公司报价意见，您还有机会再修订报价，机会难得，还希望钱总珍惜机会。”

“呵呵，既然两位老总发话了，好，我们再考虑考虑。”钱总若有所思答道。在大家已经走出门时，肖总回头又悄悄跟钱总嘀咕了一句：“我们雨总在内部讨论会上对您公司挺推崇，您可要把握好机会哦。”

钱总连忙点头称是。

刚出门，我跟肖总嘀咕起钱总来了：“肖总，U公司报价目前最低，在听说他们报价最高时，钱总这家伙心虚，下意识摸了一把后脖子，而且他在说不知道该怎么报价时，又不自觉地摸了摸脖子。心理学分析，这是人在说谎时的标准动作，除非丫脖子真疼。可见U公司还有不少降价空间，他很清楚底价，只不过还没到最后时刻。一会儿我们就从U公司身上打开突破口！您认为呢？”

还没等肖总回答，庞总抢过话题：“好，一切听雨总的！”

肖总搂着我肩膀笑道：“哟，没看出来，我们雨总还懂形体语言呀，呵呵。”

“会点皮毛，正好派上用场，巧合。”回完肖总的话，我又转头对小王说：“小王，你记录：1.U公司实力一般。2.U公司钱总狡黠中透露稍许真诚，性格表面热情，实则假话连篇，谈判表现不够沉稳，故意一惊一乍，掩盖他的心虚，非高手。3.他们报价目前最低，是突破重点。”

阿伟好学，他忽然问了一句：“请教老大们一个问题，和一个满嘴说假话的乙方打交道，我们应该怎么对付？”

肖总笑道：“以更假对假！买的没有卖的精，嘿嘿，乙方还能假过甲方？”

“甲方不能叫乙方摸清底牌，所以要八虚两实，肖总总结精辟！钱总开口是假话中没实话，也许是因为他手里牌不多。我们开门只谈报价，打了他一个措手不及。他曾试图转移话题，可谁有闲工夫听他诉苦？原来以为他50多岁的人了，应该经验十足，本来还怵他一头，可发现他并没有B方案，解决不了只谈报价的被动局面，被咱们牵了鼻子，可见他心眼虽多，但还不是一个谈判高手。好，既然没有B方案，我们敞开来随便谈。我的对策就是：不信丫的话，并且真假回答掺杂一起，叫他瞎猜一气。”

“乙方跟甲方在报价上针锋相对，那是找死！用甲方之长攻乙方之短，嘿嘿，雨总是高手呀！”肖总在供应部久经历练，看我刚才的表现，马上就知道咱水平。

听肖总明面夸奖，我马上回道：“呵呵，还是您厉害，我们没拍档过，但刚才随便试水，真有天衣无缝的默契感。”

很快，我们走进2号会客室。V公司王总见谈判小组进来，忙起身寒暄：“哟，几位老总来了，辛苦，辛苦。”

王总身材魁梧，粗手粗脚的，一张大黑脸蛋子，显然是长期跑工地被晒出来的，但他说话声音却挺细，对比反差有些滑稽。刚坐定，就听王总笑道：“您们谈判组的几位老总都是集团精英，这是给我们摆鸿门宴呀，阵势吓人，看来今天得有一番多米诺骨牌大战啊，呵呵。”

知道多米诺骨牌游戏规则，算你有眼光！游戏一旦发动起来，那可是一个砸一个，直到砸倒最后的人为止。我心里想着多米诺骨牌，但嘴巴却说道：“王总，V公司报418万，哇，恭喜您，这价格一举夺魁！呵呵，在所有投标公司中，算是一个花魁价，叫人开眼啊。看出来了，王总还没拿出诚意来，把我们A集团跟外面公司等同看待，我们根本就没享受到贵公司VIP客户待遇。这可就是您王总的不是啦。”我没跟王总说笑，开场就打算给V公司一个下马威。

“哎呀，雨总，公司本来也没想报高价，都是实在价，现在装修价格透明，我们根本挣不了几个大子，只是落下一点辛苦钱而已。不过看在几位老总的面子上，那就再降8万！凑个410万吉利数，这可是最后底价，等会儿咱们就别再谈价格了，说说付款方式吧。”

“王总，今天我们要把合作谈定，报价下调8万，是您诚意表现。但够不够，现在还不好说。一会儿，我们再听听其他公司报价，如果贵公司想中标，呵呵，到时您可得拿出足够的合作诚意，是不？”肖总恰到好处地敲起了边鼓。

“哎呀，肖总啊，不是我们不肯大幅降价，是真没降价空间了，这份报价已经很显诚意啦，您看我们铺贴墙砖每平方米才收38元，这价儿到市面上谁肯做？呵呵，您说，总不能让我们赔本做买卖吧。”

我一边翻着V公司报价清单，一边不紧不慢地指出：“王总，铺贴墙砖价格确实公道，可一盏筒灯的安装要20元？市面上8元一盏，一抓一大把，好，小钱咱们先不计较，但您家卫生间防水每平方米要80元，实话讲，外面50元就能做下来。呵呵，感觉您这不是在刷防水涂料，像在刷金粉。好嘛，贴瓷砖虽然便宜，但做防水价格却蹿上去了，两项综合在一起，单就卫生间墙面整项来说，这份报价不仅没吃亏，相反，还高出其他公司一块。”

见我说到了他们报价的痛处，王总稍微停顿一下，过了半晌才悠悠说道：“呵呵，雨总，我们就稍微赚了点儿辛苦费，其实，别家刷防水可能只刷一遍，我们要刷两遍，别家做……”

话题又被扯远了，王总像风筝，好淘气，不玩命拉就使劲往外跑，不行，要再拽回来：“王总，据我所知，地面防水一般刷两遍，墙面刷一遍。算了，这些都是细节，还说不到这块来。如果您真想和A集团合作，建议您重新考虑报价。酒店招标机会难得，排队进来比什么都强，刚才碰见一家公司，那位老总说了句：‘大博名气，少赚利润，才是好的投标思路。’我认可他说法。不为别的，只是希望V公司能和A集团牵手合作。但如果王总还是一味坚守高价，最后被其他公司跑赢锦标，那我们哥几个也无话可说。其实，V公司的竞标主动权一直在您手里握着，不是甲方压迫乙方降价，而是您的同行正在极力争取。”

也许是在供应部老于世故，肖总编故事的本事比咱强，属骨灰级，他张嘴就来：“给您透露一个信息。集团正在购买H市分公司生产基地旁边的400亩地，除了建工厂以外，还要修几栋高管楼，已经责成廖总开始组建二期开发团队……集团近期和远期项目说起来，机会大把，就看王总是否感兴趣。”

“哎呀，我们确实想和A集团结为战略合作伙伴，但报价的事……”王总说话拌蒜，吞吞吐吐半天也没冒个泡出来。他在那里又磨叽半天，反正就是单项报价都挺实在，不好再降价的车轱辘话来回说。我低头扫了一眼手表，这家伙整整耗时5分钟，可没听到半点实质性东西，尽扯没用闲篇。

眼看风筝又要飞远，我马上打断他的话茬：“王总，王总，等等。对不起啊，打断一下。今天我们谈判任务重，没有太多时间研究单项报价问题。直说了吧，我们已经有了一个初步摸底，谈判组预测您的竞争对手最后的毛利可能在15%以下，您要做好思想准备迎接他们的挑战。好，这次是双方初次沟通，不求您马上重新报价，还请您先考虑好谈判组意见，要不过一会儿我们再聊？”当然，行也得行，不行也得行，说完话，我站起身，冲王总微笑点了点头，谈判组几个人一起出了会客室。

刚出会议室，肖总低声笑道：“呵呵，我们是黑白双煞啊，瞧把王总给累的，一句话都没说利索。”

“可不是嘛，我先给他们上点眼药，借竞争对手之口，传我们心腹之言，制造紧张情绪，他们急，咱不急！鹬蚌相争，嘿嘿，肖总，您看咱们像渔翁不？”

庞总有意思，他是会上不说会下说：“好，今天都听你的。”

没等肖总开口，阿伟跑来打趣：“不像渔翁，那个太文气，您二位更像蒙面加勒比海盗！”

“滚！”我啐了一口。

肖总转头对秘书小王说：“多啰唆一遍，一家公司一页纸，你负责记录每家公司报价下调情况、他们的说法、提出的条件和谈判组意见。”

小王点头称是。我接过肖总话题：“好，记录：1. V公司实力强，现场考察后，他们施工质量值得称道。2. 王总知道我们计谋但没破解招数，他为人谨慎小心，说话办事犹豫，是能磨之人；合作态度暧昧，情况不明。3. 告知竞争对手最后的毛利可能在15%以下。4. 甲方只蜻蜓点水逼他一下，他立刻自动降价，可见他心理防线脆弱，经不起甲方炮火轰击，非谈判高手，是重点突破对象。”

阿伟碰了一下我胳膊，问道：“你说，对付这类肉肉的客户，该用什么套路？”

未假思索，我脱口而出：“甲方对付这类客户要反其道而行之。乙方痛快，则甲方要磨他；乙方能磨，则甲方要痛快，反正不能和乙方搅和成一路人，不能叫乙方谈到擅长的风格上去。看样子王总是个磨头，谈判时就给他一个痛快！因为他忒能磨，一旦陷进去，没准能把咱哥几个磨成面儿。所以我直接亮出毛利15%的底价，围着报价谈，能做则签，不能做打发走人。”

“说得好！他是能磨，可惜不给他施展本事的机会！”肖总作了总结。

阿伟又追问：“老大，王总不是一上来就自降8万吗？他好像比钱总还要痛快，为什么说他是一个磨头？”

“所谓的降价是故意秀给甲方看的，又不是本色演出，信鬼也不信他的！哼，他主动降价，其实不经意间透露出他们很想参与的意愿，但他欲拒还迎，说话吞吞吐吐，那股软绵绵的肉乎劲，靠，全写脸上了！”我没好气地开骂了，因为我挺烦人家来磨我的，实在是没工夫伺候。

“哦，明白两层用意了。第一，他缓你就急，所以借竞争对手之口，传心腹之言，亮出15%毛利的底牌，给出结果威慑他，最后让他直接和我们谈终极报价；第二，你在测试客户对毛利不到15%的反应，是反应过激拒绝合作，还是能承受极限底价压力。呵呵，分析得对吗？”

“哥们儿，有点意思啊，哈哈。”我满意阿伟的分析，这家伙脑子够使。

肖总轻声自言道：“甲方不怕乙方有欲望，乙方欲望越强越好，反而怕的是乙方没欲望！”

我听肖总能如此点评，差点“哇”出声来。记得C市分公司张总曾说过一句话：“在集团工作3年，去其他公司能平趟！”现在看来，果然不假。能说出这话的人，算把谈判奥秘参透了，嗯，他即使在A集团算差的，但与外人比也是高手。

当初我在报社时曾发现一个管用的谈判规律。如果客户是爽快人，说话语速快，办事干净利落脆，那我一定也要“成为”爽快人，跟上甲方谈话节奏，由此，甲乙双方容易产生共鸣，合作更通畅。反之，甲方性格内向，谈话不多，办事谨慎，我则要隐去本身直白爽快的性格，装扮成说话含蓄、谈吐文雅的模样，如此，才能顺利踏上甲方节拍。现在倒过来我做甲方，自然会留心乙方谈判风格，为了拿下这帮客户，就要避免和乙方走一条路，叫他们发挥不出自己的风格。

接着我们又陆续与3号会议室的×公司赵总交流，赵总报价430万，被我一顿狠批。4号会议室的Y公司林总报价408万，也被我一番调侃。最后我们走进Z公司所在的5号会议室，杨总连忙站起来打招呼：“呵呵，几位老总好，看来我们公司是唱压轴大戏的啊，那可要给这出压轴大戏多多捧场啊。”

知道杨总话里话外有些不满，也难怪，他已经等了快一个小时了，我忙笑着说：“可不是嘛，大戏当然要压轴啦。杨总，照实说，您家报410万，门票有点儿贵，VIP级，我们是苦出身，不习惯VIP待遇，这不是要把眼前这帮观众全往别人戏场里赶吗？”

赖总握住我的手，很是高兴：“呵呵，雨总真会说笑，就您几位应该说阔气才对呀。要是您这边觉得门票价不适合，要不您先开个价码，合适就成交？”

杨总早知道我和赖总关系不错，马上借力发力：“雨总，我们赖总对您的设计思路那可是推崇备至啊，他非常希望能与您合作呀。”

我跟着笑道：“Z公司有在设计圈鼎鼎大名的赖总，水平自然不错，我也跟在他后面认真学习来着。”

“呵呵，雨总又说客气话啦，还是我跟您学才是真的。”赖总忙谦虚回应道。

确实跟赖总投缘，所以我们一见面就有话题。但朋友是朋友，生意是生意，现在还不是谈交情的时候，我马上单刀直入：“好，咱们闲言少叙。作为甲方，自然希望地板价啦。现在不是要甲方开价码，还根本轮不到我们张口呢，您的同行们就开始步步为营，是他们在和您唱对台戏！杨总，赖总，不瞒二位说，现在有三家已经开始重新报价，不仅是3字开头，而且比您报价低的还不是一点半点，如果您还想坚持4字开头，恐怕留不住什么观众了啊。”

肖总紧跟着插言：“杨总是爽快人，关于报价我说几句……现在给您留点思考时间，要不您再考虑考虑？”

肖总话音刚落，我开始收尾：“杨总，贵公司两款设计老板认可，所以我再提前跟您透露一个信息，现在是Z公司领跑其他公司，但竞争对手也没放弃，还在后面追赶。贵公司设计既然中标，可别在价格上翻了船，前功尽弃多可惜！那样的话，我们谈判组所有人都会感到格外惋惜！”

“呵呵，还请三位老总多多帮衬和支持啊。好设计能为项目节约工程费，A集团选择Z公司真是超值！我们的强项就是帮甲方节省每一个铜板。”杨总回道。

“看出来了，杨总说话中气十足，那是有信心的表现呀。我们现在谈论报价正是如何帮甲方节约项目投资的话题，看看，多有缘分，我们又谈到一起了吧。所以说，还要请您和赖总多发挥Z公司强项才是啊。”借花献佛之术，打了杨总一个措手不及。

肖总又跑来凑趣：“现在可不光是您家在发挥自家强项，别的公司也正在发挥呢，没准还有超水平发挥的公司，两位老总可要有思想准备。”

本来好端端的自夸Z公司强项的话题，被我们三言两语给修改的，意思全搞拧巴了。杨总听完，不禁仰头大笑道：“雨总，肖总，二位可真够幽默，哈哈。”

见谈话气氛不错，我跟肖总互对了一下眼神，双双站了起来。

刚出门，我便吩咐小王作记录：“1. 实地考察，Z公司实力一般；2. 乙方设计厉害，两款设计被老板相中；3. Z公司初次报410万；杨总性格爽快，直来直去，强烈的企图心全写在脸上；4. 受制于公司实力，他们报价不可能一低再低，估计不是长跑选手；5. 同等报价条件下，建议优先合作。对付杨总这类爽快之人，应避其锋芒，把道理掰开揉碎，慢慢跟他磨，磨掉他的耐心和毅力，并且不断刺激他的急躁情绪，让他在谈判中浑身别扭，然后再一点点给他洗脑，一层层推进，不能马上和乙方痛快地谈出一个结果。”

刚说完总结，小江走过来提供了一个情况：“老大，4号会客室的人开门出来两趟，总想旁敲侧击向我打听点儿什么，比如谈判组正在和谁谈啊，谁谈的时间最长啊，打算谈几轮啊，等等，就属他事最多。”

我心里马上一翻个：哎哟，4号会客室不是林总吗？五大客户里就感觉姓林的滑头，果然又是这厮！靠，他想干什么？喜欢走偏门？马上问道：“你怎么回答？”

“什么也没告诉他们。”

关键细节可来不得半点马虎，我狠狠说道：“你通知下去，无论客户问什么都不知情，包括谈崩走掉了几个客户，都一律说不清楚。凡是碰见出来乱打听的，叫他们赶紧回去，破坏谈判纪律的公司一律走人。在A集团地盘上，是龙得趴着，是虎得卧着，什么大牌全都不好使，小江，你是甲方代表，后面有肖总、庞总和我撑场面，不用怕！”

“好，知道了。”

第二轮谈判，刺刀见红

第一轮谈完，局势发展尽在谈判组掌握之中，大家情绪比较轻松，甚至还有插科打诨穿插其中，毕竟是甲方嘛，在掌握乙方生杀大权的同时，伴随有甲方快感。此快感与彼快感类似，都有征服感，嗯，蛮享受。但乙方真是软柿子，叫甲方随意又掐又捏？别逗了。显然，我过于乐观，笑早了点儿。

这时，赵一笑跑来递过一张纸，说：“雨总，表做好了。”

“好！”我示意大家去6号会客室说事。刚进门，一笑便急着汇报：“雨总，按你意思，每个装修单项报价都是经过8家装修公司横向比较后，挑出底价，汇总成表，都是各单项的最低报价，酒店工程合计290万。”

我看完点点头，低声跟肖总说：“装修公司报价分为赚钱、保本和赔钱项目，他们将获利项目混杂在赔钱项目里，是为了蒙混过关。而我把所有最低报价逐项摘出来，表上所列的每个单项都是装修公司赔钱或保本单价，累加起来就是酒店装修保本总价底线。现在表上合计是290万，好，我打算给他们13%的毛利，纯利不超8%，也就是底限330万，上限340万，谈判组就按这目标去谈，您看成不？”

肖总点头：“非常好！这回心里打底了。”

坐在身旁的庞总却鼻子一哼，颇不以为然：“铺贴壁纸每平方米3.5元，这是赔钱价，正常价码每平方米怎么也要5元，你把所有单项都搞成底价，然后去跟人家谈判，哼，异想天开！更何况我们的付款方式是要他们垫一年款，又没利润又要垫款，谁会同意？除非是疯子！”

“庞总的担心有道理，但我们可以先照着这个思路谈谈嘛，不谈怎么知道结果？”我不咸不淡地回了一句，心里说：第一轮谈判只是试态度，垫场戏才开始，大戏还没登台呢，急啥？等谈完几轮后，你再发表感慨不迟。

我早知道庞总会冷言冷语，没工夫理会他。我转头对肖总继续说：“假设中标公司报价400万元，最后谈成330万元，相当于总价打八二折，即其所有单项报价均要打八二折。我们现在提供给乙方的单项施工面积都是纸上面积，最后还要核查实际面积，单价有了，实测有了，最后的工程结算数据也就有了，我们折扣谈得越低，获利越大。”

肖总听完默默点点头，他似乎对我的想法也有些将信将疑。

赵一笑捅了一下我胳膊：“你看5家公司谁是重点突破口？”

“你们认为谁容易被搞定？”我没马上回答，反过来问肖、庞二位。

“我看好第一和第二家。”肖总回道。庞总随声附和道：“我也是。”

“小王，你把第一轮谈判情况汇总一下，给我们瞧瞧。”

“给，已经汇总完了。”小王不愧是训练有素的文秘，趁我们聊天时，已将首轮谈判结果顺手抄写在一张纸上了。这类员工用起来顺手，小江显然比人家差一筹，不行，回去要好好教育她。我心里马上有了想法。

大家传阅着汇总单：

第一家U公司实力一般，有一款设计中标。钱总初次报价390万，被称为花魁价。要求降价。评价：1. U公司钱总狡黠中透露稍许真诚，性格表面热情，实则假话连篇，谈判表现不够沉稳，故意一惊一乍，掩盖他的心虚，非高手。2. 乙方态度好，合作意愿强。3. U公司报价目前最低，是突破重点。对策：乙方没准备B方案，解决不了只谈报价的被动局面，既然没B方案，我们随便谈。不信他的说法，并且真假回答掺杂一起，叫他瞎猜一气。

第二家V公司实力强。现场考察后，施工质量值得称道。王总初报418万，被称为价格一举夺魁！他们听后，主动再降8万。雨总通过分析防水报价，指出不实之处，要求再降。评价：1. V公司王总知道我们计谋但没破解招数，他为人谨慎小心，说话办事犹豫，是能磨之人；合作态度暧昧，情况不明。2. 甲方只蜻蜓点水逼他一下，他立刻自动降价，可见他心理防线脆弱，经不起甲方炮火轰击，非谈判高手。3. 告知竞争对手最后毛利可能在15%以下。4. 是重点突破对象。对策：应对能磨之人，不听他解释，直接给个痛快结果，逼其作选择。

第三家X公司实力一般。赵总报价430万，被雨总一顿狠批，要求自动降价。评价：1. X公司赵总态度强硬，狂妄自大，沟通困难。2. 思路有问题，总想名利双收。对策：如果不是理想合作伙伴，立刻快刀斩乱麻。

第四家Y公司排本次投标公司实力榜第一名，一款设计中标。林总初次报408万，被雨总一番调侃，要求再降价。评价：1. 林总为人内向，滑头，不健谈。2. 乙方实力被甲方一致看好。3. 摸不清乙方所想，合作意愿似乎不如其他公司强烈，前景不明朗。对策：及早摸清对手想法，再想良策。

第五家Z公司实力一般，但设计厉害，老板看中两款设计。杨总初次报410万，被称门票贵，VIP级，要求降价。评价：1. Z公司杨总说话中气十足，性格爽快，直来直去，强烈的企图心全写在脸上。2. 受制于公司实力，他们报价不可能一低再低。3. 乙方态度好，合作意愿强。

4. 目前Z公司比较靠谱，但估计不是长跑选手。5. 同等报价条件下，建议优先合作。对策：应对杨总这类爽快之人，应避其锋芒，把道理掰开来揉碎了，慢慢跟他磨，磨掉他的耐心和毅力，并且不断刺激他的急躁情绪，让他在谈判中浑身别扭，然后再一点点给他洗脑，一层层推进，不能马上和乙方痛快地谈出一个结果。

看完汇总单，真是英雄所见相同，大家相视一笑。现在看来，和肖总搭档，舒服。赵一笑抬手看了眼表，忙说道："诸位老大，咱们抓紧时间吧，现在是不是按顺序继续进行第二轮谈判？"

"等等，等等。"望着会客室的门，我忽然灵机一动，计上心头：靠，糊涂！为啥不玩熬鹰战术呢？

刚想明白，见肖总已经起身，我忙一把抓住他胳膊，兴奋地问道："肖总，如果您是装修公司谈判代表，现在经过一轮初谈后，您最担心啥？"

肖总略微思考一下，说道："竞争对手的报价。雨总是传话中间人，传好传坏都是你在搞，就怕弄个无中生有的价格让我就范。"

"对，换成是我，我也怕。但除了传话之外，还特别担心啥？"

没等肖总回答，阿伟脑子好使，马上抢过话题："要是我，还会担心被冷落！一旦甲方好久没找我谈，有可能是甲方和其他公司谈得热火朝天，顾及不到我了。"

我冲阿伟点点头，有暗赞之意："没错。换作我，更怕被冷落。如果我们三番五次找主攻目标，人家会看穿咱们用意，可能变得自以为是起来，自抬身价，未必肯轻易就范，结果欲速则不达。所以，我们对待U、V、Z三家目标客户，现在应该采取熬鹰策略！东北人为了驯服老鹰，要把新捉来的鹰放到架子上，几天不给吃喝，也不让睡觉，先灭掉鹰的锐气再来驯化。同理，咱们先故意冷落目标客户的心，叫他们在漫长的煎熬中逐渐滋生急躁情绪和恐惧心理，等锉掉对方锐气后，他们自然容易被咱们驯服！"

"对，锐气变泄气！等待时间被拖得越久，他们就越要抓住每次谈判时机，甚至很珍惜我们说的每句话。"肖总很赞同我的观点。

闪念间，我主意已定："好，欲擒故纵！先避开U、V和Z公司，直接和X与Y公司接洽。一笑，你现在出去看看，叫小江把所有会客室的门都关严。还有，我们在过道不要大声说笑，走路轻点，有啥需要面议的，都到6号会客室来说。"

二次见到3号会客室的X公司赵总，任凭我大开大阖，口吐莲花，肖总也在旁连哄带夸，可人家是低于400万就不再陪我们玩了。二轮谈判出师不利，谈判未果。我示意再回会客室商量事情。刚进屋，一笑先叹了一口气："唉，这姓赵的，骨头好硬啊，听话都听不懂。"

我冷笑一声："哼，这位赵总，眉毛间印堂狭窄，眉毛的眉头杂乱带箭，颧骨暴突，这类人大都心胸窄，喜欢斤斤计较，办事偏激，不是好的合作伙伴，他们死活坚守400万大关，还幻想一夜暴富？靠，老子要枪打出头鸟！"

肖总看着庞总，感觉好奇怪："对了，我说庞总，你从谈判开始就一言不发，是不舒服吗？"

"嗯，可不是嘛，嗓子发炎，说话很难受。"庞总有气无力地回道。

我心里想着：这家伙是徐庶进曹营，一言不发啊！玩得够绝！还想继续看笑话？好，就让你看个够。但嘴上却说："庞总身体有恙还在和我们一起战斗，真辛苦了。"

庞总若有所思地点点头，算是回应。

"那怎么处理？"一笑问道。

我没好气地骂道："你马上通知他们，腾出会客室，立刻滚蛋！既然价格谈判是甲方、乙方一起在表演诉苦与反诉苦的对手戏，那咱们干脆就来演一出大戏，换批人马继续谈！一笑，你到会议室喊T公司来补场。"

"哎哟，你不是说8进5吗，我以为那几家公司全是摆设，是给5家公司看的木偶人呢，怎么还有补场一说？"肖总满脸疑惑地问道。

"呵呵，肖总，我的想法是，对于设计环节，没有公司能拿得住咱，谁中标无所谓。对于施工环节，贴金箔有专业金箔施工队干，铺地毯有地毯厂负责，剩下的都是基础装修项目，又没有高精尖的技术活，谁干不是干？头一批喊进来的5家公司，是因为设计被老板选中，自然要优先谈，可他不上道，总不能因为他们不配合，公司‘被就范’吧。什么8进5啊，跟模特走秀一样，全是走给外人看的风景。我故意封锁设计中标信息，谁也不知道到底是哪家或哪几家公司中标。好，规矩是咱们定，当然也能修改，推理就演变成先被叫去谈判的公司也许是炮灰，没被点名的公司估计还会想自己是压轴公司呢，您说呢？”

肖总挑起大拇哥，笑道：“对，对，有道理。估计5家公司心里也犯嘀咕，是不是后面3家公司是A集团的生力军？嘿嘿，前有狼后有虎，还有甲方在上面罩着，好嘛，瞧这日子过得，怎一个苦字可以形容？哈哈，哥们儿你够狠！”

见计谋被人赏识，我也跟着一阵坏笑道：“‘苦’字上面俩‘十’字，代表双眼，中间‘十’字代表鼻子，下面是口，组成一张人脸，肖总，您看现在他们那几张脸是不是很象形哦？”

“像！真像！看出来了，公司里数你这家伙最坏！哈哈。”肖总话音刚落，众人一阵哄笑。我偷眼观瞧老庞，发现他那一脸苦相！

等大家笑完后，我转回头仔细叮嘱一笑：“哥们儿，你要注意几件事。1. 跟T公司私下说清楚，他们设计并没中标，是我和肖总极力推荐，才有机会进入价格谈判环节，请他们珍惜机会；2. 如果他们要问起谈判情况，你就说刚才没参与，不清楚；3. 带T公司进6号会客室，给他们造成前面五家公司还正在谈判的印象，而不是替补3号会客室的公司，免得起疑。”

“好嘞，这套词听了N+1遍啦，我会搞。”说完，一笑跑出门外。

肖总听完我的安排，不免赞叹一句：“细节考虑不错呀。”

“演戏最怕穿帮！一着不慎，满盘皆输。我们企划部一贯注重细节。”阿伟说道。当着庞总的面，听见阿伟附和肖总的话，我的感受？爽啊！

而再进Y公司所在的4号会客室，林总笑呵呵迎上前来：“雨总今天好忙，我们又见面啦。”

“呵呵，现在我们比您忙，可一旦贵公司中标，那就比我们忙啦，我们彼此彼此。对了，林总，您这边报价考虑如何了？”我不咸不淡回问一句。

“雨总组织的竞标会，别开生面，搞的是同行间的门对门竞争，如果我们碰上一个想拼刺刀的公司，不计成本地低价竞标，我们即便冲上去，呵呵……”

“林总，此言差矣。现在哪个行业搞的不是同行间门对门的竞争？别说门对门了，有些还要打上门去呢，咱们酒店招标还算不上激烈竞争。”我知道林总话里有话，他故意没说后半句，那是不好明面奚落，只能隐晦发几句牢骚，可咱是甲方，能被乙方三言两语给拍住？别逗了。

“从林总话里我听出来了，Y公司有雄心，有胆气，打算跟他们拼刺刀呀！”靠，这是哪跟哪儿啊，肖总接话茬接得也够肉麻的。

还没等我宣扬做迎宾酒店的意义，林总抢先发言：“刚才我们等的时候，看到几位老大前后奔波，挺辛苦，就有了一个想法。您们尽管先和其他公司谈，不论最后谈到何种程度，哪怕是有人喊出全免费都没关系，最后告诉我们一声谈判结果就成。Y公司接不下来就是接不下来，生意自然归人家，但如果有本事能接，再谈收尾报价也不迟。您们也不至于搞得这么辛苦……三位老总，看看行吗？”

靠，好一个狡猾的家伙！他压根儿就不想陪我们玩下去。谈判横生波澜，有新故事看了。打看见林总，就觉得他颇有心机。谈判过程中，我发现他目光闪烁不定，眼神有斜视习惯，这样的人，心思一般复杂多变，心机甚深，喜欢走偏门。果然，他一出招就是避实就虚的套路。咱不能不应招：“好，既然林总爽快，那我们也不客气了，多谢美意，呵呵，等我们谈出结果后，一定会再来拜会您。”

“是啊，真心希望林总是最后杀出来的黑马！哈哈。”肖总笑道。

“呵呵，是不是黑马现在还不敢说，但肖总的祝福我们先收下了，谢谢，谢谢。”这老哥不愧是久经商战的老手，见人说话八面玲珑。

一出门，肖总情不自禁骂了一句：“妈的，狡猾！”

我感觉事情横生枝节，比想的要复杂，忙示意大家去已经腾空出来的3号会客室商议。嗯，自己确实笑早了。大家刚坐下来，一笑首先发言：“他怕我们一步步给他施压，有做磨刀石的可能，扰乱他的谈判思路，所以他玩招狠的，无非是想腾出精力好和我们最后决一雌雄！”

“我看他在玩以静制动的策略，姓林的要趴在桥头看流水，静观其变，最后集中力量跟我们搞兔子蹬鹰的把戏！”阿伟评论道。

“喂，阿伟，昨天是不是刚看完《倚天屠龙记》？去，去，去，还兔子蹬鹰的招数呢。”一笑冲阿伟撇嘴道。

等别人议论完，肖总意味深长地说：“依我看，林总出招不光是为了积攒精力，本来他在明，我们在暗，现在颠倒过来，他始终不报底价，也不参与每轮谈判，像刺猬，叫我们无从下手，而他最后在暗处静静等底价。也许我们的底价比他的心理价位还高一头呢，妈的，反客为主！”

“靠，难怪他一个劲儿说考虑我们辛苦，要替我们分忧解难，冠冕堂皇的理由，当时也确实不好反驳。现在明白了，原来这家伙早已谋划好拖刀计，由于有Y公司若隐若现的存在，我们对其他公司也不敢轻易许诺，心里总要惦记他们，万一Y公司同意更优厚条件怎么办？靠，这就叫我们谈起来心里烦躁了，他凭啥能跳过中间环节，最后充当主角出场？他打出分忧旗号，道理就在于此。”我脑袋一晃，就知道林总想干什么。猜透他想法不难，难的是如何破解。

庞总终于发言了，他不发言则已，一发言就是反话：“雨总，肖总，我这个人说话有些直，想什么就说什么，大家别有误会。我觉得你们谈判思路是花拳绣腿，很难行得通。大家看见林总套路了吧，人家早就识破你们伎俩了，根本不和你们玩！万一其他公司也效仿，还谈个屁啊！工程部谈判是一家家喊进来，每家谈个底价，报出最低价码的公司中标，既简单又实用，哪用这么费劲？”

没闲情理会他，我脑子跟荷兰风车似的，一直猛转，从反思“见面有礼，刺刀见红”的谈判思路入手，重新审视谈判思路：靠，老庞的话好刺耳。傻瓜都知道他的谈判套路，比看见一只鸟还平常。这类甲乙对等谈判的最大弊端是乙方只单方面承受甲方施压，对于久经考验的乙方来说，已经不能拨弄到他们敏感的神经了。而我是引导乙方同行间不断持续厮杀，好嘛，你一砍刀，我一花抢，他一板斧，第一回合没挤出几滴血，几家乙方都还只是皮外伤，没关系，继续对冲！第二回合还没挤出几滴血，继续……被同行之间互相放血，乙方最后是一刀一刀把利润给甲方剔出来。而甲方隔岸观火，顺便充当乙方极不愿看到的传话使者，其结果是同行间的放血更狠，一定是血流成……当然，挖好陷阱布好局，还要有良好的执行力，就这点儿小困难能难住咱？别逗了。

正想着呢，阿伟说话了："雨总，见招拆招呗。你不刚说过，要把主攻目标先凉拌吗，这回我们就彻底把Y公司供起来，给他一个透心凉！"阿伟是我的人，当然不会跟着庞总话题跑，他为人机灵，马上又把话题给拽回来了。

"对，把Y公司当空气！"肖总附和道。我心里明白肖总赞成的含义，他是供应部老大，整天都和供应商们打交道，谈判是必须具备的能力。嗯，帮我只是一部分，他想通过这次合作，探索一条新的谈判套路。

我轻轻摇摇头，吸了一口凉气："当空气没问题，可还是不能解决谈判心里问题。因为即使有公司真的认可330万合同，咱们都不敢趁热打铁，当场拍板同意，万一老林出价更低呢？有便宜不占王八蛋！我们不能承担失职责任。假设U公司认下330万标的，我们不敢当场拍板，还要翻回头找Y公司，结果磨叽半天歇菜了，等我们再翻回身和U公司签合同，人家肯定猜到我们相亲失败，他们会不会浑水摸鱼，趁机再索要某些额外回报？靠，我们回去脸都发烧！"

肖总明白我的意思，他也感觉到事情不是那么简单："雨总说得对！最后再回身找U公司签合同，他们不傻，当然明白现在谈判主动权易手，靠，千顷地一棵苗，甲方没牌可打，他们完全可能重新变相涨价，确实够我们喝一壶的！"

一笑面色凝重，自言自语道："是啊，我们要想解决办法，崩碎老林的算盘，把他重新五花大绑，再按到我们的谈判轨道上来。"

想到问题严重性，大家一语皆无，都闷头抽烟。庞总真不叫人清静，又在一旁乱发牢骚："我有个建议，还是回到工程部的谈判思路上来，谈一家敲定一家，俩小时就能谈完。你们这样一轮一轮谈下去，哼，到明天都有可能谈不完！真要给这帮装修公司逼急了，他们撂挑子不干，雨总，你说谁能负起这个责任？廖总还不拿工程部开刀试问？”

“庞总，现在不是还没出现撂挑子苗头嘛，装修公司参与热情都很高涨，我看您不要太快下结论吧。”一笑不愧是企划部老人，关键时刻顶了上去。

“唉，真到那一步，难道甲方还要跪求乙方继续谈？你们怎么就是不听劝呢？真是个笑话……”

没工夫答理老庞，我又把思路在心里默默捋了一遍，压力下，咱脑袋有时真能压点儿油出来，很快，我提出三个方案：“方案一，只要有一家公司报出新低价，谈判组就派赵一笑过去骚扰林总，叫他滋生烦躁情绪，打乱他的谈判心思，想高高挂起置身事外？门都没有！方案二，根据最后谈判情况，到Y公司直接喊出一个别人没有报出来的超低价，逼这厮亮底牌，然后我们再找保底公司谈；方案三，在与保底公司即将签订合同时，咱们兵分两路，一笑代表谈判组过去跟老林谈，他必然不信一笑的种种说法，肯定要请我们过去，这时就请肖总和庞总多费心思，您二位跟他磨叽去，只要Y公司报价比我这边低，不管三七二十一，先签下来再说。我这边也照常签合同，最后咱们拿两份合同，请廖总亲自拍板！现在坚决打破思维定式，谁说我们只能签一份合同？靠，只要报价是在340万以下的合同，我们一路签过去！然后廖总愿意拍哪家就拍哪家的板！”

“方案三好！喊赵一笑过去谈，那是故意作秀给老林看的，呵呵，我们谈判组没工夫过来玩，正准备和别人签合同呢。即使我和庞总过去谈，但你没来，老林心底也不踏实，他生怕你这边已经搞定，跟他没啥关系了，所以Y公司如果是真心合作，自然在最后关头，容不得拉磨，要么痛快答应更低报价，要么滚蛋回家！呵呵，雨总，你将计就计啊，高，实在是高！”肖总笑着拍了拍我肩膀。

阿伟插言说：“我认为方案一也不错！不能叫Y公司悠哉乐哉，每谈出一次新报价，都该去挑逗老林的神经，叫他领教领教有一批志在必得的公司，打掉他的傲气。呵呵，老大，这也算变相熬鹰吧。”

我看大家情绪重新高涨起来，也是精神为之一振：“三个方案都有可取之处，到时再灵活运用吧。”当三个方案说完，会场压抑气氛一扫而空时，几个人又说了一些相互鼓励的话，只是那可爱的庞总，脸色是晴转阴。

走到U公司所在的1号会客室前，我转头对肖总说：“一会儿我再放些狠话和勾勒前景的空话给他听，逼一逼他底线，谈不下去您就来充当和事老，打打圆场，好不？”

肖总点头。二次见到钱总，他已经被我们故意晒在会客室很久了。心情急迫？嘿嘿，谈判也讲究一鼓作气，再而衰，三而竭，谈判拖得越久，最后往往是乙方饱受甲方折磨。看得出，第一轮谈判他本来打算一鼓作气，可刚在兴头上，却被谈判组生生踩住刹车，不爽。现在进入到第二轮谈判，肯定还是谈不出结果，钱总会不会“再而衰”？嗯，有此趋势。看他现在半躺在座椅上的松散坐姿，屋子里的呛鼻烟味，便已说明一切，嗯，我内心一喜。

我还是开门见山：“钱总，这次竞标好激烈啊，有三四家大公司热情有加，摆出一副志在必得的架势，简直拦都拦不住，呵呵，跟您汇报一下情况，有公司已经报出360万，我想U公司目前还不想放弃吧。”

“哦？360万？”钱总似乎有些吃惊。

肖总接过话题：“是啊，也许有公司仰仗财大气粗，为名不为利，也未可知啊。这就看每家公司更看重哪方面。钱总，如果U公司想从项目中大赚一笔，那我们今天可能要让您失望了，但如果您从长计议，想长久和A集团牵手，那倒是可以再搏一把！”

“哎呀，360万已经没利润啦，这个我们心里有数。雨总啊，春节前的人工费和项目奖还有增加，再加上酒店工期紧，晚上加班费又是一大块支出，他们这份报价不合常规啊。”

“360万真的很低了？呵呵，钱总又在开我们玩笑了。作装修没有最低，只有更低。也许您喊出350万，也能横扫一片呢。”肖总的打趣有意思。

没工夫理会钱总的瞎话，我立刻发起攻击：“我们钱总是选择性诉苦，呵呵，您光说费用增加的项目，可没讲国庆以后，装修建材开始旺销，售价普遍比平时便宜一截，两项比较起来，人工增加还算个毛？再说，我也是处处为乙方着想。举个例子，大衣柜按规矩都是60厘米进深，但我只要求做50

厘米，客人挂衣稍微受点儿影响，但影响不大，关键是能节约工程造价。一张大芯板1.22米宽 ×2.44米长，衣柜侧板50厘米宽，一张板子做完两个侧板还剩20厘米余料，正好用做包窗套打底，没浪费1厘米材料。一套标间还不显节约成效，但百套标间还能说无所谓吗？这不都是节约造价的思路吗？说实话，类似想法我还有10个。呵呵，话说到这份上，您还有什么可担心的？”

“呵呵，雨总，您的设计水平我们都有领教，开眼呀。对了，您还能再说几个节约造价的案例吗？我们也好做到心里有数，然后才好报价。”

眼见钱总还想套我的话，我心里一惊：“哎哟，大话吹猛了！也许以后能想出来，可现在把压箱底的货都扔出去，居然还没震住他。这家伙想干什么？套话？验证？偷师？不行，得拿话堵住他嘴巴，别问起来没完没了。”

言念及此，我定定神，边翻看U公司报价清单，边平静地说道：“出于保密缘故，标书里并没写明这些节约造价的细节设计方案，因为还没签合同，也没走到绘制施工图阶段，所以不便回答。好，咱们换话题再谈一个地面找平的项目。您该清楚，如果地上是铺木地板，则要求地面找平工艺高，需要大工参与完成，多费些人工。但换做是铺地毯，则地面找平相对容易，工艺和工时降个档次，小工干即可。目前大工每天100块的工钱，小工不到60，现在您找平的报价是每平方米8块，酒店要铺4 500平方米地毯，利润该有1万多吧。呵呵，钱总啊，您总不能收着高工艺的钱，却做着没工艺的活，这对甲方公平吗？”

地面找平的话题转移得漂亮，把两个人给惊了！一个是钱总，他努努嘴，想说却没说出什么；另一个是庞总，瞟见他的眼神，那意思好像是说：哎哟，是道听途说现学现卖，还是你真做过装修？怎么什么都门清？

“呵呵，每个项目您都抠得那么细，雨总，您是行家里手，我算彻底服了。别的话不讲啦，我就想问问这边付款方式的问题。”钱总说完，马上起身，非常客气地给大家再次发烟点烟，很快，会客室里烟雾缭绕。

靠，我刚准备放松一下神经，就听见对方开始询问敏感的付款条件，不免直起上身，双眼紧盯钱总，警觉地回道：“您觉得A集团可能欠钱吗？”嗯，语气不甚友好。

钱总听我语气不对，马上赔笑："呵呵，不，不是那意思。我们侧面了解，好像集团在付工程款时有些慢。雨总，项目本身不赚钱，如果垫款多了，回款再不及时，做起来动力不足啊。"

我心里暗自一阵冷笑：哦，想起问付款条件来了？哼，等洗完脑再说。

我又拿出惯用招数，双眼目光集中，紧盯钱总左眼，然后开始发表鸿篇说辞："我不这么看问题。第一，做迎宾酒店真不赚钱？我们审计部有过核算，也不会玩命压价，想着给大家一个合理利润空间。但现在的问题是，有其他公司自行降价，一副志在必得架势，人家出于啥目的降价，我们不得而知，但这是乙方同行间的竞争，可不是我们给U公司施加压力，要怪也不能怪到甲方头上，对不？第二，咱们也许对赚钱标准理解不同。也许您认为毛利不到20%就算不赚钱，我却认为标准得具体情况具体分析。难道10%的利润就不叫钱？"

果然，钱总被我眼光看得神情有些不自在，主动收了目光。嗯，要的就是这效果，先从气势上压你一头。

会议室一片肃静，就听我一人嘚啵嘚啵说个不停："第三，做迎宾酒店的意义不在于赚多少钱，而在于细水长流。举个简单例子，A集团工程是一个连一个，二期厂房刚做完，廖总还将局部调整，要在厂房里划分出5 000平方米，做集团生产总部，又是一个大型办公室装修项目。做好酒店，就为承接后面工程打开了一扇大门，这个值多少钱？第四，A集团名声在外，H公司厂区漂亮，在当地赫赫有名。拿下迎宾酒店，能为您带来多少额外收益和附加值？第五，您是做工程的，心里明白，谈客户即使前期花掉不菲成本，也不一定确保中标。但这次您零成本认识了集团老板、H公司总经理廖总、采购部肖总和工程部庞总，况且我到贵公司考察，没有又吃又喝吧，这些公关成本又该值多少钱？还是上次我说过的，承接A集团项目，名利双收！"

钱总仍咬住付款条件不放："哎呀，雨总，道理我们都懂，要不公司也不来投标啦。只不过付款不及时，公司回款压力会很大，尤其逼近年关，我们也确实有为难之处啊，还请三位老总多体谅。呵呵，要不现在就说说付款条件，如果付款不是太那个，我们咬牙也就做了。"

“等等，钱总。为公平起见，现在我们跟所有装修公司都是在谈报价，只有报价优胜者，才进入谈付款环节。您总不能叫我当着肖总和庞总的面儿破坏谈判规矩吧。实话说，我不光拒绝您，也拒绝了其他公司。希望您理解。谈判组只希望乙方能在一个平等环境下公平竞争，您说是不？”我打着公平竞争的旗号，再次毫不留情地把钱总给顶了回去。

对于第二轮谈判，我的策略就是针锋相对，每个环节不仅要顶住对方压力，而且还要反手施压，彻底打掉他们的幻想。人是很怪的动物，我越是把酒店装扮成大牌，别人就越喜欢追。事前，我想好了两套说辞。1. 降价是竞争对手行为，与甲方无关，要恨就去恨对手去。2. 不到谈付款环节坚决不谈，抬出公平原则，大家一视同仁。其实，谁心里不明白这是甲方在作秀？借信息不对称之便，利用竞争对手打压自己，但乙方就是不好捅破窗户纸，谁叫甲方有先天优势呢？不发挥自身优势，那是傻瓜所为。

钱总见我丝毫没给面子，回得决绝，不免又开始应激式诉苦：“这就不好办了哦。唉，做酒店不难，但现在的情况是不仅钱没赚到，又要垫款，最后回款还慢，工地稍微有点儿偏差，公司就得赔本，真叫人啜牙花啊。我们内部对甲方付款也是有要求的，要是突破底线，老板很难同意！唉，雨总，这不是叫我左右为难嘛。”钱总说这话时，眼睛朝我看，也就是略微朝左边看，可手却指向右边放着的竞标书。

靠，这种诉苦对甲方来说，简直是隔着城墙喊人，听不见半点声响。不仅没起到作用，反而还叫我看出他的破绽来了：眼睛看我，手指却指向反方向，哈，这老家伙又在说谎！人在绞尽脑汁捏造事实时，肢体完全跟不上脑子反映。“老板很难同意”？哼，此言可疑！将在外，君命有所不受，没准老板已经授权给你，要不你心虚干吗？嘿嘿，就冲这句话，你就是今天被突破的重点。

肖总仿佛被我和钱总一来一回的谈判完全吸引住了，居然半天没吭气，只顾悠闲抽烟。靠，到了关键时刻，哥们儿赶紧顶上去啊，我也好躲在后面再想想词……见局面陷入僵局，我看了眼肖总，眼神中不禁饱含深意。

果然，肖总没叫咱失望，在供应部混迹多年，他顺理成章地把供应部那套说辞搬来用了：“我想钱总多虑了。您看H市分公司占地400多亩，前后大规模4年基建时间，现在厂房成片，办公楼、宿舍楼一应俱全。这些基建公司要是对单价或付款不满意，厂房修得起来？我们曾与几十家工程公司和上百家建材供应商有过合作，他们的付款结算都是按集团规矩办，没特例，因为付款慢不等于不付款，什么时候结算进度款，集团台账上都写得明明白白。再说，只做300多万的工程就担心得要命，那承包几千万工程的基建公司怎么办？他们可没怎么着啊，相反，还在继续承接工程，那是因为A集团信誉给大家的信心做了背书！”

哇，说得真漂亮！集团里藏龙卧虎，我怎么就没想到这套说辞呢？好，学习了。我不禁暗挑大拇指。

这时候，坐在钱总旁边的穆总，见自己老大被甲方轮番夹攻，快招架不住了，忙跑来解围：“几位老大，我说几句啊。其实，U公司装修质量真没说的，比如家具喷聚氨酯油漆，别人只喷两遍面漆，但我们要求喷三遍，家具漆膜更厚实，光泽度更好。但高标准要求，让公司成本核算很吃亏……”

看见穆总在那里高谈阔论，我心里暗自发笑：哦，钱总没词儿了，你又跑来帮腔？还想通过夸奖质量好，来打动甲方？嘿嘿，这是你们最后一招吧，好，看我手起刀落，叫你吹嘘！

想到这里，我对穆总笑道：“穆总，我先插一句话。上次去U公司考察过您工地，咱们先不谈质量，只是穆总别把话说得那么满。呵呵，钱总，给您看几张图，完后再议。”说完，我冲赵一笑使了一个眼色。

一笑马上打开笔记本电脑，很快，屏幕上闪出一批U公司工地照片，一笑把电脑放在钱总跟前，我坐到他身边一边翻图，一边点评：“钱总您看，这张工地现场发现有三个烟头，这可是现场管理大问题。北京曾发生过工人刚刷完油漆，就在屋里抽烟，结果火星正撞上油漆爆炸的临界点，一个大爆炸把站在窗口抽烟的俩工人直接崩到窗户外面去了……

“这张，工人们图凉快，穿拖鞋爬梯子干活，危险不？要是摔残或有什么生命危险，对甲方多不吉利！出了意外人命事故，这在风水上有可能就是一间鬼屋，酒店还怎么叫客人睡觉啊！对，还有这张，客厅吊顶是木龙骨打底，但有的木龙骨刷了防火涂料，有些明显还没刷就开始封顶，往好里说，是为了赶工期工人忘了，但往深里讲，说偷工减料也不过分吧。”

有图有真相，照片上他们工人穿着统一工装当人肉背景，如何抵赖？等我把他们施工问题拿出来晒后，钱总脸上挂不住了，他干笑两声：“呵呵，雨总，工地太多，总有疏于管理的地方，您的提醒太及时了，我们今后一定注意改正。”回过头又故意申斥穆总：“小穆，听到了吗？”

我拍照片的本意不是为谈判。投标前甲方要实地考察各大装修公司的资质、办公场地和施工现场，免得被空壳公司蒙骗。拍照片的目的有两个。第一，为了证明我代表A集团确实考察了竞标单位，别叫工程部诬陷好人。第二，为了对自己负责，千万别叫皮包公司给玩了，一切以亲眼所见为标准。后来在谋划谈判布局时，想起工地照片的事，于是喊赵一笑把照片整理出来，一张张翻看，找现场毛病，到时端出来好给他们迎头痛击！果然，前期准备工作起到了应有效果。

肖总见我笑里藏刀，狠狠批了一通U公司，他又见缝插针跑来当和事老：“钱总说得对，事情说大也大，说小也小，没发生事故就是小事，一旦发生就是大事。当然，谈判组还是肯定贵公司的实力，不然请您过来干什么？好，想再问一下钱总，您看贵公司还有兴趣跟标吗？呵呵，我就不相信，那么大的U公司难道第一回合就被挡在门外了？”

在肖总说话时，我眼睛没离开钱总那张脸，他们吹嘘施工质量好的神话，被我几张图打得丢盔卸甲，嗯，他脸上表情不太自然。如果钱总脸上只是尴尬神情，那倒罢了，但他眼神里似乎还有点害怕和渴求的意思，嘿嘿，这就对了。是怕A集团信不过他们的施工？还是担心我们先入为主，要给他们投标人为制造障碍？

拜一年多A集团工作经历所赐，超级忙碌换来的回报就是有机会接洽到无数乙方。以前不太注意谈判对手的面部表情变化，现在自我感觉比在报社工作时，观察力有明显进步。我不会什么读心术，但乙方各种面部表情所代表的基本含义，大体连蒙带猜还能读懂。

见时机成熟，硬汉不能一装到底，对钱总的对策不是以更假对假吗，现在要酒点糖水出来，真话、假话、神话、大话一块使劲招呼吧，于是我决定再抛一枚诱饵："呵呵，钱总，您忘记上次在您公司，您曾畅想，A集团生产总部是H市数一数二的龙头企业，U公司一旦承接酒店工程，顺势就能在H市成立分公司，打着A集团金字招牌，延揽几个工程那是唾手可得的事情。说实话，英雄所见略同，刚才已经有公司也有此打算。对A集团来说，是个好消息，但对U公司来说，消息不咋的。您可别把机会拱手让人，对于壮大竞争对手的行为，您想必不会乐意吧。"

见肖总和我都递过下台阶的楼梯，钱总好像忽然变得爽快起来："真没想到雨总精通装修，俗话说，宁跟内行人吵架，不跟外行人说话。我们期待和您这样熟悉业务的甲方合作！大家有事摆在明面上说开了，都痛快。好，我就代表U公司先表个态：我们愿意积极响应贵公司竞标。"

见谈判气氛为之一转，我心里暗想：现在要不要趁热打铁，再把秘密武器扔出来火上浇油？

但显然质量门影响了钱总心态，他沉不住气了，于是我听到了一句动听的话："我们最后报个底价，355万！几位老总，本来报价就很实在，现在又相当于打了9折！唉，如果A集团还要求继续降价，那我们只好退出竞标了事喽。呵呵。"

走出会客室，大家长出一口气。"雨总，现在有人报出355万，那我们下家按350万谈？"赵一笑问道。

阿伟见头一仗便大获全胜，头脑发热，就听他恶狠狠低声喊道："各位老大，也别费劲了！干脆玩把狠招，一口直接喊到330万算了！"

肖总轻轻摇摇头："雨总，是不是350万更稳妥些？"

我打心眼里赞同阿伟的观点，也有些跃跃欲试："肖总，我是这么考虑的，报330万，是为了方便后面讨价还价，咱们还没谈付款方式，到时估计还要适当让步。您说呢？"

"才刚刚谈到第二轮，我们就直接喊到底线，谁能信其他公司快速缴械投降？呵呵，明显是自己在作秀。"肖总提醒道。

“对，对，肖总所言极是！还是稳扎稳打，先报个350万的价码吧。”我操之过急，主要是太想谈出个结果，好证明给庞总看，唉，自己终归还是年轻，做事浮躁，不够沉稳老辣。

肖总侧头问小王：“U公司二轮报价，都记下来了吗？”

“放心吧，关键点都记了。”

我接口说：“好，你再记录几点。1. 355万不是最终底价，钱总故意反复诉苦和诉求施工质量好，只是在表白坚守价格的决心，但反击力度不够，应该还有降价空间。2. 老板不同意是假话。3. 钱总仍没有解决谈判被动的B方案，要么是准备不足，要么是信心膨胀，志在必得，我更倾向于他是志在必得。4. 依旧是瓮中捉鳖的重点突破对象。”

阿伟马上问道：“老大，为什么说倾向于他们志在必得？我没看出来啊。”

“好，我们作个推理。假设U公司现在手头有俩工程，一个能图名，另一个能图利，但两大工程因为都需要垫款，乙方只能二选一。对于实力一般的公司，在名利选择上，你说哪个更重要？”

“这要看名有多大，利又有多大了，需要权衡。”阿伟随口答道。

本来我不想点破自己所想，毕竟没有把握，但既然阿伟问起来，我索性全说了，正好也请肖总把把脉：“对，如果图利，假设也是300多万的工程，即使海捞，也不过赚百万走人而已。U公司又不是一家草创公司，迫切需要百万利润打底，他们公司发展到一定程度就该有长远打算，所以现阶段图名的意义就大不同了。1. 工程本身略有盈利。2. 在H市成立分公司，扛起A集团金字招牌后，承接市内几个中小型项目应该不难，再顺势打响品牌，获利不比100万强得多？更何况，迎宾酒店的项目可不是天天有，错过扛招牌的机会，后悔晚矣。简而言之，图利，那是只顾眼前，赚的是一个固定死数；而图名，未来不可限量。钱总想不明白这点？真的要是没想明白，第三轮再刺激刺激他啊！”

“难怪你说成立H市分公司，钱总就立刻报价呢，原来是这句话打动他了。”阿伟点头说道。

果然，肖总摇摇头，他有他的逻辑推理：“分析有点儿勉强，目前我看不出他们的倾向，还要走一步看一步。钱总是故意拿糖出来。报价要是痛快下调，说明原报价不实。他呀，嘿嘿，天生好演员，在演戏给谈判组看呢。不过，你的分析跟其他公司讲讲，也许蛮动听的。”

靠，本来我就没太吃准钱总下一步的准确想法，结果被肖总的三言两语把我给说动摇了。难道我判断有误？

快走到2号会客室门口，肖总悄声对小王说：“再复述一下同V公司王总上次谈的情况。”

小王马上重述一遍。众人听完做到心里有数后，准备再次会斗V公司。敲门进去的时候，王总正站在窗户旁看喷泉广场。等急了？又是一个“再而衰”的典型人物？嗯，挺像！看王总脸上似有疲惫之色，嗯，挺好。

双方刚落座，王总立刻按行规给众人发了一圈烟。我没说任何客套话，开门见山问道：“王总，怎么样，您这边关于报价有新想法了吗？”

“唉，雨总，我首先得跟您解释一下防水价格问题。其实，您有所不知，我们工艺确实与众不同，而且材料采用的是……”

我哪有时间听他细枝末节地唠叨，马上打断话头：“王总，说实话，今天时间有限，要不改天再听你解释？我们现在关心您是否有新报价？这可是关系到V公司能否中标的大问题。”

“有，我们坚决按谈判组意见办，克服困难，连工带料防水每平方米只收50元，最后总价再便宜3万元吧。”王总语气坚决地回道。

一句话把肖总逗乐了：“呵呵，王总啊，我们不是在玩过家家，是在谈几百万的生意，只降价3万？太有点儿戏了哦，哈哈。”

我也没啥客气可言，尽显甲方大牌姿态：“王总，直说了吧，现在行情是有公司愿意350万接下酒店工程，您这边报价坚挺不动，唉，谈判组也无能为力喽。眼下不是您为甲方降不降3万的问题啦，而是您要直接和同行竞争。我们认为贵公司实力强，也想帮衬一下，但贵公司态度是内因，谈判组支持是外因，只有内因才是决定性因素，外因只是辅助而已，您说是不？王总，再给个小小建议，您既不用再观察谈判走势，也不用再核算成本造价，那些都没啥意思，您该下决心时，勿迟疑才是上策啊！”

"啊，350万?!一下子叫我降58万？哇，相当于打……打了84折！呵呵，雨总，这不太像双方摆事实讲道理，有商有量的价格谈判，倒像甲方直接挥刀砍价，砍，砍，砍，也太直接了吧。不瞒诸位说，能喊出350万的公司肯定是在亏本做生意，V公司用的是真材实料，工人全是江苏熟练工，成本摆在桌上，容不得半点假。几位老总，我也实话说，这价码肯定做不下来！总不能赔本做买卖吧，老板肯定不同意。"王总听完，惊叫连连，一边使劲晃头喊冤，一边作出刀切菜的手势，简直要一路切下去。看他那副神态姿势，甚是好笑。

"呵呵，这年头谁会做赔本买卖？我觉得别人敢接，无非有四个原因：第一，公司实力强，开工工地面积大，基础建材有固定进货渠道，享受厂家最低折扣；第二，工地管理到位，工期卡得紧，杜绝偷懒和材料无谓损耗；第三，工人素质强，手艺好，工效高，各工种配合默契；第四，刚才谈判组预测您的竞争对手最后的毛利可能在15%以下，您看，人家是报价跟公司实力挂钩，果然开始动手了吧。看来王总似乎对结果还准备不足啊。我的观点是如果V公司实力还有待提高，勿勉强，万一工程做不爽，到时连朋友都没得做了，您说是不？"

我是故意在拱他火，虽没一个脏字，但话里话外连损带贬。靠，不拱点火星出来，能上演火星撞地球的大戏吗？甲方在谈判中有时会故意激怒乙方，人在怒火攻心下，作出的选择不一定明智，这点乃张总所授。在集团的两年打工经历，我似海绵一般，曾向各大高手讨教过。为什么要离京千里之外到A集团打工？不就是为了向各位高人老大学习吗？嗯，现在发现成效显著。

见我说话很冲，可谓炮火连连，肖总及时拍马赶到调和气氛："王总，听雨总说起V公司实力，跟王总诉苦可形成鲜明对比。其实，在内部讨论会上，贵公司实力和形象还是比较受推崇的，只要报价合理，包括廖总在内，都是希望和贵公司合作成功的。"

王总被我一顿雷烟火炮拍得够呛，坐在他旁边的是V公司驻H市分公司总经理柯总，他见势不妙，忙跑来圆场："三位老总好。其实我们心里还是有点儿想法。我就先代表王总说说几点顾虑啊。首先，对于这么大的一座豪华酒店，只有区区350万装修费，说出去同行听来都不可思议。采购、工期、管理、付款等稍不留神，准得赔个干净！这是顾虑一。雨总，贵集团报价能不能再提点？其次，我要说的是……”

王总和柯总也像风筝，我得始终揪住价格这条主线不放，而且要时时收线，容不得他们半点乱发挥，嗯，甲方优势莫过于此。我马上插言：“柯总，对不起，打断您一下。大家就别再诉苦了，回头大伙找个地方慢慢诉，好好诉，怎么诉都成。现在不是甲方提不提价的问题，而是您们同行已经报出350万，您说，我是相信您的顾虑，还是相信别人的信心？呵呵，二位可别无动于衷地隔岸观火，人家端起刺刀，都快杀到V公司门口了。更重要的是，柯总，跟您透露一个信息，有公司正想利用接下酒店工程的机会，成立H市分公司，再扛起A集团金字招牌，顺势进攻H市工装市场。他们可谓来势汹汹，打算嘴里吃一个，筷子夹一个，眼睛再看一个，一套连环拳打下来，手都快伸进贵公司在H市的地盘里了。简而言之，图利，那是只顾眼前，赚的是一个固定死数，不值钱；而图名，未来不可限量！”

没等柯总回答，肖总立刻在我的话上加盖实例印章：“柯总，您可别小瞧A集团牌子。我手上有大把的供应商，比如食堂蔬菜供应商、办公家具供应商、电脑供应商等等，他们就因为把产品做进了我们采购系统，然后拿着采购合同，在H市四处招摇客户。大家都有从众跟风心理，见A集团都在和他们合作，很多客户也就随了，我想工程示范效应总该比蔬菜供应商说服力强一些吧。酒店工程所能带来的潜在客户群，即使往少里说，恐怕也是十根手指头都按不过来的！”看看，肖总的配合，有理论有案例，典范！我心里不禁暗挑大拇指。

柯总本来还想舞枪弄棒，显显本事，好替王总解围，结果被我和肖总一前一后，快马快枪围殴一顿，马上闭嘴了。对，就这样干，跟V公司玩蛮的！好嘛，我们哥俩要像小刀砍大树那样，一刀一刀地砍掉树上所有的枝枝叶叶，最后就剩报价一根主干，被砍掉的枝叶都已落地，还怎么谈？就只能详谈报价主干了吧，好，随便敞开来谈，正中甲方下怀！

果然，王总被呛得够意思，忍不住发言了：“哎呀，350万？350万?!唉，这价码叫我们怎么做？V公司打开门第一天起，就从来没做过报价超低的工程啊。”他既没表态同意，也没表示反对。还是那股肉肉的劲头。

不能再叫这家伙信马由缰胡思乱想下去，得给他再添把柴：“说实话，现在两家公司因为实力问题已离场，只有您和另外两家公司还在竞争，但如果您报不出350万，只能说我们的合作是有缘无分，唉，有些可惜。”

一边告诉王总必须降价这个痛苦的消息，一边又知会他两家公司已败下阵来这个喜悦的消息。听到一喜一忧两个消息，他是喜是忧？

果然，我放出两则消息后，会客室忽然安静下来。两拨人马似有默契，几乎同时闭嘴。反正冷场时难受的不是甲方，我眯着眼准备再点一根烟，阿伟很会来事，马上递过一条绿箭口香糖，嗯，正合吾意。

“唉，阿伟啊，我发现多吃口香糖就能少抽烟，好事。”

“可不是嘛，这几天烟抽多了，嗓子疼。”

“你喜欢吃什么牌子的口香糖……”好嘛，哥俩闲聊上了。

王总望着我们又吃又喝，还有闲情逸致聊天，好一副稳坐钓鱼台的神情，似乎已经没有再讨论的意思了。到底是对手没能熬住，王总干咳了一声，悠悠回道：“雨总，请问您这边的付款方式有什么规矩？”

哦，开始问付款条件了？第一家U公司谈不下去时也有类似举措，看来王总谈判水准也不过如此嘛。好，制造点惊喜，你就是今天被突破的重点！心里刚想完，嘴巴已开口：“等等，王总。为了公平起见，现在我们跟所有装修公司都只谈报价，只有报价优胜者，才进入谈付款的环节，这条咱们随后有机会再聊……我不光是拒绝了您，也包括其他公司。谈判组只希望乙方能在平等环境中公平竞争，您说是不？”还是那套词，依旧打着公平竞争的旗号，我再次毫不留情顶将回去。

王总和柯总听完回答，愕然。还没开口，肖总如影随形，又来助拳：“对于付款条件，我想王总多虑了。您看H市分公司占地400多亩……我们曾与几十家工程公司和上百家建材供应商有过合作，他们的付款结算都是按集团规矩办，没特例，因为付款慢不等于不付款，什么时候结算进度款，集团台账上都写得明明白白……那是因为A集团信誉给大家的信心做了背书！”

王总见我们谈判态度坚决，绝对是大牌甲方姿态，经常随意打断对手的话头，似乎感觉有劲儿使不出来，浑身不舒坦，不免又神经质地开始诉苦了：“雨总，还是要再跟您作个解释，我们公司最注重工程质量，刚才柯总的话没有说完，我再耽误大家一点时间，作个补充。我们……”

我听他一开头，就知道他又想把谈判组往沟里带，屁！我立刻打断话题：“对不起，王总，我插一句。如果V公司没实力，我们不会坐在一张桌上谈合作，每家公司各有长项优势，但那只是合作基础，不是投标获胜的决定性因素。谈判组要跟廖总汇报的是贵公司的诚意价，是贵公司承接工程的决心。迎宾酒店年底投入使用，这是老板的死命令，谁敢耽误工程？说白了，没实力的公司即使打半价，也没半分承接项目的可能。好了，不多说了，谈判组时间紧，任务重，您这边要有响应标书的兴趣，那就让我们看看贵公司的决心吧。”

连续打断王总说话，让能磨之人根本磨不起来，让他开口只有头没有尾，在特定场合才适用。这场谈判会，他面对的不光是甲方压力，更有同行倾轧。是谁给甲方壮胆打气？是乙方同行。又是谁给甲方无限谈判信心？还是乙方同行，正因为乙方同行一轮轮降价，仿佛是乙方间互相“凌迟”一般，才导致甲方如此强势。所以，王总的怒火主要是迁怒到竞争对手身上，与甲方有关，但关联不大，由此保全了甲方“中立”的形象。

可不是嘛，我反驳王总，出发点都是拿他同行说事，要么举例，要么对比，哈，他能奈何甲方几何？现在，乙方正体验着一轮轮割肉的疼痛感，备受煎熬，并且时刻感受着永远不知道是否还有下一轮降价的恐惧感，应对压力，颇为艰难啊。但如果采用老庞的一对一谈判方式，乙方只单方面对抗甲方冲压，如果甲方摆出一副高高在上的大牌姿态，又不能借力打力，随时可能激怒乙方，导致谈判崩盘。靠，老庞一个大老粗，如何能领会如此精妙的谈判布局？

话题谈不下去了，王总脑子有点卡壳，还是柯总反应快：“呵呵，三位老总真是A集团的精英代表，全是谈判高手，难怪廖总会委任三位谈判重任。通过刚才的沟通，我发现我们有我们的解释，您们有您们的说法，好，要不再给我们一点时间，我们请示老板后，再回复您们？”

我见好就收，又说了几句鼓励的话，起身告辞。肖总回头又悄悄跟王总嘀咕了几句：“王总，雨总是谈判组组长，刚才说话可能有些冲，并不是对您有成见，那是为了维护集团利益，都是能理解的事，您可别往心里去啊。其实我们雨总考察贵公司后，在内部讨论会上对您公司挺推崇，认为V公司施工和现场管理都不错，能排在竞标公司前两位，值得信赖。现在有甲方项目经理作内应支持，王总，您可要好好把握机会啊。”

王总听完连声称谢。

谈判组出门后，我拉住肖总低声道：“这丫玩文字游戏，我说啥单项价码高了，他就砍啥，纯粹装傻。所以干脆不废话了，先抛出350万报价，打打他锐气，叫他消化消化再说。”

“明白，到了T公司还说350万？”

“嗯，现在还没公司同意这数，要不先敲定下来再说，肖总，您说呢？”

肖总点头称是。我又对小王吩咐道：“小王，你作如下记录……”

谈判组一行人又转到T公司所在的6号会客室门口。敲门进去，T公司高总马上起身相迎：“几位老总大驾光临，我们等候多时啦，呵呵，您们真是忙人啊，来，快请坐，请坐。”

眼睛一搭高总，我便留意起来：“高总个子不高，一张国字脸，两道剑眉，挺有老板范儿，能感觉到他身上的气场，而且他似乎还长了一个悬胆鼻，相书称问贵在眉，问富在鼻，悬胆鼻为富贵相，难道他已富贵加身？”

见高总伸手过来，我马上握手寒暄道：“高总，对不起，让您久等了，我们现在把酒店竞标进展情况跟您们汇报一下。”

“呵呵，雨总客气，客气啦。”

“目前5家公司第二轮都已报完价，大家兴致很高，还没有公司有撤标迹象。说实话，贵公司设计并没中标，但我们在考察工地后，对贵公司印象不错，我想虽然设计没中标，但总要给个竞标机会，免得对不住您的辛苦，是不？”

“太感谢雨总和几位老总啦，我代表公司谢谢，谢谢。”

“好，客气话就不多说了。您是知道的，我们有明确的设计思路，谁做不是做？甲方有把控能力。现在竞标的是工程报价，谁的施工报价低，我们就和谁签订合同，目前有公司报出350万工程费。我看了您标书报价是420万，王总，就您这份报价，呵呵，当仁不让成为标王啦……”

“哦？350万？他们赚不到一毛钱啊。”高总听完似乎没啥反应。

轮到我略微吃惊了：这家伙喜欢玩装神弄鬼的把戏？牛啊！嘴巴却说道：“呵呵，高总说话幽默。如果T公司想从酒店项目一举豪赚百万利润，那不可能，但赚个几十万，轻松自如的事。再说了，要真是一个不赚钱的项目，为什么所有公司还在集合竞价？高总，您说呢？”

“听口音雨总是北京人吧，也许您还不知道最近这边人工涨得厉害，我们公司大部分技工师傅又都是扬州过来的，手艺很棒，当然他们工钱要得也高……”

谁有工夫跟他扯什么扬州师傅，我立刻掐断话头：“高总，说远了，工钱涨大家都涨，理由不成立。现在问题是T公司同行已报350万，您还想跟标，起步价就不是420万，而是在350万以下。我们时间有限，还请高总尽快表个态。”

高总还是进门那副平静表情，略微沉吟一下回道：“呵呵，报价有些不着边际啊，雨总，能不能稍微多点时间，我们要合计合计新报价。”

“好，多提醒一句，千万别勉为其难参与竞标，毕竟甲方也希望和一家有强烈合作欲望的公司合作。”

“好，谢谢。”

瞧肖总好人装的，一对小眼有点贼眉鼠眼的，就见他回头又悄悄跟高总嘀咕了几句：“高总，雨总是酒店项目经理，刚才说话是为了维护集团利益，您可别往心里去啊。其实我们雨总考察贵公司后，在内部讨论会上对您公司挺推崇。贵公司设计没中标，还执意邀您参与谈判，主要是他认为T公司施工和现场管理都不错，能排在所有竞标公司前两位。现在有甲方项目经理作内应支持，高总，您可要好好把握机会啊。”

高总听完自然又是连声称谢。

出门我对小王说道："记录3点。1. 经过实地考察，T公司实力强，施工质量高；2. 未报价，摸不清高总想法，下次谈判逼他尽早表态；3. 感觉高总不简单，喜怒不形于色，像是个人物。对策：甲方对付强势乙方，可采取欲擒故纵之计，一张一弛，也就是在谈判中强硬与柔弱姿态交替变幻，不要始终保持一个面孔，叫乙方摸不清甲方底牌。"

肖总搂着我的肩膀，边笑边耳语："好，谈判高手！嘿嘿，对不同客户采取不同招数，看人下菜碟儿，厉害哟！"

"肖总又拿我打趣，还是您是高手，我只算是唬人高手啦。"

谈判组出门直奔Z公司所在的5号会议室。小王马上重述上次谈判情况，完后一笑过去敲门。就见杨总和赖总两人斜躺在椅子里，脑袋枕在椅背上，说不上没精打采，但绝不是神采飞扬。说"再而衰"？贴切。

俩人见谈判组再次进门，忙笑呵呵站起来迎接，我也满脸堆笑说道："杨总，赖总，实在是太忙，叫您们久等啦。对不住，对不住。"

"哪里，哪里，三位老总比我们辛苦。"

大家二次落座，看得出，杨总眼神里有期待之色，嗯，久久等待后再看见甲方，开心吧。我还是那套词做开场白："杨总，现在有公司已报350万，我想知道杨总是否还有兴趣继续参与竞标？"

杨总听到新报价，有些吃惊，不禁脱口而出："啊，350万?! 我觉得A集团怎么也要给我们装修公司留条缝啊，肉可以不吃，汤总要剩点儿吧，说句不好听的话，这价码简直是杀猪价！"

看杨总有点儿急了，嗯，哥们儿你特想中标吧？别急，还要再慢慢磨你的性子。想到这里，我飒然一笑："杨总，您别误会，我们只是传达别的装修公司报价，谈判组一没逼他们自行降价，二没诱导报杀猪价，一切都是自愿。顺便再通报一个情况，现在只剩三家公司还在竞标。当然，您出于公司整体发展考虑，感觉无心再跟标下去，那也没关系，我们依然是好朋友。只不过，我还要把跟其他公司说的话再和您汇报一次，等您听完，再作决定不迟。”

“呵呵，雨总客气了，您请讲。”

说实话，谈判组忙前忙后几个小时，跟乙方斗智斗勇，我也是累得口吐白沫，舌头特想躺着不动，但谈判到了攻坚阶段，更要一鼓作气挺住。我深吸一口气，打起十二分精神，又开始了一场激情澎湃地宣讲：“上次竞标会，我讲了承接迎宾酒店乙方能获得三重名三重利，甲方现在还将提供以下回报。第一，允许装修公司带客户来迎宾酒店参观，包括开放标间、套间和总统套房。迎宾酒店一大优势是星级混搭，只投入准三星装修费就拥有五星大堂、四星餐厅和套间、经济型标间和五星总统套房，放眼省城和H市酒店，我们可谓独树一帜。带客户参观酒店是一个给客户洗脑的过程，证明Z公司有能力帮业主节省投入，同时又保证效果。这对业主思维冲击极大，谁不想少花钱多办事？独此一家的案例，要顶级奢侈的有总统套房看，要简约干净的有标间瞧，说明Z公司上能腾云，下能探海，不是文武双全又是什么？”

会客室极安静，众人正专心听我宣讲：“第二，从我第一次邀请大家参与投标，到今天竞标，所有设计和预算完全按标书进行，老板和廖总审核完，未有只字改动，大家已亲眼所见。能开这次标会，首先是集团信任，其次证明我已经成功突破了设计瓶颈和障碍，间接说明我有一定设计和执行能力。俗话说，三行人必有吾师，不敢说我比诸位水平高，但至少我有独特设计思路，如能合作，大家就多个互学机会。这次我将向中标公司公布酒店节约装修费的20个设计思路。不夸张地说，如果我不点明，大家也许只能看点儿皮毛，因为关于设计部分我在招标会只说了一半话。一旦公布核心思路，今后贵公司举一反三用到其他客户身上，赚他们钱的同时，也算是A集团为中标公司奉送的一份礼物。

“第三，如果中标公司能按时保质完工，我将向集团为乙方申请项目奖，5万到20万不等，视情况由廖总定，本条可写进合同。第四，工程竣工后，允许乙方拍摄酒店全部图片，廖总、庞总和我都将为乙方题写合作感言及合影，乙方可用于宣传。第五，允许乙方将公司铭牌挂于酒店大堂，方便乙方带客户参观时提供佐证。第六，乙方客户如果想亲身感受酒店移花接木式的装修思路，或体验住宿氛围，甲方将提供一张VIP金卡和20张免费住宿券，试想，如果双方合作不愉快，甲方会厚待乙方？卡和券不是钱的问题，而是甲方让乙方在客户面前获得尊重，是面子问题。第七……”

当我一口气说完后，看到杨总和赖总表情，知道谈判已入佳境。这段说辞不是临时编凑，而是我事先精心准备的糖衣炮弹，打算用在说服客户的紧要关节处，像冰雹般砸下去。听完没点儿印象？不可能。当然，10条优惠，没一条是要A集团马上兑现真金白银的，只不过我把酒店装修意义进一步深挖整理，把他们没想到的宝贝像海鲜档口一样，一条条全摆出来晒给大家看。

肖总侧头瞟了一眼，显然，他对我的表现挺吃惊，因为无论对哪路客户，他都能听到一段新的子丑寅卯。10条优惠举措更是广告、销售和装修的综合体，没点底蕴沉淀，白想。当然，庞总更吃惊，他的眼神早就把他出卖800遍了……

或许是熬鹰战术起了作用，或许是受到只剩三家公司的鼓舞，或许是新10条优惠政策的催情，或许是面对同行步步紧逼，或许是碰到强势甲方，或许是自已有强烈中标欲望，总之，到底杨总没沉住气，他似乎信心爆棚，一拍桌子朗声说道：“我们看到A集团的合作态度，感谢谈判组为我们着想，没想到承接酒店还有10条新回报。好，那Z公司也要冲一把！豁出去不过了，345万……说句掏心窝子的话，这绝对是底线，别说多一分，就是多一厘也降不下来了哦。”

“好，如果没有更低报价，那过会儿我们就能签合同。”肖总的鼓励很及时。

不要小看中场休息

目前谈判有好有坏，我示意谈判组再次回到3号会客室总结。喊过来赵一笑：“先去通知Y公司林总，有公司已经报到340万了，请他作好思想准备。在这条谈判链上，谁也别想闲着。还有，叫小江先去吃饭，让阿瞌替她去盯，记住，关紧所有门，不许乱窜！”

“好嘞，这就去办。”

“雨总，您看下一步我们再找谁谈？”肖总问道。

我摸了摸瘪瘪的肚皮，叹了口气：“唉，饭点到了，肚里没油水啊，肖总，要不我们先吃点儿饭？”

“啊？吃饭？那这边装修公司怎么办？”庞总根本没想到我还有心思组织大家吃饭，本能地脱口而出。嗯，确实有点儿超想象。

“别说我冒坏水啊，继续熬鹰呗。吃饭前我们再去趟T公司，才谈过第一轮，还摸不清他们想法，看看他们对340万的反应，同意则马上签，不同意就叫他们走人，再换一家替补进场。饱餐战饭后，大概晚上6点多，再和U、V、Z三家公司谈第三轮。等到了那时候，我估摸这帮家伙已经被咱们熬得人困马乏的了，趁其疲惫不堪之际，再……”我缓缓地做了一个切菜动作。

“老大真是善人啊！体查民间疾苦。呵呵，那咱们现在就去谈？”阿伟听说可以一边谈一边还能按时吃饭，嘴巴笑得咧成了瓢。

“什么，谈到340万就跟T公司签合同？”肖总有些困惑。

“是啊，刚进门前，我发现自己被谈晕了。酒店谈判目标下限是330万，上限340万，如果现在有公司答应340万，那我们就是坐340望330，先搞个压寨夫人睡睡再说。然后拿340万再去吆喝别人，榜样的力量无穷大……哈哈。”

“你属什么的啊？怎么有一肚子倒不完的坏水呢?!”肖总边骂边笑。

“去，你刚才鬼鬼祟祟跟高总说啥了？是鼓励他去当别人的磨刀石吧？呵呵，真像黄鼠狼！其实，本来我呢，单纯善良，心眼也实诚，后来加盟集团后，遇见包括几位在内的大仙们……”我边说边做出一副无辜状。

还没等我说完，肖总被气乐了：“心眼实诚？去你大爷的吧！现在我一看见你拎个破本子，屁颠屁颠往会客室里钻，第一反应就是黄鼠狼给鸡拜年去了，你小子确实没安好心眼子！”

“唉，我们首先布了一个‘见面有礼，刺刀见红’的局，接着采用摘樱桃战术、黑红脸战术、熬鹰策略、替补登场策略，可谓招数使尽。但结果呢？俩小时居然还没完成任务！您说，这帮鸡仔是不是都快成鸡精啦?!”

众人跟着一阵哄笑……

进门前，小王又汇报了T公司的谈判情况。肖总听完笑骂道："我总算听明白了，你丫够坏的，又是欲擒故纵之计，又是一张一弛的松弛有度，其实你所说的策略就是向那玩意儿学习，能忽硬忽软，能屈能伸，根据对方表现，以不同面目示人！多直白，多形象！搞得我听半天愣没听懂。雨总，下次可不兴文绉绉地说话啊，这不明摆着欺负我们没学问吗？"

瞧，A集团特色文化又冒了出来，都什么时候了，他居然还有心情开情色玩笑。我也受他们熏陶，当然不能示弱："呵呵，借肖总的话说下去，就是叫板时要雄起，服软时就耷拉，要有跟客户主动制造摩擦的勇气！靠，没摩擦怎么能有征服客户的快感呢？哈哈。"

"行了，行了，别贫了，你赶紧和客户去搞摩擦吧。小王脸都红了。"肖总喝道。我回头一看，知道骚扰到人家了，小王听见我们一顿胡言乱语，竟被羞得满脸绯红，侧过身子眼睛往窗外看。

高总见谈判组再次拜访，马上起身打招呼："三位老总辛苦，辛苦了。"

"和诸位公司老总说话，哪有辛苦一说？都是在跟前辈学知识呢，感觉时间过得飞快呀，呵呵。"肖总回答滴水不漏。

我没唱红脸的那么客气，立刻单刀直入："高总，我们又带来一个消息，当然对A集团来说是个好消息，但对T公司来说，消息似乎有点儿意外。现在报价已经降到345万，而不是刚才说的350万了。"

"哦，您们又降5万？"高总真能沉住气，脸上居然没啥表情。

"不是甲方又降5万，是其他公司看中了酒店项目，觉得虽不能名利双收，但获名也是个不错选择。简而言之，图利，那是只顾眼前，赚的是一个固定死数，不值钱；而图名，未来不可限量。当然，T公司如果出于公司整体考虑，感觉无心竞标，也没关系，大家依然是朋友。只不过，我还要把跟其他公司说的话再和您汇报一次，等听完，您再作决定不迟。"说完，我把那套10条新优惠政策又重述一遍。可任凭我天花乱坠地高谈阔论，高总听完依然没表态！

你不想做工程，还赖在这里干啥？没欲望你跑到这里受哪门子罪？真能装神弄鬼！哦，明白了，想做又怕做?!还有很多担心，吃不准谈判走势？扫一眼这家伙面相，就知道心机深，疑心重。好，今天我就制造点摩擦，一定要把你搞成磨刀石！

想到此，我笑道："看来高总是一位谨慎老总啊，可以私下里跟您透一个底，甲方考虑不能叫几家装修公司无限制竞争下去，也要替乙方利益考虑，所以如果现在您报340万左右，我们就不再管其他公司了，准备动手签订合同吧。"

靠，这话说得够冠冕堂皇，甲方替乙方考虑利益？那跟灰太狼想关爱懒羊羊是一个思路，我懂乙方心态，一抓一放，乙方听起来舒服。

果然，话起了作用，高总眼神里闪露出一丝喜悦神色："真的？只要报价340万左右，雨总的意思是我们就能中标？"

"那倒也未必，只不过贵公司中标希望大增！"

肖总插言道："到目前为止，340万是最低报价。凡是报价在340万以下的合同，谈判组有权和乙方先签约，最后报廖总拍板，如果只您一家，那就是100%中标率，如果有两家，则各有50%。甲方当然也要给乙方留出合理利润空间，也不会让乙方为了中标而一味降价！报价太低会影响乙方施工质量和工作热情，为省下这几个钱还可能付出多余的代价，到头来还是甲方利益受损。"

肖总发言漂亮！我马上领悟到有三层目的：第一，告诉乙方，不用再玩命降价，价格竞标环节已结束，乙方只要报收340万，中标概率将大增，但不承诺中标；第二，甲方做事大气，不允许乙方恶意竞争，照顾其合理利润；第三，给乙方吃颗定心丸，为转入更艰难的付款方式谈判打基础，有打一巴掌揉三揉的寓意。好嘛，全是听起来动听的废话，但什么实质也没有！嗯，不愧是长期混迹供应部的精英干将，说话八面玲珑，滴水不漏，学习了。我心里暗挑大拇指。

"真是谢谢肖总的理解。对于现行报价，利润根本谈不上，不赔钱就不错啦！那请问您这边付款进度如何？"显然，高总不是省油的灯，他听明白我们的意思后，果然开始谈起付款条件了。

“等等，等等，高总。我觉得您还是先确定T公司报价吧，因为报价不定，谈付款也没啥意义。为公平起见，现在我们跟所有装修公司都在谈报价，只有报价优胜者，才进入谈付款环节，这条咱们随后有机会再聊。呵呵，您总不能叫我当着肖总的面儿破坏了谈判规矩吧。说实话，我不光是拒绝了您，也包括其他公司，希望您理解。谈判组希望乙方能有公平竞争环境，您说是不？”想提前摸我们的底？歇菜吧，我立刻把问题给顶了回去。

“雨总报价太低了，工期又紧，付款如果再不及时，工程没法做啊。”

“高总谦虚了，考察贵公司时，我记得当时您公司另一位副总可不是这么跟我讲的，什么公司实力如何如何雄厚，什么这工程是全垫资，那工程获金奖，好像全是很牛的项目，怎么到了A集团，就要求及时付款，呵呵，欺负A集团不如您家客户有实力？怀疑我们信誉？这可不像T公司大气的作风哦。”

“不，不是这意思，误会，误会。那项目利润还可以，所以我们冒险全垫资做下来的。”高总只是摆手解释，脸上还是没特别表情，依旧喜怒不形于色。

“高总，您可一直在跟我灌输贵公司都是做千万级装修项目的大公司，我们一共才300多万的工程，无论对A集团还是对T公司来讲，都是毛毛雨的小项目，又不是3 000多万，呵呵，您觉得计较起来有意思吗？好，咱们还是先说报价吧。”

一说到报价，高总又没词儿了，他眼睛看着报价，还是那副面无表情的样子。我心里不禁咯噔一下：其他公司老总们见到谈判组时，表情中都带些卑微巴结神态，唯独高总，叫人看不出他心底是喜是悲，是惊是怒，他是在装大牌还是真大牌？名片印的是副总裁头衔，所以就瞧不上我们三个经理领衔的谈判组？哎哟，不可能啊。这家伙身份可疑！对了，还有身旁那个设计总监，刚才跟老板汇报时，嘴巴挺利索，怎么谈判时不来帮腔？这组搭档有点儿意思啊，总监的眼神似乎有些内敛，想装单纯？他们既没互动又没互助，难道就光“练”高总一人？那T公司派他们出战干吗……搞不懂……既然你们喜欢装大牌，那咱们就大牌对大牌，现在老子也惜字如金，看你如何应对。

我冲肖总轻轻摇摇头，竖起一根手指头，微微弯曲，不经意放在嘴唇上，示意他不要轻易开口，肖总心里清楚，头看窗外，一言不发。庞总呢？眼光早就散了，心不在焉地坐在一旁。在想心事？嗯，他比高总好琢磨，我看像。会议室瞬间安静得可怕，反正做激烈思想斗争的不是我，趁这机会还落得个休息时间呢，我眯起眼，若有所思地盯着T公司报价单发呆充愣。

墙上挂钟的秒针一圈、两圈、三圈、四圈，有东风吹、战鼓雷的味道……高总到底没熬过甲方的静默战术。还想熬过准备充分的大牌甲方？歇菜吧。过了一会儿，他终于开口了："雨总，我们接酒店工程没任何问题，工程质量有保证，只不过价码太低，我怕赔钱不说，还耽误工程进度，低于340万，说句难听点儿的话，唉，谁家要这么玩命？不合常规啊。"

我听见"不合常规"四个字，立刻不干了，马上严厉申斥高总："当着真人不说假话，集团审计部核算过工程造价，340万有利可言。甲方尊重乙方权益，高总您真要喊一个不合常规的价码，甲方反而要考虑乙方动机了。"

"对不起，雨总，我只是感慨340万的报价太低了，并没其他意思，您别误会。"高总忙解释起来。

看他磨磨叽叽的样子，一股邪火腾地窜到我脑门子上来了：刚才高总说话时一个劲儿咬下嘴唇，什么价格太低，什么不合常规，全是口不应心的屁话，明显在扯谎！他的举止已经出卖了真实想法，真会装！老子手里又不是没牌可打，外面大把公司候着呢，现在没工夫听他絮叨，干脆搞摩擦吧，没摩擦就没征服快感，摆个欲擒故纵的姿态给他瞧瞧！

我毫不犹豫地站起来，边伸手准备握手道别，边下逐客令："好，非常感谢您积极响应我们竞标会，呵呵，本来还想和像您这样的行尊多唠几句，但今天实在好忙，分身乏术，要不改天？"话谈到这份儿上，千万不能拖泥带水挽留人家，软硬兼施才是王道。因为我们是传话者身份，多说一句，就是报价不真的表现。

"雨总是设计大才啊，我们也希望大家能更亲近亲近。"看得出，高总对谈判组没一丝挽留而略感吃惊，嗯，眼神里有微妙反映。知道害怕了？靠，晚啦。我才不会跟他多耗一秒钟时间，握完手，我转身开门，第一个走出去。

可高总刚走到门口，忽然话锋一转：“雨总等等，您跟其他公司谈了很久，您感觉还会再降价吗？”

哎哟，这厮话里有话？听出点儿味道来了，我回身平静说道：“高总，每家公司在做酒店项目时，着眼点不尽相同，有为名，有为利，而有些更看中名利双收。具体到迎宾酒店，他们似乎更在乎出名。刚才碰见一家公司老总，他说：‘大博名气，少赚利润，才是好的投标思路。’我认可这说法。目前看，不算T公司，还有两家仍在坚持，我想大家自愿降价，与斗气无关，也不会犯傻赔钱做项目。在少赚的前提下，至于还有没有公司愿意继续跟竞，出于公平原则，我不能谈，但如果某公司还在坚持夺魁目标，我也不好拦着人家热情，您说是不？”

“您说得句句是实，好，我愿意和雨总打交道，决定了，340万！ T公司最后报价！”

老实人真有好报，如果我说估计没人再坚持了，高总能最后下决心拍板？可见我算老实人呢。当然更有可能的是，这家伙心里早盘算好了，只是还想试我态度，想从话里再套点儿情报出来，结果见我突然离场，知道甲方强势不可力敌，自己只得随便找个理由投降罢了。

肖总见谈判戏剧般峰回路转，马上和稀泥：“好，既然高总愿意接受其他公司挑战，那我们就来谈谈付款方式吧。”

我悄悄嘘了一口气，暗自叫道：真正的挑战来啦！兄弟，加油干吧！

大家二次回到座位上，还是我首先发言：“高总，您付款这块是这么想的？”

“好，我向三位介绍一下。T公司有规定，乙方进场三日内，甲方需支付15%进场费，工程做到中期，甲方再支付45%，工程竣工且甲方验收合格后，甲方15日内再支付35%，最后留一年5%的质保金。”

听完T公司付款要求，我心里好不窃笑：这是工装付款方式吗？真欺负到裤裆里去了，明明是家装付款方式嘛。关于工程付款得让庞总去说，免得有人说咱越俎代庖。

我看了一眼庞总，说道："庞总，您是工程部老总，您来向高总介绍一下A集团付款方式吧。"

从和第一家谈判开始，庞总便一人枯坐，片言不发，见被我当众询问，又是关于付款问题，他不好推脱，只得闷声闷气说："高总，A集团关于工程付款方式，有如下规定：1.乙方进场前先向甲方缴纳15%质保金；2.工程进度到50%，甲方支付乙方20%工程进度款，工程竣工验收合格后再支付30%，同时退还质保金；3.剩下50%工程款从甲方验收之日起，6个月后按4个季度，平均季付给乙方。"

也许高总有心理准备，也许他就是深藏不露，反正听完介绍后他也没太吃惊，只是轻轻摇头，随口回道："庞总，贵集团付款条件很不理想，基本属于全垫资做工程啊。"

"真的苛刻？呵呵，我们高总又在诉苦啦。对于A集团付款条件，我想高总多虑了。您看H市分公司占地400多亩，厂房林立，办公宿舍附属建筑一应俱全，前后建设三四年时间，几十家基建公司在这里做过活……才300多万工程款就要如此担心，那承包几千万工程的基建公司见到这般付款条件还不疯掉去？可他们没疯掉啊，相反，还在继续承接工程，那是因为A集团的信誉给大家的信心背书了。"肖总偷懒，轻车熟路地又把那套词搬出来再使一遍。

我一直在观察高总表情，显然，高总没被肖总说辞打动，他马上提出："也不是不可以垫款，只是您不能叫我们垫一年款，我提个折中付款方式，10万块竞标保证金转成工程质保金，工程做到30%，甲方支付15%，工程做到60%甲方再付30%，工程竣工后6个月之内甲方支付50%工程款，剩余5%作为质保金。"

什么？乙方做到工程量的60%，甲方就要支付45%进度款？余下50%只垫半年？哦，50万质保金缩水剩10万？哎哟，看来你是算盘哥呀，嘿嘿，别说你折中了，就算打九折，老子也一子不让！想到这儿，我很大牌地回道："高总，能谈的只有报价，A集团去年颁布工程付款新规定，没得谈，所有项目一视同仁。”

“别人都会同意这条件？呵呵，雨总说笑了吧。”高总嘴巴一撇，把桌上的纸往前一推，显然，他根本不信谈判组解释。

马克思曾有句名言：一个人不站在自己阶级立场上说话，是容易出丑的。此言说得极是。乙方有乙方的难处，甲方也有甲方的难处，咱理解乙方苦衷，担心不能及时回款。所以我事前归纳总结出甲方有三忧，即担忧乙方实力、担忧甲方耗子以及担忧施工质量，为的是攻心乙方，最后说服乙方。

当我提起甲方三忧时，顺势打出数字“三”的手势，哇，甲方高高在上，还能有三忧？听起来好新鲜，一句话，立刻把高总目光给拽了过来。眼看胜利在望，我也不免内心发紧。哦，天不热但手心冒汗。不行，必须遮盖紧张情绪，但此时，身心已疲惫不堪，恨不得把皮带再使劲勒勒，我心里不免暗自叫道：哥们儿，再加把劲儿，顶住！

言念及此，我强迫自己打起精神，同时使出眼睛盯人战术，两眼只观其左眼，接着挺直腰杆，胳膊前倾45度支在桌上，双手十指对碰，掌心虚对，摆出这副姿势，暗含自我信心膨胀和讲话真诚之意，能潜移默化影响对方心理变化。

已到谈判紧要关节之处，我深吸一口气，声情并茂地宣讲起来：“一忧乙方实力。甲方代表虽然现场实地考察了乙方办公场地及施工现场，但走马观花，没时间也没精力仔细调研乙方真正实力。酒店一旦开工，甲方则担忧起乙方，万一乙方形象被人为拔高，碰巧乙方又未权衡清楚自身实力，便贸然接手工程，结果导致自身资金链断裂，耽误酒店施工进度，造成甲方损失。您该清楚，社会上很多小施工队挂靠在大装修公司下面，对外宣称是某某大公司的直属分公司，它们鱼龙混杂，都扛着大公司牌子在外延揽业务。但甲方不清楚这些公司来路背景，只能听乙方一面之词，当不幸碰见这类乙方时，怎么办？高总您说甲方不可能坐以待毙吧。好，于是甲方就在付款方式上采取带有一定强度的垫款政策，在招投标阶段最大程度摒弃杂牌乙方，这就是甲方防御策略的由来。因为不采取极端措施，甲方很难在最短时间核准乙方底细。简言之，只有实力派乙方才敢垫款，而A集团也只愿意和最有实力的公司合作。”

“雨总，您的担心大可不必。T公司在省城装修行业，挣下了一些名气，最近4年连接两座五星级酒店，不敢说笑傲同行，但实力还是有目共睹的。”高总立刻举例证明，一副胸有成竹的样子。显然，第一条担忧乙方实力并没能说服高总。

精神高度集中，我脑子反应也不慢，立刻反驳高总的大话：“也许您自认为没问题，但甲方并不认可。高总，说一句得罪人的话，您勿介意啊。也许您说的都是真的，公司4年接下两座五星级酒店，但并不代表当前实力，只表示过去有这本事。万一您公司后来发生了某些变故，比如股东撤资，或做赔某个大项目，导致公司实力受损，但新情况甲方并不了解啊。还是那句话，说得再好，哪怕说得麻子跳伞——天花乱坠，那也不如实际、实地、实时地做一把，如果贵公司同意A集团付款条件，那我们就认定T公司实力OK！”话不多，但把高总给憋了个理屈词穷。

靠，憋得好！憋死丫的去！肖总立刻甩过一根烟，以示鼓励。

嚯，太阳打西边出来了，庞总破天荒开了金口：“我作个补充说明。以前集团采取温和付款方式，结果什么破事都来，没少捅娄子。记得有一年，我们两栋厂房的环氧地坪工程正在招投标，总造价两百来万。有家公司垂涎集团名声和收益，想捞一票，居然打着大企业旗下分公司的牌子来投标，投标时夸下海口，说得神乎其神的，我们也一时被迷惑，于是把工程交给他做。可谁曾想他们是游击队，手艺潮，延误工期不说，最要命的是用的材料都敢掺假，估计要么是被供应商骗了，要么是有意作假，但谁能说得清？结果还没等验收呢，地面已起鼓变色，这不是开玩笑胡闹吗？于是我们令他限期整改，那老板水平可真高，整忙活俩月都收不了尾！一个大男人竟然跪在工程部门口，痛哭流涕地说是借了高利贷来投标，现在因为迟迟拿不回钱，家里小孩都被债主绑走了，要50万赎金才能救人，请我们无论如何也要高抬贵手帮他一把！看他为小孩下跪，我们也心生怜悯，硬着头皮请求老板特批。后来钱是给结了，但给集团造成了很大损失。”

“高总，我插一句，庞总举的例子说明甲方也是吃亏上当之后才有此对策，不是故意为难谁，而是出于筛选目的，是去伪存真的考虑。”肖总紧跟谈判组步伐。至此，甲方忧乙方的说法算是被谈判组彻底钉上了最后一颗钉子。高总见谈判组三张嘴巴齐开火，事实、道理句句在理，实在不好辩驳什么，索性一言不发，一张黄脸仍是平静如初。

我没听肖总发言，只是想着庞总的发言，心里一激灵：打第一轮谈判到现在，我和肖总说得口干舌燥，老庞却一副事不关己、高高挂起的姿态，头回见他开口帮腔，居然帮得恰到好处，啥意思？哦，明白了，这小子见我们胜利在望，他要再不开口，怕我们晚上告状？等分享谈判果实时，没他的份？哼，这厮挺会锦上添花！

没工夫答理老庞，我赶紧烧第二把火：“高总，我们继续说。二忧甲方耗子。A集团总厂在当地赫赫有名，装修公司没必要担心收不回工程款。甲方会为这点儿小钱毁掉自己名声？请贵公司垫款100多万，就这点儿钱对甲方而言，既不能赖账，也不能致富，那为啥甲方还要故意缓付部分工程费？站在甲方立场思考问题，自然一目了然。如果甲方管理层暗通乙方，私拿好处，可能导致价高质次现象频发，损害集团利益，管理层承担不起这责任，最后只得变成老板买单。为杜绝回扣现象，或许适当请乙方垫款是个解决办法。也许因乙方原因或其他原因，未能及时拿到迟付的工程款，则乙方或告或闹或检举，耗子拿人手短，要么退钱消灾，要么事情败露，等待集团仲裁。所以说，集团迟付乙方工程款，主要不是针对乙方而来，是做给耗子们看的！A集团基建项目众多，为防备有人干出有损集团利益的事，不得已制定了一套防范办法。当然，执行防范措施需要双方的理解与信任。”

肖总和我搭档，特像乒乓球双打，一主攻唱黑脸，一主防唱红脸，果然他又结合管理部门的心得发表了看法：“我负责采购业务，对此深有体会。人性都有两面性，没有绝对好的，也没绝对差的，在不同管理制度下，会有不同表现和状态。好管理制度都有严格的规章制度约束，在敏感岗位工作不易犯错，这也是公司为我们着想。如果全凭个人觉悟，呵呵，不靠谱。利益面前不是人人都能长久把控，今天不拿回扣，但保不齐明天不拿。我们集团发展到今天，规章制度也在逐步完善，现在是制度健全，我们管理敏感部门也相对轻松些。我相信高总能理解甲方担忧内鬼的问题吧。”

肖总从人性分析入手，话不多但精辟。我赶紧再作补充：“肖总说得好，这样有三好。1.对集团好。项目都是优质工程，价低质好，甲方利益得到保证。2.对乙方好。乙方参与招投标，喜的是能公平竞争，而忧的是怕甲方耗子置集团利益不顾，徇私舞弊，不仅破坏A集团信誉和公平竞标原则，而且把最佳合作伙伴拒之门外，造成乙方损失。3.对个人好。常在河边走，哪有不湿鞋？通过制度管束大家不犯错误，比说服教育来得实在些。”

好嘛，我和肖总一唱一和，把一个破付款方式的棘手话题，居然谈成为了创造公平竞标氛围的漂亮话题，乙方耳朵听起来顺溜，当然也认可。而且我发言时中气十足，带有强烈感情色彩的渲染，其感染力不可小视，嗯，这可是咱强项来的。果然，一席话说完，高总不自觉微微点了点头。

这段时间我眼睛就没离开过高总的脸，立刻捕捉到有价值的微小信息。已认可了甲方观点？嗯，别急，还有。赶紧再点起第三把火吧：“第三，忧施工质量。工程竣工后，乙方收完钱拍屁股拔腿走人，万一工程出现重大质量问题，质保金又不够赔付，甲方岂不很被动？毕竟是乙方到甲方地盘上挣钱，甲方制定的条款适当有所偏向，也不算太过分吧。其结果总不能是乙方挣到了钱，甲方却蒙受损失，而且甲方还没制约乙方的后手，这既不合理又不公平嘛。但如果对乙方采取一定强度的垫款政策，那就在制度上有效管理并制约了乙方行为。因为垫款半年以上，乙方为了顺利回笼工程款，不论是自觉还是被迫，甲方工程质量都将得到根本性保证，同时也防止内鬼与乙方勾结在一起，对甲乙双方都算是一个刚性约束，比那些务虚的口头管理都实在。”

讲到最后，我自己都被这套说辞折服了，但还不够，现在是画龙点睛的时刻：“高总，所谓不在其位，不谋其政，我们不妨换位思考。如果您是酒店项目负责人，我是乙方，您对我所述，是不是持赞成态度？集团不是因为缺资金而要乙方垫款，不是故意苛求乙方，而是考虑三忧问题，才制定出适合甲方的付款政策，请T公司多谅解。还有，如果今天T公司因付款方式谈不拢而弃标，甲方没准会往歪里想：‘难道T公司是杂牌乙方？该不会害怕质量不过关导致收不回工程款吧。’呵呵，高总，我说完甲方三忧，您不会马上弃标吧……”分析合情合理，解释逻辑通顺，最后再顺手反将他一军！嗯，自己超水平发挥。

见话题最后又落到自己身上，高总脸上终于挂不住了，他露出些许笑容：“呵呵，我有四个没想到。没想到A集团藏龙卧虎，居然还有像雨总这样的设计高手担纲项目人；没想到您还是一位广告高手，用广告思维指导设计，思路别出心裁，有过人之处；没想到您思辨能力很强，分析问题条理清晰；没想到谈判组能精心布置竞标会，比所谓暗标式投标厉害10倍，毕竟暗标还有可能出现围标迹象。呵呵，现在所有公司耳目闭塞，公平竞标，大家都高兴！我也总结一句话，难怪A集团这几年发展迅速，原来是有一批精英团队作支撑啊！”

出口成章，连说四句排比句，高总思维与口才好生了得！绝对的世外高手，牛人！但除了感慨外，我的主要心思全放到乙方的夸奖上面去了，身上与过电相仿，抖！对，激动得发抖！可刚抖完，忽然一个闪念：“你家老大已陷被动境地，这位设计总监怎么还不来解围？难道他跟老庞一样，故意出工不出力？不能啊，要真有矛盾，公司不会派他们一起出马呀，怪事！难道高总是……”

在我胡思乱想之际，高总又恢复平静，话锋一转：“雨总，您刚才说，也许因乙方原因，未能及时拿到工程款，这是指什么情况？”

“出现施工质量时，比如只有一年光景，卫生间墙砖就开始脱落，地砖起鼓，这是瓷砖质量问题还是施工工艺有问题？相信双方有不同看法，于是要请第三方专业人士来现场检查施工质量吧，在会审报告没出来之前，甲方如何付款？”

高总也像小强，一样是撵不走，干不掉，他给大家发了一圈烟后，还在不紧不慢地纠缠：“您这边付款实在不敢恭维，不仅要大量垫款，而且工程不大，利润又趋于零，唉，现在谈判结果是两头不保，工程做完了，钱没回来。雨总，肖总，我们做装修工程的，都是风里来雨里去，就是一地盘工，挣钱格外费力辛苦，不像A集团那是做大买卖的，一个车皮的货出门，接着一个车皮的钱回来……您们看，是否还能再通融通融？”

肖总马上幽了高总一默：“修改付款方式？呵呵，基本等同如下说法，‘喂，廖总啊，现在应乙方要求，谈判组哥几个有点儿蠢蠢欲动，想搞点儿外快，希望修改付款条件，望批准。’”

看见高总那副活死人的木讷表情，叫我好不起急：“这家伙心思不挂相，除了刚才两次微笑以外，从头到尾一个表情，看不出真实想法。我该硬的时候以退场相逼，该软的时候以鸿篇安抚，靠，软硬兼施后他怎么还不降?!对付这类喜欢装神弄鬼的大牌乙方，现在最好的办法就是给他下最后通牒令，重新制造摩擦，逼他表态！”

想到这里，我顺着肖总话茬，别有用心地补上一脚：“高总，您要是一定坚持修改付款条件，对不起，实在无能为力。我也不再解释，您也别再劝说，现在请T公司权衡利弊，不做也没关系，我们再找机会，也许今后大家还有合作机会。”

高总见谈判组态度异常坚决，略微沉吟后说道：“几位老总，我做不了主，要请示老板，请三位老总稍等。”说完，起身准备出门打电话汇报。

我马上起身说道：“高总别急，您跟老板仔细汇报谈判情况，千万别匆忙作决定，到时一开工就后悔。呵呵，您要一旦后悔，甲方也就跟着后悔啦。要不这样，您先汇报商量着，正好利用这段时间，我们再跟其他公司沟通一下。”说完，我示意肖总起身。

唇枪舌剑不如熬鹰战术

走进3号会客室，大家只有饥肠辘辘的感觉，差点儿是扶墙进门。还谈什么？吃饱有了力气再说。见赵一笑跟来，忽然想起来点儿什么：“一笑，大会议室还扔着两家公司，你去跑趟腿。告诉他们设计没中标，是我们努力争取，他们才有资格参与谈判，现在报价是340万，问问有没有兴趣跟标，都是谈判组那套词，可以给他们思考时间。完后你再到U、V、Z和Y公司巡视一圈，请他们在会客室耐心等待，少安毋躁，很快就到他家了。记住，即使他们反复套你话，啥也别说，只告诉快了就成。还有，叫外面人小心，别让客户串门，除非上厕所，否则一走出门就给老子堵回去！我们在3号会客室随便吃点儿，有啥事电话联络。”

“好嘞，这就去办。”一笑说完风风火火跑出去了。

刚打发完一笑，手机响了，是哥们儿小王的电话。他在电话里嬉戏道：“老大，在哪儿玩呢？”虽然分别近两年时间，但我们电话联络不断。

“公司啦。喂，哥们儿，你不是要告诉我你家仔仔可以四处乱跑了吧？”

“靠，你侄子在床上吃奶呢，我是想告诉你，我打算让猪仔四处乱跑。呵呵，最近我花两周时间在村子周边作了个市场调研，发现养猪老赚钱了。你看啊，养一头猪能纯赚150元，4个月就出栏，要是养上100头，一年也有小5万元收入呢。销售不愁，生猪贩子都是开车到村里收猪，呵呵，要不我们哥俩再合作一把，我出人工出地，你来投资，然后一块分钱……”

“靠，哥们儿，回头再说养猪的事啊，我这会儿正在杀猪呢！”

“什么？杀猪？靠，只听你说过你公司卖牛奶，卖果汁，卖矿泉水，卖服装，跟肉联厂没关系啊，你跑屠宰场去干吗？”

“呵呵，公司喊我来杀猪，我也没辙。嗨，一句话说不清，回头再聊啊。”

“好吧，等你忙完这段再说吧。”

挂上电话，思绪打开了：养猪？我去当猪倌？小王还满口投资少见效快，他现在也懂投资了？哈哈，有意思！

肖总喝口水，问道：“T公司能就范吗？”

我把手一挥，张口就来：“我看高总难挡合同诱惑。乙方跑到A集团忙活十几天不就为了签合同吗，他只要同意马上就能签订合同。现在其他公司纷纷倒在冲锋路上，他踮起脚尖便能看到胜利塔尖，嘿嘿，我琢磨着诱惑应该大过痛苦吧。”

“但万一他们老板不同意呢？”肖总反问道。

我看肖总还没看明白故事里的套头，心里忽然有了莫名满足感，得，咱的骄傲劲儿又上来了，生怕别人受咱启发而顿悟，赶紧抢先说：“高总身旁的设计总监在商务谈判时，一言不发，如果高总真是副总，他们级别相差不大，他为啥不说话？如果他们互相瞧不上眼，干吗还要搭档出战？也许存在一种可能，高总就是老板！有些时候，老板装员工，是为了谈判方便。”

“嗯，继续说。”

见肖总没反驳观点，我信心大增：“这些还都是表象，我觉得高总身上有股隐忍的霸气。其他老总见谈判组时个个卑躬屈膝，那是打工者应有的表现，唯独他牛皮哄哄，如果真是副总，他跑到这里端啥架子啊。唉，也难怪人家狂，一年做着上亿的生意，还瞧得起我们几个虾兵蟹将？好，再说个细节，高总说要跟老板打电话汇报时，我注意到他不自觉摸了几下鼻子，其实男人鼻子上有一种特殊的海绵体，想掩饰谎话时就会发痒，他下意识摸摸鼻子，会不会是因为鼻子忽然发痒？当时我就感觉有蹊跷。所以立刻阻止他假惺惺的表演，叫他自己给自己打鬼电话去吧，哈哈。”

“说得有道理，总监在老板面前生怕说错话，或者没理解老板意图，不敢擅自发表个人看法，所以有些拘谨。完后你故意再留出时间，好磨他的傲劲。嘿嘿，难怪廖总开会屡次表扬你，观察够细的啊。是不是在看大姑娘小媳妇时，你也是入木三分地踅摸？”肖总嘻嘻哈哈地说笑着。

看我像吃亏的人吗？马上迎头反击：“唉，只可惜肖总是大老爷们，真浪费我这点儿长处啦，可惜可惜！您要是绝代佳人，别说入木三分了，我还打算入肉三分地细细研究一番呢，等研究体验完，你知道我的长短，我了解你的深浅，咱俩谁也不吃亏，是不？哈哈。”

“去，去，去，滚！”肖总笑骂道。

坐在旁边的廖总秘书小王听不下去了，她红脸嗔怪道：“喂，几位老大，注意点儿成不？这儿还有女生呢。”

“哦，对不起，忘了，忘了，呵呵。”肖总和我忙摆手道歉。

收起笑容，肖总又问：“雨总，你什么时候发现高总不对劲的？”

“第一轮谈判开始，我就觉得蹊跷，于是多留了个心眼。不过，发现高总是老板没啥稀奇，我还发现一个更大的秘密！”

“哦，还有什么秘密？”肖总被我卖关子的话勾起了兴趣。

我一副神秘模样，表情严肃，压低声音说：“我发现您才是真正的谈判高手！刚才那几套词说得多漂亮，震撼全场！这红脸当的，该放则放，该收则收，随心所欲。以前不了解，现在知道供应部的手段啦，冠绝集团！呵呵，绝无吹捧之意，值得企划部学。”为了团结能团结的人，我在A集团信奉高调做事，低调做人的原则，当然，对敌人一定是高调对抗，对朋友则尽量谦和友善，要不为什么帮我的人远远多过恨我的人？

肖总被奉承话说得有些晕，他刚要回敬我，咱知道他意思，马上打断话头，转头对阿伟说：“去厂子小卖铺买些方便面和火腿肠，再搞点咸鸭蛋回来。”

“老大，还要几瓶啤酒助兴不？”

“滚！”

秘书小王也是个好奇的女孩，她笑眯眯地说道：“雨总，没想到你对形体语言和心理学挺有研究的嘛。”

被女孩当面夸赞，心里发飘，嘴巴没把门的了：“呵呵，雕虫小技啦，想学不，有空传你几招。”

“好呀，我要好好观察我男朋友说话，如果发现他忽然摸鼻子，哈哈，我就知道他在说谎……”

“你没注意的细节多着呢，这只是其一，刚才谈判组站在楼道时，你没发现我们的脚都冲啥方向？”

“啊？冲什么方向有讲究吗？”小王一个劲儿追问。

“我们四个人和你围成一个圈子，虽然站姿不同，但脚趾所冲方向却出卖了哥四个的秘密。那就是每个人不论是左脚还是右脚，总有一只脚正对你！”

“啊？为什么呀？”

“不为啥，同性相斥，异性相吸呗，男人本能举止。如果你也是哥们儿，这现象便自动消失。我发现大家都是如此，那证明肖总、庞总、阿伟和一笑不是同志，当然我也不是啦，哈哈。”人逢喜事精神爽，我开始漫无边界扯闲篇去了。

“呵呵，雨总您懂得还挺多的，那你什么时候可以教我呢？”小王眼神露出羡慕的目光，一副眼巴巴的样子。

谁不想人前显摆？我不自觉又卖弄起另外一个话题：“小王，给个建议。你看你的发型，漂亮的妹妹头，虽然显得活泼可爱，但前面的刘海儿把额头全给遮盖住了，这在相书上叫‘自挡前程’，有些不吉哟。最好改改发型。”

“啊?!不会吧，什么叫‘自挡前程’啊？”

“天庭饱满吃官饭，地阁方圆掌大权。天庭是指额头，地阁是指下颌。相士把人面分成三部分，上部包括眼和额，称为天；中部包括鼻和颧骨，称为人；下部包括腮、下颌和嘴，称为地。天、地、人各有象征。天部主要表征早年运气，以及天赐的丰厚。现在头发把你的额头全遮盖起来，天赐的丰厚如何送给你？简直就是‘自挡前程’嘛。你看那些领导人，他们发型都往后梳，额头全都齐刷刷亮出来，这样天赐的福泽才能恩惠到个人。”好嘛，我依仗一瓶子不满，半瓶子直咣当的水平，在生手面前，猛劲抖落起“学识”来了。

话音刚落，小王被吓得忙用手撩起刘海儿，我扫了一眼她额头，又开口点评：“你额头虽谈不上有多饱满，但日月角骨起，没啥瑕疵，说明你运程还不错，可谓逢山有路，遇水见桥。嗯，不错。”

“啥叫日月角骨起啊？”

“眼珠向上的额头部位叫日月角。”

周围人见我给人看相好像头头是道，庞总也顾不上嗓子疼了，忙凑过来问：“雨总，你帮我看看我额头长得成不？”

靠，“滚”字说顺了，差点脱口而出。

忽然，站在一旁的肖总轻轻拍拍我肩头，表情怪怪：“哥们儿，等谈完合同，我跟廖总给你申请一座看相馆，就摆在动力车间旁，署名雨蒙蒙看相馆，你坐堂给大家看相，然后我们哥几个都来捧场，成不？”

老庞估计是被憋坏了，居然跟着起哄：“不，不，还是在迎宾酒店大堂摆摊好，人气旺，经销商、供应商和基建商来A集团办事，雨总先给他们起一卦，看看这趟来集团办事是否顺？雨蒙蒙名字不好听，好像是在蒙人钱呢。嘿嘿，雨总是给人看相的公子，简称雨相公，改称雨相公看相馆更贴切些。”

“唉，庞总，看相馆起啥名不重要，重要的是万一我摆个奇门卦盘，算出您明天不宜出行，否则有血光之灾，呵呵，您敢出门不？”

被谁挤兑，也不能被老庞挤兑，管他的话是善意还是恶意，我随意一句咒人话，便把他搞得脸红脖子粗：“喂，你说什么呢？”

眼看两人就要争吵起来，肖总连忙摆手示意安静。

肖总比我年长几岁，做事沉稳，我听出人家话里有话，知道自己懈怠了。也是，谈判虽曙光初现，但毕竟还没结果。马上改口说：“对了，肖总，我想明白了高老板所来目的。开竞标说明会时，他没露面，投标时却来了，按理说几百万工程不劳他大驾，我猜测他来无非俩目的。1.想通过这次招投标，找机会结识A集团关键人物，看看今后有没有合作可能。2.为标杆项目而来。打个比方，三鹿集团在石家庄比当地五星酒店名头要响得多，有装修公司承接了三鹿投资的酒店，这在业界就是标杆工程，其意义不言而喻。A集团在省会和H市的名头不输三鹿在当地的影响力，一样是标杆，所以高老板是为标杆而来。”

肖总想了一下说：“对，也许他是撑竿跳选手，我们为什么不多强调标杆意义呢？”

“我觉得每位老板的理解力、眼界和公司现状参差不齐，即使咱们反复解释，效果也不尽相同。两轮谈判下来，感觉Z公司杨总和T公司高老板能搞懂标杆含义，而U公司钱总和V公司王总似乎只听进去一半。再说标杆概念，说它意义重大也成，说它有点意义也行，并没固定标准，没法用具体数据精确衡量，理解会有偏差。比如，高老板觉得承接酒店对公司发展意义重大，是雪中送炭，但U公司钱总并不这样想，他觉得只是锦上添花。”肖总如此发问，不难理解，我明白他也是在故意转话题，想缓和刚才闹过劲的尴尬气氛。

“今天谈判怪事挺多的嘛，现在想来，杨总没准也是老板呢。”一笑自言道。

“我观察过他的谈判表现，他应该是本色表演，顶多是二老板。”我摇摇头说道。

“雨总，肖总，我刚翻过T公司营业执照，他们法人代表姓曾。”

肖总微微一笑："呵呵，法人代表可不等于老板，高总即便不是法人代表，但他如果是控股方或大股东，一样是东家。"

"既然高总十之八九是老板，他会同意付款条件吗？"小王忍不住插话问道。

"一切皆有可能！现在有345万打底，吃完饭做最后攻坚，争取再签下340万！这帮人从下午到现在，水米未沾牙，估计饿得已经嘴歪眼斜，而且经过两轮谈判，每个人神经都高度紧张，谁都想赶快结束战斗。但熬鹰嘛，越熬才越有劲！到时候咱们揣着340万的合同，再去挑逗U、V、Z和Y四家公司的脆弱神经，最后搞定330万！爽！爽！哈。"我使劲跺着脚，放肆地大笑起来。

肖总赞同我观点，他也将自己的想法和盘托出："其实，高老板打电话纯粹是吃酒陪新娘，装模作样嘛。要么他需要借机冷静下来理头绪，要么借老板名义再拉锯，谈点儿打折条件。但不论乙方如何花样百出，我们都是在和T公司老板面谈，这比跟其他人谈判效果好得多。从他现场反应看，我们吃定他了！"

"哇，肖总，真乃吾知音也！高总心机重，喜怒不挂脸，为人又内向，没表现欲，很不好斗。我的观点是，跟强势乙方谈判，谁表现合作欲望越弱，谁就能获得最后胜利。我们执行的是软硬兼施的谈判策略，该硬时比石头坚硬，该软时比流水柔软，他看得出我们到底想不想与他合作？看不出来吧，呵呵，没摸清咱们底牌，如何跟我们斗？相反，我们却掌握了他的秘密。他不被动谁被动？各位，一会儿我们就准备去签340万合同吧！"

众人被我一席话鼓舞得信心倍增。

整整一个下午高强度的唇枪舌剑，不仅熬对手，也熬我们，累！阿伟买来方便面、火腿肠和咸鸭蛋，会客室里有桶装矿泉水，加热后正好冲水泡面。晚饭大家吃得——狼吞虎咽算个啥，我恨不得嘴巴一直张着吃流食！只不过席间赵一笑打来一通不爽的电话："老大，那两家公司听说报价只有340万，还没谈到付款就直接撤了。走之前还留下一句话，他们疯了。"

靠，撤就撤了呗，本来考察时就没看好他们实力，属于凑数角色，要不干吗把他们放到最后才谈？压根儿就没指望他们是一支奇兵。我将情况向大家通报了一遍，靠，没人理我，只顾埋头猛吃。别人不理我倒也罢了，庞总总该发个感言吧。就他那套谈判谋略，最后的结果不是乙方疯了，而是甲方疯了。嗯，撤退的公司在夸我吗？像，真像。

算了，现在没工夫答理他，我还是集中精力打好歼灭战再说吧。风卷残云般晚饭进肚，精神为之一振！大家又商量，一会儿，谈判组信心满满，再次踏上征程。

第三轮谈判，鹿死谁手？

首攻目标仍是T公司高总。高总还是那副不喜不怒的模样，见谈判组很快又杀回来，他淡淡一笑："几位老总跑前跑后真辛苦呀。"

"呵呵，我们只是替集团跑腿办事，还是高总辛苦，您是做大生意的，啥时候都要为大事小情操心费力。好，不说闲篇了，您这边请示老板后，有结果了吗？"

高总不慌不忙，边拿出报价明细单边平静地说："哦，我们老板觉得A集团付款方式还不太理想，叫我跟诸位再商量一下，看能不能大家各让一步。我们刚才仔细算了一笔明细账，水电路改造是装修公司利润比较厚的工程项目，大家请看，T公司关于承重墙和隔断墙的水电路改造部分，我们分别只收35元和20元一米，这价码在市面上已是底价……"

望着完全搞不懂的局面，我，头晕。吃得过撑的肚子似乎来了应急反应，差点把汤汤水水给翻腾到桌上去。

不光胃在翻腾，我看了眼高总，心里也开始翻腾：谈判又兜个圈子玩循环？靠，难道刚才全白谈了？第三轮谈判才刚开始，姓高的为啥就马上憋了一泡尿出来？一会儿他讲完了我们就得应答，难道刚才说过的话再说一遍？话说三遍淡如水，再陷入拉锯战，甲方没牌可打，这，这如何是好？

这回我没打断高总话头，悄悄看了眼身旁的肖总，两人目光一对视，都是疑惑之色，看来高总回手就给谈判组打了一个措手不及！嗯，头上冒汗，起急，发慌，完全出乎意料的谈判局面，我边听他扯施工质量的破事，边眯起眼睛想对策。很快，回过味儿来了："就因为饭前饭后半小时之内我们去了两趟，他便感觉自己已是独苗，从而吃定我了？这家伙最大的本事就是投机！即便是面对大牌甲方，他也敢咬甲方一口，而且他点滴之间便看到问题本质，嘿，被谈判高手摆了一刀！不行，得想办法干掉丫的……现在表面上还是他求我们，只要最后变成实质上还是他求我们，那就好办……"脑袋灵光一闪，主意有了。

我从兜里掏出手机，翻看完马上站起来很抱歉地说道："哟，高总，对不起，插句话。看来一时半会儿双方也谈不完，那边有一家公司老总刚给我发了条短信，说有点儿急事，一会儿要走，想和我马上见面再聊一下。高总，实在对不住，要不您和肖总再谈谈？"没等高总表态，我起身快步离开会客室。

没理会小江他们跑来打招呼，我径直走到楼道拐弯处，心乱如麻：付款方式绝对不能让步，这是集团画的红线，谁敢擅自破坏？这家伙已经把我逼上绝境，让步，公司不答应；不让步，则客户不就范，这，这……都怪自己轻敌，以为拿下T公司十拿九稳。唉，不到半小时时间，谈判组找人家两趟，给对手留下一副全景图："看看，哈，全谈崩了吧，谁会同意你们的付款条件？哼，甲方手里没牌了，还想假传利好消息？不用传了，只有你们行动是真的！指望同意你们条件，好拿着我的合同再去磨别人？嘿，现在轮到我说话了吧。"唉，我这傻瓜，谈判组至少应兵分两路，声东击西，这样游戏才能玩下去。靠，下一步该如何挽回败局？这回是着了大急，头上直往外冒汗。

我使劲呼了几口粗气，心里不断暗示自己：放松，放松，再放松。等情绪稍微平稳下来，点上一根烟，在楼道里来回转了几圈，脑子逐渐从混沌变得清晰起来。

第一轮谈判的路线图是：U（1号会客室，实力一般，钱总初报390万，非谈判高手，重点对象）→V（2号会客室，实力强，王总初报418万，后主动再降8万，他心理脆弱，能磨，非谈判高手，告知同行毛利将在15%以下，重点对象）→X（3号会客室，实力一般，赵总报价430万，他态度强硬，沟通困难，总想名利双收）→Y（4号会客室，实力榜第一，林总初报408万。他为人内向，滑头，像谈判高手，摸不清乙方所想，合作前景不明朗）→Z（5号会客室，实力一般，杨总初报410万，但设计厉害，老板看中两款设计。他性格爽快，真诚中透露狡黠，合作欲望强，非谈判高手，重点对象）→6号会客室商议（谈判组判断U、V、Z三家公司是重点目标，决定采用熬鹰策略，打心理战，先故意晾晒一旁）。

第二轮谈判路线图是：从X公司谈判起步，X（不降价被淘汰）→Y（林总是掉进油缸里的老鼠，滑头滑脑拿捏不住，号称最后再跟我们谈）→3号会客室商议（针对林总，我们采取不断骚扰等三招应对，解决了危机）→U(钱总被戳穿施工质量问题后，又以成立H市分公司有美好前景诱惑他，其同意355万，但吃不准乙方底线）→V（王总自降3万，包括对付款有异议的所有申述理由全被现场驳回，理屈词穷后，要求请示老板，我们及时暂停谈判）→T（6号会客室，后补进场谈判，实力强，初报420万，现在告知竞标价是350万，高总喜怒不形于色，像是个人物，摸不清他想法）→Z（新提10条优惠政策，杨总同意345万，但没谈付款方式）→3号会客室休息（继续熬鹰，决定给T公司报340万，看他们反应）。

第三轮谈判路线图是：因为T公司只进行过一轮谈判，所以本次是补二轮遗漏。从T谈判起步（甲方以终止谈判相逼后，高总同意340万，在涉及付款方式时，新谈甲方三忧，打动了高总，但他要请示老板）→3号会客室晚餐（猜到高总是老板，认定他会就范，决定餐后马上搞定T公司，为今后谈判打底用）→T（谈判组全体出动，高总猜到我们用意，立刻反悔，仍纠缠于付款方式，结果一招不慎，深陷泥潭，我单独离开会议室）→?

目前5家公司没搞定一家，看来马上敲定Z公司是挽救危局的唯一办法。嗯，没想到布局给布成了背水一战，但Z公司实力有限，一味儿再要求他们降价不现实，理想目标是总价维持不变，设法说服同意付款条件。唉，真是一个不是办法的办法！

等想明白了，我马上给赵一笑去电话：“哥们儿，现在人在哪儿呢？”

“哦，正往厕所走，刚准备嘘嘘去。”

我焦急喊道：“靠，完事后赶紧过来，我在二楼审计部门口等你。”

“好嘞，嘘嘘完马上就来！”

刚在便签纸上写完几个词，赵一笑便气喘吁吁跑上楼，一见面我立刻吩咐道：“哥们儿，情况紧急。高总好像识破了我们计谋，他在故意拿糖，要我们在付款方式上再做让步，妈的，别说让一小步，半步也不成！一旦退让，价格也守不住！刚才我离开会场时，谎称有老总因急事要走，希望马上和我谈……刚想到个破解办法。第一，你进6号会客室，什么都不用说，直接把阿伟和小王调出来。高总知道小王是负责记录的文员，如果他看见小王跟我走，也许会判断我这边该出结果了，以此打消他的嚣张气焰和投机心理；第二，谈判组分两路，我、阿伟和小王负责攻取Z公司，肖总、老庞和你负责T公司，谈完在3号会客室集合。你进门后悄悄给肖总发短信，通知变更计划，告诉他顶住压力，不是还有廖总帮咱们兜底吗？妈的，谈判就是双方意志力的较量，没啥好怕！都听明白了吗？”

“老大，没明白。”

“你忘了我们制定兵分两路的策略了？这是故意秀给对手看的现象。对不起，谈判组老大正和另外的公司谈，谁也别在咱们面前装爷。现在高总认定我们已经基本谈完，最看重T公司实力和报价，咱不能再进去找别扭，我们以退为进，用实际行动告诉他，其他公司还在找我继续沟通，他们不是唯一答案！”

“好嘞，我这就去办。”说完一笑准备拔腿走人。

“回来！你告诉肖总，请他加强谈判强势姿态，快刀斩乱麻，能签更好，签不下来也无所谓。如果得手，第一时间把合同送过来，我好去逼Z公司杨总就范！”

很快，阿伟和小王出来找我，我劈头就问：“阿伟，里面怎么样了？”

“那家伙反守为攻，大倒苦水，庞总不说话，肖总还在硬顶呢，支撑得好累，估计在等你回来。”

“我太自以为是了，唉，熟鸭子要飞！算了，咱们死马当活马医吧。走，咱们会斗Z公司杨总去，你扮演肖总角色，他那套游说词你都能说利落不？”

阿伟听说自己要扮演红脸，不免吸口凉气：“啊？听都能听明白，但没经历过这些事，还要说顺溜了，老大，有……有些够呛。”

“算了，别说了，你见缝插针吧。现在谈判局面有点紧，U、V两家公司局势不明，靠不住的Y公司又狡猾无比，T公司更是一盘烂菜，Z公司目前报价最低，所以我们对Z公司谈判只能成功，不许失败。”

阿伟和小王听完表情凝重地点点头。看见阿伟愁眉不展的样儿，我一拍他，笑道：“阿伟，你紧张个屁啊，就你这副痛苦表情，一进会客室，杨总马上就能明白我们谈判触礁，那他还不乘人之危？靠，你该表现出好像刚泡完妞，一脸满足感，那才能迷惑对手。”

“哦，忘了。好，也豁出去了，进门就卖笑！”

“小王，你在3号会客室等我们。现在你是谈判组标杆，不论在哪路现身，对方都觉得是重视他们，演戏演到家，休想从谈判组成员看出破绽！杨总没见你来，心里就不踏实，反而更方便我们大施拳脚。呵呵，明白吗？”

“好，雨总，你们也别太着急了。”话不多，但说到了点子上，听着受用。

砰砰敲门，当再次见到赖总时，他身子已经完全仰靠在座椅上，眯缝着眼睛，双手十指交叉，放在肚皮上，似乎在闭目养神，看得出，满脸疲惫。杨总也好不到哪儿去，半个身子都趴到桌上去了。又饿又累？又紧张又担心？肯定啦。已经达到“三而竭”的境界？感觉他们正在穿越。没工夫欣赏熬鹰杰作，赶紧进入正题要紧。“真不好意思，两位老总，叫您们久等啦，呵呵。”我和阿伟满脸灿烂笑容，精神百倍地打着招呼。

“哦，没关系。雨总啊，现在见您们一面不易啊，都是超人，呵呵。来，快请坐，快请坐。”赖总和杨总见是谈判组现身，马上打起精神，但掩盖不住惺忪窘态。一个人要从疲惫状态迅速扭转为亢奋状态，好比在数九寒冬的清晨，把他从被窝里直接拽出来干活，脑子还在睡眠状态，身子还没穿衣服，难受不？嗯，不是人受的。

“真对不起两位老大，呵呵，刚才廖总来了一个电话，他说设计没中标的公司也辛苦为集团做了工作，不能叫人家白忙一通，于是叫谈判组也要跟其余几家装修公司谈谈合作。但我瞧不上那几家公司，唉，都是没办法的事，怎么也要应付应付，所以耽误点儿时间，还请两位老总多多包涵。”我不紧不慢地解释道。

“哦，我们就猜雨总一定很忙，果不其然呀。呵呵，真是辛苦，辛苦。嗨，肖总和庞总怎么没过来？”杨总忽然发现谈判组里少了两位。

我平静地回道：“呵呵，杨总说话客气啦，我们给公司打工，谈不上啥辛苦不辛苦。这不是怕耽误各位老总太多时间嘛，正好谈判也进入收尾阶段，我们就分成俩小组，最后确认各家报价和付款方式，合适就当场签订合同。好，我们抓紧时间再说说合同吧，杨总，赖总，Z公司报价还有新想法吗？”

“呵呵，谈判都谈到这份儿上了，报价什么都好说，我只想问问付款条件。”

谈了一下午，头一次心虚。现在不光是背水一战的问题，谈判组里还有仇家时刻盯着我犯错误，内外夹攻，我只能忍痛退一步：“好，杨总，那我们就先谈谈付款条件。甲方关于工程付款方式，有如下规定：第一，乙方进场前先向甲方缴纳15%质保金；第二，工程进行到50%，甲方支付乙方20%工程进度款，工程竣工后再支付30%，同时退还15%质保金，剩下50%工程款从甲方验收之日起，6个月后按4个季度，平均季付给乙方。”

“雨总，按甲方付款条件，就是说我们要垫资50%，垫资时间一年？”杨总听完有些吃惊，边说边摇头。

“呵呵，杨总，您只说对了一半，还有一半您可能还不清楚。好，我来跟您汇报，为什么甲方要采取垫资付款方式。这就需要请杨总先了解甲方的三忧。乙方有乙方难处，但甲方也有甲方难处，归纳总结甲方有三忧：担忧乙方实力，担忧甲方耗子，担忧施工质量。”

当我说到甲方有三忧时，顺势打出数字“三”的手势。甲方是发包方，还能有三忧？听起来够热辣，一句话，杨总和赖总面露疑惑之色。越来越逼近胜利的门槛，不紧张？靠，手心都开始泛潮了，必须掩盖自己的紧张情绪，我不免下意识在心里喊道：小雨，是纯爷们就冲上去，拼啦！

还是双眼盯单眼战术，同时挺直腰杆，左右胳膊前倾分开支在桌上，双手十指相碰，掌心虚对。很快，我把对高总所说的关于付款条件的解释重述一遍。

赖总听完不住摇头，他紧锁双眉说道："雨总，我们都是朋友，索性就直说了啊。A集团采取的付款方式，一方面为了维护自身利益，另外一方面为了创造乙方竞标的公平环境，本来无可厚非，都能理解。但现在的情况是345万的报价是我们能承受的极限，付款条件更是突破极限，俩极限相加，我们很难办啊……"

杨总两条胳膊环抱胸前默不作声，爽快人忽然不开牙了，那一定是在作激烈的思想斗争。看杨总坐姿，胳膊环抱胸前，那是对人有戒备心理才该有的姿势。嗯，我这边不可过分强势，甲方该放下身段时要像随风飘荡的柳叶，但柳树的根仍在地里纹丝不动。还是坚持蘑菇战术，跟他慢慢磨，耗掉他全部反抗意志。

已经过了10分钟，望眼欲穿，高总合同仍未送达，我知道T公司那边已彻底歇菜，唉，可惜双簧缺一，自己冲上去做最后一搏吧。言念及此，我又开始新一轮劝降："赖总，既然大家都抱着开诚布公的态度，那我也直说，仅限于业务讨论，请您勿介意。我不同意您说报价已到极限的说法。我也是处处为乙方着想，举个例子，大衣柜按规矩是60厘米进深，但我只要求做50厘米……没浪费1公分材料。一套标间还不显节约成效，但百套标间还能说无所谓？Z公司可是按制作正规大衣柜进行的报价，话说破了，贵公司利润是不是又增加一些？不好意思，类似想法我还有10个。但出于保密缘故，标书里并没写明这些节约造价的细节设计方案，因为还没签合同，但二位老总对我的设计思路，该有信心吧。"

说完我看了一眼阿伟，指了指他面前的电脑。阿伟马上打开电脑，我往赖总眼前一放，边翻看图片边说："赖总，这些照片都是在Z公司工地上拍的，我抱着学习的目的去考察贵公司施工现场，您看这张照片，飘窗台两侧墙壁上做布艺软包造型，田园小花配米黄纯色坐垫，氛围挺温馨，您再看这张照片……佩服贵公司设计水平。我跟其他乙方在设计方面根本谈不到一块，既没动力，也不稀罕，但我私下曾想，要是我们两大设计强强联手，我有信心做出一座精品酒店给所有人瞧瞧，Z公司在市场得名得利，我在A集团也是获名获利，各取所需，所以在几家竞标公司里，我对Z公司也就高看一眼，但光我高看用处不大，关键还要乙方高看项目一眼才成，赖总，您说呢？”

对于大牌甲方而言，这话说得也真有点儿奴颜婢膝。唉，没法子，该表扬该鼓励，甲方不能吝惜。而赖总听我当面夸赞，脸上红扑扑，忙说：“雨总高抬了，我们都是小打小闹，比不上您的大手笔，呵呵。”

好记性不如烂笔头，谈判前我在一张小便笺纸上记录了几点谈判要点。低头瞄一眼记事本上的便笺纸，嗯，有了。这时杨总两条胳膊已放到桌上，身子前倾，我心里不禁一动：话是开心锁，看杨总姿态变化，好像他快下决心了。好，还有私人友谊话题没涉及，你们喜欢听标杆意义，看重项目所带来的潜在意义，那我就再卖卖力气，一举搞定合同。

从中午到晚上，一路上会斗各路神仙，使出十八样武艺，七十二般变化，从天上打到地上，从地上斗到水里，场场恶战，好……好熬人啊！老板曾说：“站着说话，谈吐更有气势，更能感召人。”好，有样学样，为了更好地带出讲话气势，我索性站起来，心里明白行百里半九十的道理，现在越谈到后面，越考验双方毅力和神经。靠，大牌甲方即使背水一战，气势上也绝不能先输乙方。

大家看我忽然站起来，便是一愣，没理会他们反映，我大步走到水洗黑板前，边在黑板上画图，边卖力宣讲：“乙方垫款其实没问题，有问题的是怕垫出去的款不能及时收回！刚才甲方三忧是从甲方利益角度出发考虑，好，我们再从乙方立场考虑。对乙方设置门槛，乙方照样能得到好处。比如削弱对手的竞争意志力，提高准入门槛。您的担心也是别人的担心，思虑多的对手自然会弃标，您获胜概率随之将大幅提高。但更重要的是，乙方一定要看清，到底是与甲方的谁在合作，这是解决问题的关键。乙方看中甲方业务代表俩条件——人品和能力，缺一不可。好，我们先说能力。”

开篇开得漂亮，话题有吸引力，这是我事前琢磨出来的神来之笔。好，继续阐述："老板不懂装修，看酒店装到一半时，因为见不到最后的整体效果，生怕最终效果就是眼前所见，所以他很容易提出整改意见，而乙方又非常担心甲方随意修改设计方案，导致乙方开支增加。这时候工程部怎么办？他们能给出啥理由，去劝说老板勿改？就像第一次招标会一样，他们扛不住压力，只能顺坡下驴，返回头来折腾乙方。结果包括Z公司在内的所有乙方都白干一回，既耽误人力物力，又浪费感情。如果继续，Z公司和工程部合作，杨总，不客气地问一句，您敢合作吗？他们那点儿水平，随时可能被老板否定，甚至施工进行到一半，也敢按老板意图大肆修改方案，最后逼乙方加班加点赶工，还不一定能申请到加班费。显然，工程部没这等本事，乙方与他们合作保险系数不高。"

任何事情都有利有弊，工程部搞砸首次招标，还把我无辜牵涉进来，不能便宜他们。好，勿浪费好题材！老子捡起来当反面教材用，算废物利用？嗯，超爽。看大家听得入神，我继续说："我有信心摆平修改意见。第一，风水解释。酒店设计过程中，我已做风水考量，逐利避害，可谓顺风顺水，不会有大纰漏。做大生意的老板能不信风水？一旦把妨人、鬼门、凶相、不吉等话讲破，谁心里不膈应？不信也得将信将疑，谁还敢再坚持修改意见？第二，费用约束。老板半路修改方案没问题，但需要拿钱来，光凭嘴巴改不动吧，费用上限就是紧箍咒，反正又不是我花钱整改，谁心疼谁心里清楚。我只要上报一个整改预算，老板会掂量其中利害。第三，敢担责任。既然我敢跟廖总立下军令状，也不怕再跟老板立下军令状，反正都是军令状批发了。我担心的是老板不懂装修，随性一气改动，最后效果给毁了，挨板子的还是我，所以我敢据理力争，扛住老板施加的压力。工程部前怕狼后怕虎，敢替乙方出头担责任？一句话，我个人利益也和乙方紧紧捆绑在一起，您还用再担心我随意修改方案，随意给大家设障碍吗？"

会场一片肃静，杨总和赖总被我的话题吸引，全都目不转睛盯着看，这时，我又在黑板上写下大大的"信任"二字，继续说："工程部没能力，老板便亲自点将，从C市调我顶替他们，希望把酒店做成集团样板工程！您说，未来工程部在集团装修业务上，还能再伸一脚吗？还是那话，集团信誉值得信赖，过往和现在的实例都已证明，现在关键就看与您合作的甲方代表了。工程部的人品我不妄议，至于我的为人，相信贵公司应该有些直观印象吧，如果相信我的人品，那就能按时回款，如果仅仅相信甲方，但不信任甲方业务代表，那建议弃标吧。显然，我看好您们没用，不信任我，再谈下去，还有必要吗？”

全是自己人在场，我说话毫不顾忌。当然，没在甲乙两方做过的人，说不出这番话来。谈判前我已备足料，用做打动乙方的撒手锏。果然，撒手锏搂头盖脸打下去，乙方被打醒了：“不，不！呵呵，雨总您误会了，我们对您可是信任有加。从您主持招标会开始，就感觉您不一样，包括您打电话要求我们如何给老板汇报等细节，都能感受您的真诚和细致……”终于，沉默许久的杨总开了金口。看来，我说出“信任”二字，已经说进他心坎里，起效了。

谈判一大诀窍就是刚开始都是公司对公司，全是冠冕堂皇的套话，接下来甲方逐渐有意识转移话题，最后变成甲方个人对乙方个人，但凡涉及私人信任与友谊，双方接触亲密程度立刻升温，直至戈壁滩炎炎高温。嗯，这次也不例外。

“杨总，关于信任，我还要说个观点……”好嘛，进来将近20分钟，基本上就是我一人侃侃而谈。

正说着，我忽然接到秘书小王打来的电话：“雨总，肖总说他那边的客户犹豫半天，自感实力不够弃标了。现在他手上有一家合同，廖总催他加快谈判进度。肖总想问问这边情况。”

“哦，知道了，等会再说。”

继续畅言：“好，杨总，赖总，我们再跟二位老总分享一个观点。贵公司市场生存法则是以设计见长取胜，实力并非最强。迎宾酒店是以设计为傲，我们之间契合度远超他人。我考察工地时，发现Z公司能拿出手的不过是一座正装修的高尔夫会所，这跟其他公司在硬件上比起来有欠缺。一旦贵公司中标，从开工到年底竣工，4个月时间就是Z公司样板工程，邀请客户参观考察，有宏伟大气的工厂群给酒店背书，您任讲设计长项，什么移花接木、横向思维、混搭出彩，随便说。市场上没人这么干过吧，开眼吧，洗脑效果还用多说？该工程正好符合贵公司强调设计优先的立本原则，有理论，有构思，有实例，有效果，有名声，难道杨总不想在客户面前印证Z公司高人一筹的优势？咱们先不谈扛起金字招牌将会如何，只说眼下，仅凭酒店项目，客户便能从者云集。”

嗯，观察到了，杨总听完微微点了点头。

最后收尾：“年底A集团将举办答谢酒会，将会邀请二位参会，我从中引荐杨总您认识集团大老板和总裁，三人举杯庆新年，企划部择机拍几张合影，我再找机会请老板题记。老板是知名企业家，他身上的光环对于您开发客户，不能助您一臂之力？呵呵，刚才10条优惠并未提及这些细节。俗话说，听话听音儿，说这话是想告诉您，没说并不代表我没想。您这边要是弃标，没关系，反正认识二位老总，今后能互学互帮，我已满足……”

几段话虽不是长篇大论，但里面有诱惑，有前景，有内容，有对比，有友谊，而最后一句客气话，却是反逼对方表态。果然，过了3分钟，杨总开始签订合同：1. 乙方最后报价345万，在原报价基础上打84折；2. 乙方原报价中各单项报价均打84折后与甲方结算；3. 同意甲方付款条件。

恭喜和握手后，我请杨总和赖总在会客室再稍微坐片刻，我们过会儿去跟廖总做最后汇报。

一出门，两人对望一眼，都长长呼出一口气。我把合同递给阿伟，板着脸说：“哥们儿，刚才是你给小王发的短信，叫小王打电话当托儿的吧。”

“嗯，这招成不？”

“你记住，谈判好比钓鱼，快收杆前最为关键，水底小鱼正在试探诱饵，你该以静制动，一动不如一静，免得弄巧成拙。好嘛，我一听小王说什么肖总啊，廖总啊，马上把手机使劲贴耳朵边，就是不叫声音传出来，万一对手听见麻烦可就大喽。刚才你走的是一着险棋，盘外招假透了！基本属于QQ冒充甲壳虫。幸好他们被熬鹰战术摧残得神志不清，要搁在平时，杨总会觉得里面有鬼！”

“老大，盘外招假透了？没明白。”

“赶紧走吧，回头再解释。”

“对了，老大，我听说你以前在企划部为了砍价，曾跟客户签订阴阳合同，修改付款条件，为什么这次不用来吸引客户呢？”

我笑着看了一眼阿伟，看人家好学，我也不藏着掖着了：“你傻呀，此一时彼一时啦。国家有标准工程合同范本，而广告合同没一定之规，一般以甲方合同为准。咱们签约的若干广告公司，平时它们之间没啥联系。但工程则不同，基建单位整天都混在工地，抬头不见低头见，彼此有熟识机会，万一问到付款，有的公司有阴阳合同，有的没有，那没有阴阳合同的公司是不是感觉吃亏了？他们要求公司补签一份，我怎么收尾？一旦事情爆发，老庞还不趁机发难？现在是乙方和乙方在竞争，甲方只是传话人，谈虚头巴脑的优惠条件没问题，但是说起阴阳合同，这不是用盘外招诱人吗，与甲方高大的形象格格不入，靠，只要我话一出口，乙方必起疑心！”

“我说嘛，放着好使唤的招数不用，还以为你忙忘了呢，呵呵。”

说着说着，我忽然灵光一闪，停住脚步，使劲一跺脚，情不自禁骂道：“他妈的，我怎么把这招给忘了?!真该狠抽三百个嘴巴！”

“阿伟，把合同收好，先不要说签合同的事儿，跟他们如何讲听我的，你别多言。”我转过头，指着阿伟手里的合同，认真嘱咐道。

阿伟满脸疑惑，嗫嚅地问了一句：“啊，为什么？”

“老庞那厮从头到尾都憋着想看咱们笑话，现在事情办妥了，我想逗他玩玩，成不？”

“按黄哥常讲的说法，你打算老鼠吃猫饭——偷偷干？”

“不，他要再说泄气话，再贬损企划部，哼，老子拿菜刀哄孩子——不是闹着玩的！给丫下真家伙！”

“看出来了，你要把在乙方受的气一股脑泄到他身上，嘿嘿，我看行！”

回到3号会客室，肖总一帮人正围坐一起。推门就见到老庞似笑非笑的样子，我的心就是一紧，再看其他人气色并不好，尤其是赵一笑，蜷缩在椅子里，眼神巴巴的，就知情况不妙。

“姓高的态度强硬，诉完苦，坚持要修改付款条件，我们不肯，强强对撞，崩了。”肖总没等我开口，他就双手一摊，无可奈何地说道。

“啊，他们走了？”我心头一惊。

“走倒没走，他说还要等你，想和你再说道说道。”

听到他们还没走，我不禁勃然大怒，拍着桌子张口便骂：“嘿嘿，这姓高的比姓林的还滑头！有本事他走啊，找个借口又赖着，他以为是在玩轮盘赌呢吧，赌我们跟其他公司谈判不顺，最后好一把梭哈咱！屁！老子梭哈他还不错，咱们把姓林的放在倒数第二位，姓高的最后一位，到时拿合同踹门，330万报价，愿签就签，不签滚蛋！”

肖总一边捶着腿，一边唉声叹气：“谈判组不要一起出动，该兵分两路，唉，麻痹大意了，结果被他钻了空子。”

“可不是嘛，我一看形势不妙，马上借口有客户找，赶紧抽身走人，然后又调走小王，就是为了给他造成谈判组手里还有牌的印象，果然他有忌惮，赖着不肯走。靠，够老辣！我刚谈完Z公司，新谈甲方付款三忧并进一步挖掘做酒店的潜在意义，他们心已动，报价保持不变，正在考虑付款条件。”

肖总身子往后斜靠，把腿搭到旁边椅子上，一个劲地叹息：“今天碰见一群鸡精现身，简直是省城群妖下凡，个个身手不凡啊，我骨头都快被他们折腾散了！哎哟，哎哟，腰酸腿痛，好想找个妹子给松松骨。雨总，一会儿谈完，你可要请哥几个去放松放松啊。”

“唉，我们肖总估摸是被客户搞晕了吧，放着现成的人不叫他们请客，还用打我们老大的主意吗？哈哈。”阿伟不怀好意地笑了起来。

长时间精神高度集中，我也疲惫不堪，也想跟着应景躺下，但转念一想不妥：现在有人懈怠了，有人在看笑话，有人巴望新招，咱可不能在这时候跟风说泄气话。嗯，忍住不发牢骚。

老庞更是被累得口吐白沫，加上谈判局势不明，还不知道要进行到何时，不禁发起牢骚来：“现在谈判组也就谈出一个345万，可还没谈付款，效果很一般。我还是坚持工程部观点，一家一家谈，谈出最低价立刻成交，既简单又实在。哪用你们越搞越复杂？又熬鹰啦，又兵分两路啦，又黑红脸啦，根本是在摆花架子嘛！哼，工程部不玩虚的，就坚守一条，340万你能不能做，不能做请走人，扯那么远有必要吗？我建议换思路，就在这间会客室，喊过一家谈一家，报价低于345万的公司立刻签合同！”

累归累，乏归乏，可咱骨子里的傲气并没随加盟A集团改变，看不起老庞干活偷懒的嘴脸，见他高一声低一句地喋喋不休，哪能受这等鸟气？我火气上拱，连损带贬迎战了：“此言差矣。我们在付款条件保持不变的情况下，现在谈判组即使按345万合同成交，乙方毛利不过区区13%，何况可能还落标。我查过工程部去年装修办公楼的合同报价，乙方毛利大概有25%以上。嘿，工程部不喜欢玩虚的，挺能谈判，就坚持替乙方利润着想这一条，生怕乙方没吃饱，喂得跟填鸭似的，难道甲方是乙方利润保姆？”

揭老底式的挖苦人，可把庞总惹毛了，他是公司老人，容不得一个资历尚浅的外行经理在他面前指手画脚：“雨总，说话要讲根据！工程部签的装修办公楼合同，毛利有25%？谁说的？你做广告的，做过工程吗？毛利可能有那么高吗？不懂装修别装懂！”

骑士风度是指既认可对手的胜利和优点，也要对看到的一切不公平现象表达不满，对于本次谈判，咱是在捍卫A集团利益，奉行的就是“A集团主义”！我冷笑一声，立刻回应挑衅：“您说得不错，我确实不懂装修，可我不会叫人骗了还帮人家数钱！您当然懂装修啦，正好这里有各公司装修酒店的最低单项报价清单，都是各单项成本价，想必能看懂吧。一笑，你回头请庞总拿办公楼报价清单和咱们底价清单对比对比，再拿计算器伺候着，最好当着廖总和审计部的面算清楚，也许工程部被人家蒙了，也未可知呢！”

“你……”庞总心粗嘴笨，根本不是对手。为防备庞总捣乱，我老费心思了，提前叫赵一笑到办公室复印了办公楼装修结算报价，就等着找机会给他当头一棒槌！果然，机会不等自来。对，自己脑子不用白不用，不使白不使，反正闲着也是闲着，多注重细节研究，多主动想几个问题，会有好果子吃。

肖总又来充当和事老，他淡淡问道：“雨总，Z公司还有戏吗？”

看见肖总来打圆场，心里不禁暗想：他明知我和老庞在闹矛盾，但两次都是不偏不倚地和稀泥，干吗不来帮我说话，啥意思……哦，明白了。他表面是中立，其实是暗中帮我！最后谈判成功，我居首功，他只是协助而已，但他谈判时照样很卖力，而且还维护我在谈判组的地位……等想清楚了，我决定接受肖总美意，暂时不把事情闹大，哼，留得青山在，不怕没柴烧，现在犯不着跟老庞闹翻。于是按住火气，假装没发生过什么，平静回道：“哦，他们仍坚持345万报价，对于付款方式还要考虑，现在还不好说。”

“你觉得他们会同意付款吗？”

“Z公司是目前最保险的公司，我们先以静制动，瞭瞭他们再说。小王，你把所有公司谈判进展情况拿过来瞧瞧。”

“好。”小王趁吃饭和刚才闲坐时间，已重新做好一张汇总单：

第一家U公司实力一般，有一款设计中标。钱总初次报390万，被称花魁价，要求其降价。第二轮被告知有公司已报360万，经过雨总和肖总游说，乙方咬牙报出355万底价，并称最后底价。1.谈判组认为还不是最终底价，王总故意反复诉苦并诉求施工质量好，只是在表白坚守价格的决心，但反击力度不够。2.乙方自夸施工质量高于同行，但雨总拿照片指出施工现场管理不足，破了他们大话。3.王总仍没有解决谈判被动的B方案，要么是准备不足，要么是信心膨胀，志在必得，雨总更倾向于他是志在必得。

评价：1.U公司钱总性格表面热情，实则假话连篇，狡黠中透露稍许真诚，谈判表现不够沉稳，故意一惊一乍，掩盖他心虚，非高手；2.乙方态度好，合作意愿强；3.U公司报价目前最低，是瓮中捉鳖的重点突破对象。

对策：乙方没准备B方案，解决不了只谈报价的被动局面，对付假话连篇的乙方，甲方以八虚两实应对假话即可，谈判组敞开来随便谈。

第二家V公司实力强。现场考察后，施工质量值得称道。王总初次报418万，被称为价格一举夺魁！他们听后，主动再降8万。雨总通过分析防水单项报价，指出报价不实在之处，要求进一步降价。第二轮他们先装傻，说防水可以平价做，又主动降3万。通报行情是350万，相当于他们原价打84折，已告知只剩三家还在竞标，王总说还要考虑。

评价：1.王总知道我们的计谋但没破解招数，他生性谨慎，说话办事犹豫，属能磨之人，合作态度暧昧，情况不明；2.甲方只蜻蜓点水逼他一下，他立刻自动降价，可见他经不起甲方炮火轰击，心理防线脆弱，非谈判高手；3.预测竞争对手最后毛利可能在15%以下；4.是重点突破对象。

对策：应对能磨之人，不听他解释，直接给他个痛快结果。雨总采取小刀砍大树策略，针锋相对地砍掉大树上所有的旁枝末节，只留下报价主干，围绕主干玩命谈，逼迫他做选择题。

第四家Y公司排本次投标公司实力榜第一名，有一款设计中标。林总初次报408万，被雨总一番调侃，要求自动降价。第二轮林总识破甲方用意，采取反客为主的策略，打着不愿意看到我们辛苦的旗号，要求不论谈到何种情况，请求最后一个跟他们谈。后被雨总想出三个破解对策，肖总赞成分兵两路谈判的思路。

评价：1.林总不健谈，为人内向且滑头；2.乙方实力被甲方一致看好；3.摸不清乙方所想，合作意愿似乎不如其他公司强烈，前景不甚明朗。

对策：赵一笑已经用340万报价骚扰过一次。建议放在倒数第二位再谈。

第五家Z公司实力一般，但设计厉害，老板看中两款设计。杨总初次报410万，被称门票贵，VIP级，要求降价。第二轮被告知现有公司已报出350万，还剩三家公司，被杨总称为杀猪价！雨总谈乙方10条回报新诱惑，杨总信心爆棚，报出345万底价。第三轮，新谈甲方付款三忧，乙方说报价不变，但心思已动，正在考虑甲方付款条件。

评价：1. 经考察，Z公司实力一般；2. 乙方以设计立身，两款设计被老板看中；3. 杨总性格爽快，直来直去，强烈的企图心全写在脸上；4. 受制于公司实力，他们报价不可能一低再低，估计不是长跑选手；5. 同等报价条件下，建议优先合作。

对策：应对爽快人，应避其锋芒，采用蘑菇战术，把道理掰开来揉碎，慢慢跟他磨，磨掉精气神，让他在谈判中浑身别扭，然后再一点点洗脑，一层层推进，不能马上和乙方痛快成交。

第六家T公司是后补进场。T公司实力强，高总初次报420万，被称为当仁不让的标王，要求他们降价。第一轮告知现行情是350万，他们说要考虑。第二轮，被告知有公司新报出345万，不算T公司的话，还有两家公司在坚持，被他称为杀人价。高总佯装要走，结果欲拒还迎，咬牙喊出340万新底价。雨总和肖总游说乙方同意甲方付款条件，已谈新优惠10条和甲方三忧，高总似乎心动，但谎称要请示老板，谈判就此中断。第三轮，由于谈判组集体出动，导致高总怀疑甲方无牌可打，于是趁机改口不同意付款方式，希望修改付款条件，以此要挟甲方，但甲方未同意，现双方正僵持。

评价：高总心机深，占便宜没够，喜怒不形于色，比林总更狡猾，是谈判高手。被疑是T公司老板。

对策：跟强势乙方谈判，哪方表现合作欲望越弱，哪方就能获得最后胜利。甲方该硬时比石头坚硬，该软时比水柔软，在软硬兼施的谈判策略中，也许他还没摸清我们态度和底牌，没摸清底牌怎么跟我们斗？

汇总单很快在众人手中传阅。趁这工夫，我盘算起下一步策略：姓庞的那张鸟嘴真能白活，好像现在不是客户崩溃，而是我们崩溃！靠，妖言惑众，真该拉出去暴揍一顿！算了，先屏蔽他。现在有俩问题：1.下一步谈判策略是否需要重新制定？ 2.客户攻取顺序如何安排？安排巧妙则事半功倍，反之事倍功半！

很快，我想明白三件事。第一，窃贼再狡猾，也会给警察留下蛛丝马迹。Y公司林总够狡猾，要是和他期望值相差悬殊，在他得知340万报价后该立刻撤退才是，说明啥？ Y公司实力排第一，这家伙也许有能力接下低于340万的合同，也许他只是不想当别人磨刀石，不想成为多米诺骨牌中的一个，想最后抄底，好像是一条隐藏在水里的湾鳄，趁人不备把所有乙方吃掉！一句话，林总针对的只是乙方，而不是我们。第二，T公司高总既喜欢占便宜，又很会占便宜，他打算上演一出螳螂捕蝉，黄雀在后的好戏，我们是在前面捉蝉的螳螂，等把一只只蝉收拾干净了，他却好似隐于身后的黄雀。他不是针对同行，而是想把甲方逼到角落吃掉，哼，高老板针对的是甲方，属他野心最大！第三，V公司实力也不错，钱总办事谨慎有余，魄力不足。我要是用340万合同砸他一回，逼迫他10分钟之内决定是做还是不做，相信他在压力下会失去冷静，也像种子选手。第四，Y公司和V公司中标概率大，应该归我谈。U公司前景难料，让肖总和老庞伺候去吧。至于T公司？老子玩晕他！

肖总看完汇总单，点头道："现在看起来情况还没那么坏，5家公司都没谈崩，还有不少进攻机会。"

赵一笑和阿伟也轮番附和肖总意见，等我想明白眼前局面，马上接过肖总话题："可不是嘛，大家赶紧振作精神，机会大把抓。我分析下一轮谈判，咱们有4优，对手有4劣：1.我们累，对手更累，他们现在饥渴难耐，精神状态差，而我们是酒足饭饱后才去战斗；2.我们是发包方，占据巅峰地形，对手是承包方，处于低洼下风口，从山顶往山下冲击敌人，那叫雷霆万钧，泰山压顶；3.从谈判第一刻起，谈判主动权一直掌握在我们手上，乙方都是被动接招，直到目前为止，与最佳底价仅差15万，我们现在想把合同放给谁做，都不是问题，所以甲方没任何包袱；4.我们仍在暗处，对手皆在明处，所谓明枪易躲，暗箭难防，对手就怕我们放冷箭！而甲方作为传话人身份仍保留完好，他们一样惧怕我们威势。一句话，敌疲我打，敌退我追，现在正是谈判组建功立业的好机会，是爷们咱们就并肩冲上去，杀他个干干净净！"

说这番话的目的，是要迅速提振大家情绪，刚才被高总横摆一刀，有些自乱阵脚，但我们并未失去谈判的主动权，只是没想象的那么容易达到目的罢了，但这点困难又算什么？简直不值一提！

肖总一边揉着胳膊，一边问："雨总，现在谈到了345万，最多再砍5万，你说还值得再玩命杀价吗？要不速战速决算了。"

“肖总，我是这样想的。如果这次谈判布局成功，有三层意义。第一，所谓积沙成塔，集腋成裘，我打算今后采购地毯、壁纸、瓷砖、洗漱用品、房门、卫生洁具、金箔、灯具、家具时，统统用这招。假设我们能在装修上多节约10万，推而广之，每个项目跟着也节约10万，累计下来可就有100多万纯利；第二，假设今天谈判没达到预期目的，我们也好及时总结经验教训，把刀子磨锋利了，留到后面再去杀猪；第三，一般意义的团购和采取一对一谈判方式，很难拿到市场最低价，所以打磨‘见面有礼，刺刀见红’谈判套路，更有现实意义。”

话音刚落，便听到一声庞总的讥讽：“哼，说你不懂装修吧，每款坐便器的品牌、产地、材质、工艺、质量、款式、尺寸和售价全都不同，你如何叫他们互相降价？他们会参与你的谈判游戏？根本就没可比性！”

可以说，我从打工第一天起，就没被老板和同事指责过什么不好，不是咱多牛，而是在他们指责发难前，我尽量提前把事情做通透、搞扎实。这事我想不好就敢信口雌黄？别逗了。现在要针尖对麦芒：“庞总，我呢，确实不懂装修，也没你在行。不过，假设我一共看中8款坐便器，归属8家公司，好，请他们过来议议价，反正都是符合酒店要求的坐便器，谁便宜我买谁家产品，这有问题吗？我没指定尺寸，也不在乎品牌，更不关心产地，买谁家的不是买？酒店批量采购100多套坐便器，又有A集团品牌烘托，谁不动心？我再允许他们拍摄几张酒店的卫生间图片，用于宣传，他们不乐意？洁具厂家还有水龙头、喷淋系统、挂架挂钩、地漏、开关阀门等五金件，所有洁具一次性采购，即使售价是地板价，但至少年底能帮他们销货冲流水，有望多拿厂家年底销售返点，他们不乐意？您要是能挡住这帮经销商或厂家的销售热情，那算好本事！哼，没干过的事，不代表行不通，谁说混搭品牌采购就一定不行？他们竞争起来，也许只有更凶，没有最凶！”

大家都有脑子，听不明白我的直白分析？果然，庞总乖乖闭嘴。

“你说吧，怎么个杀法？”肖总还是不爱动脑子，张口就问。

“我建议调整谈判策略。比如，前面两轮已经打了他们三百杀威棒，杀了杀他们锐气和傲气。现在进入攻坚阶段，经过6小时拉锯，他们胆色和状态已大不如从前，我们把策略适时改成吹捧乙方实力强，设计优，管理严，质量高，以鼓励大胆投标为主，这是捧杀。甲方说的任何话都可能给乙方造成心理影响，诱导他们思维朝正确方向前进。”

“说得好，我们采取一打一拉政策，好比是给乙方打上一针强心剂，这轮夸乙方，是要告诉他们，如果不承接酒店工程，既是甲方损失，也是乙方损失，更便宜了竞争对手！”肖总作了重要补充。

接着，大家又纷纷发表意见，最后总结为5点：1.统一口径，目前竞争对手只剩两家，各有50%中标率；2.本轮是最后一谈，不论乙方如何抗辩，只要低于345万，都可签下准合同；3.谈判时间一律控制在25分之内，时间分配为甲方15分钟总结发言，乙方5分钟申辩时间，5分钟签订合同时间，采用速战速决策略，给乙方造成即将收尾，手里有牌，强迫乙方迅速表态；4.全部兵分两路，我带阿伟是一路，肖总、庞总和赵一笑是另一路，小王留守；5.告诉乙方，谈判组私下交流过看法，一致欣赏并看好乙方，希望强强联手；6. 谈判拉长的原因是，廖总点名之前设计未中标的三家公司也要一并加进来，刚打发完那三家公司。

“肖总，请您负责T和U公司。T公司高总点名喊我去谈，哦，他喊谁谈谁就得去谈？靠，他以为自己是A集团老板？歇菜吧。是甲方谈判组决定谁去谈，不是他！对U公司，我点破其施工质量问题，虽然没明挑，但对方心存芥蒂，要是我再去吹捧，不仅肉麻，而且假透了。剩下V、Z和Y公司，我负责打包办妥。”嗯，分配理由编辑得合情合理，大家认可。

“好！雨总，我和庞总先去进攻U公司，你和阿伟先去V公司。等这轮谈完，我们再到3号会议室碰头。”说完，肖总站起来跺跺脚，甩甩胳膊，又拿手使劲搓搓脸，看，他准备玩命了，好，给劲!

“一切盼好，我提前祝二位马到成功！”我握住肖总的手，肃然说道。

“成败在此一举，我祝哥几个胜利会师！”肖总拍着我肩膀回敬道。

很快，肖总和赵一笑精神抖擞地迈步出门。当然，后面还跟个不情愿的小尾巴——庞总。

果然，他降了

我和阿伟随后出门，阿伟问："老大，我们先去V还是突袭Y？"

"靠，哪儿也不去，我还是去Z公司！"

"啊？还去Z公司？跟他们不是已经签完合同了吗？"

"嘘，小点儿声，别问，我去去就回。你现在拿着335万报价，再去骚扰一趟Y公司林总，看看他的反应。谈完后你不要在楼道停留，免得被客户看到，咱们在审计部门口碰面。记住，不可恋战。"

时间不大会儿，我哼唱着"凉风有兴，秋月无边，亏我思娇的情绪好比度日如年……"的小曲，一步三摇走到审计部门口，然后把合同往阿伟手上随便丢去，一屁股狠狠坐到地上，使劲叹了口气："唉，哥们儿，终于搞定一家！嘿嘿。"

赵一笑大吃一惊，忙蹲下身翻看合同，就见合同总价345万已被划去，改成340万，并在总价和折扣处均有杨总亲笔签名。一笑看完满脸疑惑，他迫不及待地问道："老大，神啊！你是怎么说动他们再降5万的？"

"先别问我，Y公司老林撤了吗？"

"没呢，还在硬撑！我叫小江留心他们，一有动静立刻给我发短信，到现在我还没收到短信，估计那边没什么情况。"

"他们有什么特别的反应？"

"好像没有，挺平常。"

"嘿嘿，你明白了吧，要是他们没这心，没这实力，耗在A集团还有意义吗？难道林总钟情玩寂寞，喜欢在小单间里坐禅？歇菜吧，表面上他够精明，但我们不断用新报价试探他，刺激他，结果呢？嘿嘿，这头大尾巴狼，强烈渴望中标的企图心再也装不下去了吧。好，一会儿我们打猎去！"

"老大，打猎前你能先讲讲新砍5万的故事吗？"

"教你没问题，但千万别乱说，给老子烂到心里去，明白?!"我郑重地说道。

"明白，我嘴巴有把门的，说出去我自动滚蛋！"

见一笑发下重誓，于是我把故事简要讲述一遍。原来，杨总见我杀个回马枪，居然还是单独敲门，他一副吃惊神色，也许意识到有事儿，马上邀我入座。

我看了眼杨总，很疲惫的样子，轻轻叹了一口气：“唉，杨总，您也看到了，今天这场谈判不轻松，我们哥几个要有多累就有多累啊。”

“是，是，雨总比我们都辛苦。怎么，都搞定了？廖总同意签谁家？”

“合同确实快定了。不瞒您说，谈判组打算上报两家，Z公司是其中一家，您这边优势是设计实力强，领会甲方意图能力高，再加上我和赖总投缘，所以我看好Z公司，打算在评标会上好好保荐。但Z公司缺点也明显，报价比对手高了一些！况且公司实力也不如对方。所以庞总看上另外一家，本来肖总是看好Z公司的，但被庞总三说两说，立场犹豫起来，我又没更好理由游说肖总，所以大家意见不太统一……唉，这事变得有些棘手。”我双手一摊，一副为难样，边叹气边诉说经过。对，故意掌心冲上。

虽然咱的话够隐晦，但在商战上只有傻瓜听不明白我的意思！听不明白的家伙应该扔进太平洋喂鲨鱼去！大家素昧平生，甲方谈判代表单独跑来就是为了表现大公无私的奉献精神？没揣着个人目的，单独跑来诉苦？靠，明显违反谈判纪律嘛。乙方会信咱的诉苦？屁！

杨总久经商战磨砺，果然是个敞亮人，他没傻问对手报价，反而是一针见血，马上说到根本上来：“雨总，我和赖总知道您的辛苦，替Z公司忙前忙后好多天，我们不能让雨总白忙！呵呵，一句话的事，投标事成之后我们自有重谢！”

我不接杨总话题，避重就轻答道：“呵呵，杨总误会了，重谢不重谢并不重要，都是分内的事，只是我担心贵公司比不过那边啊。”嗯，话不多，但直指乙方最关心的话题，像一根刺，深深扎入乙方心房。紧张不？刺激不？甲方坏不？嗯，够劲！

“呵呵，有雨总支持，我们大有希望。谈判都谈到这分上了，价格还能有多大悬殊？您提醒得非常及时，我们万分感谢！肖总和庞总那边也应该打点打点。这样办吧，只要Z公司中标，我们出这个数儿，算是谈判组的辛苦费。

多的钱出不起，但请大家喝茶的茶钱我们还是出得起的。”说完，杨总伸出一个巴掌，散开5根手指头，在我面前轻轻示意一下。

“哇，杨总客气啦！够豪气！哈哈，但不知道能否及时兑现？”这话说得端是无耻。

“请雨总放宽心，我向来说话算数，Z公司工地开工当天，立刻兑现承诺。”

“唉，我倒没什么，只是我怕那两位多心，万一您这边动作慢点，我是有嘴也解释不清呀，这点还请杨总理解。”

杨总笑道：“呵呵，雨总是北京人，我也是北方人，大家都喜欢直来直去，咱有什么就说什么。也不怕您笑话，Z公司是乙方，今后几个月还要在几位手下做事，还要不断麻烦几位帮忙催款、指导和验收，我们即使有这心也没这胆啊。如果承诺没兑现到位，乙方自然清楚有什么后果，是不？”

我有意留心观察了杨总的动作，他的手在做所有动作时，全部掌心冲我或者冲上。嗯，对路。心理学对此有说法，掌心比掌背离心脏更近，代表内心真实想法，如果有人在故意说谎，掌背会不自觉冲人，而把掌心掩藏起来。比如杨总用手指合同时，如果是摊开手掌，掌心冲上指合同，一般表示他在说真话，反之则是假话。这些对咱而言，全是信息有效来源。鉴定完毕，我大喜，一扫刚才疲惫之色，嗯，为慎重起见，再作最后确认：“好！杨总果然爽快，那咱们真说定了？”

“一言为定！”杨总语气坚定。

赖总也在帮腔：“雨总放心吧，我从中做保人，杨总说话向来算数！”

老子要的就是杨总语气坚定的回答。既然已经坐实结果，那咱就开始要收网捞鱼啦：“谢谢杨总和赖总看得起谈判组哥几个，好，那就请杨总把许诺给谈判组的5万红包直接折进报价里，我们也不要啥红包，只要您最终340万的报价！当然，您的美意我们心领啦。”

结果太有戏剧性，赖总脑袋有些发蒙，忙追问：“啊？没听明白！雨总，能说得再细点儿不？”

“杨总，赖总，不瞒诸位说，老板对我不薄，君子爱财，取之有道，我们谈判组压根儿就没想打贵公司歪主意。因为您们报价比人家高了不少，我们分成左中右三派，肖总意见是如果Z公司肯再降一点儿价，他就投您一票。但我真不好意思再找二位商量降价的事，呵呵，所以在帮您之前，只好拐弯抹角谈一个红包故事。但我保证谈判组不会伸手拿好处！杨总，您现在收回刚才说的话，完全来得及，没旁人在场，就当我没听见，也不会跟任何人提及。我是诚心希望和Z公司合作，心无杂念，刚才的行为既不代表集团，也不代表谈判组，都是个人行为，也希望杨总多多理解。"

"雨总，什么也别说了。我佩服您的为人和能力，从参加投标会开始，就发现您设计造诣深厚，而且还精通广告，和您无论是进行商务沟通，还是设计讨论，都是一点透，赖总也有同感。您始终是真心实意在帮Z公司。好，大家都是朋友，多余话不讲啦，我代表Z公司也表个态，一切听雨总安排，首先再降5万工程费，最后实报340万；其次，一旦我们有幸与雨总合作，不管公司能否赚钱，即使赔钱，您这边的感谢费绝不会少一分！"

"呵呵，多谢杨总和赖总美意，我也代表A集团先表个态，如果双方真能有幸合作，那是两家公司的幸事。同时，我和其他人坚决不要Z公司任何好处，这是原则问题，即使您拿来也白搭……"

等我把故事讲完，赵一笑挑起大拇指，狠巴巴说道："老大，还是你够狠！这是您谈判最后的必杀技？"

"行了，别废话了，咱们现在去招呼V公司，哈，刷纪录去！"

"对，煮鸡精去！"

很快，我们转悠到V公司门口。喊过小江问情况，小江悄声说道："老大，V公司王总跑出来好几次，问谈判组干什么去了？都和哪几家谈得欢，到底还管不管他们。对了，他们还要我帮忙买点面包饼干什么的，我说谈判组正在按计划一家家谈，请他们稍等，马上就轮到他们。顺便告诉他们厂里小卖部早关门了，离工厂最近的小卖店有5站地，他们听完好像挺泄气。"

"好，小江，有进步！这事办得利索。"

搭着我心情大爽，心里不禁暗自好笑：看来王总真着大急了。您不是挺能磨的吗？不是还要好好考虑考虑吗？怎么，现在考虑时间稍微长了点儿，便沉不住气了？您老人家要是担心犯胃病，干吗不在家烙几张馅饼带身上有备无患呢？哼，下回再到A集团谈判，可要长记性！

再次见到王总，他已经不是什么潇洒哥了。怎么形容？嗯，他会终身记住咱的好的。谈判已呈势如破竹之势，他以身心疲惫之态抗衡我的心理优势，还如何跟谈判组玩？我马上谈了时间原则，接着发言，当把甲方付款条件、10条新优惠和甲方三忧说完，已经去了15分钟，剩下5分钟时间再告诉王总，现在有公司报价340万，只剩两家，想中标必须在340万以下才能确保，否则不用签合同了。顺便把Z合同往他面前晃晃，随手往桌上一放，5分钟考虑时间，过时不候。靠，甲方表现太强势。

工程合同放在我面前，封面上盖着别家公司鲜红的公章，证明非替代品。Z公司的图章印泥质量真不错，红色圈圈好刺眼。王总不好意思伸头使劲看，但事实摆在眼前，V公司不就范就得滚蛋。眼下正好是我为刀俎，王总成鱼肉的局面，有趣。我算抱住V公司报价这棵主干了，他还有什么手段反击甲方软硬兼施的策略？王总空有拉磨盘的天大本事，却没施展地方，就像悟空被关进八卦炉，难受不？看他表情便一目了然，靠，真想跟他合影留念。

第二轮沟通时，谈判组曾给他3小时去考虑一个命题："直说了吧，我们已经有个初步摸底，谈判组预测最后竞标毛利可能在15%以下，您要作好思想准备迎接他们的挑战。"那么大的一个副总还想不明白其中含意，那干脆回家种红薯得了。这家伙跟林总一样，也是赖着不走，也许他心里早已有数。

果然，他降了，不得已出门给老板打电话汇报，我告诉他："对不起，只有10分钟时间，过时算弃权。"

回来后，王总提出340万下调两万能否可行，立刻被驳，因为我无所谓，两万看不上眼，5万是基数，否则不予签订合同。他似乎被老板训斥了一顿，满脸苦笑地开始签约：1.乙方最后整体报价335万，相当于在原报价基础上打8折；2.乙方原报价中各单项报价均打8折后与甲方结算；3.同意甲方付款条件。

等王总签完合同，长出一口粗气，马上邀约谈判组消夜和洗脚放松，我婉言谢绝。出门等了几分钟，我又单独敲开V公司大门，没等王总把这口气出顺溜，我又把索要红包转成报价的必杀技搬出来，王总立刻被惊得呆目瞪口呆，半晌没吭气，他万万没想到，甲方到了最后还埋伏一支伏兵，哼，杀他个片甲不留。好嘛，王总一边装笑一边修改，合同最后报收330万，在原报价基础上打79折。我站起来，满嘴恭喜V公司荣誉中标的吉利话，握手，成交！收摊！

王总意味深长地拉着我的手，不住点头说着："雨总，没想到，真没想到，您不是一般能磨啊，呵呵，不是您恭喜我中标，而应该是我恭喜您谈判达到了预期目标。"

"呵呵，还是众多乙方能磨，王总，您要是早点爽快同意330万报价，我们都轻松一些，现在都洗完脚，正在消夜喝庆功酒呢，是不？"

"既然我们已经是合作伙伴了，那老哥哥就算倚老卖老一回，当着真人不说假话，我要是第一次同意330万，我敢说最后有公司敢报300万这类彻底赔钱价码！您是充分利用同行打同行，一招杀八方，兵不血刃，呵呵，实在是佩服，佩服啊！"

我笑着回答："不，不，还是您和V公司老板眼光独到，看到项目未来的红利，呵呵，可见贵公司眼光和其他公司不在一个层面上……"

我和阿伟拿着两份合同有说有笑回到3号会议室。肖总他们早回来了，见我喜形于色，劈头便问："哥们儿，搞定了？"

我大大咧咧坐在椅子上，跷起二郎腿，把两份合同朝桌上一丢，嘿嘿笑道："这有何难？挡A集团者亡！"

肖总连忙翻看合同，当看到330万和340万报价时，兴奋地使劲拍着我肩膀，边拍边跺脚大笑道："10%的毛利他们也肯接？真不要命了！乙方间的互杀果然比甲方杀乙方要厉害得多，哈哈，牛！居然真叫你抄底啦。哈哈。"

庞总有些不相信自己的耳朵，忙拿过合同，看他脸上表情从诧异到惊奇再到羡慕，快赶上戛纳影帝表演了。他看了一会儿，忽然发现一个问题："哟，雨总，为什么每份合同在最终报价上都有修改？都被你砍掉5万？"

胜利后，我姿态摆得高，不跟他计较，喜滋滋回道："哦，签完合同后，过了5分钟我又杀了一个回马枪，告诉他们这份报价还不保险。谈判组分成左中右三派，我看好他们，打算在评标会上保荐。但他们缺点也明显，报价比对手高一些！公司实力也不如对方……肖总当场犹豫起来……所以肖总建议能否再适当下调报价，以便争取谈判组汇报意见一致。他们被砍下几十万，还在乎最后5万？估计早被砍麻木了，于是……”

庞总听完点点头，老子一眼就看出他皮笑肉不笑，靠，装得实在不咋的。

赵一笑早就心花怒放了，马上跑来打趣：“雨总，凭你这脑袋瓜和嘴巴，干吗不去做传销呢？那多如鱼得水啊，哈哈。”

“从某种意义上讲，我不正在做传销吗？一棒传一棒，像八卦阴阳鱼一般，循环下去永远看不到价格止境，哈哈。”不管老庞这厮是真服软，还是逢场作戏地聊天，反正我又打赢一回合，2：0！心情大爽，也很从容地开起了玩笑。

“雨总是本事和运气同在啊，他妈的，U公司却不愿意继续跟下去了，他们见同行凶猛，撤了。任凭庞总和我如何威逼带诱惑，他们就是不肯就范！”肖总话里带有一丝羡慕，似乎还有一些不爽。

忽然想起肖总在第二轮曾否定过我的推测：U公司王总仍没有解决谈判被动的B方案，要么是准备不足，要么是信心膨胀，志在必得，我更倾向于志在必得。肖总反驳说“不一定，还有待观察”。靠，难道我预测有误？

正在疑惑中，一笑作了补充：“U公司钱总说最多跟到345万，之下报价免谈。我们起身跟钱总握手，本来只是想吓唬他一下，结果他握完手开始说拜拜。靠，轮到我们出乎意料了。”

听完一笑的补充，我心里顿时释然：哼，症结在此！不是每家乙方都吃握手告别这套把戏。谈判进入关键阶段，甲方要让乙方看到希望，哇，前途一片光明，离希望只有一步之遥，前面沟壑并不宽，也非凶险，似乎努努力便能跨过去，给乙方信心才是谈判关键点。U公司钱总跟V公司王总情况不一样，前两轮V公司王总虽没明确表态，但他得知毛利要在15%以下时，并没离场，说明他有想法、有欲望，这时适当逼他一下，压一把，反而容易榨出油来。U公司实力本不及V公司，钱总心虚外加没作好足够心理准备，他如何能吃得消甲方离场的这剂猛药？不被药翻才怪！我对Z公司杨总便是放下身段好言好语，鼓励、鼓动、勾勒、展望，最后才达到请君入瓮的目的。显然，肖、庞二人忘记了这轮谈判应以鼓励为主，还是一味强攻，缺乏对谈判节奏变化的掌控。看来，他们谈判临门一脚的功夫像中国足球队，都是浮云。

心里所想不能说破，还要赶紧收尾，我开始讨论下一步行动方案："好了，现在就剩两根硬骨头，我去公关Y公司，打算报价325万。肖总，庞总，您们先在会议室坐坐，喝口水歇会儿，我带阿伟去给林总送礼去。"

"雨总，你欺负人没够啊，看看，黄鼠狼揣着脏心眼，又给鸡仔拜年去了，嘿嘿，你要真能谈到325万，我算你本事大发了！哈哈。"肖总抚掌大笑道。

"好，大家瞧好吧。"我信心满满拍着胸脯叫嚣道。

"雨总，要不再带上我去吧。"一笑也想开开眼，忙央求道。

肖总听见赵一笑也想跟过去，似乎来了灵感，他略微沉吟，有了新想法："一笑不要去，该带上小王！"

带上小王？险棋还是正招？反其道而行之？好，分析一下，站在林总立场考虑问题，他会怎么想？第一，肖总和老庞那边已经谈完，不用小王再做笔录，是给林总变相施压；第二，小王来做记录，显然是最后一场谈判，请珍惜机会；第三，一切流程显得真实可信。等我想明白后，不禁挑起大拇哥："老大，你是站在山顶上的高手！"

第三次见到林总，看不出他的累也瞧不出他的饿，林总还是保持那副精神头，我心底暗自吃惊：林总果然与众不同啊，是因为还没磨够他，还是他更经磨？哦，明白了，都不是，是有一个信念支撑着他，这厮志在必得！既然你企图心强，好办，今天非叫你脱层皮不可！

想到这里，我嘴里打着哈哈："呵呵，林总，对不住啊，刚才廖总来了一个电话，他说设计没中标的公司也辛苦为集团做了工作，不能叫人家白忙一通，于是叫谈判组要跟其余几家公司谈谈合作。但我们瞧不上那些公司，唉，都是没办法的事情，怎么也要应付应付，所以耽误点儿时间，还请林总多多包涵才是。”

“没关系，还是你们辛苦。我早说过了，Y公司可以放到最后一家来谈，就是怕累着几位老大，怎么，您们都谈完了？”

本来我想说肖总和庞总正在另外一家等消息，合同谈得顺畅，他们就转道过来，但转念一想，甲方没义务回答乙方每个问题，给他模糊概念，叫他瞎想去，岂不更好？嘴巴马上回道：“哦，他们有事，一会儿过来。林总，我是酒店项目第一负责人，要不我们先谈？”

很快，我告诉林总，双方只有25分钟时间，请他注意加快谈判节奏。等我将甲方付款方式、10条优惠和甲方三忧说明解释完，15分钟没了，剩下5分钟时间再告诉林总，现在只剩两家装修公司仍在坚守，其中一家公司报价330万，如想中标必须在330万以下才可确保，否则不用签约便可以走人。顺便把V公司合同往桌上一放，三分钟考虑时间，靠，甲方表现够强势！

林总想了想，还是那股冷静劲头，他看看我又瞧瞧桌上合同，一字一句说道：“雨总，330万的报价别说赚钱，不赔钱就是好事。为名当然好，但也不能赔钱为名吧？呵呵，雨总，实在抱歉，我们Y公司真没本事再降价啦。”

我没有丝毫犹豫，立刻起身，伸出手来笑道：“我代表A集团非常感谢Y公司和林总全程参与，您辛苦了。非常抱歉，这次没招待好您，希望还有机会让我来弥补。对于酒店项目招标，也许贵公司还有想法，没关系，下次有机会大家再来合作。”

说完，我视林总为眼前空气，拿起桌上东西跟阿伟随意说道：“哥们儿，一会儿我们几个人去捏脚放松放松啊，对了，阿健还没回家吧？”

“老大，你忘记了，没你吩咐，他敢走吗？”

“行了，你马上通知他，15分钟后出车，在办公楼下等。”

那边阿伟开始通知阿健出车，这边我转头笑着对林总说：“林总，真不好意思，今天让您久等，结果大家还没谈痛快，都是我组织不力，还请多担待。现在不巧，谈判组还要赶着跟廖总汇报，要不，先不陪您啦？”

我心里很清楚，不管林总是不是在发试探球，我都要把前戏做足，反正我手里有了打底合同，怕他个鸟！这厮先后接到345万和335万两次报价，价格直线下调不说，更是看不到报价的最终尽头，即使如此，他都不肯走，这期间他没跟老板电话汇报？鬼都不信。肯定老板已经指示他，不论什么代价都要抢到标的物，否则就凭他一个副总头衔，敢硬撑到现在？歇菜吧。对付滑头乙方，最好就是以狠制滑！

果然，林总见我毫无挽留之意，他脸上发生了化学变化，忙走过来，很是热情地打着招呼："雨总，雨总，对不起，请稍微等等。我还有个问题，就是说只能低于330万，您才会签合同？"

"是啊，我手里有一份330万的合同，要是双方报价一样，公司实力差不多，设计稿中标数量又一样，我报上去还有意义吗？实话说，谈判组不稀罕。您曾说过，谈判组尽管先和其他公司谈，不论最后谈到何种程度，哪怕是有人喊出全免费都没关系，最后告诉您一声谈判结果就成，Y公司接不下来则生意归人家做，但如果您能接，再谈最终报价也不迟。现在我们报完价，显然Y公司不愿接嘛，所以只好再看今后机会喽。"

话有些刺耳，甲方不刺激乙方，乙方会动情动怒？嗯，以狠制滑的谈判套路真给劲！敢在大牌甲方面前玩花活，抖机灵，搞死丫的！

林总马上摆手解释："雨总，误会，误会，我的话还没说完。呵呵，我的意思是Y公司报价虽然也是330万，但质保金可以押到60万。您看，执行A集团付款方式，需缴纳15%的质保金，330万合同的质保金是50万，Y公司愿意将10万元竞标保证金转成工程质保金，以此证明Y公司对工程质量有足够信心。"

林总果然狡猾异常，其实早就憋好了这套词儿，只是跟说起隐私一般，不轻易示人罢了。他在看我的反应，刚才我一旦被他问住或者表现软弱，别说多交10万质保金，恐怕连330万底价都守不住！狡猾的乙方不被强势甲方逼到墙角，他会投降？洗洗睡吧。

我心里一动：提高质保金是好主意，但并没做实质性让步，这钱今后要还回去，只是对廖总和工程部算个好交代罢了。靠，他们开心了，可我还没落啥好处呢。哼，未必是他最后底线，不行，还要榨点儿油出来，要不现在就说红包的事儿？

灵机一动，坏水又不自觉冒了出来。我看了一眼林总，似笑非笑地说道："林总，只比另外一家公司多10万质保金？唉，毕竟Y公司顺利完工，甲方验收完，质保金都要悉数退还，就这条我说服不了谈判组修改汇报内容，除非……"

"没关系，您尽管说。"林总似乎看到了希望，他也开始变得爽快起来。

我故意顿了顿，完后才缓缓开口："除非您同意赠送老板总统套房一张按摩椅和一座按摩浴缸，品牌由甲方指定。当然，请林总放心，也不用国际顶级品牌，中高档就成。"

林总反应很快，马上吃惊反问："啊？一张按摩椅和一座按摩浴缸，即使中档牌子也要3万多元呢。雨总，这不是变相杀价吗？"

"林总，我一直认为您很醒目，原来我们林总也有糊涂之时啊，呵呵。我要最后再砍掉5万元工程费，只有廖总和谈判组心存感谢之情，但老板不知道，所以并不领情。而我的建议就不同了，请您试想，如果林总肯送给老板房间两件东西，老板用起来舒服，也会多念您的好，至少我也多个机会，好在老板面前替您们美言几句，是不？多说一句，送谁重礼也没送老板好，您说呢？事先声明，我只是为Y公司好，并无他意，送不送无所谓，请林总自断。"

"雨总，工程本身不挣钱，还要垫一半款，我们为表诚意，才新增10万质保金，结果您这边又提出要赠礼物，按摩椅和按摩浴缸稍微拿得出手的就要3万多，唉，真叫人难办啊。"

"林总，别诉苦啦，呵呵。我算说话客气的，只捡便宜的说，贵的设备没敢提半句！您要再多说几句，总体套房里的桑拿房和高级音响还没解决呢？您有渠道拿到便宜货吗？"甲方教育乙方，在于给乙方举例，让他心里稍微平衡些。

林总见我态度异常坚决，他好像被我气乐了："雨总，多问一句，如果我们同意了，您确保Y公司中标吗？钱不是问题，我只想再确认一下。"

"林总，别急，我们一件事一件事说，您还没说确保送礼呢，我如何敢对您说'确保'二字？这不是为难人吗？"

"我说啦，钱不是问题，送老板礼物更没问题。"

大局已定，我开始恭喜林总："谢谢林总配合，我确保Y公司中标！"

在我的坚持下，合同补充条款写成：乙方自愿为甲方总统套房赞助一张按摩椅和一座按摩浴缸，费用不低于4万，超过4万部分由甲方承担，并且由甲方指定两款产品的品牌和供应商。

双方握手拥抱，又说了些感谢之言，看得出，林总似乎是痛并开心着。

刚出门，我假装忽然想起什么，阿伟马上心领神会，拉了一把小王衣袖，示意先走。那是，我还要继续干索要红包变降价的勾当呢。

5分钟后，我再次敲开Y公司会客室。还是那套说辞……林总很配合，也是提出给谈判组5万红包。见时机成熟，我很严肃地说道："谢谢林总看得起哥几个，好，那就请林总把给谈判组的5万红包直接折进报价里，我们不要红包，只要您最终225万的报价！当然，您的好意我们心领啦，呵呵。"

林总脑袋有些发蒙，忙问："啊？红包变折扣?!雨总，没明白。"

"不瞒您说，老板对我不薄，君子爱财，取之有道，我们谈判组压根儿就没想打您歪主意。因为Y公司报价跟人家一样……谈判组仍分成左中右三派，肖总意见是如果Y公司肯再降一点儿价，他就投您一票。但我真不好意思再找您商量降价的事，所以在谈判组确认一致推荐Y公司之前，只好拐弯抹角谈红包故事。但我做如下保证……都是个人行为，也希望林总多多理解。"

"雨总，非常感谢您鼎力推荐，我相信雨总您的为人，不仅敬业专业，而且对公司忠诚。但我认为事情是一码归一码，红包我不会少诸位一个子，可Y公司报价不会再作修改，还请雨总包涵。"等林总说完结果轮到我吃惊了，靠，头一次没得手，这家伙反应巨快，实在是狡猾之极！我还能说什么？只得再三强调谈判组坚决不要任何红包的态度，这一轮是林胜我败。唉，真是心有不甘。

人人需要一张谈判路线图

回到3号会客室。大家围拢过来，我把谈判经过简述一遍，肖总听完很满意。林总不仅将质保金提高到60万，更关键的是他的报价相当于谈到了

326万，确实已突破我们心理预期值，算是谈判组的伟大胜利。好，轮盘一旦转动，势不可当！最后一步，如何叫T公司乖乖就范？

肖总把矿泉水往桌上一放，问道："雨总，你认为该给高总传什么样的消息？"

"小王，把T公司谈判情况拿来再看看。"回答问题前我需要时间思考，于是找小王要汇总单看，借机想对策。

很快，汇总单在大家手里传阅着。看完谈判汇总单，我冷笑一声："哼，往320万以下报价，比如实报316万，愿意签就是他中标，不乐意就请丫滚蛋！"

庞总听完很吃惊，心思挂相，他嘟囔一句："啊？这么狠?!你不是在把他往绝路上逼嘛，小心谈崩喽。"

我心里跟明镜一样：酒店价码越谈越低，无形中烘托对比了高价办公楼装修费，老庞怕以后不好跟廖总交代，所以从谈判开始，他先是一言不发，接着出歪招，然后扰乱军心，最后忍不住当面阻止谈判，理由还言辞凿凿，靠，这厮就没憋好屁！哼，我能让他得逞？洗洗睡吧。

言念及此，我马上毫不犹豫回道："哟，庞总心疼乙方了？我的观点是，谁给咱发工资就给谁认真干活！乙方敢签合同，就说明他们心里有底，即使接工程不赚钱，但架不住他们认为值呀。乙方又不是傻瓜，对于没有价值感的工程，他们不会跑来替甲方白干活的……难道是来奉献爱心的善人？歇了吧。"

我已经很累了，不想内耗多费口舌，所以有点儿要大牌，说话不太客气，而庞总又找不出反驳理由，好嘛，就见他嘴巴和眼睛同时一闭，似乎养起神来。

我没工夫答理他，思绪刚回来，就听肖总在问："雨总，是不是过于决绝了？我感觉有点儿冒险，要不和他们签320万合同算了。"

"我有个新想法。所谓富贵险中求，冒一次险，也许就能实现集团利益最大化，即使他们同意320万报价，但与Y公司实报326万相比，我并不稀罕T公司再降6万，意义不大嘛，除非他们能再便宜10万！"

“如果报出316万极限报价，雨总，你觉得人家会乖乖就范吗？”肖总将信将疑地问道。

“呵呵，肖总，话糙理不糙，A集团名言是，不上手怎么会知道女孩床上表现？您再去试试T公司成色，看他们强势乙方到底有多强势。但话说回来，我觉得成戏不大。”

“既然成戏不大，干吗还要尝试？没实质意义啊。”肖总不解。

“肖总，综合起来说，A集团具备赢家气质！我们谈判组代表A集团，所以我们也该具备赢家气质，这是谈判获胜本质。8家大牌装修公司，从设计汇报阶段开始，到现在进入收尾阶段，没吃没喝谈了近8个小时，为什么还有4家公司仍坚守阵地，死不后退？美国人占尽武器优势却攻不动上甘岭，我们现在也是占尽上风，可愣是打不透乙方阵地，靠，咱们可别学美国人。当前，乙方都还在咬牙强挺硬撑，都在玩命生扛！显然他们参与热情和内心底线还没被甲方炮火轰灭，也许还有探底机会。谈判组为什么不再多作一次尝试，发动一次有意义的超饱和攻击呢？到时跟廖总汇报起来，我们已经作了价格极限挑战，谈到315万大关时，一个有实力的客户谈崩走人了，所以目前326万就是乙方极限心理承受价位。有正反例子对比，廖总才会相信谈判组已然尽力，您说是不？”

肖总似乎被我几句话召唤起了豪情，他仰头笑道：“哈哈，这话漂亮！好，我们就按赢家气质再次会斗T公司！”

见顺利说服肖总，又顺势鼓励了大家气势，我挺开心，感觉自己真像谈判组领头人了。马上转头吩咐小王：“妹妹，你随时把谈判进展情况发短信告诉我，我再把想法短信通报肖总，里外三大高手联合剿灭T公司，搞死丫的！”

肖总带人正要出门，我又追出来嘱咐道：“肖总，对于第四轮谈判，建议您还是采用鼓励为主，强硬为辅的策略，调调高总胃口。好，提前祝两位老大旗开得胜，马到成功！”

肖总使劲握了握我的手，并未言语，但咱明白他的意思：哥们儿，我不是一个人在战斗，咱们配合不错，很爽！

等肖总、老庞和小王出门后，阿伟顺过椅子，探身问我："老大，拿下T公司有几成把握？"

"幸好T公司老板被熬鹰了，被咱们软硬兼施的谈判策略折磨得够呛，我琢磨成功概率能破10%！"

"啊？不到10%?!嘿嘿，老大，你赌性蛮重的嘛。"

"阿伟，你知道处女节是哪天吗？"

阿伟摇头。

"处女节是3月7日啊！因为处女与妇女只有一夜之差，316万与326万也是一线之差，但决定我们是否能价格探底！这对今后掌控价格谈判深度有莫大好处，所以你该换思路看问题。"

阿伟听完哭笑不得，一个劲数落我比喻太损。一会儿，小王短信来了："对方不同意新报价，最多325万，付款OK。"

我马上回信："可同意325万，但要乙方赠送8万设备采购费，如不同意，可牺牲质保金。"

不久，小王短信又来了："T公司已同意，325万，20万质保金，送5万。"

时间不大会儿，肖总和老庞打猎荣归。刚见面，肖总便劈头盖脸给我"一拳"，边伸手边嬉笑喝骂："说你狡猾异常吧，果不其然！你这条黄鼠狼连自己人都连蒙带坑的，难怪他们是你手下败将呢！妈的，险些着了你的道儿！哈哈。"

我一边躲避，一边笑着回应："肖总是谁呀，我哪敢坑蒙集团采购的大师傅呢?!哈哈。"

肖总叉着腰笑骂道："你口口声声说，咱们跟廖总汇报谈判组已作极限尝试，谈到315万客户谈崩了，所以326万就是乙方极限价位。全他妈是废话！打的旗号跟你真实想干的勾当，完全不搭调嘛。"

"肖总，我越听越糊涂了，雨总到底怎么蒙您了啊？没感觉到啊！"一笑和阿伟听得云山雾罩。

等肖总闹够了，这才开始解释："这类谈判手法很常见，先开一个异想天开的价码给乙方听，比如315万，其实就是甲方漫天要价，乙方就地还钱，本来没啥稀奇，但却冠上一个高尚名号，说什么价格探底，为更好说服廖总，这不是蒙人玩吗？最后甲方的让步就是拿质保金换赠送费。你真够坏的！哈哈。”

见自己小心眼被人戳穿，我不好意思笑道：“唉，肖总，不好意思，但我也有苦衷啊。您误会俺了。T公司是大牌乙方，同意可能性几乎为零，我只担心大家演戏不够真，如果提前捅破窗户纸，您还能保持内心平静吗？有可能迅速让步，从而失去一把拿住乙方的机会。小王短信发来后，我想双方随时都会谈崩，这时甲方退让一步换结果，时机恰好。呵呵，还请肖总原谅。但更关键的是，我们彻底试出乙方谈判底线，320万是终极报价，毛利6.3%，更是给廖总一个交代。所以把谈判意义拔高一层，有利于咱们把控谈判进程，您说呢？”

“下回你别玩虚活啊，再玩，我让你当乙方去！”肖总并非生气，果然他是在嬉笑怒骂。

庞总这家伙有意思，他居然跑来捡拾胜利果实，就听他说：“小王，你把最后谈判结果汇总一下，我们马上跟廖总汇报。”

他一吩咐小王做事，我就感觉别扭：谈判跟你有啥关系？你连阿伟都不如，都什么人啊！

小王很快做好一张谈判汇总单：

V公司：公司实力强，实报330万，50万质保金。

Y公司：公司实力最强，实报330万，60万质保金，赠送4万设备采购费。

T公司：公司实力强，实报325万，20万质保金，赠送5万设备采购费。

Z公司：实力一般，设计一流，实报340万，50万质保金。

汇总单转完一圈，我问肖总：“您看谁家能中头彩？廖总会挑中谁？”

“行了，雨总，跟你动了一天脑子，头疼！赶紧找廖总吧，他爱挑谁就挑谁。”

我理解肖总的牢骚，但我更喜欢研究一个彻底：“我认为廖总会选T公司，他们总价折合起来只有320万，比Y公司便宜6万。虽然质保金少了点，但甲方支付进度款本身是落后工程进度的，所以多收质保金意义不大，毕竟这钱不归集团所有，还要退人的。”

肖总一边拉我往外走，一边很深沉地说：“哥们儿，结论下得过早，毕竟廖总考虑问题的角度与我们不同，你说是不？”

本来我还想伙同肖总再去找V公司和Z公司一趟，再搞几万赠送费回来，但转念一想，靠，连自己都感觉脸面挂不住，有些不好意思起来。唉，算了吧，这次只怪自己谋事不周，没想到还有赠送一说，算便宜了乙方。嗯，下不为例。

正当我胡思乱想时，忽然灵机一动，不禁使劲跺脚，狠狠喊道：“牛！升级版准能搞死这帮丫的！”

“雨总，干吗一惊一乍的，你又想搞死谁啊？”

“呵呵，肖总，我再酝酿酝酿，过几天跟您说！”我跺脚不为别的，因为我想到了“见面有礼，刺刀见红”的布局升级版！嗯，可以把旧版扔进海里喂鱼了。

其实，小王抽空已经跟廖总汇报了谈判大概进展情况。廖总没亲身参与，但胜似参与，尤其是4家公司的合同齐齐上报，条件相差无几，说明本次谈判圆满完成，全程透明，对甲乙双方而言确实做到了公开、公正、公平，乙方无围标迹象，肯定是经过艰苦谈判得来的胜利果实。没仔细听老庞表功，那是浮云，廖总会信他的？鬼都不信！再看看自己的本事，什么大牌乙方，狡猾乙方，爽快乙方，磨叽乙方，谎话乙方，统统被我一并征服！靠，我双手往后一背，傲然站在廖总跟前，一股大获全胜的自负心态油然而生。能不骄傲吗？脑海里久久不能平静，不断翻腾着三条路线图的闪存画面：

第一轮谈判路线图：U（实力一般，钱总初报390万）→V（实力强，王总初报418万，后主动降8万）→X（实力一般，赵总初报430万，总想名利双收）→Y（实力第一，林总初报408万，在耍滑头）→Z（实力一般，设计厉害，杨总初报410万，合作欲望强）→6号会客室商议（判断U、V、Z三家是重点目标，决定采用熬鹰策略）。

第二轮谈判路线图：从X公司谈判起步，X（不降价被淘汰）→Y（林总出奇招，号称最后再谈）→3号会客室商议（采取三招应对林总，解决危机）→U（钱总被戳穿质量问题后，又以美好前景诱惑他，其同意355万）→V（王总自降3万，申述理由全被驳回，后要求请示老板，我们暂停谈判）→T（后补进场谈判，实力强，初报420万，现被告知竞标价是350万，摸不清高总想法）→Z（新提10条优惠，杨总同意345万）→3号会客室休息（继续熬鹰，决定给T公司报340万，看他们反应）。

第三轮谈判路线图：从T公司谈判起步（以终止谈判相逼后，高总同意340万，新谈甲方三忧，他要请示老板）→3号会客室晚餐（猜到高总是老板，决定餐后搞定T公司）→T（谈判组全体出动，高总猜到我们用意，立刻反悔付款方式，结果深陷泥潭，我单独离开会客室）→Z（背水一战，主谈乙方立场和信任话题，报收345万，同意付款条件）→3号会客室商议（众人看完汇总单后，情绪有改观，后决定兵分两路，提出5点谈判意见）→Z（我主谈，杀回马枪，回扣变折扣，最后报收340万）→V（以Z公司合同打底相逼，王总沉不住气，同意335万和付款方式，回扣变折扣后，报收330万）→3号会客室商议（肖总带队，U公司谈崩，继续兵分两路）→Y（我主谈，再见林总时，用Z、V两家合同和终止谈判相逼，林总收报330万，60万质保金，同意付款方式和送4万礼物，但不吃回扣变折扣策略）→3号会客室商议（决定肖总带队主谈T公司，挑战极限价格）→T（高总收报325万，20万质保金，同意送5万礼物和付款方式）。

我们在廖总办公室只不过作了一些细节补充，看着廖总啧啧称赞的表情，我不免心潮澎湃：老子今后就要这样干活，做一件成一件，只有成绩、表扬和奖金，没有其他。嗯，搂着熊猫合影要比抱着一只猫拍照牛得多。酒店最后落成，必然是金碧辉煌，夺人眼球，轰动作品，好评如潮，廖总的表扬虽然值钱，但我更想听到老板和总裁的表扬！好，继续加油！

最后请廖总定夺时，他仔细审完价格汇总清单后，语气坚定地说了一句："酒店装修选Y公司吧。"

"啊?!不、不会吧！廖总，您听我解释，T公司报价最低，比Y公司要便宜6万，虽然Y公司实力排名第一，但T公司实力也很强劲，为什么还要选Y公司呢？他们只不过质保金略有不同罢了。"等廖总拍板完，我还以为自己耳朵塞进棉花团，连忙申辩。

"呵呵，雨经理，这个你不懂。简单跟你说一个概念，假设全集团有80家基建公司和材料供应商都在缴纳保证金，如果每家客户平均多缴40万保证金，那么集团短期内便有3 200万元现金进账，相当于获得了一笔银行贷款，而且贷款要付息，保证金却不用，这对活跃集团现金流是不是起到很大作用？对于1 000万的酒店工程，少几万块利润不必大惊小怪，确保现金流安全才是王道。这笔钱如果零星放到别人手里也许用处不大，但放到集团手里，嘿嘿，钱生钱的道理你懂吧，A集团手里新增3 200万流动资金，半年时光又能多赚回多少钱？明白了吗？"

听完廖总一席话，瞬间感觉崩溃了，妈的，自己书白读了！工作经验欠缺，眼界低，水平差。还自负呢，屁！我，深受打击。廖总在合同上潇洒签上大名，接着送到办公室加盖公章。我把赵一笑喊来："哥们儿，你现在去趟会客室，通知V、Z和T公司，就说今天已经搞得很晚了，请几位老总先回，我们还在和廖总讨论，估计一时半会儿没结果，请大家明天等通知，但你让Y公司林总单独留下。"

"好嘞！"一笑腿勤，马上去办。

演出升级啦

我们几个又在廖总办公室闲聊了一会儿，这才告辞。一行人再次出现在4号会议室时，林总已知中标，他自然是满口感谢话，一个劲儿热情邀请大家同去消夜放松。老庞似乎早就熟悉工程队请客吃饭的套路，根本没讲啥客气，拖上肖总就准备出发，而我婉言谢绝林总美意，带着一笑、阿伟和小江回企划部。

路上，阿伟撅着嘴巴，嘟囔了一句："老大，大家都挺累的，适当放松一下也没什么大问题吧，不至于忙得天天都要加班吧。"

"阿伟，这话不爱听。我们不是富二代，也不是官二代，更不是红二代，我们是什么？靠，草二代。谁愿意一直做根草？今天你跟他们出去玩，明天再来一场竞标会，你去不去玩？要是连开10场竞标，你就连玩10天？工地开工后，乙方一旦开始催款，或等甲方验收时，又请你去玩，你去不去？还有完没完？只要你开第一个头，后面能让你爽个够！美食、美女、美言伺候着，吃人的嘴短，拿人的手短，还能好好工作吗？这是态度问题，更是工作习惯问题！阿伟，'男'字怎么写？田、力，田里拼力气干活的男人！你我现在有资格去享乐吗？给条建议，没有想法的人随便休息，如果你想尽快出人头地，不如趁着年轻多努力，也许几年以后你就是一条人中龙！"

"哦，知道了。"阿伟是聪明人，马上能揣摩到我的心思。

记得有一年，集团在上海开完营销大会，当地业务员带着众多高管，开着小车到阳澄湖吃正宗大闸蟹。我呢，拎上行李赶飞机，继续忙手头上干不完的活。我不想去吃大闸蟹？哈喇子差点儿流到飞机座椅上，没法子，为了把工作做得更出色，就要付出几倍心血。

我不是空降高管，没有随老板打江山的显赫资历，智商又一般，反应还慢，理解能力差，专业更不对口，全靠半路自学才能玩下去，唯有苦干加巧干，才能在A集团立足。要不我能在5年时光，同时横跨四个行业，担任A集团四个总监位置？没点儿过人之处，可能吗？洗洗睡吧。最后升任老板特别助理时，管着几百人团队，成为老板跟前唯一不挨骂之人，这份荣誉不是拜老天爷所赐，全凭自己后天勤奋博来的。京剧界有句名言，"不疯魔，不成活"。放弃休息痛苦不？嗯，要看每个人对成功和事业的理解了，不强求人人认同。对了，眼下我还只是分公司里一个不起眼的小经理。

晚上，企划部会议室，我正组织企划部全体成员开谈判总结会，没吃饭的几个人在办公室里边听边低头吃方便面，嗯，这场景在企划部稀松平常。开会第一环节：点评谈判谋略篇。

就听我正在发言："1888年，日本要把所有煤矿拍卖给私营公司，采用暗标投标方式。当时三井和三菱集团都想得到煤矿资源，但三井实力弱于三菱。益田寿是三井高层，他认为获胜只可智取，关键在于确定投标价格。现在标底最低价400万日元，只能在此基础上加价。他分析如下：标价高则得不偿失，标价低则会失败。400万是政府经过仔细测算过的，通过三家权威机构测算，该批煤矿高价平均值是450万，同样三菱也知道450万关口，更知道三井实力，估计不会把价格抬得过高，在高价上再加10%是个保险做法，那就是455万，应该是三菱最高价码，但在零头上再加5千，便更添取胜把握。投标很快分出胜负：三菱集团标价455.25万，三井集团455.5万，险胜0.25万！在后来40年里，三井集团在煤矿开发上获得10亿收入，3亿纯利！讲故事是想告诉大家，乙方常参加甲方投标会，我们该如何出标，打乙方一个措手不及？"

会场安静，都在做着笔记，我开始转入正题："我在报社做广告销售时，是把广告卖给客户，但广告是务虚产品，不好卖。你能告诉客户：'哇，只要您打5万广告，就能帮公司多卖20万货！'谁敢承诺销售指标？从本质上说，卖广告是卖给客户一个想象空间，因为无法用数学模型去精确衡量想象空间的深浅和内容，只能叫客户自己去想：'打这广告将给自己带来什么利好？是货畅销了，还是品牌更响了？'同理，乙方承接迎宾酒店，最终能赚多少钱，双方都门儿清。如果我们和乙方大谈一个固定的微薄利润，对于大牌乙方没刺激力度，项目利润毕竟是一个看得见的死数，既然乙方看不清项目的价值感，那他们就不会参与多米诺骨牌游戏。所以，我们必须转化思路，采用避实就虚的策略，主谈一个乙方未来非常期待的'高额利润'！由此，包装酒店的未来就是工作的重中之重。"

大家在底下刷刷点点记录着，我继续发言："所以把酒店工程包装成乙方投资做酒店装修，是具有远见卓识的投资行为！而不是仅为赚钱的一般经营行为。既然是投资，就要讲回报，也要考虑风险。比如酒店工程眼下可能不赚钱，但未来前景极美，回报丰厚，值得冒险尝试。这里面打动客户的不是酒店本身的利润，想打动也打动不了，老板和廖总横竖不干！所以我主谈投资回报前景，这方面没人再干涉自由了吧。于是，我把卖广告的思路转移到推销酒店产品上来，按务虚销售方式谈，花一半时间，为客户勾勒一个想象空间，好嘛，这空间可了不得，金光闪闪，类似阿里巴巴的藏宝库。一句话，承接A集团酒店工程，意义不同反响！”

“工业园现貌不是大风刮来的，也不是一天建成的，是几百家公司合力打造的，都是看得见的事实，所以对乙方有三重利好，三重获利，这是前景勾勒。乙方在H市成立分公司，将横扫本地工装市场，也是前景勾勒。乙方手里既有金字招牌，又有高端案例，自然明白顺势而为的道理。10条新优惠措施是利用广告手段帮助乙方包装形象，帮其顺利开拓市场，也是前景勾勒。老大从各方面挖掘项目意义，尤其充分利用集团名头做足文章，就是为给乙方营造一个很牛的想象空间。”赵一笑把我之前的话改吧改吧变成了自己的总结，说得挺棒。

赵一笑有进步，当初没看错他，我眼神鼓励了他一下，继续说：“我们帮乙方做大蛋糕，今后乙方利用甲方金字招牌和样板工程，独享丰厚蛋糕，所以谈不上谁吃了亏，谁占了便宜，不过是各取所需罢了。Y公司林总、V公司钱总、T公司高总和Z公司杨总都看明白了，也想明白了，所以他们一直坚持到最后。”

最后，我给大家解释了谈判核心思路：“这次谈判咱们遇见两大难题——项目利润薄和付款方式差。主谈项目前景只是解决了利润薄的问题，但同样不能因付款方式差叫对手捏住七寸，于是我采用转移话题策略，避实就虚地迎刃化解。比如，我为乙方描述的甲方三忧问题，把一个破付款方式，转化说成是给乙方创造公平竞争环境，管束甲方业务代表和考察乙方实力等，结果乙方没提异议。如果不调整话题，你去跟乙方生掰硬扯付款，就算你练5个小时的单口相声，观众也不会赏半点掌声！因为你没有足够理由说服乙方，不能叫对手信服，那叫浑身有劲使不出！憋死去！”

会议进展顺利，接着进入第二环节：点评乙方竞标表现。还是我发言：“V公司王总不是谈判高手，而且运气也不好。他不能确定自己是否是最后一家，所以他的报价被我们和竞争对手拿去当磨刀石，怎是一个惨字能形容。我对付王总的谈判策略是小刀砍大树，一刀一刀砍掉树上的枝叶，最后就剩报价一根主干，被砍掉的枝叶都已落地，他还怎么谈？就只能详谈报价主干，好，咱们敞开来谈。但王总忘了，被砍掉的树枝还可以老树换新枝嘛，自己哪能随便认命？给他长时间考虑，可他临场反应慢，却拿不出新招。其实，他应对手段多的是，比如能将普通设计作品通过精湛工艺，表现出大师级水准，能化腐朽为神奇，随便掰扯几个话题，必然吸引我目光。谈到乙方强项，甲方必被动，可惜王总没有跳出来的思维。”

话音刚落，阿伟追问：“老大，能说得再细致点吗？”

“我逼王总玩命谈价格，乙方千万别轻易就范，必须想尽一切办法扛压，马上谈甲方感兴趣的其他话题，一次转移不成功，就来二回，二回不成，还有三回，反正谁被洗脑谁失败。我把王总放进‘高压锅’里，他就不敢再谈公司强项了，可见他的对冲心理素质不行，一看就是一根胡萝卜。如果他是行动派，应该先谈酒店装修十大误区，然后谈解决之道，接着分享成功经验，在制高点上把自己包装成行业专家，目的是告诉甲方，离开V公司必走弯路！我在工程部打短工，任务是低价做出漂亮酒店，质量说得过去就成。即使质量做成百年精品，我能得到啥好处？或许老板体验几年后才夸人：‘小雨，没想到酒店装修质量过硬，真不错。’我为一个表扬等几年，可能吗？如果非要谈施工，也不要像柯总说啥喷油漆比对手多一遍，这类说法不值一晒。他说的是工艺，而非实效。他应该说：‘我们木器漆面做完跟钢琴漆面相仿，容易照出人影，晚上会不会吓着客人？’说工艺谁爱听？但钢琴漆效果却是漆面最高境界，叫人为之神往。王总既分不清楚甲方想要啥，又没突出公司优势，还不能摆脱价格纠缠，焉有不败之理？他不是被竞争对手击败，而是败给了常规思维！”

“我在工程部打短工，任务是低价做出漂亮酒店。这话说得漂亮！乙方不了解甲方代表切身感受和实际情况，放弃有的放矢的谈判策略，采取大陆思维，于情不攻心，于理不讲透，必败！”赵一笑这几句总结真到位，听得我暗暗点头。

点评完V公司王总谈判的得失成败后，话题再转到Y公司身上：“林总狡猾，表现有三。第一，他不肯往火坑里跳，而是用隔岸观火的韬略，效果不凡。第二，他不肯打破330万底价，就怕我们拿新底价去借刀杀人，然后自己再被杀，好像走进八卦阴阳阵里面，总是在循环中破冰，得利是甲方，失败归乙方。林总肯定预想到了未来结局，所以他立刻转移思路，不作价格纠缠，反其道而行之，在质保金上打主意，打我个措手不及。第三，他话说只说一半，留一半的目的是要摸清甲方底线，确保自己真是最后一家的地位，不见兔子不撒鹰的典型！谈判走到最关键时候，我手里如没底牌，也不敢说走就走！我相信他仔细观察了我的面部表情，在确认无误后，这才抛出提高质保金的胜负手，既满足甲方意愿，又不伤及项目利润，只靠区区10万块便通吃所有乙方，顶级高手！这厮深知自己公司实力，不做过多强调，反而有姜太公钓鱼味道，说他是低调奢华都不为过。现在回想起来，如果和林总位置对调，我会被他修理得伤痕累累，体无完肤的。”

“Z公司杨总不会谈判。酒店项目已经不是老庞这类外行当甩手掌柜，由着乙方随意设计啦，天都变了，他们就没发现？唉，眼皮浅了。从招标初始，我便提出既要控制成本，又要保证效果的装修谋略，他们依照设计说明书做得大堂效果图虽然不错，但却不值钱，因为核心思路是我的。杨总没认清甲方走马换将所带来的新气象，在谈判上也是想当然。其实他完全可以主打设计牌，想十招省钱办法，反给我一个想象空间：‘哇，Z公司高招连连，装修成本也许还能下调15%，要不和他们合作一把？’我当然要跟廖总极力推荐啦，不在乎Z公司报价比别人高十几万，我更在乎他们能节约几十万。但Z公司设计没新招，所以谈判进程被我故意搞拧巴了，我来给他们上设计洗脑课，讲设计省钱思路的案例，表面是为了洗白项目利薄的缺陷，但实际是为了传达他技不如人的意思，最后给他画的想象空间一把打动了他。一句话，甲方痛点是没钱又想要好看，杨总不了解甲方痛点，没有针对性地做好帮甲方省钱的功课，失败是必然。”

赵一笑跟了我一年多，水平有精进，他的总结听来不错：“那是，Z公司设计水平虽不错，但还不入雨总眼。其实双方设计上有共鸣，杨总应该充分发挥有共鸣的优势，在设计上给雨总洗脑，不仅能摆脱和甲方掰扯价格的窘境，而且还能突出乙方给甲方带来超值回报的概念。我认为Z公司失败有3个原因：1.项目更换主管却没认清形势，新上任主管精通设计，却没被很好利用，犯下不了解甲方的错误；2.不清楚甲方痛点，也不知道甲方到底想要什么，准备工作差；3.雨总抓住他弱点，穷追猛打，利用酒店巨大的设计优势反过来诱惑他们，为杨总勾勒美图，乙方一旦发梦憧憬必被入局。”

小江忽然发问：“老大，如果是弱势甲方，见面有礼这招还管用吗？”

“呵呵，答案是没戏，必须换招。当然，弱势甲方也有优势，比如付款方式没有A集团强势，合作好谈一些。强势甲方有优势自然也有劣势，没有绝对意义上的全面优势。只有深刻挖潜甲方所有潜力，避实就虚谈项目，才能立于不败之地。工程部的一对一谈判法，基本属于甲方便宜乙方的做法，哪怕是甲方作秀，也该邀约两家乙方同时开谈。乙方只要看到有同行竞争，心理立刻起变化，后面的故事不用重讲了吧。”

众人心领神会，一片哄笑。

话题最后转到T公司，我真替他们惋惜：“T公司高老板也是一位谈判高手，他能在蛛丝马迹中发现甲方所思所想，说明他观察思辨力很强。但是在谈判中，我们该放下身段时，仔细解释甲方三忧，姿态放得很低，好像完全处于合作劣势，无形中抬高了乙方优越感；而我们该装强势大牌时，就下通牒令逼他表态，好像手里底牌是俩猫四个二，姿态很高调，似乎有他没他合作无所谓。这让强势乙方在谈判时很难受，他根本摸不清咱们所思所想。但他一样有招数应对，也就是加强对我个人的公关力度！所有装修公司都知道一个公开信息：我是广告出身，半路接工程部的活儿。新情况包含什么有价值情报？ 1.老板不满意工程部工作，临阵换将，换来的管理人必有特殊本事；2.我抢了工程部饭碗，工程部会心怀不满，我将面对职业危机；3.关键时刻乙方雪中送炭，表一个坚决支持我工作的态度，价格上再配合帮衬着，我自然感激涕零。甲方促成一个合同很难，但毁掉合同却手到擒来。嘿嘿，我只要点上Y公司几句坏话，廖总签谁还不一定呢。我曾想，没察觉的原因可能是被竞争局面所吸引，来不及作更多思考。唉，可惜高手也有打盹之时……对于T公司，他们会签330万，但有他不多，没他不少，没价值感。但如果尝试逼乙方去签320万的极限底价，我就能看到这次布局底线，到底逼到啥程度，所有乙方才会集体歇菜。今后还有10类客户要被我们送礼，所以底线数据采集很关键，成功了，谈判有方向；失败了，咱没损失。放着这等美事，靠，谁不想干？”

一笑问道：“要是你是乙方，这次谈判能中标不？”

这个问题，我在脑海里想过很多遍了，所以能马上就答：“我的谈判思路是：1. 提前做足功课，从标书上了解甲方真正需求，我会在设计上替甲方想几个省钱办法；2. 将自己包装成酒店装修专家，在施工效果上多作考量，以此打动甲方心理；3. 我不理会甲方只谈报价的要求，而是转移话题专谈强项。如果甲方一味纠缠报价，我会说，‘公司报价是基于5大条件的报价，如果甲方不听解释，如何能理解这份报价？不如给我3分钟作个梗概介绍’，出于谈判礼节，甲方会同意的，呵呵，只要叫咱开口，必把甲方谈判策略搞拧巴，谁给谁洗脑还两说呢；4. 利用风水知识诱惑乙方，老板是生意人，也许会在乎风水，总统套房买个招财进宝的貔貅挺正常吧，但貔貅的脑袋冲何方，有什么讲究？啥位置能放辟邪聚能的水晶球？随便说几个风水常识诱惑谈判组，他们不想知道答案吗？对不起，这块算增值服务；5. 我也许想不到隔岸观火的韬略，但我会把谈判拖进最后时刻，他不是在熬鹰吗？我一定要比甲方还能熬。但实话说，即使我做了这么多功课，一旦入了甲方的局，同样很难逃脱价格轮番被砍的命运！纵然侥幸获胜，也只是惨胜而已。”

“老大，你还忘说攻心术了。”阿伟补充道。

“对，谈判最能打动甲方的招数还是攻心术，如果能让甲方代表充分信任乙方，成功概率将大增，这点咱们曾反复提及过……”

没有小黄出席，会场格外安静。大家知道是难得的学习机会，都睁大眼睛全神贯注地学。好，谈判点评进入第三环节——“见面有礼，刺刀见红”布局篇。“大家都说说，这次谈判布局还有什么缺陷？”虽然我很累了，但超喜欢狂热的工作氛围，所以我干劲依然十足。

很快，众人纷纷发言："林总隔岸观火的策略，打了甲方一个措手不及，事前没想到，今后应该杜绝。""虽然乙方被甲方熬鹰了，但甲方跟着跑也累人，今后最好想个法子，乙方特累，甲方却能轻松迎战。""我认为整体布局好，再完善一下细节就更好了。""谈判效率低，9个小时才谈完一个项目。未来还有10场谈判会，那该如何应对？干脆所有事情都停下来，整天忙谈判算了。应该想想修改办法，提高谈判效率。""你们多虑了，今天面对的是大公司，参与谈判都是精英，所以甲方感觉吃力。其实，今后大部分乙方都是中小老板，他们更现实，请君入瓮后自然一抓一个准，没你们说的那么邪乎。"……

听不下去了，我马上收拢话题："好了，大家总结虽然不错，但都还没爬到山顶上看问题。1. 酒店项目包装仍没到位，精彩不足，还有大幅提高空间，这是解决杀价问题的关键；2. 对乙方行业不了解，只是简单考察了事，今后再谈采购项目，必须对行业有细致了解，找出弱点，一出手震撼全场；3. 对于建材供应商，A集团付款条件稍微好些，更要充分利用付款改优的变化，加大杀价力度；4. 完善所有细节，客户只能在瓮缸里翩翩起舞，一旦像林总那样调皮捣蛋，不好好跳舞者，杀无赦；5. 加大熬鹰强度，今后再谈判，乙方个把人的胃病不被熬出来，绝不收兵；6. 协调好贺平和小辉手头工作，调二人过来助拳，不能光练我一人。"

阿伟拿着本子，记录完我说的话，挠着头闷声问道："老大，能再说细致点儿吗？酒店包装项目还不到位啊，我觉得挺好的啦。"

"项目包装确实没到位，我只先说明一人一物，一软一硬两点。第一，隆重推出老板个人事迹和创业史。因为A集团形象生鲜度远不及老板个人形象鲜活，所以咱们推出老板传奇形象，就是为了给这帮乙方洗脑灌肠，叫他们从崇拜佩服老板开始，进而转化成信任A集团，间接达到宣扬集团软实力之目的。第二，A集团拥有气派非凡的厂房，不带乙方参观，也太对不起花园式工厂啦。来的都是客，见面即奉送明星代言人签名海报，无意中进一步展示软实力。再喊上礼宾部几个漂亮丫头，全程陪同专业讲解，走俩小时，直接达到宣扬硬实力之目的，眼见为实，最后乙方被一软一硬，心灵与视觉双重冲击，都感觉是黄金客户吧，但在兴奋中，疲惫开始不知不觉上身，对不起，现在连谈判开始阶段都还不算！”

一笑仿佛受到了另类启发，他不分公私，不分场合地展开联想：“呵呵，老大，好主意！他们可以不信谈判组，但有老板形象和集团实力为谈判组做背书，我们也是光环上身呀，无形中增加了谈判组权威性和信任感。不过我就想问问老大，您推出来的签名海报，成色如何？要是真货，我就寄一张给女朋友，哇，演艺圈一线红星的亲笔签名海报，惊喜礼物！女朋友一高兴，圣诞节就不必再破费了哦。”

“闭嘴！滚！”我笑骂道。

“老大，提个问题。我们对乙方下手这么狠，合适吗？”

“呵呵，小江，你一个姑娘家家的，于心不忍了？提醒一句，我们捧谁家饭碗吃饭？只要A集团不欠乙方款项，就算交易公平。做生意好比周瑜打黄盖，一个愿打，一个愿挨，我们能挡住供应商的投标热情吗？更何况企划部并没拿枪顶在他们身后，逼他们签字画押！他们投标时认为不值自然弃标，都是市场行为。毕竟在商言商，企划部使命是为了集团利益最大化，否则就是胳膊肘往外拐。”

众人听完默默点点头，道理清晰，无可辩驳。会议一直开到深夜，等回答完同事们提问，我和盘托出了新想法：“招标会刚结束，我就想出了一个谈判的升级版布局，取名‘敌进我退，敌驻我扰，敌疲我打，敌退我追’。毛主席的谋略神鬼莫测，我借鉴过来，希望升级版布局能将乙方彻底降服！今天的谈判布局还是过于温柔，像几个少女跟一群豺狼在搏斗，这不是在开玩笑吗？我打算干把狠的，玩点儿绝活出来……”

众人听完无不欢迎鼓舞，一笑傻笑道：“老大，即使明天继续邀请这8家装修公司重谈合同，他们照样被搞定！没准330万都算高价了，哈哈。”

“行了，注意保密！散会，睡觉。”

……

笨办法就是最好的办法

招标会结束第二天，在企划部办公室，我正和赵一笑说事："给落标公司的感谢信写好了吗？"

"按你意思写的，都送到办公室盖了公章，一会儿就传真过去。"

"呵呵，小伙子，动作蛮麻利的嘛，好。投标总算结束了，每完成一项工作都不容易啊。下面是施工和采购，更累人。你现在通知子明和晓峰，提前动身，明天赶过来，项目一个月后开工。还有，6件手模已经快递给江苏公司，你去问问小黄，叫他查收后给我来电话，有话跟他说。对了，再把阿健喊进来。"

"好嘞，这就去办。"

见到阿健，我劈头就问："哥们儿，地毯项目进展如何了？"

"雨总，按你意思，已经看完所有资料，还到H市建材市场实地调查，现在搞懂了一些门道。"

"好，有进步，那说说你的想法。"

"三星、四星酒店一般铺机制地毯，而机制地毯又分为簇绒地毯、威尔顿地毯和阿克明斯特地毯。在酒店使用最广泛的是威尔顿地毯。它的工艺起源于英国威尔顿地区，所以被称为威尔顿地毯，采用的是半精梳纺纱工艺，大密度织造，毯面丰富平整，色彩温馨，颗粒饱满。依据毯毛位置，又将威尔顿地毯分为单面和双面地毯。单面威尔顿地毯外观保持性好，毯形稳定，无脱毛现象，阻燃和抗静电性不错，适合飞机、游艇、客轮上用。双面威尔顿地毯织物丰满、结构紧密、弹性好，平方米绒纱克比重大，脚感舒适，是酒店客房地毯理想产品。"

"呵呵，阿健你记性不错啊。说得挺好。"

"老大，你不常说，笨办法往往是最好的办法嘛。为了背诵这段话，我恨不得吃饭前都要温习一遍，背不下来饭少吃一半！就差拿打火机烧胳膊了哦。"

"嗯，这就对了。对自己狠比别人对自己狠要好受得多。今天你说不上个子丑寅卯，必挨说，反正都是挨骂，还不如自己动手，你说呢？”

“我也是这么想的，呵呵，我可不想做第二个佟刚。”

“好，我们继续。威尔顿地毯贵吗？”

阿健马上翻开小本，边看边回答：“威尔顿地毯一般经密不变，根据纬密和厚度不同而价格不同，简单说，纬密和厚度越高，地毯密度就越厚实，价格越贵。比如，330经密×250纬密×7.5mm，每平方米要35元；350纬密×7.5mm，要55元；而600纬密×9.0mm，要价90元。”

“哦，原来如此。价格成色如何？是砍过价的还是市场公开报价？”

“地毯价格其实挺透明，不同厂家报价大概相差不到10块钱。我说有4 000平方米的量，地毯厂或经销商就按批发价报，刚才报价是他们平均价。”阿健有条不紊地回答着，看来准备不错。

“威尔顿地毯可以按甲方提供的花色定做吗？”

“厂家说威尔顿地毯有良好绒头牢度、外观保持力和清晰图案装饰力，只要下单量能保证，定做没问题。”

阿健的回答叫人满意，我笑着夸奖起来：“很好，比想象的还要好，牛！”该夸人时，千万别吝惜动人的词汇，鼓起他们内心的小宇宙，对工作只好不坏。老板如此招待我，咱有样学样，照搬过来准没错。果然，阿健被我说得热血沸腾，从他把本子在手掌上一拍一拍的干脆劲儿上，就能看出来。

我趁热打铁：“阿健，继续加油。好，再安排几件事，做记录。1.到省城找15家有实力的供应商，包括本地厂家、大经销商和外省厂家的本地直营店，先建立联系，摸清他们的案例、实力、供货周期和付款方式，填好市场调查表，我随后和肖总去考察，最后邀约10家公司竞标；2.搞清威尔顿地毯成本价，这是今后谈判的关键数据，没有底价杀不出好价；3.尽快找供应商要块一平方米地毯，对，每种纬密的地毯各要一块，我们统一做脚感测试；4.调查他们仓库是否有存货，如有积压品，搞清数量和价格，我们要在这块下重手；5.地毯商竞标时，你全程参与谈判，我随时要咨询，所以学习地毯知识不能放松，明白？”

“老大，还有一点没搞懂，他们仓库存货数量不一，酒店会不会搞成万国牌？”

“呵呵，即使酒店地毯一层一款品牌，也没啥了不起。控制预算至关重要。再说了，为客户提供不同风格的房间设计，大家都开心。谁规定酒店房间都要长一个样儿？”

“那万一厂家仓库有存货，价格低，但款式颜色难看，我们还收不？”

“有钱谁不想要好货？唉，一分钱憋死英雄汉啊，我感觉现在咱越来越像A集团的叫花子，四处去淘宝！你只管找，只要价格抄底，再难看也照收不误！大不了铺走廊，反正走廊灯光不亮，欣赏不出啥味道。实在不行，我就裁剪下来给定做的地毯勾个粗边，反正我有的是设计手段，怕个球！”都是没办法的事，我不禁撇嘴骂道。

“这回彻底明白了，放心吧，保证完成任务。”阿健信心满满地回道。

我也挺满意，站起来用力拍着阿健肩膀，热情鼓励道：“好，现在你学的是地毯知识，也许今后用不上，但你将有两大收获。首先，掌握学习方法比学习知识重要百倍；其次，你凭所学地毯知识，才有资格参与谈判，而通过亲身参与，又能学到谈判实战本事。呵呵，一环扣一环，经历过硬桥、硬马的阵仗，对你今后做销售才有切实帮助。”

“呵呵，第一条想到了，第二条确实没想到。”阿健傻笑道。

收起笑脸，我又板起面孔，严肃嘱咐道：“哥们儿，好好学，也许还有第三条、第四条呢。再强调一遍采购纪律，你筛选地毯商时，别给老子心存杂念，胡乱许愿，公司里有无数贼人正盯着企划部干活，一旦搞出猫腻来，你小子可是吃不了兜着走！况且，别说是你了，连我都不清楚谈判的最终走向，清楚吗？”

“老大，你尽管放心，我有分寸！”

“对了，壁纸项目也要按地毯方式准备，还要加快进度。好，你去忙吧，顺便帮我把一笑喊进来。”

看见一笑进来，示意他关好门：“昨天肖总说了一句经典的话：‘利益面前不要考验人，做事还是制度管理更可靠。’此言极是。我叫阿健负责到市场上筛选地毯和壁纸供应商，但我对他为人还不太放心。你跟采购部打个申请，请肖总安排一名采购全程陪同。以后阿伟去扫洁具和瓷砖供应商，那名采购也要伴随。你负责协调好俩部门行动。”

“好嘞。”

这事不算大事，更重要的事情横亘在眼前。我玩着Zippo打火机，咂咂嘴，若有所思说道：“一笑，还有件重要事。酒店项目一旦开工，就要开始付款，一笔一笔的都不是小数目，我担心付款要是有问题，少付或迟付，不仅影响工程进度，而且还增加咱们工作量，可H市分公司财务部咱们没打过交道，这事闹心，你觉得财务部陈总这人怎么样？”

“老大，不是有廖总在后面支持咱们吗，不必那么担心吧。”

“给你说个笑话。三个男的去女方提亲，家长说：‘请说说各自情况。’甲说：‘我有1 000万存款。’乙说：‘我没存款，只有一栋2 000万豪宅。’女方家长很满意，就问丙：‘你家有什么？’丙答：‘我只有一个孩子，不巧，孩子正在你女儿的肚子里。’甲乙无语，恨恨走人。小笑话告诉咱们，核心竞争力不是钱和房子，而是在关键岗位上要有自己人。H公司财务部归A集团财务总部垂直管理，由汤总亲自抓，廖总虽然能说上话，但毕竟不是直接领导，效果差一层呢。你看C市的老大张总，他在C市分公司够强势吧，也是说一不二的主儿，可他签署的付款申请批示到了财务部，一样要被拿去请示汤总，跟咱没啥区别。”

“你说起C市分公司，提醒我了，你在C市分公司不是已经摆平财务部了吗，干脆这次依葫芦画瓢，搬过来再用一次就是。”

“摆平财务部有俩标准：1. 付款申请报告通过财务部能第一时间上报总部；2. 财务部在申请报告上替我说好话。C市分公司财务部凭什么对我好？还不是我在背后使了一把劲儿嘛。妈的，企划部花费了一年多时间才搞定C市分公司财务部，这才享受到对我的付款报告另眼相看的待遇。但现在到了新地盘，短时间搞定H市分公司财务部谈何容易……一笑，你了解陈总这人吗？”

“听人讲，陈总常和银行打交道，经常喝得醉醺醺，其他的还不清楚。”

“嗯，这个我也知道。算了，还是我再想想办法吧。你通知晓峰，叫他来的时候别空手来，多带些土特产过来，我要送人。”

“呵呵，老大，我已经说过啦。对了，这月底，香港有个天王要到H市开演唱会，不如叫广告公司送几张演出票？”

“有启发性，好主意！妈的，要玩就干脆玩把绝的，你记录：1.发动广告公司海捞演唱会门票，来者不拒，多多益善；2.我看见H市附近的温泉疗养馆正在高速公司路上打广告，他们喜欢拿门票换广告，咱们有过合作的电视台、报社和广告公司，手头应该都有点儿温泉馆门票，冬季温泉疗养谁都喜欢，应该划拉点儿回来；3.广告公司代理快销品客户，一般都有客户产品，你、贺平和小黄去找当地广告公司，凡跟企划部合作过的伙伴，问问他们手上有啥好货，洋酒、饮料、休闲食品、名牌促销品等等吧，统统搞点儿回来，但记住，贵重礼品不要啊，免得背后闲话四起；4.对于所有建材供应商，你在背后稍微点一句，想要按期结账，最好给财务部和采购部准备几份小礼物，不用贵，是个心意就成；5.咱们还有一批合作单位……”

“明白了，老大，你打算按财务部和供应部人头，分别送礼吧。问题是，有我一份不？”

“滚！”

“嘿嘿，老大，多说一句，不如企划部送一批明星签名海报给财务部算了。”

“滚！有多远给老子滚多远。”

望着一笑笑着跑出门的背影，我忽然心里一动：“这家伙说的也不无道理，可以照搬C市分公司经验。回想起来，刚进集团时，人生地不熟，一没业绩，二没人脉，三没眼光，四没人气，愣是半年后才搞明白集团各类事情的流程和运作规律，又花了半年才攻下财务部。现在见识和人气长了不少，应该有办法尽快拿下财务部。”

A集团的财务部可是一个炙手可热的部门。没办法，求他们付款的部门多，计划安排不过来，矛盾突出。比如，A集团9月份要支付1 500万各类款项，但财务总部根据集团现金流和付款总额，只安排1 000万的付款计划，给谁不给谁？他们会根据付款重要性作统一安排，本月没付完的项目，只能安排到下月去，但到了下月付款就有保证吗？这年头谁能给谁下保证呢？

我打通财务部关系，就是为了企划部做事方便，不得已而剑走偏锋。通过分公司财务部运作帮忙，为部门的客户付款表多多美言，尽量按合同上付款条件足额付款。一句话，总不能又要乙方这匹马玩命跑，又不给他们按时吃草吧。那样，谁还有兴趣陪老子玩？

从在第一家报社打工开始，虽然业绩出众，但因为对抗社长，大闹报社，最后两败俱伤。社长没能让报社百尺竿头更进一步，最后人还折了。我呢，也好不到哪去，高调闹事后，走上了一条曲折的事业发展道路。提成事件和A集团一年多打工经历，给我的教训和经验极深刻，从中明白四个道理：第一，在公司打工，合作远比对抗有意义，尤其要搞好领导层的私人关系，除非是自己被同行部门欺负到裤裆里去；第二，低调做人，高调做事，自己少说多干，让业绩说话；第三，发动群众，借力打力，让所有亲近哥们儿和中立朋友，自愿、免费地帮我做事，以获取最大业绩；第四，毛主席曾说伤其十指不如断其一指，自己应该集中所有火力打歼灭战，钓一条100斤重的鱼比钓10条10斤重的鱼牛得多！

吃亏最好只吃一回。现在我比过去成熟许多，知道团结与分享，所以在哪个分公司都能混个模样出来。果然，在我的尊重、诉苦、交心、勤动和礼物的联手攻势下，财务部上下很快把我视为好友，为我在酒店工程付款方面大开绿灯，帮了不少忙。工程部老庞有此待遇？洗洗睡吧。

我攻关财务部的套路简单。先将财务部看成是企划部的客户，要完成推销自己和企划部的任务。谈客户难吗？嗯，咱强项。第一步建立联系。我常去财务部走动，找陈总聊天，初步建立个人友谊。第二步送礼熟络。演唱会门票来了，送陈总一沓票，而不是直接给他手下人，人情给他。接着3天一箱红酒，5天几箱饮料，往财务部一丢，随他们分去。第三步，诉苦公关。我把项目的艰巨性、复杂性和对抗性，一点一点挤给陈总听，慢慢博得同情和认可。第四步，交心交友。谈真心话和交情话，最后成好友。财务部要做点儿什么事，需要企划部帮忙的，随便下任务；反之，我的付款申请总能如愿以偿。嗯，OK！

当然，酒店项目也需要采购部配合，肖总自从和我搭档后，似乎对我高看一眼。我们算惺惺相惜，加上几批小礼物先后送达，自然我在采购部也混开了。大事小情一个电话他们就帮我出人出车，配合挺爽。唉，部门外面的关系总算理顺了，了去一大心事，我如虎添翼，准备甩开膀子大干一场。

接着又拜访审计部，等混熟悉后，审计部王总告诉我："老庞这人要提防，比如需要4天审计的一个工程合同，他故意扣在手里，头天才给审计部，第二天就要审计结果，没出来他就向廖总投诉，说审计部耽误工期了，而且这厮非常能拍马屁。"靠，老庞的敌人就是咱的朋友，好，团结一切可以团结的人。

两天后，看见子明和晓峰风尘仆仆赶来报到，很开心。几句闲话后，我很快进入主题："记得当初工作安排是晓峰主攻水电路改造和木工，子明负责瓦工和油工。你们哥俩学得怎么样了？敢顶替工程部去干监工的活吗？"

"呵呵，要看老大的标准了，自我感觉马马虎虎吧。"晓峰跷起二郎腿，摆出一副嬉皮笑脸、满不在乎的神态，笑嘻嘻回道。

不知他是虚张声势还是自信满满，我也打着哈哈："行啊，你要是低水平，从本月起，我给你发低水平工资，一分钱一分货，多匹配。"

"老大，你常说工资是干出来的，不是要出来的。呵呵，要不我们先干，你看着给吧。"

"哟，叫板？呵呵，有底气。好，问你：如何现场鉴别大芯板质量？"

"从50块到120块一张的大芯板都有，现场检查有俩办法。第一，指甲在大芯板侧面划几道，容易被划伤的板子，发软，质量差，反之是好板。第二，切开板子任意一角，甲醛味道刺鼻则是差板。"

"给你打66分！因为没说办法三，看侧板颜色。大芯板用同种木材压制而成，板子侧面颜色必然接近，颜色单一则为好板，反之为差板。"

"哦，树种不同，膨胀系数不同，板子容易在冷热变化中起鼓变形。"

"回答不错，加10分，你现在得分260分！请继续努力。"我冷冷说道。

晓峰见我眉头紧锁，歪嘴苦笑一声，不敢再言语了。而子明好像受了多少苦似的，还在抗辩："雨总，我们其实一直在努力，只是从来没接触过装修，所以学来没那么快。”

他们不知道我身上压力有多大，瞧他们七个不服、八个不愤的样子就来气，而子明这家伙的话更像干柴与烈火，我立刻拍桌子喝道：“行了，别他妈的废话了！一个月就把东西学成这副德行？要是你们家装修，知道施工队可能会蒙你，你全力突击学30天，会学成二把刀水平？屁！这不是能力问题，是态度问题。心思没放到正地方，能学出个啥玩意儿？小黄只比你们早进公司一年，现在不仅当上了部长，而且工资翻倍……晓峰，你还记得工资是干出来的话啊，可惜不是行动派，是口头革命派。我知道你们心思，到企划部是来干策划的，想跟小黄下市场，不乐意当地盘工，所以学习没动力。可你们只知其一，不知其二，学啥不重要，重要的是掌握做事做人的方法！我没在集团干过工程，不一样被老板点将……我把广告思路运用到工程上，干得就是比工程部出色，出人意料吧。做酒店装修好比向集团推出一款产品，酒店是外壳，我是按照一款睡眠产品来做策划和实施的，对比奶制品销售，只是表象不同，但实质却殊途同归……废话不讲了，开工在即，再给10天，学不出来，佟刚就是前例！”

我越说越激动，前后痛骂半个多小时。没法不激动，前面工作铺垫多好呀，到了施工阶段，要是部门不给力，叫工程部抢去功劳，一个多月的心血不就白费了？我还指望到了年底，酒店给企划部扬名立万呢。打发他们走人后，我感觉事态有些严重，一个人静静想了想，然后喊进一笑：“哥们儿，傻了，没早点儿喊子明和晓峰过来，在我跟前比放羊学要好得多！唉，可惜，耽搁时间了。”

“啊，那怎么办？”一笑见我阴着脸，急忙问道。

“还能怎么办？将就凑合用呗。幸好还有个亡羊补牢的办法。工程部不是一直在聘EG监理公司吗，你去联系，请他们公司派一位有装修经验的监理代表过来培训他们两天，然后再请林总安排实习工地，叫监理代表带上子明和晓峰，还有新来的俩实习生，结合工地实际情况，仔细讲讲各类施工工艺和验收手段。还有，下午叫EG高管过来，我要谈酒店监理合作的事。唉，本来想省下这笔监理费，唉，歇菜了。都怪我大意轻敌，算了，求平安啦，甲方和监理公司一起监工，搞双轨制吧。”

“好嘞，这就去办。”

“靠，回来，忙晕了。施工现场是动态发展的，每半个月工地都会有进展，看一个工地学不全乎。你叫林总安排5个工地，施工队刚进场10天的，进场30天、60天、90天和120天的。不用那么精确，大体安排就成。他们4人跟完一个完整的施工进度流程，包括从材料进场到现场施工，再到验收的全过程，能让他们好好实践学习。哦，再提醒两点：1.带上相机，把工地现场拍照片带回来，有空我给他们讲讲；2.刚才把他们骂疼了，你去当好人，打打气，别带着情绪工作。”

“好嘞，我马上去和他们说。对了，老大，我发现到了H市企划部，好像这边的事情比C市企划部多多了啊。”

“忙好呀，一个人干俩人活，自然能拿俩人薪水。当然，想轻松也没问题，可以和小辉换岗喘气。”这赵一笑，对自己利益看得挺重，时不时就想提条件。老板们都不喜欢手下人自己提涨薪的事，要涨薪老板自然有所考虑，如果是不可或缺的人才，用得着他来操心吗？所以我没客气，直接顶回去，嗯，毛病不能惯。

“好，听你的，一个人干俩人的活好啦。”一笑怏怏回道。

望着一笑匆忙离去的背影，我不禁心里暗自叫苦：妈的，鼻屎大的破事叫我给搞砸了，看来没把困难估计足，自以为人人都会像贺平与小黄那样干活。这4个人能速成不？他们给力不？

正在胡思乱想之际，廖总秘书小王打来电话：“雨总，廖总找你，叫你过去一趟。”

在去廖总办公室的路上，脑子条件反射般不由自主地换了频道：是不是那位漂亮的丝巾美眉再次光临H市分公司？哈，廖总请我作陪吧。难道她也是做项目的，也想接点儿酒店的活儿？哈哈，那样可就太好啦。老子指天发誓，为了抱得美人归，绝不给她布任何的局，相反，什么产品、付款、价格随便谈，保证独此一家，别无分号！印象中，她柔软饱满的红唇，秀秀气气地生在那清纯端庄的娇靥上，再加上线条优美滑润的香腮，吹弹立破的粉脸，真让我一见钟情，颤抖不已！虽然还不知道她的来历、性格、本事、爱好，但咱在社会上也久经历练，见过风浪，相信自己眼光，这丫头就是咱未来的媳妇，非她不娶！嗯，心目中的媳妇，首要条件就是能震慑我。而她身上具有的刚柔相济的气场，完全将我震撼，让我心服口服外带佩服！等年底酒店完工，要还见不到她，哼，老子就算舍掉咱脸面不要，也一定要请廖总从中为媒！

满腔希望敲门，可进屋只见廖总一人在办公室。一见钟情的丫头？妈的，只有空气。我屁股也犯贱，没坐到廖总办公桌前的椅子上，而是直接坐到女孩上次坐的位子上。体验人家的留香？嗯，要么说犯贱呢。

廖总见我远远坐在沙发上，有点儿出乎意料，他指了指跟前的椅子，那意思我明白："小哥们儿，就两人说话，坐那么远干吗？"

似乎背着千斤重担，特别不情愿地起身，挪到椅子前，闷闷不乐问道："廖总，啥事？"

"哎哟，今天雨经理似乎情绪不高啊，呵呵，难得难得。"

情绪能高涨吗？棘手事成堆，又刚骂完人，更没见到心上人，没一件喜事。我点点头，闷闷回道："没啥，就是感觉累。"

"听说昨晚你们部门开会到夜里12点？呵呵，A集团的活永远做不完，干吗不早点儿休息？"

"及时总结谈判心得，为的是磨刀霍霍，后面还有一群人等着呢。老板和您控制费用好严，企划部的工作目标只有一个，节约每个铜板！"

"呵呵，难怪众人夸你，嗯，企划部的风气很正。很好！"廖总褒奖完，话锋一转，"酒店工程马上要进入施工阶段，刚才工程部庞经理报上来施工监管计划表，你先看看他们的计划和安排是否合理。"

什么？老庞又要伸爪子过来捣乱？我心头一惊，马上拿过计划表一目十行，不看则已，一看不禁怒火攻心，真有些气炸臁肝肺，挫碎口中牙！我把表往桌子上随便一甩，抬头看着廖总，绷着脸傲然回答："不劳工程部大驾，他们人少活多，忙不过来，请廖总相信我们企划部会干得更出色。"靠，老庞那厮都欺负到裤裆里去了，咱扮演不了铁打不透的憨态。

"就知道你小子这么答。就你这点儿心眼我还不明白？怕工程部抢功？

怕庞经理不配合？”

本来没看见心上人，就已经暗气暗憋，又见老庞不依不饶还想伸手捞过界，而且廖总身子还不知站在哪头，顿时备感委屈，我身上那股狼性狠劲瞬间似火山喷发一般：“廖总，不是您说的那回事。对于管理装修现场施工，我比工程部经验丰富得多。但为防备万一，我作了两手准备。马上续聘EG监理公司，全程负责施工质量管理。此外，我还从企划部培训出4名项目管理员，瓦木水电油，一人负责两项，这几天正在林总工地上作最后冲刺实践。现场管理这块都安排全乎了，还要工程部来干什么？”

见廖总仍不置可否，去他大爷的吧，老子管不着那么多了，索性点一炮再说：“廖总，工程部首次招标铩羽而归，为啥会失败？说明不懂设计呗！老板叫我们不走寻常路，但他们置若罔闻，自然招致失败。工程部曾负责办公楼装修，我计算过，乙方毛利有25%以上，而我们本次招标，乙方毛利6%，二者4倍差距，这又说明什么？说明他们不懂报价和工艺呗！往好里说，他们业务不精，谈判不灵，被乙方所骗。但往坏里讲，难道为公司造成损失的部门还有资格继续干装修？还要继续为公司造成损失？他们既不懂设计，又不懂施工，有啥本事还要参与？还有，与Y公司谈判刚结束，工程部就被乙方拉去消夜玩乐去了，敏感时期，双方走那么近，合适吗？企划部知道规矩，至少当天晚上我们是在总结谈判得失。”

在A集团，谁要敢侵犯企划部利益，我是坚决跟“地痞流氓”作斗争！唉，年轻气盛没办法，秉承人不犯我，我不犯人，人若犯我，我必犯人的宗旨，眼看有人要砸我吃饭的家伙，还不玩命反抗？那还是爷们吗。反正是私心与公心交杂一起，跟广告部老逸到工程部老庞，斗了一遛够。

廖总还是没啥反应，我这股暗火更盛：“廖总，我还有几点理由要申述。第一，担心他们干不好监工。您看看办公楼的装修，墙面不平，瓷砖空鼓，吊顶开裂，油漆起皮，水管漏水，毛病一堆，但居然也能合格验收？能力是一回事，责任心可是另一回事，不夸张地说，我们企划部从不干这事！我在北京做过三年装修，不敢说经验多少，但我作品在《时尚家居》和《瑞丽家居》随便上，而且通过装修也赚到了钱。工程部没亲身干过装修吧，哼，看完别人开车，自己就会开车？完全俩概念。第二，担心部门配合不好。企划部执行的是‘716’式工作方式，从周一到周一，每天干16小时，要求员工随时待命，我可能随时抽查施工质量。而工程部有自己的管理模式，他们未必处于全天候工作状态，到了周日，我要处理工地事情，难道还要等24小时才能解决？别逗了。一句话，谁敢耽误老板和您的事，企划部决不答应！”

说着说着，脑海里电闪雷鸣，坏水冒出来了：靠，何不拿话套他？不等廖总说话，我接着说：“第三，担心他们不理解设计精髓，执行差劲。老板之所以肯定标会，首先是拜设计思路所赐，预算达标。哦，对，上次在您办公室，有几位漂亮女士也在场，我跟您汇报酒店装修思路，当时您说思路大胆，我看您的几位朋友好像也挺赞成，都在点头。我想他们能和您是朋友，那自然也是高人，所以她们都能听得懂我的设计思路。但工程部是不是高人已有定论，一旦吃不透设计本质，如何监工？万一擅自修改方案，搞得乱七八糟，责任在谁？即使他们担下责任，但我是酒店具体负责人，还是要替他们背黑锅。唉，谁愿意一边干活，一边准备背黑锅？太打击人了！”

“对，对，当时有几个朋友在场，她们……”就在廖总准备继续说下去的时候，王八蛋的事情发生了，他手机碰巧来了一个电话。靠，只要铃声再晚响半分钟，见证奇迹的时刻就到了，妈的，郁闷之极！等廖总讲完电话，我心里早已定盘，马上接上话题：“您接着说，当时几位朋友，她们……”

“哦，她们也说思路不错，我感觉思路既省钱又能保证效果，有独具匠心的味道。”靠，廖总根本没接我的话茬！失望之极，恨不得掐死丫的！

没法子，我不好意思再问，好嘛，现在问不出来的怒火再次泄到老庞身上：“第四，担心没工夫天天协调。虽然我是项目管理人，但并不直接管工程部，他们部门受多头领导，当我和庞总意见不合时，难道天天要请您居中裁断？夹在您、庞总和施工队中间，那我天天就跑协调好了，包括几百万采购任务交给采购部算了。本来在采购上我计划再为集团节约几十万成本下来，显然，没时间去干了。第五，不瞒廖总您说，我半路接手酒店工程后，庞总并不积极配合，不仅所有资料对我封存，而且谈判会上，庞总发言时间累计不超过10分钟……我还可以继续立军令状，年底前不能按时保量交工，大不了走人就是。”

这番肺腑之言，都是在一股激情下迸发出来的。我上来就诱惑廖总——想叫我继续替公司节约投资不？还想叫酒店工程顺利进行不？想的话，别没事找事。完后开始贬损对手，抬高自己。照着工程部两大痛点下重手，从业余水准说到工作偷懒，对比企划部专业高手和勤勉努力，廖总要老庞管就别叫我管。中间还穿插私人小算盘，希望话题往丝巾美眉身上引，期待廖总能稍微说上几句。

此刻绝不能心慈面善，给廖总印象是只能二选一，有他没我，有我没他！也许是廖总早已打定主意，也许是被我的言辞打动，反正他大手一挥，说道："行了，就你们部门干吧。记住，军令状！小心点，别给我干砸了！"

出门，跺脚，擦冷汗，哇，谁给我的胆量？还真敢拍桌子说冲话！挺佩服自己身上的这股狼性勇气。唉，在大集团干活，30%精力是用在内部协调上的，人事不顺，啥也别想干成。今天歪打正着，没见到心上人，一时气不顺狠狠顶了廖总一把，否则没准被廖总权势给降服了。对了，我这点小九九，从张总到廖总，怎么没能藏住一件事呢？

可转念一想，恍然大悟："我最怕工程部肆意伸爪子，廖总由此抓住我的痛点，故意在使激将法！他洞若明火，'二士争功'，有啥不明白？他是不是从我立军令状这件事上尝到了甜头？感觉上了个紧箍咒，效果就……好嘛，现在我又被军令状给拍住了，而且跟上次一样，没人逼，都是自己申请的。难道我对乙方玩请君入瓮，廖总获启发，也跟我玩请君入瓮的把戏？居然是我不得不钻，玩命要钻，出门后还洋洋得意，自以为计谋得逞，嘿嘿，螳螂捕蝉，黄雀……"等想明白了，可气又可笑，都不知道说自己什么好了。嗯，超郁闷！

感慨完廖总高超的统御下属的本事后，深感自己管理能力的匮乏。好吧，再接再厉，以图后进。回到办公室，铺开白纸，继续想酒店未完设计。

想着想着，忽然思路一拐弯，想到另外一件事上去了：哎哟，既然把酒店看成是产品，那装修只算硬件，文化才是软件。产品应该有内在文化表现才对，就像Zippo打火机，给消费者讲的是“二战”时三只Zippo打火机能烧开美军一钢盔水的故事。产品没文化，则意味着没生命力。对于一栋建筑，更需要文化来烘托。天下名楼多的是，但为啥人们只公认四大名楼？滕王阁拥有“落霞与孤鹜齐飞，秋水共长天一色”之名句；黄鹤楼拥有“爽气西来，云雾扫开天地憾；大江东去，波涛洗尽古今愁”之名句；岳阳楼拥有“先天下之忧而忧，后天下之乐而乐”之名句；鹳雀楼拥有“欲穷千里目，更上一层楼”之名句。其实，建筑并不值钱，文化才是心灵寄托，所以，四大名楼凭借绵延千年的历史文化而名扬天下。靠，忙晕了，我过去擅长文化包装理论啊……那迎宾酒店的文化又是什么？什么样的文化才最能打动人心？

静静想了想，我开始在网络上搜索“酒店文化”。很快，发现了一个重要的关联概念——“主题酒店”。靠，对呀，酒店的主题文化还没想过呢，问题来了：迎宾酒店的主题文化是什么？

分析：主题酒店包括沙漠酒店，滨海酒店，森林酒店，火山酒店，温泉酒店，湖畔酒店，瀑布酒店，高尔夫酒店，目的地度假酒店……基本属于靠山吃山，靠水吃水，靠沙吃沙。我们的迎宾酒店背靠工厂，难道吃工厂？嗯，工厂怎么个吃法？工厂文化就是集团文化，集团文化就是老板文化。难道酒店主题是推老板文化？不妥。酒店是为客人提供休息睡觉的场所，跟甲方强调的拼搏精神格格不入，显然，继续推演没出路。那酒店文化又应该是什么文化？问题的关键是酒店文化要对经销商有吸引力，而且老板和廖总还得拍手称快，二者缺一不可。

半个小时后，想明白了——“家”文化！集团一直提倡“家”文化，号召所有员工把公司当成自己第二个家，一起努力工作，善待这个“家”。家跟住宿和接待要多贴切就有多贴切。嗯，一切从“家”文化入手。

迎宾酒店是集团为方便经销商到厂里办事而提供的贴心服务设施，酒店接待的住客不能看成是宾客，所以不是一般社会酒店所强调的“宾至如归”的文化。但跟经销商说集团提倡的“家”文化，靠，纠结。集团是甲方，经销商是乙方，双方既有对立斗争，也有和谐统一。甲方想尽办法逼乙方多完成销量，制定的第二年目标任务基本是年年翻50%以上，乙方不同意就得挨甲方大棒，而能完成则有胡萝卜吃。继续推理，如果甲方想利用“家”文化团结乙方，那如何减弱乙方内心既有合作愿望又有防范的心理？如何淡化甲方的大棒加胡萝卜政策？如何摒弃对立而突出统一？

想了一会，有了主意。“家”文化强调大河里有水，小河里才有水的理念，包含有奉献、忠诚、团结、荣誉和回报等创业精神，具体解析，就是指经销商背后有靠，跟随A集团这条大船一起乘风破浪，扬帆万里，一起创业发展的奋斗历程。他们对集团也是讲奉献、忠诚、团结、荣誉和回报，反过来，企业也以诚相待，所以大家才能在一个大家庭里紧密团结，共同进步。

正确策略应该是，从经销商走进酒店大堂第一刻起，就应让他们深刻感觉到“大家庭”的温暖。首先是温暖感。A集团家庭成员来自五湖四海，天涯海角，为各自奋斗目标而不停奔波，有幸集结于此交朋识友，所有人会感到喜悦和亲切。其次是自豪感。集团发展到今天，主要是依靠大家一起努力的结果，每个人既有功劳，也有苦劳，更有辛劳，所以才造就今日的A集团家大业大。喜看集团日益壮大，自豪感当然是油然而生。

继续推演。如果把宾客统统看做是A集团大家庭一员，待入住酒店后，该用什么样的文化表现形式，激发他们特有的温暖感和自豪感？

A集团的“家”文化跟经销商有什么具体关联呢？换句话说，怎样做才能叫经销商体会到A集团“家”文化的独有魅力？靠，推到这里，难倒咱了。思考良久，有了解决方案。不是灵感如期而至，而是看见桌上放着新出版的A集团企业报。“716”式的工作氛围就是好，随时都能找得到人，马上抄起电话：“小黄，这两天你在哪儿混呢？”

“唉，苏州啦，忙得头挨不到枕头，脚下好像踩着棉花，整个人发飘，根本停不下来。呵呵，咱们企划部的促销方案想得挺周全，市场销量已有提升迹象。哦，老大，你真该到来一趟苏州，江南姑娘皮肤可真不错，个个是白皙水灵，跟奶脂一般顺滑，那真是两个哑巴亲嘴——好得没话说！嘿嘿，我恨不得……”小黄一说起美女，语调都变了，那股色劲儿声音直冲耳膜。

听不下去了，我马上打断话茬：“行了，别乱拽了。正好你在市场上和经销商打交道，给你安排一项任务。你叫手下人找几个大经销商作采访，问问他们当初是如何选择经销A集团产品，如何跟集团混起来的，遇见过啥困难以及解决之道，总之，这是一篇描述经销商与A集团结盟而发财的新闻报道，也是一个商战英雄的事迹报道，但要比企业报采编经销商的发财路更细一些。对了，记得给经销商拍点照片啊，是大街上干活的创业照，不要傻坐在大班台后面的摆谱照。明白吗？”

“老大，你不是正在做酒店装修吗，要这玩意儿干什么用？”

“装修是硬件，酒店还需要文化包装才有内涵。我想利用集团提倡的‘家’文化概念，把经销商和集团一起发展的创业成长文化，揉捏到酒店文化里面去，彰显集团宏大胸襟和销售实力。酒店开张后，这些取得成就的经销商都是同行榜样，用同行教育同行，比我们督促经销商干活要好得多。”

“好，要多少篇？”

“事情这样办。第一，你负责通知贺平，向C市和F市分公司销售部索要所辖大区销售十强和市场成长快速的经销商名单。第二，企业报有现成的采访提纲和自诉提纲，你叫业务员拿着提纲和名单采访经销商，自述总结稿和新闻采访稿都成，1 500字以内，多了没人看。第三，采访应该不难，对经销商是好事，但文章要出彩，提三个要求：1. 仔细描写经销商代理产品之前是啥状态，做代理发财之后又是啥模样，有对比才能忆苦思甜，他们成功至少有一半是集团扶持的功劳；2. 重点写创业初期，发财后没人看；3. 强调经销商今年销售任务，这也是秀给别人看的，强中自有强中手，谁也别在自己地盘上得意。”

“文章突出‘感恩’心态，由感恩到温暖，再升华到大家庭概念，将抽象说教变成具体实例，呵呵，老大，高招哟。可问题是那些实力差的经销商看完后还能睡得着吗？这些文章不像安眠药，是兴奋剂，你不是叫他们一边检讨自己，一边妒火中烧吗？你很像一只隔年的鸡子儿——坏蛋哦！哈哈。”等小黄傻笑完，他话锋一转，“只不过，老大，你跟老板打个报告，请销售总部下发一个征文文件，别说几百篇文章，上千篇都能征到，何必还叫我们干这破事？”

“小样，在苏州泡妞把你泡晕了吧。你该知道我做事风格，不出手则已，一出手就是绝活。我发动你们找征文，上榜作品能先挂进酒店走廊，对咱们服务的经销商是多大的荣誉啊，他们会通过销售系统把企划部夸个够！靠，先把肥水浇灌到企划部负责的一亩三分地里，叫C、H和F市三个销售大区的经销商荣誉一把，然后落榜作品再刊登到企业报上，两不耽误，全是美事！到时候企划部马上就能拉近三大区几十个龙头经销商关系，一旦取得他们信任，今后能更方便开展工作，双方互相配合支持，业绩还用犯愁吗？但如果上报汤总，集团统一征文，肯定是全国业绩最牛的经销商们上榜，跟咱们还有什么关系？等老板来酒店看到征文，那还啥惊喜感？屁！瞧你这张破嘴，一出口就把好事给毁了。滚……”

电话那头，小黄不好意地讪笑起来。

放下电话，知道自己离成功不远了。老板点我的将，对路，咱是软硬全包。

第一步，把酒店装修看成是一个接待经销商和供应商的特殊产品，而不仅仅是一项装修工程。既然酒店是一件住宿产品，那就具有产品一般属性，完全可以按广告思路进行策划和销售。嗯，这是所有决策中最关键的思维转变，工程部没发现其中奥秘，还当成一项普通工程进行常规操作，失败即在眼前。

第二步，运用广告思路和装修设计思路，联手开发产品内在属性、产品利益和实现个人价值。得出结论如下：A集团迎宾酒店三维定位（手段——目的链）：

内部接待 （产品内在属性）	表面五星，内在准三星 （产品抽象属性）
方便安静、整洁舒适、便宜 （产品利益）	气派面子 （个人价值）

在市场调研及数据分析基础上，利用移花接木、横向思维和突出重点等策划思维进行酒店设计，从而达到了控制预算和确保装修效果的目的。策划

虽精彩，但还是局限于产品本身，都还只停留在产品硬件层面上，为经销商展示的也都是硬件设施。可迎宾酒店硬件再出色，也非五星，也不会被经销商认可为自己的“第二个家”，更不会在经销商心目中留下深刻印象，因为没超想象。由此可见，建设迎宾酒店的软文化才是酒店的内涵与灵魂，通过传播软文化，才能真正给经销商信心，更好地笼络他们，从而达到彰显集团硬实力的目的。

第三步，酒店从产品利益和个人价值层面，再次升华到精神文化层面上来，以满足住客对精神文化需求。同样用到广告策划手段，将集团提倡的“家”文化巧妙改造过来，通过走廊悬挂多幅经销商先进事迹报道的方式，进一步提升酒店文化内涵。现在，从经销商走进酒店大堂第一刻起，便让他们强烈体验到“A集团大家庭”的温暖与包容，既有硬件舒适的服务，又享受到无处不在的内心充沛的自豪感与温暖感，从而达到在精神层面上，对A集团感恩和紧密拉紧经销商群体的终极目标，当然，也符合老板期望。

事迹报道挂于走廊，是秀给更多经销商和供应商看的，传达两层信息：1.很多经销商立志做A集团大家庭里的一个积极分子，随集团和行业发展而发展，顺势而为，现在已发大财；2.无论何人，只要抓住代理A集团产品的机会，加之肯洒汗，英雄莫问出处，事业必有成果。来，设想一下，苦于没发财的或正在发小财的经销商，看完这些新闻报道，什么感受？感觉刺激不？热血不？榜样的力量是无穷的，都是做A集团产品，人家能发财，为什么自己不能？

有了精神文化层面上的展示，必然引起经销商集体共鸣和感慨，帮他们去回忆创业艰难，帮他们去憧憬未来美景，帮他们去对比自身不足，帮他们下定二次创业决心，帮他们感恩集团所带来的荣誉……由此，精神文化给了经销商群体一个充分的想象空间，拉近了甲乙双方的心灵距离。当他们回过头来再看这座酒店时，还是一座冷冰冰的只是硬件好的酒店吗？还是一座只是提供方便住宿的内部酒店吗？不敢说请经销商前来朝圣，但至少能叫他们记住迎宾酒店，也许真得把它尊为自己的第二个“家”了。

洗脑和刺激完他们，谁最终受益？首先是A集团。众人拾柴火焰高，只有经销商普遍发财，集团才能发大财。调动大家销售热情，集团自然获益最大。其次是经销商。住进酒店，看到同行八仙过海，各显神通，各个发财，自己兴许能学到一招半式，以后运用到销售中去。最后是我。老板满意，经销商满意，销售总部满意，当然都是咱功劳，老板不表扬我，难道是老庞？洗洗睡吧。

敞开心扉

日本有个叫吉田正夫的人，他曾看到海边渔民正在摆弄一种小虾——一种观赏虾。渔民告诉他，虾产于日本南方，自幼习惯于成双成对生活在石缝中，长大后无法从石缝中游出，于是就在石缝中度过一生。渔民根据小虾特性，把它们一对对放在稍作加工的石缝中，注入清水，略加装饰，作为观赏小动物出售。但吉田却想到："观赏虾在石缝中成对生活一辈子，不是可以作为爱情专一的象征吗？"他一番筹划，采用玲珑玻璃箱，将人工假山石置于其中，作为"新房"，再点缀上水生植物，让虾在"新房"内生活安逸，并附有说明，将小虾从一而终、白头偕老的故事描绘得真切动人。

吉田在东京开了间结婚礼品商店，专卖观赏虾。许多新婚夫妇和老夫老妻见后大喜过望，纷纷买一件回去作观赏和纪念品。小虾依旧是原来的小虾，但加上一个故事和寓意之后，产品变得好玩起来，瞬间抓住顾客眼球，成了抢手货，而且身价倍增。由此可见，对于一件产品的销售而言，文化包装其威力是巨大的。

经销商发财史

饭点时间到，拽上子明和晓峰跟我一道吃饭去，一边吃一边鼓励他们好好干。作为团队头领，脸一定要变得快，该夸该骂收放自如，千万别跟手下人怄气。果然，只一顿饭的工夫，二人心情舒畅起来，表示坚决完成任务。他们高兴，我也跟着高兴："今天排骨海带汤不错，排毒的，大家使劲喝呀！"……

没过几天，贺平的采访稿先过来两篇。

3 000多个空瓶的秘密

我是河南叶县A集团经销商王菲云，出生在20世纪70年代的中原大地。命运对我来说似乎一直伴随着贫穷，喝牛奶更是梦想。上学时总认为万般皆下品，唯有读书高，从来没想过以后人生会定位在生意场上。记得几年前，看到电视上A集团广告，当时就在我脑海里留下了深刻印象。但那时在我们平顶山地区，根本就没见过A集团的任何产品。

1998年，我和丈夫所在的皮革厂停产，下岗后丈夫给别人开出租。一天，我丈夫的朋友说他外甥刚代理A集团品牌，正筹备招各县经销商。他回家一说，我马上就想起那个广告，出于潜意识，认定做A集团产品肯定赚钱！可当时需要1万多元的本钱，钱在哪儿？我们连1 000元也没有。丈夫犹豫了："咱没钱，生意别做了，万一赔了以后日子咋过呢？"当时我考虑开出租危险，又没其他生活来源，就做他的思想工作："没钱可以借，挣的钱够吃饭就行，争取不赔。假如咱全县有50个客户，每个客户每月给咱挣20元，一个月就是1 000元，不比开出租强？"

经过俩月市场考察和深思熟虑，1999年1月28日，我们夫妇在叶县租了一间房，又借了1万，买卖算开张了。创业初期我们是一家一家步行推销，有的客户跑10来趟，赊账都不要货，我一再鼓劲自己要坚持。坚持的是干劲，改变的是策略，后来我们决定举办一次免费赠饮活动。那天我老公拉着一车货上路，不到中午便空车而回，每到一店，免费送一板奶、一份资料，晚上约好收空瓶。同时雇人在超市门口做免费品尝。不到半个月，3 000多个空瓶子就这样堆积起来了。可出乎我们意料的是销量还是没打开！眼看现金越来越少，那天我边哭边想："A集团的瓶子材质好，包装美观，牛奶香甜可口，怎么就没人喜欢……也许是知道产品的消费者还是太少！或者赠送时间还不够长。"于是我花了几天时间说服丈夫，最后又借到8 000元，继续坚持免费送奶。一天，终于有人要货了！我丈夫第一时间蹬着三轮车飞速送货，那么沉稳小心的一个人，动作像兔子，从来没见过。从此，生意慢慢开始有了回头客。

转眼到了六一，我印传单搞促销活动，在县电视台打广告，还在超市配备促销员，随着销售网点增多，市场一下子打开了局面。当年销售额54万元，我买了一辆昌河面包车。2000年有幸与A集团厂家直接签约，成为特约县级经销商，当年完成102万元销售额，我又买了一辆五菱面包车和三辆机动三轮摩托。2001年预计能完成180万元销售额，第二年合同任务量是280万元销售额，预计可以销售额330万元。我就是靠一股不服输的劲，灵活应对市场变化的策略和坚持免费品尝的方法，只用两年多时间，在我县牛奶业的销量已跃居第一。

A集团给我带来的不仅仅是经济收获，更重要的是我找到了生活方向，实现了人生价值。现在两个弟弟在帮我，去年我又鼓励婆家姐姐去漯河临颍县做A集团代理。现在我妈常说："是A集团救了我们全家呀！"以前，我从来没出过河南省，这几年通过代理A集团产品，也算出去见了世面。我需要学习，学习，再学习；努力，努力，再努力，力争成为集团县级销售30强之一。特别今年去上海开会，听到集团总裁汤总的一番讲话，我的干劲更足了，希望乘着A集团这艘大船乘风破浪，走向辉煌！

从销售额54万元起步，3年做到180万元，难怪A集团销量年年高速增长，全仰仗各路销售精英全力以赴地开拓市场，典型的农村包围城市的策略，老板做市场的思路果然不同凡响。哇，再一想，180万销售额，说啥也能赚到30万！而且这还仅仅是今年利润，明年又会多赚多少呢？读完征文，别说其他人，连我都蠢蠢欲动了，好刺激大脑神经呀。嗯，文章写得不错，不过，似乎还少了点儿什么，少的是……

想了想，我加上了一段点评：王老板的销售方法看似简单，做终端就是“简单的动作重复做”，但关键是日复一日，年复一年地坚持不懈，就一定能成功。3 000多个空瓶，反映了他们夫妇开拓市场的艰苦、销售胆识和坚强毅力，不仅是A集团在叶县发展的历史见证，也是借鉴学习好榜样！

贺平这家伙虽然没小黄脑袋瓜好使唤，但踏实肯干，不耍滑头。小黄要么爆冷，把事情做得出色对位，风生水起，要么吊儿郎当应付了事，对付他，老子一定是皮鞭为主！显然，贺平把我说的话当成了任务，而小黄只想毛糙对付。马上拨通电话，立刻火花四射：“小黄，征文呢？还在经销商脑子里吧。你忙着在床上采访苏州女孩呢吧?!”

“唉，老大，有这个打算，可她们热情度不够啊！那天，我跟经销商扫街，看见一个穿超短裙的女孩，身材高挑……”小黄还是一副嬉皮笑脸的说话口气。

“去，去，去……5天之内必须完成30篇采访稿。下个月工地一旦开工，忙起来我没时间审稿，你敢少一篇，笔记本电脑的事你就别惦记了。还有，敢随便应付，老子申请买一台玩具电脑送给你，听见没?!”

听我语气严厉，小黄没敢再放肆，马上爽快答道：“老大，放心，OK！”

挂上电话，气顺了，继续看。

“三轮车”骑出了一辆“奥迪车”

这是一个务实之人，只干不说。郭总原是河南许昌市一名副处级干部，作为一名公务员，收入有保障，完全可以轻松过日子。但作为一名有坚强毅力、勇于挑战的中原人，他不甘平庸，立志要干一番大事业。许昌市人口只有20万，年销售额竟高达1 000万，人均消费50元，目前是A集团人均消费最高的城市。今年他打电话告诉我，他买了一台40多万的奥迪车，他的成功得益于眼光、谋略、毅力与勇气，我想这是他多年来付出的丰厚回报。

郭总多年来只代理A集团产品，始终不离不弃，像个忠诚的老朋友，默默地陪着A集团走过风雨岁月。他谦逊地说：“自己打市场没新招，创业史也没传奇色彩，成功完全是公司大力支持的结果，当然也是自己一步一个脚印走出来的。”

一、敢为人先，弃官经商，迈出创业一步

1995年，对于一直关注市场商情的他来说，第一次接触到A集团产品。在当时，全国奶制品市场鱼龙混杂，在良莠不齐的情况下，郭总选企业和产品的眼光与众不同。他看准和相信的竟然不是产品，而是集团老板。由于他信任老板能带领企业走向事业辉煌，所以毅然选择了在许昌销售业绩为零的A集团，开始了艰苦创业历程。起初，郭总把经销点定在社区、学校、副食品等零售摊点，凭借自己长年形成的人脉关系，以农村包围城市的方式，迅速把产品铺到各零售点。由于刚起步，为了及时作好售后服务，维护好市场，他和家人一起早出晚归，骑着三轮车送货上门。春寒料峭，烈日高照，阴雨绵绵，北风呼啸，春夏秋冬四季竟无一日停歇，被同行誉为“铁人郭”。通过自己辛勤的汗水，当年获利8万元。于是他配备必要的运输工具，又买了一部手机，在当地引起不小反响。看到自己用汗水换来的劳动成果，郭总对未来充满信心。

二、锲而不舍，从“走”到“跑”的发展

多年来，郭总和家人为A集团坚守着许昌这个大本营，培养了一批忠诚消费群，在不断发展中，销售渠道和网络也在不断补充和完善。1999年，他抓住A集团重点扶持河南市场的商机，申请做许昌地区总代，他强大的营销网络也被A集团看好，由此，双方合作进一步加深、加强。在A集团品牌战略支持下，郭总花大力气重组网络渠道，进行渠道扁平化管理，涉及到餐饮、团购、超市、流通等多种领域。此外，他首创合作新模式，和公司捆绑一起投广告，在广告拉动和公司促销政策推动下，销售业绩从“走”到“跑”，呈现直线上升态势。近几年销量都保持两位数增长，2001年销量预计达18万箱，销售额破千万元大关。

“经销商发展离不开集团支持，本着真诚互惠的发展思路，我们共同打拼市场，明天会更美好！”郭总面对A集团企划部采访时，激动地说。

三、吃透政策，谋划事业发展愿景

郭总最大的特点是少说多干，他从不向厂家和分销商作承诺，但他的脚踏实地和勤奋，让所有人钦佩。和其他奶制品企业不同的是，A集团不搞“一刀切”政策，经营灵活，根据各地实际情况制定相关政策。郭总爱动脑，敏锐地看到这点不同，频频和公司接触，彻底吃透了集团销售政策，天长地久，他和集团领导由生意伙伴变成了亲密朋友。凭借过硬业绩和良好关系，让他得到很多实惠，获得了厂家大规模广告支持，得到了强大的促销辅助，每次企划部和促销组下市场服务，第一站都是许昌市。面对未来，郭总心中有一个愿景：“通过辛勤劳动，要把A集团事业做得更大、更强！”

F分公司企划部 贺平

难道郭总是企划部的人？他的想法和做法简直是在义务帮忙推销“家”文化啊，我就盼望经销商能表达出在A集团大家庭里有温暖感和自豪感，各个怀有感恩心态，果然，案例不期而至。郭总不仅是老牌经销商，业绩出色，对其他经销商而言说服力极强，而且完全是“家”文化的典范代表，与我所谋所想分毫不差。呵呵，手里有这等美文，真帮衬文化包装酒店的策划思路，我不禁喜上眉梢。

看得出美文是言情并茂，真实感人。从商人精明角度来说，郭总不算优秀，但仔细解读他的内心世界和创业历程，不难发现他是一个不说空话，忠于集团，团结双赢，善于沟通，大智若愚的人。他的能力体现在执行力上，用事实说话，让结果作证，这大概就是郭总从一个小老板变成A集团全国经销商三十强，从踩三轮到开奥迪的深层原因，也是他带给我们的商业启迪。

看完文章，忽然又来了灵感：“征文做成画框形式，挂在墙上，但光是文字似乎枯燥点，如果再搭配经销商照片，那不成光荣榜了？靠，没点儿艺术表现力，跟酒店温馨气氛不搭调，要不将照片换成一幅漫画式插图，岂不两全其美？”

主意拿定，马上喊阿伟进来：“你记录一个新想法。我想利用文化包装酒店。A集团一直提倡‘家’文化……现在需要解决插画问题。你马上跟省城艺术院校的学生会联系，问问他们有没有愿意给征文画漫画的学生，我们提供人物照片和文章，他们进行艺术加工和再创造，看看多少钱一幅插图。对于艺术表现形式，是油画还是水粉画？水墨画？Q版漫画？素描？钢笔画？听听建议，哪类绘画手法的艺术表现更棒？记住，最后提交的是电子版。”

“成，我马上联系学校。”

阿伟转身刚要走，我又马上喊他回来：“对，学生不一定完全可靠，要双管齐下。靠，忙晕了，事情应该分三步走。第一，先去H市建材城转转，有专门卖装饰画的摊位，拿征文找画匠，先为这篇《3 000多个空瓶的秘密》配插图，然后报价。第二，找不同画匠，请他们画各自擅长的艺术风格插图，我们比较后再确定方案。第三，有了明确画法，你再去找学生报价。好，都明白了吗？”

“明白。那插画数量呢？”

“先报300幅吧。”

“啊，有300幅？呵呵，我打着大旗去勾人欲望？呵呵，老大，你翻倍报数的套路地球人都熟悉，接下来的规定动作就是我把画匠或学生请到公司，你再给他们开一场头脑风暴会，然后又是PK淘汰赛，也许最后成交价只有他们报价的一半。嘿嘿，这套路我也会了。”阿伟越说越得意，不禁一阵坏笑。

说者无意，听着有心，阿伟的话立刻启发了我的灵感：上次分析大衣柜的柜门，既然不能节约装修费，那就转换思路，将其变为房间一个装饰亮点，但如何变？当时卡壳了。现答案不期而至，呵呵，请画匠在柜门上画一幅艺术画！

言念及此，我兴奋地说道："画匠大都爱以艺术家身份自居，跟他们谈价不同于商人，有些人为了脸面，可以不为五斗米折腰，爱画不画，不画拉倒。所以，我打算给他们布一个'顾此失彼'的局。画柜门价格好说，适当砍砍价，价格低者中标，但要赠送100幅征文插图。他们都先顾及画柜门去了，那个项目赚钱，结果叫我在插图项目上钻了空子。"

"明白，叫他们先争柜门画，火候差不多时，再抛出来赠送画，这样无损身价，还把面子留足，是这意思不？"

我满脸得意之色："嗯，你说对了一半。在绘画工程中，画柜门画是重点，当然要优先考虑。经销商看的是征文内容而不是插画，配插图只是添加某些艺术气息，非重点。既然插图非重点，那什么艺术表现方式我都接受。现在你去找能画家具彩绘的画匠，我不使劲砍他们艺术身价，估计猛砍后伤和气，不如适当砍点，留足面子，然后请赠送插图，算互相优惠，这一点走到哪里都说得通。何况我再为画匠准备几个优惠条件，必引他们入局。好，你就按这思路去找画匠吧，多多益善啊。5天后请他们过来谈合同，"

阿伟刚开始是惊愕不已，接着是笑逐颜开，最后是吐着舌头出的门。

坚决不做奶牛

晚上，小王电话又来了："哥们儿，前天说的养猪的事，琢磨得怎么样了？"

"你怎么想起养猪了？"

"上次回老家不是说生孩子嘛，现在胖小子也有了，家里农活又不多，总要找点儿事做，呵呵，赚点儿奶粉钱不？前年养猪在农村很热门，一头猪多的能赚到150元钱，但去年猪肉价大降，养一头要小赔100。今年猪肉行情又有抬头，我大伯就在家里后院养了30头，才半年就赚了几千元呢。这要是我们哥俩联手，搞专业化养猪，一年不比他赚得多？"

"啊，猪肉行情反差那么大？赚钱不用多说，我就问一句，万一碰上行情不好，赔钱怎么办？"

“这点我想过了。去年猪肉大跌，我们村里凡是养猪户没有不赔的，所以今年就没啥人再养了。你不常说物极必反，否极泰来吗，我们趁猪价低的时候，抄底建猪舍养猪仔，赶上行情好就大赚特赚，一年收十几万易如反掌！一旦我们发现行情不好，就把生猪保本处理掉。生猪虽然没了，但猪舍还在呀，我们再看看养牛啦，养羊啦，谁前景好就养谁，保证我们立于不败之地……”

印象中，小王是干活没主动性的家伙，但这次说的也不无道理。哦，他本事见长？未必。呵呵，看来他为了游说我投资，也真下了点儿功夫。出于患难友情和哥们儿义气，我被他说动心了：“哥们儿，你算过投资账吗？”

“要不了几个子儿，也就10万元吧。先建一座150头生猪的猪舍，8分钱一块红砖，大概投入4万元就成。1个月大的猪仔大约120元钱一头，买100头只有12 000元，剩下就是饲料和疫苗钱，我负责养，人工还有结余。我们这边猪一般养到150斤就卖，4个月出栏，一头赚100元，100头赚1万元。销路也不用愁，猪贩子每周都上门收猪，咱们一年轻轻松松赚3万元。如果我们再养几头老母猪，一头母猪一年能下20头猪仔呢，咱们猪仔自产自销，效益还能提高30%。如果我们规模到了500头，一年大概能赚到20多万元，而且猪粪还能拿来养鱼，效益……”

一番深聊后，挂上电话，我心思活泛起来：“如果3年不分红，第四年规模扩充到300多头，每年有六七万元外快，倒也不是一笔小数目！”

回想起装修还债的三年岁月，人家小王可没少帮衬，他古道热肠，无论我风光无限还是低潮落魄，一直对我无二心，甚至刀架脖子时，还想着把自己换成法人代表替我顶岗，这份兄弟情值金值银，简直比手足同胞更甚！我们重获自由之身后，曾在酒馆约定，他先回老家照顾老婆孩子，两年后跟我继续干，我也答应了。现在他提出来想挑头创业，于情于理说什么我也要回报支持才是。

买卖交给小王打理，资金方面我放心。但不放心的是，我不可能亲自操刀去养猪，而他能力不济，不爱动脑，又有犯懒毛病，投资倒是不会被贪污或挪用，但经营亏损可就保不齐了。养猪项目听来不错，但自己不熟，如何促成这事呢?

想了一会儿，我把秘书小江喊进来："把手头上的事先放放，帮我搜点儿资料。"

"行，要搜什么？"

"是这样，有朋友想找我投资养猪，但我对养猪不熟，你在网上找点儿这方面的文章。1. 养猪利润核算；2. 生猪品种优劣；3. 过去几年的市场行情和未来价格走势预测；4. 养猪注意事项及防疫；5. 发财故事。记住，别跟其他人说，两天交活，有困难吗？"

"啊？老大你要养猪?! 不会吧，太有挑战性了，呵呵。"小江好吃惊，没想到我忙得连吃饭时间都恨不得在工作，居然还有兴趣去养猪？不禁捂嘴偷乐。

"养猪的事我只负责投资，具体的饲养有朋友负责打理。"

"我从小就没见过猪圈，对养猪根本没概念，真不知道怎么搜啊。"

"小江，咱们在A集团干活，遇见没干过的事情还少吗？还不是逢山开路，遇水搭桥嘛。给个建议：1. 每方面内容先搜两篇文章，等我看后确立文章入选标准，然后按标准继续完善；2. 每天汇报以次，避免走弯路。好，有信心了吧？"

"老大交代的活不得不干啊，先试试吧。"小江嘟着嘴，一脸不情愿的表情。

"你先别嘟囔，我们来作个假设推理。如果你哥哥和别人合伙，想一起投资养猪，但又不太懂，希望你帮忙上网搜些参考资料，你会找两百个借口推掉不做吗？别逗了。换位思考，你想如何了解养猪业的方方面面，就是我希望看到的资料。要想做好这项工作，你必须加入自己的感情色彩，变成自己的事业来做，那些困难还叫困难吗？全小菜一碟嘛。"

"好，好，我尽量干好。"小江了解我的办事风格，马上痛快答应下来。

放下养猪的事儿，继续想文化包装。现在有了经销商征文和插图，形成了星光灿烂的文化长廊，“家”文化概念似乎已掘地三尺，表面上看起来很美。但我做事没有满足感，昨天刚为新鲜策划而激动，今天又想百尺竿头更进一步，不把老板彻底震慑住，咱没完。文化包装够劲了吗？还有没有更好的策划，进一步冲击经销商的心灵？文化包装还包括什么？

起身在屋子里转悠几圈，思维有了新突破。马上喊来赵一笑：“你明天安排人手，跟集团总部和各分公司联系，管他们要所有获奖证书的电子版，我要用在酒店文化方面。”

“老大，有个问题，酒店搞得挺温馨，但挂上荣誉证书的喷绘图，是不是过于严肃了一点？”

“当然跟场景不吻合，但我们可以变化表现形式。我打算把所有荣誉证书全变成水晶奖杯。以前大堂面对大门的背景墙设计成一幅山水版画墙，当时就感觉没特色，不出彩。现在把背景墙改成100尊奖杯荣誉墙，再把灯光打爆，百尊水晶杯反射出来的夺目光芒，像一盏巨型水晶灯贴在墙上，等经销商跨进酒店大门，可能会被眼前光芒眩晕！呵呵，心灵震撼外加视觉冲击，好比迈进A集团的门，就是踏上财富之路。哥们儿，想想吧，那大堂气势……哈哈。”

“老大，主意不错，但获奖的荣誉只有奖章证书，没奖杯怎么办啊？”

“靠，真该给你颁发一枚晕头奖！猪往前拱，鸡往后刨，各有各的道，有证书没奖杯，我们自己伸手来做啊，活人还能被尿憋住？反正有证书打底就成，又不是作假糊弄人，怕个屁！你先收集齐证书的电子版，然后叫人到街面上找3家广告制作公司，收集一批他们做过的水晶奖杯的款式，我负责跟他们谈价格和款式，最后选一家定做百尊水晶奖杯。”

“呵呵，老大，一面墙的获奖水晶杯？太有震撼力啦！好，明白。”

“对了，你叫Y公司设计总监明天来电话，我要修改大堂设计。”

“好嘞，这就去办。对了，多问一句，万一获奖证书不够100个怎么办？”

“不够？你喜欢攒晕头奖？滚！”

一笑做了一个鬼脸，急匆匆出门了。

等忙完这些事，时钟也快跑完一天的行程，唉，又是超忙的一天。现在人困马乏，真想回宿舍抱枕头做乌龟状，直等到第二天太阳晒热屁股才悠然醒来……但手头上的事情一眼望不到头，今晚甩手不干，那明天不是积累更多？唉，真考验毅力啊，要做点儿成绩出来，实属不易哟。

冲杯浓咖啡，拿出一根雪茄，今晚准备挑灯夜战，继续想酒店策划。文化部分先想到这里吧，换个方面想。酒店的视频监控、背景音乐、LED电子屏和旋转大门还没提上研究日程。五星酒店充分考虑内部安全，视频监控密布其中，迎宾酒店需要吗？跟五星酒店学，必须有监控设备，但装修没这笔费用，如何折中？要不先不搞摄像头和后端设备，只在吊顶时提前布好线，等老板一声令下，增加预算再安装后属设备？最后想明白一点。老板喊我来做酒店，不是为了考虑酒店安全性，至少今后可以多雇人嘛，他需要的是花费最少的钱做最好的事，这才是问题的关键所在。OK，抵御诱惑，坚决砍掉细枝末节。大堂布置背景音乐？性质跟视频监控一样，浮云。

LED电子屏可是一件好玩意。电脑飞字，可以打出各类欢迎字幕，随时公布消息，包括发布本地天气预报，提醒出差的经销商和供应商注意冷暖变化，很有亲切感和针对性，比在酒店门口拉个破条幅显身份多了。嗯，不用多讲，老板、廖总和经销商都会喜欢，好，新增LED电子屏项目。但做多大面积的LED电子屏？要不根据最后实际装修费用，再下订单？对，酒店一旦有了切实效果，相信廖总会把预算适当放宽的。

继续想。下一个问题：做什么样的酒店大门才最气派？

大门好比人脸面，在国人心目中和风水堪舆里地位非同凡响，省啥都不能省大门钱！好，思路已定，马上查看五星级酒店大门图片。看完200多张酒店大门图片，发现金色旋转门是高档酒店大门的标配。嗯，继续搜信息，哪家旋转门做得更气派？最后目光集中到几大进口品牌身上。松 × 电动旋转门号称销量世界第一，老板会不会高兴叫小日本给酒店站岗？这命题有点儿艺术啊，明天请示廖总定夺吧。

子夜，同事们都已回宿舍，我一个人还关在房间里继续奋斗。在咖啡、雪茄、摇滚和军令状四重刺激下，精神高度亢奋，没倦意，无抱怨，只有目标，我在内心已经下了无数遍决心："不把酒店做得惊天动地，誓不为人！"

下一个问题：标间小沙发和茶几如何既便宜又好看？

原来酒店预算清单已经标定两张单座小沙发和茶几不得超过1 800元。靠，这点微末小钱能干啥？一张像样的欧式椅开价就1 800元，显然，常规思路不得法。有不走寻常路的强烈渴望，但路在哪儿？没办法，还是老套路。打开酒店文件夹，仔细看酒店标间里的家具款式，扫荡一遍仍无头绪。我明白了，自己已走进盲肠，前面连个路灯都没有，漆黑一片。

放下笔，站起来在屋子里踱来踱去，脑子里翻江倒海，忽然想到一个段子。澳大利亚地广人稀，劳动力价格不仅昂贵，而且还很难雇到人。有个牧场主想到个办法，用电网把牧场圈起来，安全可靠，也不用多雇人。邻近牧场主对电网方案赞不绝口，只是嫌电费贵。谁知道那人说：'哥们儿，别犯傻了，我只通了10天电，惩罚了那些想靠近电网的奶牛，现在它们绝想不到电网早就变成普通铁丝网啦。'对啊，我的定式思维经常祸害自己，却不知灵活转变思路，这习惯看来要彻底改变！难道老子像奶牛？嗯，不是一般的像！

等跳出常规思路，我轻轻啐了一口：呸！小笨蛋，为啥思路一定要局限在酒店参考图里？自己手头上不是还有一万多张经典家居图吗？谁也没规定酒店的沙发款式，想放啥款式自己说了算，只要好看又便宜就成！

想明白关键点，思路豁然开朗。嗯，像虎入羊群，随便抓！看图想思路，劳动强度跟谈判相差无几，马上集中精力扫荡图片，等看完几千张图片后，有了新发现。几张藤制单人沙发进入视线。要不搞藤制沙发？休闲、个性、气派是给人的第一印象，嘿，藤椅和现代装修氛围融合不错，要不我们酒店也大胆一回？马上在网上搜藤沙发价格，很快，一瓢凉水搂头泼下来，让我冬日里直打冷战。靠，藤椅一点都不便宜，甚至比肩欧式高档沙发。进一步分析，在滨海酒店图片里，看见过大堂和房间阳台上有藤椅沙发，那是因为海水与藤制品结合得自然清新，而其他酒店都是舍藤椅选布艺或皮质沙发，自有道理。如果迎宾酒店标间摆上藤椅，似乎跟周围环境不协调。唉，把铅笔随意丢到桌上，思路卡壳。

一次性连续看图太多，犯恶心。我起身到办公楼外透气，黑黢黢的夜空似乎已然睡去，但厂房里却灯火通明，人影在磨砂玻璃上不住晃动，依旧是三班倒，依旧是热火朝天。再往远处眺望，动力车间上面的烟囱一个劲儿地吐着白烟，袅袅地扩散开来……看着看着，热血又勃勃涌出：谁不在吃苦？还以为自己多辛苦，那些工人们就不辛苦吗？同样是加班，我一人薪水比人家10个人加起来还多，自己还抱怨个屁，干活就要有一股狼性！务必保证三个小时结束战斗！

再冲杯咖啡，继续想。看来第二次转变思路也有问题，手头上那批家居图片虽然漂亮经典，但脱离采购实际。现在我需要找到1 800元能打包搬进酒店的沙发，而不是借鉴家具搭配的思路。好，第三次转换思路。现在的核心是放啥家具并不重要，找到价格合适的家具才是关键。对啊，采购便宜沙发打底，再投入一笔小钱，把沙发重新装饰一番，咱有的是办法叫它们草鸡变凤凰。嗯，刚才搜索藤椅沙发有启发性，我应该搜索“便宜的沙发”或“最便宜沙发”，先找到市场上的便宜沙发再说。

有了好思路，马上展开行动。很快，找到十几款不到300块钱的单座布艺沙发，模样虽丑，但骨架坯子还能看过去。唉，真难为这帮设计师了，我的电脑屏幕上挂满了不入流的家具，感觉臭味扑鼻，恨不得去找口罩。赶紧草鸡变凤凰吧！仰仗过去经验的积累，我迅速决定：1. 沙发布换成浅咖啡色，与房间同色系搭配；2. 在沙发靠垫上打主意！普通花色无档次可言，要用高档靠垫才能抓人眼球。还是移花接木的思路，大块头的沙发极便宜，但小靠垫却很金贵。客人看见沙发首先会被高档靠垫吸引，谁还会注意沙发？没准还以为家具也蛮名贵呢。

下一个问题：好看又贵的靠垫长什么样？一番搜索后，知道答案了：一句话，还是山货好。什么马皮、牛皮、胎牛皮、兔子皮、麂子皮、鹿皮、貂毛等等皮草，真勾人眼神，馋得我爪子好痒，这些皮草靠垫都是高档货，光从屏幕里就能感觉到毛皮手感柔软，色泽光亮，颜色纯正。好，靠垫材质有了着落。

靠垫价格？唉，高不可攀。对于奢侈靠垫来说，俺可是穷人，虽然我认定非皮草靠垫不要，但要想一个不挨宰的办法才是。没过一会儿，我做事的狠劲又上来了：大不了自己动手丰衣足食。不就是自己买皮子找人缝靠垫吗，又没啥技术含量，叫别人赚这份钱不值。

好，马上搜制皮厂。屏幕上制皮厂哗哗往外冒，把我看得心花怒放，可刚看不久，就剩暴怒了。一张胎牛皮500多元，按图示标注尺寸，做不了几个靠枕，也就比市价少20%，而我期待的价格是腰斩！哎哟，不会只省点儿小钱吧？不行，寻常路没戏，还要继续想。我决定再用移花接木手法，靠垫正面是胎牛皮，背后是布艺！经销商只会注意靠垫前面，享受正面胎牛皮，除非他两条腿夹住靠垫，才能发觉前后不一致！靠，腿夹靠垫？想干什么?!找抽呢吧。

好，价格总算被我拽下来了，1 000元全部拿下。一间标间节约800元，整座酒店就有7万元结余，爽。现在有了牛皮靠垫帮衬，沙发换新颜，不说顶级，但也绝不是笸箩货。

在搜索中我还有重大收获，用澳大利亚进口的金貂毛皮制作靠垫，绝对大牌中的大牌，那金灿灿的貂毛华贵无比，只不过4 000块买一靠垫，恨不得一根毛一块钱，有点儿超想象。要不给老板沙发上摆放四个金貂毛靠垫？真正的享受应该是脑袋枕一个，手上抱一个，腰身靠一个，脚上再踩一个，齐活。对，买俩靠垫根本不解渴，一出手就该夺人二目，不就是16 000元吗，该出血的地方咱舍得，做事就要做绝、做透，不叫老板留下深刻印象，那就别做！

等想明白，天光大亮，企划部开始人声鼎沸，赵一笑买来豆浆油条，推门就嚷嚷："老大，提个意见，留得青山在，不怕没柴烧，A集团的活永远干不完，以后你别那么玩命干活了啊。"

"靠，老子也想早点儿睡。可招标完，他们正在做施工图，我这边要是设计没搞完，会耽误他们进度，进而影响施工时间，后果很严重。"

"那昨晚斩获如何？"

"大规模设计算基本完成，剩下就是一些精细化设计，估计没啥问题。今天晚上，我还要研究一下酒店风水，房间布局不要犯忌。咱们把工作提前做好，等给老板实地讲解布局时，有谁胆敢指责布局，嘿嘿，老子就拿风水拍丫的！”

“老大，你用话拍，我拿板砖拍，哥俩一起动手行不？”赵一笑说完，丢下豆浆油条撒腿便跑。

“滚！”……

在商场上拼杀，需要长六颗牙

上午，我给赖总去了电话：“哥们儿，这几天太忙，上次投标的事还没及时沟通，别介意啊。”

“呵呵，雨总，您客气啦。”电话那头传来赖总爽朗的笑声，嗯，不因落标而失落，看来他性格沉稳，能干大事。

“今天你时间方便吗？”

“我这边啊，没事。哦，对了，雨总，您曾说我们的设计在所有公司里最好，但上次为什么落标了？特想问问，但又怕您忙，呵呵，所以一直没好意思深问。”

“今天咱们连公带私一起谈，我把你当哥们儿，有啥说啥，现在就是哥俩闲谈，呵呵，你别往心里去哟，否则就是不拿我当朋友看。”

“没得说，我跟您投缘，您有什么话尽管说，我会记在心里。”

“好。Z公司设计确实最棒，但对于我来说，吸引力并不大，因为所有设计思路均出自我手，现在效果图在手，谁做不是做？有我把关，效果能差到哪儿去？这点杨总可没想明白。当然，谈判时我不好点破。落标根本在于公司实力，报价又比别人高20多万，廖总当然没法给我面子啦。”

“啊，什么公司这么牛？居然低20多万？呵呵，这世界太疯狂！理解不了。”

“先别理解了，电话说不清楚。要不中午过来一趟，我们边吃边聊，还有一些事情想跟你唠唠。”其实，我想劝说赖总创业，他那么大能耐，不创业可惜了。

“好啊，那我马上动身，估计中午12点前后到。”

中午见到赖总，我开车请他到城里土菜馆吃特色农家菜。两人找个小雅间，点几样小菜，两瓶小二锅头，面对面坐下来，边吃边聊。碰完杯，我还是老样子，开门见山：“哥们儿，公事没啥好谈的，咱们聊点私事。说实话，我觉得你设计水平至少能在省城排进前五，就凭你这身本事，何不出来开一家室内设计公司？”

“雨总，谢谢夸奖啊，我没您说得那么厉害。呵呵，其实这事我想过。”

“赖总，先问一句，你年薪差不多有10万元吧？”

“呵呵，差不多吧。”赖总见人三分笑，什么时候都是不笑不说话，这类人天生就是做销售的好坯子。

“嗯，哥们儿，那我就直说了。你贵为Z公司设计一把手，但完成一个纯设计项目，提成不过十几个点，而且还要跟同事共享，显然你的才干与收益不成正比。但如果你当老板，就能拿到所有单子50%的纯利，这不是5倍、50倍效益的事，也不是少奋斗5年的事，而是钱滚钱，利生利，越跑越远的事。”

“呵呵，雨总又拿我说笑喽。其实我也很想创业，但考虑投资、客户、压力和风险，感觉把握不大，还正在犹豫中呢。”

“哥们儿，勇气是创业的第一要素，但光有勇气那是逞匹夫之勇，还要谨慎分析。你说的没错，创业有大风险，但风险与利益也匹配啊，二者收益不可同日而语。说白了，设计高手创业，买房买车易如反掌，我目前不清楚你是否能把公司做大，但信你的设计神通。哥们儿要是有兴趣，要不一起来分析创业风险与收益？”

“呵呵，好，好呀，求之不得。”赖总没想到我请他吃饭的目的，居然是帮他分析创业项目，喜出望外，忙递过来一根烟。

伴随大家喷云吐雾，我开始跟赖总聊上了：“创业首先要确立收益目标和发展阶段。咱们是草二代，不说豪言屁话，这些豪言跟擦过嘴的纸巾一样，不值钱。客观讲，你的首要目标是公司站稳脚跟，其次是公司规模扩大，后面先不勾勒。靠，好事谁不会幻想？”

“呵呵，说得是，我目标不大，解决温饱就成啊。”

“行了，你的温饱标准是24头鲍鱼当开胃菜吧，呵呵。”

“雨总，要是创业真能成功，我就把24头鲍鱼当开胃菜，请您天天海吃！”

我心头微微一惊：这哥们儿虽设计出身，但谈吐有销售模样，把甲方拍得蛮舒服。上次谈判时，他似乎被杨总权势压制住了，销售特点没发挥出来啊！嘴巴里却说道：“好，继续说。结合自己经历，我认为创业的实情往往比预想糟糕得多，有点像养獒。”

“创业像养獒？”

“当年幼藏犬长出小牙齿并能撕咬时，主人就把它们放到一个没食物和水的封闭环境里，让这些幼犬自相撕咬，最后只剩一条活着的犬，便称为獒，据说十犬出一獒。咱们创业前期事业太小，先不讲回报社会哺育的事，只讲在残酷商业搏杀中，为了实现自我价值，磨砺个人意志，自己成长为獒的事！唉，成王败寇，说未来全是扯淡。好，话说回来，我们如何能在厮打中最后走出来？显然牙齿长得多的、够锋利的、咬合有力的、精神头足的犬，往往最后能获胜。我总结咱们在搏杀时，至少要长六颗牙：第一颗牙是行业及切入时机，第二颗牙是核心技术及盈利模式，第三颗牙是团队及管理，第四颗牙是项目投资及现金流管控，第五颗牙是销售及人脉，第六颗牙是精神力和心态。如果你拥有四项优势，胜面明显加大。”

“太好了，呵呵，雨总是过来人，高人说教，我可要好好学！”一眨眼，这家伙嘴巴里的烟就见烟屁股了，他马上递来一根，接着自己再续抽。

大家碰完杯，我开始进入正题：“好，咱先分析你的第一颗牙——行业及切入时机。设计行业优势是起步易，投入少，能单兵作战，运营简单，赚钱快，利润高；缺陷是所有作品都是单一艺术作品，无法规模复制，回头客再次合作周期长，进一步做大做强有难度。设计行业俩特点。第一，产品非流水线生产，前期固定投入小，成本仅是房租水电和人工，都是基础运营成本。假设一栋500平方米的别墅，一平方米收200块设计费，总计10万，成本就是一点跑路费、办公费、税金和几张效果图，不敢说你是无本经营，但咱们心里清楚实际投入，呵呵，你是靠时间、经验、思维和脑力劳动赚钱。第二，甲方不在乎设计公司场面，作品代表一切，这跟装修公司需要阔气排场支撑门面不同，行业特点决定你能低成本创业。好，再看行业切入时机。如果你进入行业的时机超前或落后，一定会被追任为烈士！目前国内业主越来越重视设计，前景看好，而且眼下市场上已有一批纯设计公司，据说效益不错，证明设计行业正处于高速上升通道，竞争也并不惨烈，所以第一颗牙够锋利。”

“只有雨总有本事能收到一平方米200元的设计费，我们不成。如果再碰见您这样能杀价的甲方，我估计只能收到20元，哈哈。”赖总举杯笑道。看得出他听得挺专注，连烟灰都忘记弹掉了。

“好，分析第二颗牙——设计行业核心竞争力。很明显，核心竞争力包括设计水准与领悟能力。业主口味和喜好不同，光有高水平设计水准无用武之地，必须辅以出色的领悟能力。酒店招标，我对8家公司同时讲明甲方意图与需求，但只有你的方案最对甲方胃口。说明赖总你不仅设计OK，而且颇能领悟甲方意图，是揣摩业主真实意图后才发功，高手来的。此外，核心竞争力还包括盈利模式，但盈利模式越多，说明越没模式。我最怕一个人说自己有机会就能口吐象牙，这头象没准还能变成奥斯卡金像奖得主，靠，越说越悬。最优秀的模式往往是最简单的，而设计公司的盈利模式就是给钱就作设计，简单，所以第二颗牙也锋利。”

“明白。”

“好，分析第三颗牙——团队与管理。设计公司团队由三部分人马组成：效果图以及施工图的制图师，还有预算师。当前市场上制图师人数众多，而且薪水一般，他们在公司的地位好比销售系统的跟单员，具备基本技能即可，这与其他行业对团队的要求大不同。从设计行业本质上说，仅凭一位高手就能挑大梁，他谋划好构思，其余的下指导棋即可。一句话，老板厉害，便是一头狮子领着一群绵羊去战斗。呵呵，赖总你就是一头狮子啦，市场上绵羊多的是，一抓一大把，组建一个有战斗力的公司易如反掌！所以第三颗牙你也占优。”

“呵呵，雨总，您前面的分析都没错，前面一排牙都挺锋利，但我现在欠缺的是资金和人脉，您看我这两颗牙该怎么补救？”显然，赖总心里活泛起来。

“哥们儿，要是资金和人脉你都具备，不用撕咬，你早成獒啦，呵呵，这两颗牙确实对绝大部分创业者来说，都不太受力，但照样有办法可想。我们不妨先把一件大事拆分成几件小事，采用目标细分法，每件事情都找出相应对策。”

“这思路好！雨总，您快说说吧。”这家伙一边说，一边又递烟过来。

“好，我们继续说，分析第四颗牙——项目投资和现金流管控。有一位美国投资大师曾说：‘投资一个项目，为避免头脑盲目发热，要将预计收入除以2，预计开支乘以2！’我回想起自己的创业经历，发现人家说得入木三分！唉，可惜知道晚啦，不然不会血本创业。所以，强烈建议你保留足够资金以作备用，而不要一次性全部投入。我粗略计算，你先要准备10万元打本，同时再留10万元备用。换句话说，为了尽可能创业成功，你需要20万元投资！”

话音刚落，赖总有些吃惊，不禁脱口而出：“啊，啊，20万?!那么多？”

“我们先来分析10万元打本资金的组成。首先，组建高效低耗式团队，节省运营成本。第一，招两名设计师，分别负责绘制效果图和施工图，其中做效果图的设计师，是月薪4 000的高手。业内都知道效果图是骗鬼的，但业主喜欢按图索骥看答案，所以临门一脚不能马虎；第二，聘一名全职销售，懂点设计皮毛即可，他负责开发客户，专跑市场；第三，聘一名兼职财务，300月薪拿下；第四，聘一名文员兼出纳，负责公司所有杂事；第五，到设计学校招几个实习生，最好是寻常女生，她们没经验、无姿色、少人脉、求职难，你提供锻炼机会，无薪或少薪，许诺优秀者毕业留任，双方自然一拍即合。这样，你的主要精力能放在销量方面，同时也能保证接下来的单子按时提交。其次，硬件准备。租一套三室一厅商住两用房，采购一批电脑、打印机和二手办公家具，但装修要有个性，业主上门时一把震撼他们。综合计算……前期包括注册、采购、装修、预留房租和人工，成本控制在6万以内，剩下4万做流动资金。”接着，我把过去我开设计室那套经验拿出来分享。

赖总听完嘿嘿一笑：“嘿嘿，难怪企划部女孩儿个顶个让人印象深刻呀。说白了，设计公司也是销售为王，而不是设计当道。漂亮女孩儿面对的诱惑大，跳槽机会多，尤其是小公司，人员更替频繁对公司震动大，不好管。好，我跟您学，专拣丑姑娘下手，稳定比什么都重要，呵呵。”

“很多老板以为自己是个厉害人物，在投资方面往往采取以小博大策略，期待像中六合彩那样，获得几十倍回报，当然有成功案例，但基本都是励志书上写的商界名流，而非主流。我们是草二代，创业应本着大胆求证，小心做事的态度，10万块投资一间小型特色设计公司，表面看够了，但按大师所述，投资应翻倍，以应对不测之需。这也符合毛主席的用兵谋略——集中优势兵力打歼灭战！当初我投资承包一份报纸，玩的是蛇吞象，结果因违背客观规律而被杀得落花流水。事后我总结：‘一个人即使能力再出众，在资本面前都显得异常渺小。’所以，我建议你集合翻倍力量去打仗，尽量缩小摊子，玩命扩大投资，二者反差越大，成功概率越大。我们不是史玉柱，也不是马云，更不是牛根生，玩不出惊天动地的大事。按毛主席的说法，咱们丢掉幻想，准备斗争！”

“呵呵，雨总，能再说一个以小博大的例子吗？让我也开开眼呀。”赖总举起酒杯问道。

一口酒下肚后，我接着说：“投资赚钱的思路千变万化，高手都是拿别人的钱玩自己的事儿。好，再分享一个空手套白狼的故事。几十年前，日本角荣建设银行的董事长田式美是一位赤手空拳闯天下的人物。他相信没资金也能赚大钱，就用心寻找，后来想出了一套代理销售的方法。比如，L先生想买T大楼，他就先找到L先生商量：‘那栋楼值1 000万，业主现有意800万脱手，请赶紧动手买下来，我保你60天赚一成！当超出一成利润时，超出部分归我，如赚不到一成，我赔足一成利润。’等楼房买好后，他便代其销售。这老哥有非凡的商业眼光和智慧，往往能以相当于买价140%的价格脱手。对买主来说，俩月有一成利润，比银行利息高，而且安全可靠，自然也乐意让田式美代理销售。靠，这哥们儿无本生意做得如鱼得水，有点像传说吧。唉，咱们看看天才创业的热闹还成，即使我们能琢磨类似创意，就你我这点儿水平，能去卖楼吗？敢去卖楼吗？想想舌头都在打战！这个世界上谁没有几个天马行空的大胆创意啊，但又有几人能把创意落到实处，创造出很多财富价值？要是有人看完这类励志书，也冲出去空手套白狼，那十之八九被豺狼咬得伤痕累累……”

说起创业终结，我颇有感慨。我已在A集团工作近两年，有机会接触到各行各业精英，听到无数精彩商战故事，了解到很多名人的起起伏伏，再通过自己总结和梳理，嗯，眼下我对商战、投资、销售、管理等方面有了全新认识，这是站在集团平台上看问题，比当地盘工时看事情要强百倍。还是要再次感谢我当初的选择，不跟高人贴身学习，自己的进步不可能获得跨越式提高。道理很简单，我上面有30多个高层领导，人人都是商战好手，每人就算一个月只教我一招，一年下来咱也能学到300多招。

故事讲得有趣，赖总听得入迷，好，继续聊：“这些天才生意人，生活在另外一个世界。我不喜欢云山雾罩，所以就不从盘古开天辟地和猴子变人说起了，咱们要能玩出花活儿，还坐在这里发梦？呵呵，回到现实来吧。假设你筹到了20万，采用啥投入方式最合理？既要有冲锋陷阵的A方案，也要有咸鱼翻身救你于水火的B方案。如果在传统行业投资100万元以下，我总结市场上的投资战术，可划分成三类投入方式，我把它们分别称为‘添油战术’、‘螳螂战术’和‘花豹战术’。赖总，室内设计也算传统行业，要不咱们套用一下？”

“呵呵，好，好，我洗耳恭听。”赖总一边笑着说，一边又递过来一根烟。

点上烟，我把最近的心得体会跟赖总和盘托出：“第一，添油战术。油灯里没油，就要添油，等油尽灯枯时，续加。类比于生意场，会表现出韧性足，有生命不息、战斗不止的劲头，资金不够就注血，反复多次后，要么生意起死回生，要么血库告急。第二，螳螂战术。螳螂虽小，但自身装备了精良的捕杀器，在昆虫界是成名杀手。类比于生意场，就是在有限资金里，前期一次性大投入，冲劲足，活力强，力争短期打开局面，有背水一战的架势，要么短期暴富，要么过把瘾就死。第三，花豹战术。花豹捕捉梅花鹿前，会侦探一番地形，找到林子里小鹿吃草必经之路，然后趴在树上静等猎物，经过漫长的耐心等待，当梅花鹿走到树下时，花豹从天而降，雷霆一击，直接扑倒小鹿。类比于生意，就是公司前期稳扎稳打，借助不断添油而小步快跑，当看到机会后，有勇有谋，当机立断而改成螳螂战术，倾其所有，力求毕功于一役。我认为三类战术各有优劣。添油战术是谨慎有余，魄力不足，但有持之以恒的心态，走一步看一步，能充分了解市场需求，不断变化策略寻求新突破。螳螂战术有冒险精神，自信果敢，看准市场痛下狠手，力求打歼灭战，但后手不足，缺乏从井中救人的B方案。我上次创业就歇在螳螂战术上面了。赖总，结合设计行业特点，我认为采取花豹战术稳妥些。”

“对，您说的花豹战术符合我性格。呵呵，总结叫人大开眼界呀。佩服，佩服，来，再碰一个，呵呵。”

“好，继续分析项目投资。根据投资战术，我们还要明确公司起步身份和对策。让这颗投资之牙变得锋利起来，有三种做法。第一，挂靠甲级装修公司获取甲级资质，事业起步高，牌子响，发展快，但需要交纳一笔加盟费或押金，今后开发票还要给人家交管理费，产生额外费用。第二，自力更生，逐步做强公司，虽然利润全归自己，但在市场上没知名度，不易成功。第三，折中道路。我建议先从小公司起步，发展一年半载，有资金和人气后，再挂靠甲级公司，借风出海，走上快速发展道路。公司起步可谓万事开头难，既要磨合团队，又要找客户，而且手头上只有三五条短枪，想接大型设计任务有心无力，所以该从小客户入手，不用甲级资质，打短平快战役。如果拿起家本钱去挂靠公司，加大投入不说，还浪费资源，因为公司潜能未发挥，不值。当公司有规模后，再转走挂靠道路，拔高身份，和大牌站队……说实话，Z公司非甲级资质，咱们连见面机会都没有。”

“呵呵，您的这通分析像豹子门牙，一咬就见血！我原来琢磨过挂靠公司的事儿，但没把气管咬透，利弊得失拿捏不清，现在搞懂如何下嘴了。”

“呵呵，哥们儿你就别谦虚啦。好，我们按花豹战术来安排资金。前面分析了，前期注册、设备、装修、4个月房租和人工，不超6万，留下4万做流动资金，保证市场开发费、办公费、税金和后续工资正常支出，同时做好半年不开张，你还能活着的准备。假设开张一年收入寥寥，生意亏损，但你有信心第二年扭亏为盈。好，采用添油战术，再拿5万继续奋斗，烧光一期投资继续二期投入。如果两年后生意有起色，你可以考虑挂靠的事，但挂靠费并不便宜，这就需要在后期转变为花豹战术，大胆博一把。当然，如果一年多光景烧掉15万，生意还没有好转迹象，我建议你关掉公司重新打工，也好留住5万本钱……你要真有本事，一年还赚不到12万？那只能说明你综合能力欠缺，该回炉重新深造才是。呵呵，就像我现在一样，跟老板重学如何做生意，如何管理团队，如何创业。”

“呵呵，雨总，我插句话。很多成功学的书，都说只有克服困难才能见彩虹，都在强调要玩命顶住，为什么赔掉15万我就要关门？不是还有5万备用金没用吗？是不是这时更需要坚持呢？”赖总忙递过一根烟来，满脸疑惑。

“呵呵，哥们儿，这问题问得好。前面咱们讲过田式美买楼创业的故事，有人曾在一本励志书里对田式美的创业故事作了点评：‘响当当的企业家都是创意天才，擅长灵活思考问题。如果你有好创意，不要轻易放弃尝试机会，说不定成功就在此举！’靠，这类点评纯属误人子弟。故事本质是田式美只是房地产中介，销售创意稀松平常，只是他的销售本事超强。同样一栋楼，一手房东卖800万，二手房东卖1 000万，买家不是傻子，可田式美却硬是能溢价卖1100万，而且是在60天之内，更是在卖不出去要赔80万的压力下，完成不可能完成的任务！人家的销售思路和技巧叫人浮想联翩啊，直到今天我也没领悟个所以然，我认为田式美是一位销售天才，赚的是别人没本事赚到的钱，这才是故事核心。哥们儿，你再想想，就凭他的通神，别说做地产中介了，就是叫他把冰箱卖给爱斯基摩人也没问题，是不？”

赖总听完默不作声，他在沉思。

“显然，那位点评人没有深刻体验过惨烈商战，只看表面，凭空臆想田式美的商业构思，典型的捡芝麻丢西瓜。很多励志书都讲到比尔·盖茨的创业，第一笔合同是跟IBM做的，表现得如何如何牛，但大都选择性失忆，盖茨的娘可是IBM高层……涉世未深的创业者看到这类点评，会怎么想？哦，原来田式美和盖茨的白手起家好简单！有了创意，马上开干……唉，很多人以为自己也将成为田式美，其实只是田式不美！我曾经跟很多人一样，也热衷看这类书，但除了受点儿鼓舞外，没啥实质收获，而且我相信其他人也感同身受。当然，不可否认商界奇才在成功前，的确遇到过无数艰难险阻，全都挺坚持，但请注意，写这些书的作者靠码字赚钱，他们不懂销售，这不是典型的外行人说内行话吗？他们没能力讲清名人当时为啥要坚持，有啥坚持的本钱或本事，只是事后诸葛亮，臆想名人做事的方法和思维模式，全是粗线条描写，如何可信？况且这些名人年代不同，个体不同，行业不同，条件不同，人脉不同，学识不同，性格不同，你如何复制他们的坚持？”

看到赖总仍未开口，我继续说：“啥叫有意义的坚持？我理解是具有成功意义的坚持才有巨大意义。首次创业失败后，总结经验教训，重新打工学本事，几年后你二次创业获得成功，这才是目标和毅力的双向坚持。你从赔第一个1万开始，一直坚持赔一年半，赔到第15个1万，还不够坚持？难道一定要坚持赔到第50个1万，才肯罢手？哥们儿，咱们这不是在玩愚公移山，是在每天烧钱、烧精力啊！呵呵，如果你能坚持赔到第50个1万，坚持连赔三年而发财，那不叫坚持，应该称为传奇！我们是凡夫俗子，别生搬硬套名人做法，那跟缘木求鱼一个样。也许你感觉自己是位传奇人物，可为啥还需要我鼓励你去创业？你该拉我加盟才是呀！所以，我坚决反对以小博大的投资想法，这教训我是刻骨铭心！创业后你凭以小博大获得成功，其经验你会收入锦囊，下次肯定还要使用。但命运不能保证你次次成功，上次你投20万博200万的生意，成功后，你会再用200万博2 000万！可一旦失败，损失会是当初创业的20万吗？只怕是200万吧。最终的结果就是梭哈后，一夜回到解放前！”

“呵呵，明白坚持的意思了，懂得壮士断腕，那也算一条好汉！我创业先是添油战术小步快跑，然后再花豹战术雷霆一击。如果一年多的生意履历证明马到而不成功，赶紧收手，积蓄力量后再图东山再起……还有，您说的创业风险，我归纳总结就是资金管理风险和控制风险，这点我压根还没想过，好，谢谢雨总提醒，来，再喝一口。”

“好，下面说资金管控。我们需要讨论一下‘创业资金风险控制与如何快速翻身’的议题。对了，赞一个，哥们儿够醒目，总结牛！你的理解和领悟能力确实非同寻常，呵呵。”说完，我冲赖总竖起大拇指。

“呵呵，雨总又在说笑了，不瞒您说，如何快速翻身我也特惦记。”赖总连忙摆手，接着又是习惯动作，一根烟送到我手边。

碰完杯，接着聊：“20世纪60年代，英法两国政府联手投资开发大型超音速客机，即协和飞机。该客机载客量大、速度快，是航空市场未来之星。但研制几年后，英法政府发现如果继续投资开发，花费会急剧增加，而协和飞机能否适应市场还不肯定，停止研制又将使前期投资付诸东流。随着大笔资金不断注入，他们更是无法作出停工决定。协和飞机研制成功后，因耗油、噪声、污染等缺陷，并不适合市场，最终被淘汰，英法政府为此蒙受了5亿英镑的巨大损失。这是典型的骑虎难下心理，博弈论称为‘协和谬误’。假设你投入15万，生意不见起色，如再投10万，目标仍未实现，恭喜哥们儿，你已入‘协和谬误’之局，挥泪割肉心疼，但不割肉更心痛。与其一直痛苦等待奇迹发生，还不如快刀斩乱麻，及时出局总结经验，以利再战！”

“‘协和谬误’，呵呵，长见识。”赖总是个大烟鬼，这会儿一包烟已被他消灭干净，随手又习惯性递过一根。

PK不过他的烟瘾，我把烟放到桌上，继续说：“咱们是草二代，没家庭财力支撑，没后手金源指望，所以资金管理必须考虑风险控制。前面匡算过，你准备20万资金打本，万一创业发生不测，赔光15万后要关掉公司，因为你还不具备做大的本事。亏损15万并不难看，只是你一年多的薪水而已，而且所有损失加在一起，也只不过两年时光和4年薪水，损失可控，今后还能东山再起。”

赖总被我的话搞得一头雾水：“啊？两年时光？ 4年薪水？”

“创业实际赔掉15万本钱和一年时光，如果这一年你还在打工，将收入10万，里外损失合计两年时光和25万。也许你还要再用两年才能填平25万赤字。这样算下来，你将花费4年时间成本，才能重新拥有20多万启动资金，进行二次创业。以你现在的创业条件看，胜面虽大，但也不排除失败可能，所以咱们只说最坏的情况。控制投资规模要风物长宜放眼量，是为了防备未来陷入绝境。所以为了尽快咸鱼翻身，你首次创业要控制好投资规模，量力而行，不能像轮盘赌那样，赔上全部身家性命。”

“呵呵，原来是这样算账啊，开眼。您是把整个创业过程都放到人生里来，包括创业失败后的几年损失一并计算在内，这算法实在啊。创业打拼的黄金期不过20年，三次创业能承受两次失败，都还有翻身时间和机会。这回我知道首次创业的意义了，对于事业成败得失，心里有了概念。总结下来就是创业创得明白，生意做得清楚。呵呵。”赖总由衷地点点头，他开窍了？像。

“哥们儿，多说一句。很多人梦想首次创业便像貔貅一样，只吃不吐，但受困于经验、心态、人脉、资金管理等方面的不足，收获的大都是失败结局。真正走上成功发展道路的创业者往往是二次甚至是三次创业的家伙，因为他们吸取教训，满嘴虎牙，身强体壮，而这些经验虽然在书本上早连篇累牍地标注出来，但没经历无从谈体验……但凡有人说‘我只要签一笔大单，公司就起来啦’，我就认定这哥们儿没做过生意，心态不正。能有这等好运，做生意还不如去买彩票，早抖起来了。很多首次创业的人，筹集资金采取的是砸锅卖铁策略，做生意凭清台精神，办事心态又急功近利，这类人创业必败。哥们儿，黄忠60跟刘备，德川家康70打天下，姜子牙80为丞相，佘太君百岁挂帅，孙悟空被压500年后西天取经，白素贞1 000多岁下山谈恋爱。你说首次创业你就要务必成功，这是在急什么呢？”

“哈哈……”赖总笑够了，这才又问，“我曾看到个报道，说中国新注册公司平均寿命不足两年，失败原因大都跟项目投资失误和资金管控不善有关，也就是您说的全是钝牙。现在对于第四颗资金牙，我知道斤两啦，不过，您看销售和人脉这颗牙……”

我们哥俩投缘，推杯换盏中，我的话匣子彻底打开了：“说到销售和人脉建设这颗牙，有三招可让猫牙变虎牙。第一，线上推广。前期建网站费钱，不如做个公司网页。还可以趴在新浪、QQ的同城聊天室里，玩命发布信息，在相关板块反复留言，主动出击找活儿。当初我做装修时一穷二白，就是晚上在聊天室初建客户群，口碑有了以后，客户群自然一天天壮大。第二，线下扫街。以公司为中心，把省城划成东西南北四大区，你先立足一个大区，进行拉网式的深耕细作，集中力量拜访招商中的商场和正在销售的门店、写字楼，争取半年内先竖起五大标杆工程。标杆能示范，竖起一个影响一片。当年我在北京中粮广场首先接的是德国杯子店，效果出来后，又陆续接到了美国布艺店、意大利钟表店和西班牙家具店的装修。呵呵，有这个醒目的树桩，会守株待兔不？一句话，只要在商业街或商场打出名堂，后面生意源源不断。咱扫街凭的是低价、领先的设计和优质服务，靠，谁有你这等竞争力？第三，发动关系遍找客户。编练一批兼职销售，只要能提供真实有效的信息，项目一旦签订，兑现高额提成，以利诱之。这批人活跃在地产销售与中介行业、看盘风水师以及甲方工程部中，找机会切进去，和他们打成一片。”

“呵呵，您说得是，尤其从房地产样板间和地产销售中心人手，这类装修最注重设计效果，不怕花钱，只要大街一过，就知道客户在哪儿。而且先耕耘一个大区，工程布点集中，跑起来节省人力物力，好主意！”

“对，你把客户群划分为未来长期培养的，中期看得见的和近期公关的，处于不同阶段的客户，维护手法不同。比如甲方工程部作为长期培养的客户，你要经常发点儿短信，时刻提醒他们，你一直在惦记他们，是朋友来的。对中期看得见的客户，你要一月一次上门拜访。销售还有很多技巧，比如我曾经……”

“呵呵，听雨总一席话，胜读十年书啊。”赖总说完，又来敬酒敬烟。

“哥们儿，销售方法说三天都说不完，但归根结底只有一条。我们先分享一个发生在英国的真实故事。有位孤独的老人，因为体弱多病，他决定搬到养老院去住。当老人宣布出售他的大宅时，购买者闻讯蜂拥而至。人们很快将房子炒到10万英镑，而且价钱还在攀升。这时，一位衣着朴素的青年来到老人面前，轻声说：‘老先生，我很想买下这间大宅，虽然我只有1万英镑，但如果您愿意卖给我，我保证会让您依旧生活在这里，和我一起喝茶、读报、散步，天天都会快乐，请相信我，我会用整颗心来照顾您！’老人颔首微笑，真的以1万英镑卖给了他。呵呵，哥们儿，我讲爱心故事是想说，做销售不一定非要厮杀或搞盘外招，公关客户有两大诀窍，关爱甲方的爱心和准确寻找甲方需求，呵呵，拿下单子不难哦。”

“爱心和找需求二者缺一不可?!呵呵，都是雨总经验谈，受教，受教了。”

我继续说：“成功推销作品，是建立在说服业主同意你的设计思路和报价基础上的，这比实物销售难。毕竟实物是眼见为实，容易说服客户。而设计作品只是存在于业主脑海里的一个想象图，而每个业主想象力不同，还挺有主见，所以改变业主看法绝非易事。业主不懂专业，又想坚持错误看法，这就要看你的说服力，否则丢单还浪费感情。好，再来分享个小故事。1937年，萨克斯受爱因斯坦委托求见总统，请求美国重视原子弹研究，抢在德国之前造出实弹。但罗斯福听不懂裂变理论，一口回绝了建议。第二次见到总统时，萨克斯讲了个掌故：‘拿破仑统治欧洲时，有个美国人建议军舰装蒸汽机，制造铁甲舰。拿破仑却想当然地认为铁船下水就得喂鱼，这家伙肯定疯了！但英国人没疯，他们接受了铁甲舰概念，于是5年后英国海军完胜法国。’一句话点醒罗斯福，随后美国加快研制原子弹，1945年让日本人体验了‘男孩’和‘胖子’两颗原子弹的威力！我要说的意思是，如果直接说服客户很难，不如以迂为直，让客户自己去思考问题，自己否定自己。当然，培养说服能力需要多动脑……”

赖总笑着说：“呵呵，我替您总结一下销售特点，1. 关爱甲方；2. 准确寻找甲方需求；3. 巧妙说服。”

“哥们儿，前面俩特点你已具备，实践中多总结，这颗牙也长出一半来了。”

“呵呵，理论精彩，看来今天收获大呀！”好嘛，这回不敬酒，又改敬烟了。

“最后一颗牙是精神力和心态。听同事讲过你的一件乐事。上大学时，你非常喜欢钻研，有一次在食堂吃饭，你精力太集中在设计上，结果饭勺伸进别人饭盆里吃，自己却浑然不觉……从我们接触和你的趣事、面相上看，赖总心态超稳呀，没有大惊大喜、一惊一乍的表现，而且精力旺盛、乐观、做事持之以恒，这些性格优点都能成全你的创业。呵呵，可见你这颗牙同样锋利。”

“呵呵，您谈判前工作做得好细呀，从一切渠道入手，先把乙方查个底掉再说，然后像花豹一样，找准喉管一口咬下去，哈哈……”

“呵呵，一场谈判不至于那么血淋淋吧，能成交就是双赢。”

“雨总，现在我搞明白了，为什么8家公司都干不过甲方。借刚才犬变獒的故事，您才是满口虎牙呢，但事先伪装成小猫仔，哈，我们以为按住的是猫仔，等使劲捶打半天，才发现跟打铁一样，原来是趴在老虎身上挠痒呢，结果连惊带怕，精气神一散，老虎趁势一个虎剪尾，哈哈……”赖总真会联想，真会活学活用，听起来有意思。

我看这顿饭吃的差不多了，于是叫服务员清桌，只留一壶茶。我续道：“刚才各项目都走了一遍，好，现在咱们再来梳理一下创业六颗牙。第一，行业牙。具有利润高，见效快，投入低，不易被仿冒，对品牌知名度要求不高等特性，符合创业投资要求，而且现在切入时机大好。第二，竞争牙。你拥有优势核心技术，领悟能力强，水平可位列省城五强，不易被抄袭，竞标优势明显。第三，团队牙。团队薪水低，易组建，管理难度小，固定投入少，适合低成本运营需求。第四，资金牙。设计公司创业，算小额投资，如果你投20万，便能保证投资额不太吃亏。第五，销售牙。你缺的是销售和人脉网，但建设方法得当，也能在短期弥补。第六，心态牙……分析半天，我们发现你所有的牙都长全了，有四颗利牙，一颗钝牙，一颗乳牙，4—1—1布局，好嘛，现在你满口牙，而且是牙尖齿利，你还怕啥呀！”

“创业项目被您逐条剖析完，呵呵，我热血沸腾啊，恨不得明天张开大嘴，到市场上一顿猛咬。曾经也有人劝我创业，但都没六颗牙印象深，这回我心里踏实了。钱不是问题，思路和执行才是关键。一旦下定创业决心，肯定要一一打磨创业六颗牙，到时还请雨总您这位牙医多多帮助啊。”赖总被我一席话彻底打动了，看他那副激动样，我也由衷感到高兴。

接过他递来的烟，我继续说：“好，下面咱们再谈谈文化包装的事。我觉得你该做本特别的画册，其核心是你能给客户带来啥，也就是要给客户一个选择你的理由。比如，你能灵活运用逆向思维、横向思维、移花接木等思维手段，有其他设计师所不具备的思维模式。等给业主洗完脑，我们才好施展本事，引领他们的思路跟我们走下去。具体说就是对于同一款设计，由于思维模式与众不同，让业主在前期便能体会到你的设计出色出位，而造价反而有节约。”

“呵呵，雨总是用广告思维模式指导室内设计，鹤立鸡群，我也悄悄跟您学了几招呢。”赖总对这条建议频频点头。

“好，我们继续。装修统称为制造硬件产品，为了满足客户精神层面的需求，应赋予产品生命力，这就需要用文化来包装产品。比如，做一款吊顶，可以从一段历史典故里提取某些元素，通过设计手段加以艺术表现，或图案，或造型，代表业主传达美好寓意。通俗说，就是给产品寓意文化内涵，让产品形象变得鲜活起来。对于好的文化内涵，业主自然欣喜，他会主动把故事讲给参观的朋友听，这就叫文化包装产品。目前市场上大部分装修产品都没经过文化包装，嘿嘿，哥们儿的机会来啦，多好的差异化啊。此外，每个案例都要用数据说话，业主对数据印象也最为深刻！比如，你在某项目上，为业主节约了多少工程费。”

“雨总，关于文化包装装修产品，您能再举个实例吗？”

“假设一座酒楼有12座包厢，业主要求中式装修风格。于是你决定将其中一间包厢按汉朝风格设计，并取名‘万里封侯’厅。业主看完效果图后，你可以给他讲一个‘班超投笔气如山，万里封侯出玉关’的故事。大汉国班超一行36人出使西域，历经千辛万苦来到鄯善国，鄯善王开始对两国联手抗击匈奴表现出很大热情，但没几天，班超发现鄯王态度趋于冷淡。他猜想一定是新到的匈奴使者给王爷施压了。恰巧重臣来访，班超故意问：匈奴使者住哪里？重臣随口道： 5日前刚到，住莽井大帐。过后班超对随从说：匈奴使者刚来，鄯王态度已变，要是把咱们献给匈奴该怎么办？不如今晚我们发动火攻， 趁乱全歼匈奴使者，鄯王没法交代，自然倒戈！众人同意，于是班超带人攻其不备，夜袭匈奴使者住处大获全胜。鄯善王得报，无奈同意和汉朝建立军事联盟，并将儿子押做人质，班超因出使有功后被封侯。业主听完故事马上会联想，很多宴席都有官员身影，如果领班给他们讲‘万里封侯’的典故，并送上祝福，其寓意不言而喻，在座众人谁都倍儿有面子。呵呵，哥们儿，我只怕业主要你去想12个历史故事来包装所有包厢，到时，谁还争得过你的撒手锏？”

“高！真高！呵呵，您做过类似案例设计吧？”赖总冲我挑起了大拇指。

“呵呵，哥们儿醒目呀。话说回来，我看过很多装修公司画册，大部分都在吹嘘实力与所谓大作，但与客户有何相干？客户要的是能符合要求的设计作品。而你的画册针对性强，自然能给业主留下印象：‘哇，这家公司想我所想，不仅设计好，而且还能帮忙省钱！’一句话，画册和文化包装手段就是为满足客户需求，量身定做的行销武器。”

“好，明白！”

“记住，别人把你当创业英雄，你可千万别把自己当英雄，都是虚名。创业初期，心态和期望值要摆正位置，不论活大小，价格不多议，一概揽下。只要公司转起来，马上有三方面收获。第一，积累客户，确保必要收入。很多公司是从小合同服务起，伴随客户一道成长。第二，提升公司品牌形象。小生意做得好也能建立口碑。第三，塑造团队成就感。接下工程并且完工后业主满意，团队会有成就感，对于提高士气，增强队伍信心有莫大好处。如果你总憋着去夺大标，万一几次竞标失手，团队士气必受打击。我能请你做设计或格外尊重你，有个不可忽视的原因，就是因为你是站在Z公司肩膀上，有光环罩着。而一旦出来单挑，此一时彼一时，你身段要放得更低，更柔软一些。”

“呵呵，我没那么大野心，只要能赚钱啥都接，道理我明白。”

“补充一点。管理好团队其实不难，无非就是三求原则、奖惩分明、激励机制等套路。为了公司快速发展，要先把规矩定为天天加班，以后习惯成自然，管起来顺手。就像你家请个保姆，刚开始说好只负责做饭、打扫卫生，但后来又要求她洗衣带孩子，保姆肯定不乐意，除非她刚进门，你就说好要干4件事。只要你有坚定的信念，表现出狮子王的样儿，手下人也会从绵羊进步到山羊。还有，建立激励机制，实行全民皆兵政策。没有活时人人都是销售，要么线上做销售，要么线下跑客户，团队全是多面手，有业绩就奖，有过错则罚……注意个细节，你白天出门跑客户，晚上客户打烊后，你要再回办公室检查团队当日的工作，同时布置第二天的任务。”

“上次您考察工地，到了饭点还坚持去工地考察，员工要都像您那么玩命干活，那我省事多了，呵呵。”

我没强力推荐716式工作方式，那是因为小公司没有A集团那么大的魅力吸引人才，过度加班反而损害大家工作热情，适当增加工作量符合创业公司实情。

“好，扯句闲话。风险投资对于项目投资，一直存在两派意见。一派认为一流项目，三流团队没问题。另外一派认为三流项目，一流团队能接受。你现在是二流项目，一流团队，没准以后还有合作伙伴找上门来，希望与你一起做大做强呢……呵呵，说这么多，那是因为投缘。这次廖总把合同签给其他公司，我没法感谢你对酒店设计的帮助，只得另想它途。你创业以后，对外可以宣传A集团迎宾酒店是你的设计大作，800万实装效果达到2 300万的投入水准，里面包含了横向思维、逆向思维、广告策略等设计思路。而且我还可以给你写感谢信，一并盖上公章。施工期间，你可以带客户参观工地，哪怕我来接待都成。”

“呀，那敢情好呀，不管最后创业如何，我都要先谢谢您啦，呵呵。”赖总听完非常开心，一张圆脸更显得亲切异常。

忽然，我很好奇地问赖总：“哥们儿，今天聊的内容很多，你不做笔录行吗？”

赖总边从裤兜里掏出一支录音笔，边笑嘻嘻地说道：“呵呵，雨总，我有这个！”

我心里暗暗吃惊：这家伙确实是做销售的料！录下客户所言，回去慢慢琢磨，逐字推敲，难怪他领悟甲方的意图超强呢，看来还是方法对路！

在车上，我坏水冒出来了：“哥们儿，公司起名讲究可多了，有家市场调研公司经过调研和分析，发现公司拥有一个好名字，能使成功率提高20%。比如甜品屋叫‘首次约会’，再比如蒙牛、宝马、奔驰等名字，这些公司名都与行业有关联，容易记，朗朗上口。呵呵，现在我都替你起好公司名字啦。”

“哇，太好了，您说……”

“就叫‘想象力’吧！名字好时髦，符合行业特性和公司定位。”

赖总听完连声说不错，但忽然回过味儿来："哈哈，单用'想象力'确实不错，但和'有限公司'组成公司全称，岂不……哥们儿真会开玩笑，哈哈。"

为什么要劝赖总去创业？因为我觉得上次酒店招标欠了他一份大人情，更重要的是我欣赏赖总的为人和业务水平，真心愿意和他分享我的创业经验，同时也希望今后与他还有合作。一句话，跟他合作，我心里舒服踏实。当然，与他畅聊，也算是我的一次感情投资。有回报吗？后来，赖总开始小步慢跑式的创业，从4人小公司起步，8年后，他在甲级写字楼已坐拥300多平方米的豪华办公室，承接过五星级酒店、办公楼、别墅、餐厅的装修，生意做得如火如荼。赖总创业成功并不是因为我的建议有多厉害，关键在于他是设计大牌，做事踏实，对待客户真诚，再加上勤奋学习，才有今日成就。现在，我们不仅是装修设计的亲密拍档，联手承接过顶级设计项目，更是患难与共的好友。此为后话，暂且不提。

当然，生意场上我对乙方痛下杀手，为A集团争取最大利益，无可厚非。但平时我没摆出甲方老大的姿态，也能放下身段真诚对待乙方朋友，和他们打成一片。既然我能真诚对待赖总，也就能真诚对待其他乙方朋友。由此，我结交到很多广告公司、公关公司和设计机构的哥们儿，他们在外围出人出力，让我在A集团个人事业发展道路上如虎添翼。在这点上，老逸是短板，非我对手。

关键时刻你必须扛得住

过了几天，这天晚上，我忽然想起点儿什么，忙冲门外喊："做监理的哥几个，马上来一趟。"

大家闻声进门。我劈头便问："你们到工地实习，学得怎么样了？"

晓峰回道："林总安排一个人，再加上监理公司的人，我们边看边学，比上次考核感觉进步不少。"

"呵呵，有进步就好。那我们再来聊聊工艺，看大家是否能顶得上去。"

这回哥几个还真没叫我失望，对答如流，我超满意。等培训完，我总结发言：“上次投标会，庞总对咱们业务水平应该有了全新认识。他们招过标，造价高达2 300万，轮到我招标，800万轻松搞定，效果等同。还是那话，没有三把刷子能刷出老板满意的效果？笑话。现在进入施工阶段，咱们可是鸠占鹊巢，能否站得稳，就要看你们4人能力和敬业精神了，大家把现场好好管起来，做到水泼不进，叫他老庞虎视眈眈，哼，边上歇着吧！最后强调一句，行百里者半九十，干不好，到头来有咱们哭的时候，都得夹包滚蛋！明白没？”

众人异口同声，态度坚决。靠，企划部虎狼之师干起活来，确实有股狼性。我脸变得也飞快，上次痛骂他们好像没发生过，这次改成大声夸赞。好嘛，几个人被我先骂后夸搞得晕头转向，现在热血贲张，就知道玩命干活了。

开弓没有回头箭。自从我接了酒店项目，天天是凌晨才摸到枕边。累不？不累就想有业绩？洗洗睡吧。送走他们，已经深夜12点。现在还有俩小时可用，这段时间效率不高，正好用来写经销商征文的点评。现在的任务是在开工前期，把这些琐事全部消灭干净，因为以后的工作绝对是没有最累，只有更累……

但这几天确实太累了，最后不知不觉趴在桌上呼呼大睡起来。后来是一笑半夜起夜，发现我还没回，打电话又没人接，他觉得奇怪，马上到办公室来找人，我这才懵懵懂懂，一摇一晃摸回宿舍。嗯，一觉睡到自然醒，深感浑身舒坦，呵呵，这场酣然睡眠真得感谢一笑。

几天后，我审完施工图，又请廖总签完字，酒店工程在一阵噼里啪啦鞭炮声中，热热闹闹开工了。Y公司动作神速，头两天各工种便全面铺开，小工负责搬运装修材料，木工做隔断墙，水电工牵线布网，工地上一片嘈杂繁忙景象。而我手下4个人，真是在现场管理和施工工艺方面下了一番苦工夫，个顶个能冲上去独当一面。他们一人分管一层，每天早中晚三次巡场，任务明确，责任到人。嗯，前期准备工作充分，现在是看在心里，喜在眉梢。

但开工不足3天，Y公司项目经理老康就找上门来，面色焦急地递上一张纸，我扫了一眼，平静地说道："康总，小事一桩，今天答复你。"

"雨总，我希望您们能理顺对口管理关系，别一会儿是工程部管，一会又是项目部管，你们同意继续，他们要求停止，我们很难办啊……"

打发走康总，我把一笑喊进来："工程部刚给Y公司下发了停工通知，上面说按规定每40平方米要配一个5公斤重的灭火器，但他们数量不够，你打算怎么处理这个问题？"

一笑眉头紧锁想了会儿："老大，还是你转移话题那招，别每件事都去跟工程部掰，干脆一勺烩算了。你立下军令状，那就要承担所有责任，所以我们去找廖总请示，今后工程部提出合理整改意见，应该直接交给酒店项目部，由我们出面解决，而不要多头领导，让乙方难以适从。"

"嘿嘿，有进步，很有进步！看到了吧，工程部打开工第一天就铆上劲了吧，他们提的整改意见，咱们既不好反驳，又不能不去执行，而执行后工程部自然有理由把脚插进来，到时酒店完工后，我们就不能拿全功。呵呵，你看到了问题本质，傻子才去一条条和他们掰扯呢，既然廖总授权项目部全权负责，那你就写个申请报告，明确划分好部门职权范围。记住，申请报告核心是工程部要划分归我们项目部管，不能又让马儿跑，又不给马儿吃草……嘿嘿，只要有尚方宝剑，咱就不怕老庞能反了天去！"

"那是，项目部在前面没日没夜猛干，他们倒轻松，随便提几条意见就想架空我们，不能便宜丫了，老大，我们这是将计就计收拾他。"

但廖总的批示却不尽如人意："集团酒店项目由项目部全权负责，但工程部独立监督酒店工程实施工作。"

我看完火气腾地冒了出来，立刻拿起批示冲出门去，脑子里只有一个念头：妈的，这算啥批示？工程部独立监督？就是说他们也可以直接插手管理施工队？那还要我们项目部干啥？

可刚走到一半，心里忽然一激灵，有点恍然："其实人就是一颗泡菜，在哪个坛子里泡就带有哪个坛子的味儿。包括我在内，不是也在企划部实施双轨制竞争吗，廖老大能听进我的一面之词，立刻废掉双轨制？唉，又把事情想简单了。"

回到办公室，我把子明等4个楼层监理从工地上拽来开会，压住火气将前因后果讲完，最后告知，达摩克利斯之剑已经悬在头顶，三条道路大家任选，好好干则奖，应付干则罚，偷懒干则滚。然后又给监理公司代表开会，这回没客气可言，劈头盖脸一顿臭骂，看样子小监理被吓着了，恨不得连说200多个对不起。但对不起也没用，赵一笑给监理公司开了一封警告信，今后再被工程部挑出明显错误，必有惩罚，罚金从合同款里直接扣除。最后请Y公司康总过来，我也出具了一份停工整改通知单，内容和工程部的一致！同时警告康总，因为是乙方施工原因而造成工期延误，责任在乙方，给甲方造成的损失一并由乙方承担。康总知道理亏，还能说啥？只好悻悻而归。

等处理完三波人马，赵一笑冲我挑起大拇哥，眉飞色舞笑道："老大，高！对自己人鼓励加鞭策，对监理和施工队只有鞭策，不替他们顶缸！康总还以为我们能替他撑腰打气呢，呵呵，没想到我们忽然跟工程部一个鼻孔出气。现在问题变简单啦，只要是乙方原因造成停工整顿，责任全归他们，我们反而跳出来落得轻松，那就让老庞也替我们操操心？"

"聪明！今后只要工程部开具的罚单有道理，项目部马上照方抓药，给乙方脸上左右开弓，不仅严格管束了乙方，而且还能叫老庞的功劳归咱们。如果工程部开具的罚单是无理取闹，搅局的，我们就拿着罚单去找廖总告御状！廖总不是喜欢双轨制吗，不是喜欢一线管理吗，好，他不嫌麻烦我也不怕麻烦，只要咱们抓住机会告几次，哼，我就叫双轨火车变成单轨开！嘿嘿，亏得我脑子转得快，否则今天就要上老庞的当啦……"

"可不是嘛。老板喜欢双轨制，这是集团文化，所以你即便立下军令状，廖总也会照样铺设双轨，没法名正言顺去抵制。万一廖老大就拿灭火器说事，非得把你的火当场给灭掉不可！呵呵，老大，我发现你日进千里呀，原先做事有冲劲，现在还外加一份冷静，厉害……"

我手一挥，马上打断一笑话头："行了，别拍了。记住，如果工程部开具的罚单有理，你马上复制下发，只是落款日期比工程部提前一天，明白？"

"好嘞，呵呵，这个我懂。这一出是不是可以叫智斗庞总？"

“不，该叫智斗廖总！哈哈。”

……

经历过这场风波后，所有人都长了记性。乙方现在是既怕项目部，又怕工程部，干起活来守规矩多了，而监理公司和子明等4人也是热情有加，生怕再挨批挨骂。看着工地上干活风气为之一振，我的欢喜心情不禁油然而生。但看了几天现场，心里又有些不乐意了：“酒店文化和设计都有了，但似乎还缺某些特色……唉，没做过酒店，如何能干巴巴想特色？不行，思维要变通。”

酒店能做得出色出位，全拜我喜欢追求完美所赐，今天对作品满意，等明天痛斥为垃圾作品后继续修改，直到真满意为止，当然这次也不例外。可我在网上搜索半天，啥收获都没有，不是别家酒店没特色，而是特色太生猛，什么瀑布酒店，温泉酒店，情侣酒店，各类主题酒店，要么投资大，要么另类离奇，要么天然优势，我们根本做不来……这怎么玩啊？想着想着，坏水又冒上来了。

马上喊来一笑：“哥们儿，总觉得还缺点啥特色，迎宾酒店味道好像还不够浓，我想找个机会再开一次招标会。”

“啊，啊?!设计全搞完了，工程进展也挺顺，老大，你还想干吗？”

“按说酒店设计应该是不错，但到完工不是还有3个月时间可以再作修改嘛。这样，你打着C公司要把5 000平方米厂房改造成办公区的旗号，再找8个装修公司过来，我要跟它们聊聊。”

“好嘞，这就去办。嘿嘿，老大的意思是明为厂房改造工程，实际请他们为酒店出谋划策？”

“嗯，知道就成。记住，别满世界宣扬，重新找8家公司啊。”

很快，我和8家公司聊完酒店项目，欣喜收获多多。第一，给总统套房装个“小锅”，能看到欧美、中国香港、中国澳门有线、高尔夫、NBA、HBO、东森TVB、好莱坞巨片等上百套节目，这是某些五星级酒店总统套房提供的标配服务；第二，客房免费赠送当地晚报，并且部分报纸经过熨斗熨干油墨后，再送进所有套房；第三，工厂远离市区，大堂最好有银行柜员机；第四，前台摆上糖果盘，放一堆薄荷口香糖，方便客人办理住宿手续时品尝；第五，预备治疗感冒、发烧、闹肚子等常备药；第六，大堂添两台自动擦鞋机。当然，这些还只是常规套路，不足以拿出来晒。

最大收获是为总统套房安排红葡萄酒沐浴项目。资料显示，红葡萄酒沐浴胶选用陈年干红葡萄酒，富含多种维生素、葡萄多酚，其中多酚的抗衰老能力是维生素E的50倍，是维生素C的25倍。红酒浴泡泡持久、芳香怡人、温和去除多余油脂，能有效渗透肌肤，促进血液循环、延缓衰老，增强皮肤活力……嗯，想着就美！

我把总统套房主卫生间设计得奢华无比，但只停留在硬件层面上，那卫生间软件层面上计将安出？只有硬件而没有软件服务，卫生间形象缺失一大半。靠，连这都没想明白，还想出来混？这回思路清楚啦，提供软件服务：第一，浴缸旁放置红酒架；第二，按顶级配置全套洗浴护肤产品、拖鞋、浴巾、毛巾、浴袍；第三，放一张藤制沙发，方便主人起卧；第四，坐便器旁有防潮气小书柜……

美国硅谷企业竞争激烈，以至于各公司都积极寻找自己产品的致命弱点，这些公司共同的生存之道是，推出更好产品来击败自己原有产品。有人将这种行为戏称为自吃幼崽。我深以为然。因为自己不逼自己，别人迟早也会相逼。实际应用中，总统套房洗浴用水是人造温泉水。资料显示，温泉水制造器内含火山岩复合滤料，好处极多。第一，火山岩富含10余种人体皮肤易吸收的微量元素，常洗浴能促进血液循环，对风湿和关节炎有辅助疗效，能缓解疲劳；第二，天然硅酸盐矿物质渗透力和溶解力强，常洗浴能使肌肤透气舒畅；第三，负电位颗粒在热水中能挥发波长6~15微米的远红外线，有助于细胞吸收营养素和排毒；第四，远红外陶瓷球可产生和人体生物电流一致的微弱电流，同时，释放的远红外线与水分子产生共振，将水中大分子团打成小分子团，增加氧含量，对养护皮肤有益。由此，热水经过滤料，即可产生天然温泉般的效果。

效果如何？据说洗浴7天，皮肤开始透滑紧绷；洗浴30天，轻微皮肤病患者，症状有改善；长期洗浴，能促进血液循环，还能养颜。而采购一套进口温泉水制造器，费用贵不？比总统套房那四个金水獭靠垫贵不了多少。当然，我也损了点，把洗浴效果制成一张大卡通说明书，塑封后醒目地挂到温泉水开关处，呵呵，就等着老板体验前，能多想想咱的好啊……

受红葡萄酒沐浴思路启发，我举一反三，换思路重装上阵，终于挖掘出温泉水沐浴概念，一举让总统套房卫生间特色鲜明，享受指标显著提升。事后曾反思，如果自己没有锲而不舍的精神，就不会重开招标会，而没有装修公司的七嘴八舌，就没有红酒沐浴概念，最后也就不会想到人造温泉水。嗯，感谢自己充满狼性的干活精神，感谢自己苦干加巧干的特别方法。

当然，对那8家装修公司，我好言安慰。事后，在我当工程总监时，与它们也曾有过一些合作。

半个月后，阿伟和阿健带着供应部的人，已经把瓷砖、洁具、壁纸、地毯、房门、灯具等厂家信息摸了个遍，现在每个项目的供应商都可谓云集，竞争异常惨烈。接着我把贺平与小辉喊来助拳。好嘛，哥几个好久没见了，见面自然格外亲切，我连连张罗着晚上喝酒去。不为别的，贺平与小辉在市场上泡了两个多月，一脸风尘仆仆的样儿，消瘦不少，看得我心疼。

酒桌上，我把前面招标的故事讲述一遍，接着谈到了升级版做法："咱们熬鹰战术这样来执行，头天晚上通知他们第二天早8点到H公司会议室集合，迟到者按弃标论。然后花俩小时参观工厂和酒店，接着回会议室开会，我来上堂洗脑课。中午食堂包房宴请他们，餐后不休息，马上开始实施刺刀见红，见面有礼的谈判策略。贺平、一笑和小辉组成谈判组，先跟他们分别谈，只谈价格，等大家杀到傍晚，我和肖总饱餐战饭后再接手，继续新一轮杀价。这轮甲方谈判代表不仅换了，而且级别升了，乙方下午的报价还能再立得住脚吗？我估计谈到晚上11点多的时候，所有人都会崩溃。"

一笑挑起大拇指，嘴巴里嚷嚷道："头天晚上突然通知，第二天早8点集合，哈，这不明摆着叫省城供应商早5点就要起床，然后是起大早赶晚集，再经历一个白天的鏖战，晚饭还不给吃，精疲力竭时，你们再出来玩田忌赛马！呵呵，还是黄哥总结精辟，老大是隔年的鸡子儿——坏蛋来的，够狠！”

“我只担心一件事，以后老大在H市开不成招标会了，因为标主是狗熊请客——没人上门呀！哈哈。”小辉原来不耍贫嘴，现在跟小黄久了，也开始犯贫。

“明白。每项目邀约8家公司参与，甲方同时开谈俩项目，轮到每家谈判的时间累积不超1小时，而且还可能被切割成6次，每次不到15分钟，这点儿时间能谈什么？只能主谈报价啦……呵呵，真有点儿同情他们。”贺平打趣道。

“哥们儿，你反说了，该同情我才对。现在预算窟窿太大，就指望能从供应商这块砍掉一些，好补其他资金漏洞。阿伟和阿健这次扫街有功，虽没搞到底价，但打听到最低出货价，好，目标是再打7折，然后每家供应商还要送礼。”

有人问：“壁纸供应商能送什么？”

“两套总统套房的壁纸，我压根儿就没打算采购。洁具供应商也别闲着，总统套房里的设施按最低价的半价采购。依此类推，地毯供应商……”

“看出来了，老大，你确实是A集团主义的坚定执行者，哈哈。这回审计部根本不用审了，就他们打听来的报价，只能装半座酒店！”一笑大笑道。

“说对了一半。去年老庞装办公楼，今年我做酒店，现在就想让老板、汤总和廖总他们去对比一下，看看老庞浪费掉多少钱！咱们能为酒店创造多少利润，等老大们感慨完，嘿嘿，哥几个玩命干啊，年底团队项目奖说不定是一等奖哦。”

“好嘞，一箭双雕！来，哥几个，为一箭双雕干杯……”一笑举杯喊道。

我为什么提出最低价再打7折的高目标？自有道理可言。有一天在饭桌上，廖总无意中说漏了嘴，让我明白老板喊出800万装修酒店的用意。哼，老板喊的是目标，不是标准！能达到最好不过，即使达不到目标，那也比工程部所报2 300万的装修费低得多，这才是老板的真实意图。而我有一学一，在给部门制定工作任务时，每次都设定一个挑战目标，非要鲤鱼跳龙门才能达成，比如让人俩月之内速成工程监理。但三军领命后都是冲着伟大目标而去，即使最后可能负憾，但也是众人拼了一把，收获颇丰。央视的宣传口号是心有多大，舞台就有多大，嗯，我们异曲同工。由此，企划部工作业绩和干劲有了新飞跃。

当然，小辉担心我是狗熊请客——没人上门，这也是实情。到后来，我不太敢去省城俩最大的建材城了，因为谈判下手重了，呵呵，“刮地皮”刮得有点儿狠。

项目正在紧锣密鼓地开展中，大家各司其职，干得虎虎生威。而持续一周的高强度谈判，甲方大获全胜。嗯，成效非凡，在最低价上平均再打8折外带送礼。工程部还瞎搅和不？哼，他们有意挑刺，小题大做，又搞了两次整改停工通知，本想看嘻哈，可不曾想反而被我们草船借箭了，啥油水都没捞到，搞得心气不旺，最后只得偃旗息鼓。但装修期间不太平，又整出一惊一喜一忧一怒4件破事来。

第一件事是有一天我和阿伟在省城采购东西，听闻老板临时改变行程，突然要来H公司视察，我赶忙丢下手里的活计，让阿健把车开得飞快，可是不巧，遇见高速公路大堵车，等赶回厂子，老板已经在廖总和庞总陪同下视察完酒店。虽然老板照例是夸奖，但我没陪同讲解，心里别有一番滋味：靠，贺平与小辉已回C企划部，一笑随销售部下市场做活动去了，子明几个新生又没什么表达能力，老庞这厮肯定为自己玩命表功，老板会不会认为酒店施工是老庞管理出来的？妈的，高速公路俩月未曾堵车，关键时刻把我撂下了，运气也太差了吧！

后来想明白了，这事只当是插曲，好好干，干好活，建功立业才是关键。一句话，要是功劳被抢走，老板还是老板吗？忒儿戏了吧。

还有一件事印象挺深。赖总在总统套房里设计有木雕贴金箔等项目，我认为非常出彩传神，呵呵，对不住赖总了，拿来用之。

黄金具有良好的延展性和可塑性，而用黄金锤成的薄片即是金箔。一克纯金可锤打成约0.5平方米的纯金箔，颜色金黄，光亮柔软，薄如蝉翼，厚度仅为0.12微米，标准规格为9.33×9.33厘米一张。我们金箔采购价是每平方米800元，嗯，够奢侈。贴金箔的工程和壁纸供应商都是一家做，老板姓颜，一位40多岁的热情男，经过近10轮激烈价格搏杀而中标。签订金箔合同时，我特意补充“假一罚十”等烈性惩罚条款，而且在金箔开贴前，我还叫阿健专门抽样送珠宝鉴定中心做了纯金鉴定，证明含金量98%以上。当然，不为别的，只为防备风险。

子明通知我，施工队已经开始在总统套房贴金箔。我从来没见过，不免好奇心大起。站在工地上，嚯，十几个工人站在脚手架上一字排开，但场面却很安静。金箔施工队徐总主动跑来介绍工艺：“在贴金箔的木雕表面先薄涂特种胶水，接着把生宣纸贴在胶水表面，同时用纯棉布包裹棉花拍打，使生宣充分吸收胶水，然后用镊子把宣纸揭去，换一张再吸。反复3~4遍，当胶水面很薄时就开始贴金箔。看，师傅拿镊子从乌金纸里把金箔夹起来，用嘴嘘吹，不轻不重的力道，金箔平展开，再准确贴到木雕上……”

果然，工人一个个小心翼翼，好似绣花女工一般，不为别的，金箔贵啊，贴坏一张就浪费7块多钱啊，能不仔细吗？所以工程进度很慢。我看了一会儿，嘱咐子明多加小心，别在关键项目上搞砸了，子明信誓旦旦地立刻表决心。

过了几天，这天傍晚，我在酒店巡场。在大堂处我看见施工队正围着大堂柱子贴金箔。看了一会儿，我顿时心生疑惑：“他们在总统套房贴金箔时，各个仔细小心，金箔与金箔之间很少遮盖，但为啥贴大堂柱子时，金箔盖金箔的，这不是乱贴一气吗？靠，全没了章法，难道金箔忽然不值钱了？”

马上叫人喊来金箔施工队徐总，我问道：“徐总，今天贴金箔速度明显快于上次，这是为啥？”

“哦，是这样，项目部前两天刚下发一个赶工通知，我们这不是响应雨总您的号召嘛，呵呵，这点儿材料钱颜总就不算那么细啦。您看，大堂从昨天起贴，后天就能收工啦，一点都没耽误工期进度。”

屁！鬼都不信施工队不算材料钱，蒙谁呢，以为咱没混过工地？我点点头，没说话，就站在一边观察他们贴金箔。看着看着，忽然灵感来了：“俗话说，真金不怕火炼，难道他们真金中掺假？”

出门后，喊过子明："去，搞几张金箔过来。"

等把金箔放在打火机上烧完，什么纯金金箔啊，都烧成黑灰了，真是气从胆边生，恨不得马上把姓徐的拖过来胖揍一顿，这兔崽子竟敢在老子眼皮底下玩狸猫换太子的把戏?!好，你敢玩我，我就敢玩死你!

刚想废了姓徐的，可转念一想："不对，眼下不是骂子明的时候，更不能打草惊蛇，关键是如何善后，如何向廖总汇报。"

阿伟凑过来在耳边嘀咕："市场上流行的假金箔叫台湾金，价格每平方米不到200元，据说是塑料做的，与真金箔颜色极接近，但时间长了，被空气不断氧化，颜色会逐渐变淡，最后成白色。"

还用问吗，面对5倍暴利，颜、徐二人铤而走险，给老子玩障眼法，咱要稍微不留神……冷静，冷静，再冷静……对，现在还不能摊牌，哼，兵不厌诈，老子也给你们玩一出障眼法！道高一尺魔高一丈，看谁更狠！言念及此，我狠狠瞪了一眼子明："工作差劲，叫人钻了空子，说，怎么办吧。"

"对，对不起，我，我现在就喊他们停，停工。"子明被吓得说话都卡壳。

"停工？停个屁啊！给我好好盯着工地，假装不知道。"说完，我拿着台湾金箔样品直奔廖总办公室。

跟廖总汇报完，递上金箔，看着廖总阴着脸，我心里有些忐忑。廖总翻弄着乌金纸，不咸不淡地问道："你打算怎么办？"

"方案一，停工。然后按合同规定假一罚十处罚。但十几万金箔工程，真要罚100多万，我估计他们会跑路，现在壁纸才开始铺贴，一旦发生动荡，可能会耽误工期。方案二，假装不知，期间迟付进度款，等他们壁纸金箔干完再算总账。到时通过法务部，尽可能多地找补赔款。至于大堂金箔会不会褪色，今后啥时褪色，其实并不重要。只要酒店在盈利，过几年拨款修缮就成。他们现在偷梁换柱，其实是免费垫款帮咱们做大堂，至于壁纸材料和铺贴工钱，那全是免费，前后算下来，能为酒店节约几十万装修费，坏事转性，都成好事了。"

"按方案二执行吧。小雨，幸好发现及时，今后做工程要引以为鉴啊。"

"知道了。但我还不想便宜他们！等金箔和壁纸工程完工后，我打算跟姓颜的再订购一批真金箔，照着几十万的量采购吧。当然，绝对是货到付款，他们不知道我的动机，肯定会乖乖就范，等验完货，再翻脸不迟！”

“就知道你鬼主意多。省几十万工程费，又多拿几十万的材料，然后再索赔上百万，呵呵，小雨，你这样折腾人家，他们受得了吗？”

“是他们先不仁，那就休怪我不义。敢赚我5倍利润，那我以牙还牙，以眼还眼，在后面再添个零，赚他们50倍利润！今后酒店大堂维修，材料已备齐，而多出来的金箔，我打算都贴到酒店里去，搞得更金碧辉煌些，原来为了控制费用，好多地方舍不得用，现在好了，全随了心愿……施工更简单，到时候换一支施工队就成。”

后来，事态都在掌控中，颜、徐二人在甲方地盘上以假示真，坑蒙拐骗甲方，碰见我这类立功心切的甲方代表，死得确实很难看。等甲方回马一枪后，他们只得关门跑路，但电话里扬言，叫我别走出H公司一步，否则后果自负……

屁，威胁我，法治社会谁怕谁?!管不了那么多啦，一举节约下来几十万工程款，真是及时雨呀，把我乐得睡觉都能笑醒！当然，事后我把子明等4个项目监理喊来，狠狠训斥了一顿，骂得人人噤若寒蝉。就在我动了裁人念头的时候，赵一笑起了好作用，他一句话说到咱心坎里去了：“老大，项目因祸得福啊，我新发现了一条新的生财之道……”可不是嘛，肥猪拱门的事不可不干，我连忙嘱咐众人，擦干眼睛找问题，发现偷梁换柱者重奖！

痛骂是有好处的。这不，晓峰有天跑来报告：“老大，Y公司在合同上曾说吊顶工艺是大芯板打底，外罩石膏板，但他们现在直接在大芯板上批灰刮腻子，我问他们为什么不上石膏板，他们说采用了新工艺，不用石膏板了……”

“靠，这帮二傻，蒙咱们是外行吧。走，看看去。”

跟着晓峰到了工地，果然看见工人们正在大芯板上挂腻子，叫来施工队领班：“谁叫这么处理顶面的？不知道时间长了，墙面会开裂吗？”

“呵呵，雨总，这是我们墙面新工艺，腻子挂上白乳胶，保证不裂！”

“说那些没用，光有白乳胶也不成，今后照样开裂。如果直接在大芯板上开干，至少也要先刷遍光油，而且光油里掺有锯末，让板子表面粗糙一些，增加黏合度，然后再上白乳胶和腻子，但你们少了这道工序。大芯板没有外罩石膏板，那得从你们报价里扣除材料和人工钱。两条路你们任选。晓峰，你马上下发一个停工通知单，等事解决后再开工。”

跟这帮施工队打交道，得用行话震慑他们，否则必被他们欺负。果然，一番话把领班说得张口结舌。最后该项节约3万块，好，大堂水晶灯放大一圈，牛！

收尾时，酒店卫生保洁的项目搞得挺闹心。廖总秘书小王跑来游说我：“雨总，我家有亲戚开了个保洁公司，设备全，做活挺认真的，要是市场价差不多，还请您多多关照啊……”

廖总的贴身秘书，岗位敏感，不好直接开罪。再说小王在装修谈判会上，也曾在廖总面前替我美言过，这是恩人呀。好吧，就按她说的办，要是市场价差不多，就关照她家亲戚一回。可招标会开完，把我气的，行业报价完全超想象，不就是大理石打磨抛光，地毯吸尘，客房打扫一遍卫生吗，没一点儿技术活，至于7家保洁公司，最便宜报价都要18万?!靠，抢钱啦，贵死去！而小王的亲戚报22万，然后就死活不肯再降。别说18万，8万我都嫌离谱！不为别的，我就希望工程做完，合计费用务必确保在1 000万以下！一旦突破1 000万，跟900多万相比较，说起来那就是俩概念。所以，每个项目我都在可着劲地节约。

因为事先思想准备不足，头一次招标无果。等把保洁公司打发走，我一个人在酒店里边转悠边琢磨对策。看着酒店的装修效果如少女般迷人，渐渐心情好了许多。前面那么多磨难我都熬过来了，就这点儿破事也能憋住我?洗洗睡吧。

很快，想出了对策。第一，请工厂女工负责打扫客房卫生，跟厂部协调好，他们负责调集60个工人，每班干5小时，3天完工，我负责申请8 000块补助；第二，酒店已经筹备了经营班子，我跟廖总申请采购两台地毯清洗机，请酒店自配的保洁员负责地毯保洁；第三，因为大理石打磨抛光需要专业设备，所以项目外包给小王亲戚，既不必得罪她，又节约了预算。嗯，最后保洁费不超5万，还收获两台地毯清洗机，超值。

至于除甲醛的吸附剂，大堂、过道、楼梯里摆放的绿植，总统套房里的摆件，咖啡厅里的器皿，客房卫生间里的脚垫，林林总总的小物件，我压根儿就没想过去买。不是有那么多建材供应商等着收尾款结账吗，好，雁过拔毛，家家户户除了正常赠送礼物以外，这些玩意儿也归他们分摊去了。

在整个装修操劳的日子里，我那个忙乎劲儿不提也罢。每天有处理不完的事，每天有动不完的脑，每天还有转不完的工地，唉，每天基本都是夜里两点以后才上床。记得有一天天气暴寒，我搞了俩暖水袋放进被窝，本想暖暖睡一觉解解乏，结果因为太过疲劳，热水袋分别在我小腿和手腕处烫出4个大水泡，自己却浑然不觉。直到现在，4个伤疤都未消退。嗯，咱想得开，就算酒店超喜欢我，坚持要在咱身上文身，呵呵，我当纪念章看。

当工程顺利完工后，我头发似野人，胡子拉碴，一脸蜡黄，暴瘦10斤，跟难民相仿。帅哥？歇菜吧，形象惨不忍睹。但洒下的汗水非常值，换来的是酒店实景比效果图好看得多，美轮美奂，完全超越设计要求。费用？不到970万！

验收典礼上，望着金碧辉煌的大堂，心灵震撼的文化长廊，整洁舒适的客房，奢华无比的总统套房，不仅是廖总喜上眉梢，夸奖连连，更重要的是老板参观完后，情不自禁冲我挑起了大拇指："雨总，你是一个天才！非常优秀的项目管理人，我代表集团感谢你！"说完他伸出宽大温暖的手掌。

"什么？老板改口管我叫雨总了？"啥意思？晕！

看我满脸疑惑，廖总拍着我肩膀笑道："雨总，集团即将组建企划总部，请你出任企划总监。呵呵，小伙子，很不错啊，好好干。"

望着老板和廖总灿烂的笑容，我心潮澎湃，激动无比，说话都在发颤音。刹那间，半年时间里，自己所受的委屈、无助、怨言、煎熬等情感全抛于脑后。老板的信任和夸张是对我辛苦付出的最佳回报！谢谢集团的栽培！

果然，我打上去的《关于扩充企划部的申请报告》，老板不仅很快批示下来，而且还有惊喜：第一，组建集团企划总部，任命原企划部蓝小雨经理为企划总监，总部设在H市分公司；第二，同意在D和K市分公司增设企划部，划归总部管，由雨总推荐正副部长人选；第三，同意C、H和F市企划部各扩招3名策划师和1名设计师；第四，将服装公司和饮料公司企划部一并划归总部管；第五，任命雨总为广告总部副总监；第六，年底将组建集团工程设计部，4人编制，由雨总负责组建并兼任部长。

第一步梦想已然实现，仅仅用了一年半时间，我就从小部长升任为总监，创下A集团一个不小奇迹，而且部门实力急剧扩充。现有工程设计部、服装企划部、饮料企划部和D、K市分公司企划部等5支新力量加盟，手头已掌握70多号人马，在A集团除了销售和生产两大部门以外，无人能敌。同时咱又兼任广告总部副总监，一举打入老逸地盘，能不叫人骄傲自豪吗?

在人力资源部下发任命状的同时，我发现薪水也涨到每月20 000元。一句话，名利双收，前途无量。

再见伊人

年底的集团经销商表彰大会，廖总一声令下，要我3万元搞定全部现场布置，而且既要有节日气氛，又要庄重大气。靠，2 000平方米的大食堂，就给3万？真把我当神仙了？可廖总不给一点儿商量余地，交代完后扬长而去。

我是边骂边干，边干边骂，等完工后，廖总转了一圈，丢下一句："雨总，下次给两万，估计你也能完成任务。"靠，没有最狠，只有更狠！晕倒。

现场布置思路借鉴了"设计米格–25效应"——前苏联研制的米格–25战斗机的许多零部件与美国相比都落后，但因设计者主要考虑飞机整体性能，故能在爬升、速度、机动等方面为当时世界一流。同理，我也是注重整体效果，忽略细节点缀，装修材料一水儿地摊货，靠设计手段实现最佳视觉效果，这符合所谓的最佳整体，乃是个体的最佳组合的道理。当然，酒店设计思路也与此同出一辙。

开会前一天晚上，公司大摆庆功宴。走进去时，部分经销商和公司高管、员工代表已落座，我带着部门同事穿梭在大厅里，打算找个空桌，大家好开怀畅饮。

忽然，我停住脚步，不敢相信眼前所见，不禁浑身哆嗦，脑皮发紧，目光迷离，一颗心砰、砰、砰，剧烈跳动着，反映到心电图曲线上，好似是在马里亚拉海沟与珠穆朗玛峰之间玩命奔跑……恍惚中，一个似曾相识的身影出，出，出现啦！我简直无法置信，梦中伊人竟然端坐在廖总身边！她，弯弯细眉下，一双妙目神采飞扬，身段依然曼妙。上次见面留着瀑布一样黑亮的长发，已被精心编成几十条细细的辫子，随意散在脑后，颇像欧美时尚杂志所见大牌模特的个性装束……一颦一笑，形成一股巨大的吸引力，我差点儿挣脱地球吸引力，漂移过去！哇，真是踏破铁鞋无觅处，得来全不费工夫，这不是梦中丝巾美眉又是谁？

天赐良机，我管不了那么多了，口齿不清地打发同事随便找地方坐，然后深吸一口气，径直走向廖总那桌，没讲啥客气，拉把凳子坐在美眉对面。廖总见我冒出来坐到桌旁，满脸笑容："哟，稀客，雨总今天不再加班了？"

"呵呵，廖总又说笑了，今天您要亲自给经销商讲话，说啥咱也要捧个人场啊，是不？"

廖总听完仰头哈哈大笑起来。

见廖老大如此开心，我手虚指美眉和桌子上两位，趁机话题一转："廖总，这三位是您朋友吧，我坐这儿合适不？"嗯，话里带钩，不同意也得同意。

"没事儿，都是我MBA班同学。这位是雨总，企划总监，青年才俊。"

……